Der Schriftsteller Siegfried Lenz

Urteile und Standpunkte

Herausgegeben von
Colin Russ

Hoffmann und Campe

Die Beiträge von Margaret McHaffie und John Ellis übersetzte Helmut Wiemken aus dem Englischen

2. Auflage, 11. bis 20. Tausend 1973

Gesetzt aus der Borgis Janson-Antiqua
Gesamtherstellung: Butzon & Bercker, Kevelaer
ISBN 3-455-06368-3. Printed in Germany

Inhalt

Vorwort

Diese Sammlung von Studien zum Werk eines zeitgenössischen deutschen Schriftstellers richtet sich an jene Leser seiner Bücher, welche seit längerer Zeit den Wunsch nach kritischer Orientierung geäußert haben, die zum tieferen Verständnis seines Werkes verhelfen soll. Zu diesem Publikum zählen besonders – aber keineswegs ausschließlich – Schüler und Studenten.

Es stehen in diesem Sammelband frühere Arbeiten, deren Ersterscheinungen in der Bibliographie (S. 261 ff.) aufgezeichnet sind, neben neuen Aufsätzen, die gewisse, zum Teil auffällige Lücken schließen wollen. Die Bibliographie, die den Band abrundet, erhebt zwar keinen Anspruch auf Vollständigkeit, bietet aber Daten, die bisher nicht systematisch erfaßt wurden. Ohne die freundliche Hilfe von Herrn und Frau Siegfried Lenz wäre dieser Teil der Herausgeberarbeit nicht möglich gewesen.

Bei dem Nachdruck der früheren Studien wurden hier und da kleine Änderungen vorgenommen; auch Kürzungen konnten nicht ausbleiben. Abgesehen davon erscheinen diese Arbeiten in ihrer ursprünglichen Form und erhellen die Perspektiven, in denen Siegfried Lenz bisher betrachtet wurde. Hier wie auch bei den neuen Studien kommt gelegentlich ein gewisses dialogisches Moment unter den Kritikern zur Geltung, das sich natürlich im Rahmen dieses Sammelbandes besonders abzeichnet. Der Herausgeber dankt aufrichtig den Autoren und Verlagen, die ihre Erlaubnis zum Nachdruck schon früher erschienener Arbeiten gaben.

Auch den Verfassern der eigens für diesen Sammelband geschriebenen Aufsätze ist der Herausgeber dankbar. Hier geht es um eine

Reihe von Analysen und Synthesen, die in internationaler Zusammenarbeit aufgestellt wurden: diese Beiträge kommen aus Kalifornien (Ellis) und Bochum (Just), aus Schottland (McHaffie), Erlangen (Elm), Baden-Baden (Penzoldt) und Australien (Eltis). Sie bilden ein Mosaik mit den schon früher erschienenen Arbeiten aus der Bundesrepublik (Jentsch, Leonhardt, Reich-Ranicki, Schwitzke), Schweden (Peinert), den USA (Schmitt, Weber), Österreich (Lachinger) und England (Russ). Den Auftakt zur Reihe dieser Arbeiten geben zwei Beiträge der Kritiker Heinz Beckmann und Jost Nolte über Siegfried Lenz' neuestes Werk, den Roman *Das Vorbild* – ein Hinweis darauf, daß Arbeit und Werk dieses Schriftstellers noch keineswegs abgeschlossen ist.

Die in diesem Sammelband gebotenen Informationen und Einsichten sollen seinen Lesern helfen, sich mit diesem Werk auseinanderzusetzen. Denn, so betonte Siegfried Lenz einmal, auch Lesen verpflichtet.

Colin Russ
University of Kent at Canterbury
April 1973

Bibliographische Notiz

Zitate und Seitenangaben wurden bei der Zusammenstellung des Sammelbandes auf eine bibliographisch einheitliche Basis gebracht: *Es waren Habichte in der Luft* wird nach der zweiten, neuausgestatteten Auflage zitiert, die 1966 bei Hoffmann und Campe erschien. Sonst handelt es sich um die Erstauflagen der Originalausgaben. Die Titel der Erzählbände *Jäger des Spotts*, *Das Feuerschiff* und *Der Spielverderber* sind jeweils gekürzt als *J.*, *F.*, und *S.*; der Verweis *Prospekt* bezieht sich auf *Siegfried Lenz. Ein Prospekt* (Hoffmann und Campe, 1966, vergriffen). Bemerkungen zwischen eckigen Klammern sind vom Herausgeber.

Colloquium über
Das Vorbild

Heinz Beckmann
Vorbild ohne Chloroform

Das wäre also die zweite Deutschstunde von Siegfried Lenz, sein jüngster Roman *Das Vorbild.* Lenz gibt sehr abwechslungsreiche Deutschstunden. Wiederholungen sind da nicht zu befürchten, doch ergeben sich von der einen Stunde zur anderen wichtige Aufschlüsse über die Antriebskräfte des Romanautors Siegfried Lenz. Auch in seinen neuen Roman hat er eine Unruhe eingebaut, wie seinerzeit das Aufsatzthema in der Jugendstrafanstalt. Abermals ist die Unruhe pädagogischen Ursprungs, abermals für die Deutschstunde bestimmt. Drei Pädagogen wollen ein neues Lesebuch herausgeben und treffen sich jetzt, um für das Kapitel »Lebensbilder-Vorbilder« ein geeignetes Beispiel zu finden. Das klingt etwas trocken, aber es paßt zu Siegfried Lenz, der ziemlich genau weiß, warum er schreibt. Ein Stück Pädagoge steckt nun einmal in ihm, doch bedient er sich sehr moderner Unterrichtsmethoden. Sein Leser muß mitdenken, er zwingt ihn dazu. Wie macht er das? Ganz einfach, er zieht den anderen Siegfried Lenz zu Rate, und der ist ein geradezu hemmungsloser Erzähler. So gerät ihm der Leser schon nach wenigen Seiten in die Falle.

Natürlich soll man Romane nicht aus der Distanz lesen. Gute Romane sind ein Strom, dem man sich einfach anvertraut. Dennoch ist ein kurzer Aufenthalt am Ufer des Romans *Das Vorbild* voller Überraschungen. Der Strom setzt sich nämlich aus den Wassern zweier verschiedener Flüsse zusammen, und wie die sich mischen, bis sie ununterscheidbar zusammenströmen, das zu beobachten bringt Genuß. Der Siegfried Lenz, der uns etwas beibringen will, und der Siegfried Lenz, der wie ein Wasserfall erzählt, raufen sich faszinierend zusammen, sind schon identisch miteinander, ehe der Roman beginnt. Etwas beibringen wollen uns heutzutage viele Schriftsteller, aber erzählen, das wollen sie nicht. Wahrscheinlich können sie es einfach nicht, weil sie immer ihre Augen zuhalten vor der Wirklichkeit des Menschen. Der Roman *Das Vorbild* ist schon deshalb für sich ein Beispiel, weil er an immer neuen Stromschnellen zeigt, wie sich das, was dem Leser beigebracht werden soll, sozusagen dialektisch verändert durch die Erzählung. Sie ist bei Lenz keine Methode, sondern ein Naturzustand.

Das pädagogische Thema gleicht bei Lenz einer Puppe, die immerfort weitere Puppen hervorbringt. Insofern hat Lenz sein pädagogisches Thema höchst raffiniert angelegt. Es zwingt ihn, für das Kapitel »Vorbild« in dem Lesebuch ein Beispiel nach dem anderen auszupacken, und weil Lenz seine Romanfiguren als Menschen entfaltet, Menschen hier und heute, hat er beim Auspacken der Beispiele ein vortreffliches Mittel in der Hand, die Romanfiguren bereits durch die Vorschläge zu charakterisieren, die sie für das Lesebuch machen. Es wird aber noch viel bunter mit den Puppen in der Puppe, denn die drei Pädagogen sitzen ja nicht in einem sterilen Glasgehäuse beisammen, sondern haben – jeder für sich – ihr persönliches Leben, ihre privaten Konflikte. So sprudeln allenthalben neue Quellen für Erzählungen hervor, und Siegfried Lenz wäre kein Siegfried Lenz, wenn er die pädagogischen und die ganz persönlichen Erzählungen nicht munter miteinander verknüpfte. Dabei darf man getrost einmal seine strategische Begabung bewundern. Kaum nämlich hat man sich in den Roman eingelesen, da steht schon eine solche Fülle angefangener Erzählungen bereit, daß es einem bange werden kann um den Erzähler. Dem Leser kann das ja nur recht sein, ihm wird »Stoff« in Hülle und Fülle zugetragen. Aber wie kommt der Autor da heraus?

Gleich mit den ersten Zeilen des Romans macht Siegfried Lenz den Leser zum Komplicen seines strategischen Konzepts: »Langsam, langsam; sie können doch nicht auf einmal da sein. Sie können doch nicht wie zufällig auf einem dunstigen, novemberlichen Bahnsteig ankommen oder sich unvorbereitet in dem trüben, von einem Leitergerüst gefangengesetzten Hotel vorfinden, als wären sie mit der Paketpost eingetroffen. Man kann ihnen doch nicht die Mühsal der Annäherung erlassen ...«. Siegfried Lenz bespricht sich also mit sich selbst und damit mit dem Leser über das Arrangement seiner Romankapitel. An anderer Stelle heißt es einmal: »Hier könnte man wegblenden. Hier könnte man die drei ungleichen Sachverständigen beurlauben ...« (S. 26). So wird der Leser dann und wann aus dem Strom der Erzählungen herausgefischt und an seine Situation des Beobachters erinnert. Dieses Verfahren der gelegentlichen Distanzierung des Lesers hängt übrigens eng mit dem pädagogischen Thema des Romans zusammen, denn der Leser soll ja selbst nachdenken über die Beispiele für das Lesebuch, selbst urteilen über die Vorbilder.

Darin muß er schon deshalb eingeübt werden, weil die Fahndung nach dem Vorbild ohne Ergebnis bleibt. Es wäre gräßlich, hätte sie am Ende doch zu einem Ergebnis geführt. Das ganze Ergebnis ist eine Postkarte, die der Lehrer Janpeter Heller und die Lektorin für Lesebücher Dr. Rita Süßfeldt vom Bahnhof an den Rektor im Ruhestand Valentin Pundt schreiben. Der Text lautet: »Kurz vor meiner Abfahrt ist es uns noch gelungen, das zeitgemäße Vorbild ausfindig zu machen: es handelt sich um eine intakte Windmühle, die, bei ausreichender Regung in der Luft für jedermann sichtbar vierflügelig um sich schlägt« (S. 527). Die Ironie dieses abschließenden Textes ist nicht schmerzfrei, vielleicht nicht einmal frei von Bitterkeit, doch hält sie sozusagen von hinten den ganzen Roman, der demnach Mutmaßungen über ein Vorbild enthält, nicht aber das gebrauchsfertige Beispiel für das Lesebuch.

Valentin Pundt liegt im Krankenhaus. Deshalb muß die Postkarte geschrieben werden. Warum liegt Pundt im Krankenhaus? Der Roman sagt es denkbar einfach: »Tja, sagt Pundt, so einfach ging es zu: ich hörte da Hilferufe, ich wollte helfen; die Folgen sehen Sie vor sich« (S. 456). Abends an der Alster, denn der Roman spielt in Hamburg, wollte Valentin Pundt fremden Leuten helfen, die von jugendlichen Schlägern bedrängt wurden. Da wurde er selbst zusammengeschlagen. Natürlich denkt der Leser sofort, da hätten wir es doch, das Vorbild. Darauf legt Lenz es im Strom seiner Erzählungen immer wieder an. Aber Pundt sagt im Krankenhaus zu den beiden anderen Pädagogen, er wolle jetzt aussteigen aus der Suche nach dem Vorbild: »Ich habe eingesehen, daß ich nicht der Mann bin, der anderen Vorbilder empfehlen kann. Ich bin, wenn Sie so wollen, nicht zuständig dafür« (S. 459). Ehe Valentin Pundt aus Lüneburg nach Hamburg kam, hatte sich dort sein studierender Sohn das Leben genommen. Eine der strategisch so verblüffend geleiteten Formationen des Erzählens stammt aus der

Fahndung des Rektors nach dem Motiv seines Sohnes. Dabei stößt er auf einen Protestsänger, für den sein Sohn sich begeisterte, bis der Sänger sich zum Star im Show-Geschäft machen ließ.

Überall in dem verflochtenen Adernsystem der Erzählungen stößt man auf solche Annäherungen an ein Vorbild. Sie bleiben so annähernd, wie Siegfried Lenz von der Lektorin Rita Süßfeldt sagen kann: »dieser unausgeführte Entwurf ihrer selbst«. Ritas Vetter, der seit einem Brandunglück von schweren Krampfanfällen heimgesuchte Archäologe Heino Merkel, bringt schließlich in das Wechselspiel um die Vorbilder einen ganzen Lebenslauf ein, den Lebenslauf der jüngst verstorbenen Biologin Lucy Beerbaum, die in Griechenland aufwuchs. Die drei Pädagogen haben ihre Beispiele, auch ihre Ersatzbeispiele vorgebracht und diskutiert. Kein einziges hielt stand. Janpeter Heller sagt: »Vorbilder sind doch nur eine Art pädagogischer Lebertran!« Mit seinen fast schon vierzig Lebensjahren schlägt Heller sich immer noch auf die Seite der protestierenden Jugend. Seine Ablehnung der vorgetragenen Beispiele für das Lesebuch fällt bissig aus. Aber es ist dafür gesorgt, daß auch er in der Annäherung steckenbleibt, beileibe kein Vorbild, wenn man ihn in seiner verfahrenen Ehe beobachtet.

So steht immer dringlicher Lucy Beerbaum zur Diskussion. Eines Tages kam sie aus Athen nach Hamburg, um einen Onkel beizusetzen und zu beerben. Sie blieb in Hamburg, weil ihr Freund in Athen, der Biologieprofessor Victor Gaitanides, ihre gemeinsame Sekretärin heiratete. Es ist eine Mutmaßung, daß dies der Grund dafür war, daß sie nicht nach Athen zurückkehrte, eine gewichtige Mutmaßung allerdings, denn sobald Siegfried Lenz einen Menschen unter dem Verdacht des Vorbildes einführt, bringt er ihn auch in ein Zwielicht. Ideale Menschen gibt es nicht, und wo sie sich dem Vorbild nähern, können sie das nur in der Gebrochenheit menschlichen Daseins. Sogar ihr vorbildliches Handeln, falls es das ist, unterliegt dem Zweifel, kann nicht in der forschen Weise einer Heldenverehrung einfach als Vorbild für andere – besonders junge – Menschen übernommen oder gar empfohlen werden.

Immer mehr beherrschen Vorfälle aus Lucy Beerbaums Leben den Roman. Wahrscheinlich der großartigste Vorfall, großartig vor allem in der Weise der Erzählung, ist eine Episode aus Lucys

Schulzeit in Athen. Ihr Vater war damals aus »idealer Gesinnung«, wie man sagt, ein Advokat der Armen. Lucy hatte es sich angewöhnt, ihre Schularbeiten in einem Nebenzimmer der Praxis ihres Vaters zu machen, von dem aus sie die Klienten beobachten konnte. Besonders faszinierte sie dabei das Mädchen Andrea, das mehrmals mit seiner Mutter in die Praxis kam. Andrea war so alt wie Lucy. Stets ließ sie mit geübten Diebesfingern einige Früchte vom Obstteller des Vaters verschwinden. Lucy war betroffen von der Armut des gleichaltrigen Mädchens und versuchte, ihm draußen auf dem Flur etwas zuzustecken. Das mißlang regelmäßig. Zornig warf Andrea ihr die Geschenke vor die Füße. Da griff Lucy zu einer List. Sie legte ein paar Geldmünzen unter die Früchte und sah zu, wie Andrea die Münzen stahl. Hier sucht man vergeblich nach dem vorbildlichen Handeln, denn bewußte Verleitung zum Diebstahl gilt bei uns eher als ein Vergehen denn als Vorbild. Trotzdem hat das Schulkind Lucy etwas vollbracht, was nur selten geschieht. Es hat sich in seiner Hilfsbereitschaft bedingungslos auf den anderen, den armen, den zu beschenkenden Menschen eingestellt.

Wie aber kommt Lucy Beerbaum zu ihrem Ruhm in dem Roman *Das Vorbild*? Als die Junta der Obristen in Athen die Macht übernahm und mit vielen anderen Intellektuellen auch Lucy Beerbaums griechische Freunde, auch Victor Gaitanides, einsperrte, entschloß sich die Biologin Professor Lucy Beerbaum, fortan unter den Bedingungen der griechischen Häftlinge zu leben, nicht mehr zu essen, als sie zu essen bekamen, nicht häufiger Besuch zu empfangen, als ihnen Besuch gestattet wurde. Sie gab ihre Arbeit an einem biologischen Forschungsinstitut in Hamburg auf, verharrte in ihrem Zimmer, hungerte dort und bemaß sogar ihre Spaziergänge genau nach der den Häftlingen zugemessenen Zeit für den Aufenthalt in frischer Luft. Dieses Beispiel wurde als Protest mißverstanden und erregte Aufsehen. Lucy Beerbaum aber versicherte immer wieder, daß sie es nicht auf Protest, sondern ganz einfach auf Anteilnahme angelegt hätte, wenn sie sich den gleichen Bedingungen wie die griechischen Häftlinge unterwarf.

Hier konzentriert sich das Interesse der drei Pädagogen bei ihrer Fahndung nach dem Vorbild. Was immer sie bislang ausgewählt und wieder verworfen hatten, waren Beispiele vorbildlichen Handelns. Lucy Beerbaum handelte nicht, Lucy Beerbaum litt mit ihren verhafteten Freunden, bis sie einer schweren Lungenentzündung in unmittelbarer Folge ihrer »Anteilnahme« erlag. Dieses wird für Lenz der Kern in der Nuß. Aber immer noch geben die drei Pädagogen sich nicht zufrieden, sie dringen auf einen besonders eklatanten Vorfall in der erlittenen Anteilnahme. Ihn finden sie dort, wo Lucy Beerbaums Anteilnahme in Frage gestellt wird. Ihr Chef vom biologischen Institut besucht sie, um ihr zu sagen, wie unentbehrlich sie gerade jetzt in der Forschungsarbeit sei. Behutsam versucht er ihr beizubringen, wie sinnlos doch eigentlich ihr Opfer sei. Wenig später kommen Reporter zu Lucy Beerbaum. Auch sie bezweifeln den Sinn ihrer Entbehrungen, horchen sie unziemlich nach ihrem Verhältnis zu Victor Gaitanides aus, der doch in griechischer Haft inzwischen selbst gesagt habe, daß er Lucys Opfergang für völlig sinnlos halte. Gleich darauf streiten sich zwei jugendliche Nichten der Biologin über das seltsame Gebaren ihrer Tante. Diese beiden Zweifelgeschichten um die Anteilnahme der Lucy Beerbaum werden endlich von den drei Pädagogen für ihr Lesebuch ausgewählt.

Was mitten im Strom der Erzählungen geschieht, ist deutlich. Siegfried Lenz überantwortet das Vorbild den kritischen Fragen. Es ist sehr wichtig, darauf zu achten, daß er niemals eines der Vorbilder zerstört oder schlankweg von der Tafel wischt. Er fragt nur, er zweifelt – und eben das will er dem Leser beibringen. Er will mehr als das, er will den Leser selbst zum Fragen, zum Zweifeln verführen, und dies immer auf dem Hintergrund gegenwärtiger junger Menschen, für die das Kapitel »Vorbild« im Lesebuch bestimmt ist. Dabei gibt es für ihn zwei Wege, die Diskussionen zwischen den Pädagogen, in denen diese sich selbst darstellen, oder aber die fortgesetzte Erzählung, aus der sich wie von selbst Zweifel ergeben. Mit einiger Virtuosität überwindet Lenz die Tücke der Diskussionen, die leicht trocken wirken könnten. Sie tun das beileibe nicht, denn Siegfried Lenz meistert den im Konjunktiv referierten Dialog mit der gleichen Frische wie die protokollartige Aufzeichnung eines Gesprächs. Er bleibt in jedem Fall der geborene Erzähler, dem auch das Nachdenken, auch der kritische Einspruch noch zu einer erzählerischen Pointe gedeiht.

Nachdem Valentin Pundt außer Gefecht gesetzt wurde, weil

jemand um Hilfe rief, fahren Rita Süßfeldt und Janpeter Heller zu dem jungen Schulbuchverleger Dunkhase und tragen ihm ihr Ergebnis vor. Es kommt zu einer Auseinandersetzung, denn Dunkhase ist keineswegs begeistert von dem Vorschlag. Die beiden Pädagogen meinen: »Wenn wir Wert darauf legen, daß ein Vorbild nicht chloroformieren, sondern zum Zweifel anstiften soll: hier können wir es finden ...« (S. 487). Dunkhase aber spricht von einem Beispiel der passiven Auflehnung, »das zwar schön anzusehen, im übrigen aber von nobler Wirkungslosigkeit« (S. 517) sei. Er will sich auf weitere Diskussionen nicht einlassen, für ihn ist der Fall erledigt: »Es ist ein privater Protest. Beschaulich, meditativ. Ein elegisches Nein. Eine Auflehnung in Demut« (S. 517). »Das revolutionäre Potential in den Schulen muß jedenfalls anders geweckt werden: durch Vorbilder, die handeln« (S. 518). Darauf erwidert Janpeter Heller: »Ich wollte Sie nur auf eine neue Spielart der Arroganz aufmerksam machen: Handeln um jeden Preis« (S. 518). Es folgt die Postkarte mit der Windmühle.

Das Scheitern des Vorbilds ereignet sich mit der Wucht eines plötzlichen Einsturzes. Erst jetzt sieht man den Autor in seinem vollen Engagement. Sicher wird ihm bis dahin mancher Leser auf den Leim gegangen sein, weil er das Vorbild nach so langem »Herumjäten in Lucy Beerbaums Leben« gegen die Junta der griechischen Obristen ins Feld zu führen schien. Aber ein ganz ähnliches Beispiel wie Lucy Beerbaums unbeirrbare »Anteilnahme« ist uns auch aus dem Zweiten Weltkrieg bekannt. Es geht hier nicht um die Adressaten der passiven Auflehnung, sondern um die passive Auflehnung selbst, die sich ganz legitim an einem Vorfall der jüngsten Zeitgeschichte entzündet. Siegfried Lenz bleibt sozusagen beim Wort, wenn er auch Lucy Beerbaum einer »kritischen Besichtigung des Vorbilds« unterzieht, ja, ihr Vorbild gewinnt für ihn überhaupt erst Gewicht durch die beiden Vorfälle, bei denen es in Frage gestellt wird. Die vorletzte Szene allerdings im Lektorat des Schulbuch-Verlages läßt dann keinen Zweifel mehr daran, wo Siegfried Lenz sich endgültig engagiert. Den Weg dahin hat er sich wahrhaftig nicht leichtgemacht, er versperrte ihn mit lauter anderweitigen Vorbildern, aus denen dann die so fragwürdige, vom Effekt her sinnlose »Auflehnung in Demut« hervorging.

Das klingt nach ziemlich schwerem Gewicht, doch die Art, mit der Siegfried Lenz seinem Leser das schwere Gewicht in die Hand drückt, ist alles andere als schwer. Man fühlt sich geradezu versucht, den Roman *Das Vorbild* einen geplauderten Roman zu nennen. Lenz hat eine ausgesprochene Vorliebe für das Detail, er siedelt seinen Roman sehr genau an, läßt den Leser niemals im ungewissen über den Ort, den Schauplatz der Handlung. Dabei macht es ihm spürbar Freude, der Stadt Hamburg und den Hamburgern in unverkennbarer Zuneigung ein wenig am Zeug zu flicken. In der Hotelpension nahe der Alster, dem Ort der Beratungen, kennt man sich bald vorzüglich aus, und wenn auch die begleitenden Erzählungen und Lebensumstände der Beteiligten alle auf eine verdeckte oder offenkundige Spiegelung des eigentlichen Themas hinauslaufen, so erlaubt Lenz sich doch eine quasi hemdsärmelige, nicht selten ironisch unterfütterte Weise des Erzählens. Deutscher Tiefsinn ist seine Sache nicht, das Ergebnis aber womöglich eine Lektüre, die es sich frei herausnimmt, sogar unterhaltend, sogar spannend zu sein.

Früher war es unerläßlich, einen Schriftsteller wie Siegfried Lenz einen Moralisten zu nennen. Erst dann zählte er. Aber Moralisten haben die lästige Eigenschaft, ihren Lesern auf die Nerven zu fallen, weil sie penetrant, weil sie langweilig sind. Nun ist Siegfried Lenz in seinem Roman *Das Vorbild* ganz buchstäblich ein Moralist, doch vor der penetranten Langeweile schützen ihn zwei bemerkenswerte Fähigkeiten. Er kann erstens erzählen und zweitens seine eigene Moral kritisch besichtigen. Dies beides geschieht in einer unauflösbaren Verflechtung, indessen Valentin Pundt, Rita Süßfeldt und Janpeter Heller nach dem Vorbild fahnden. Dabei bleibt die kritische Besichtigung nach allen Seiten hin offen. Der Leser kann jede Tür benutzen, ob zum Eingang oder zum Ausgang. Er tut das auch fortwährend, ärgert sich, freut sich, stimmt zu, lehnt ab, bleibt mit anderen Worten ständig agil und wird zuletzt nicht genötigt, dem vollen Engagement des Autors zu folgen. So gerät man mit Lenz in eine auf dem literarischen Gelände heute kaum noch bekannte Situation. Jawohl, er will uns etwas beibringen, kritische Besichtigung viel eher als eingebleute Moral; aber nichts fürchtet er mehr als eine Chloroformierung des Lesers. Darum sagt er: Komm, ich erzähle dir etwas, ich erzähle dir eine ganze Menge, viele Menschen, viele Umstände, vielleicht gefällt es dir, vielleicht auch nicht, aber am Ende wäre es gut, wenn auch du ein bißchen nachdächtest über ein menschliches Vorbild, ob es das gibt oder nicht. Wahrscheinlich ist es unscheinbarer, als du oder ich es vermuteten.

Da ist zum Beispiel Mareth, die Schwester der Lektorin Dr. Rita Süßfeldt. Mareth hat sich mit vollem Einsatz ihres kranken Vetters Heino Merkel angenommen. Eigentlich lebt sie nur für ihn, der ohne ständige Aufsicht längst in eine Heilanstalt abgeschoben worden wäre. Ist das vielleicht kein Vorbild, das Mareth uns da liefert? Auch Rita sorgt sich um ihren Vetter. Eines Tages ergibt sich ihr die Möglichkeit, ihrem Vetter durch gewisse Beziehungen einen literarischen Preis zu verschaffen. Siegfried Lenz schildert mit ironischem Vergnügen die Preisverleihung. Heino Merkel nutzt die Gelegenheit, den Hamburgern ein bißchen Putz von ihrer Fassade zu klopfen. Das geht alles hübsch seinen Gang, denn noch weiß weder Heino noch der Leser, wie Rita die Preisvergabe manipuliert hat, um ihrem Vetter eine gewisse Selbstbestätigung zu verschaffen. Dann aber ist Heino plötzlich abgereist. Er kam Rita auf die Schliche, und erst jetzt erinnert sich der Leser daran, daß Heino einmal über seine Cousine Mareth gesagt hatte: »Ich weiß, ich könnte ihr nichts Schlimmeres antun, als gesund zu werden« (S. 226). Wie war das nun mit dem Vorbild Mareth? Und mit Heller? Und mit Pundt? Und mit Lucy Beerbaum ...

So sind wir noch einmal in den Roman *Das Vorbild* zurückgekehrt. Aber dies eben ist charakteristisch für den Fall Siegfried Lenz. Man kann ihn nicht theoretisch erörtern, man muß in den Strom seines Erzählens zurückkehren. Was immer er zu sagen, was immer er beizubringen hat, setzt sich ihm sofort in Erzählung um. Das ist das Geheimnis auch der zweiten Deutschstunde des Schriftstellers Siegfried Lenz.

Jost Nolte

Herausforderung mit verstellter Stimme

Vor fünf Jahren entwickelte Siegfried Lenz in der *Deutschstunde* seine weiträumige Geschichte über den Maler Max Ludwig Nansen aus einem Schulaufsatz über die Freuden der Pflicht; jetzt unterbreitet er uns im *Vorbild* die Geschicke der Wissenschaftlerin Lucy Beerbaum als vorgebliches Schulbuch-Thema. Macht sich Lenz zur Gewohnheit, was ihm einmal soviel Erfolg eingetragen hat? Dupliziert er der Einfachheit halber einen Erzähltrick?

So einfach, so äußerlich liegen die Dinge gewiß nicht. Die neuerliche Anleihe des Erzählers Siegfried Lenz bei der Pädagogik hat einleuchtend mit dem Verständnis zu tun, das er an seinem Metier nimmt. Er spart sich schulmeisterliche Arroganz, er nutzt im Gegenteil beste Pädagogen-Art, um seinen Sachverhalt sorgsam auseinanderzulegen, ihn wissend nach hier und dort zu wenden und ihn so lange auszuwerten, bis das Thema jedem Urteil offensteht – auch auf die Gefahr hin, daß am Ende eine Lehre, eine Summe für den Alltag nicht mehr greifbar scheint. Siegfried Lenz, meine ich, führt uns vor, wessen jemand, ob Erzähler oder Lehrer, mit Kopfarbeit noch habhaft werden kann, wenn er es ablehnt, alles und jedes als Bestätigung dieses oder jenes Patentrezepts zu nehmen und weiterzureichen. Lenz fußt auf der Einsicht, daß sich die Gegenwart nicht auf eindeutige Auskünfte reduzieren läßt, aber er beharrt darauf, daß sie erzählbar sei.

Wenn nicht Hochmut, dann falsche Bescheidenheit? Auch dieser Verdacht ist abwegig. Denn erstens gibt sich Lenz nicht mit einer schulmeisterlichen Sicht zufrieden, sondern erfindet deren drei, und zweitens reproduziert er nicht geradewegs Arbeitsweisen und Lehrmeinungen, wie sie ihm eben ins Konzept passen, sondern er versetzt glaubwürdige Haltungen mit Ironie. Bei Licht betrachtet, erlaubt sich Siegfried Lenz gesundes Selbstbewußtsein, und anders als in der *Deutschstunde* erprobt er es diesmal nicht an einer noch so bedeutsamen, fürs Hier und Heute noch so folgenreichen Vergangenheit, sondern an der Gegenwart.

Um es vorwegzunehmen: daß sich Lenz im *Vorbild* auf die Gegenwart einläßt, daß er sich, wenn man will, auf sie beschränkt, halte ich nach soviel literarischen Rückgriffen auf die Vergangenheit für ein Verdienst. Ich rechne es ihm um so höher an, als es sich um eine alltägliche Gegenwart handelt. Diese konsequente Darlegung von Gegenwart aber läßt sich nicht einfach hinnehmen und grundsätzlich begrüßen. Sie muß, gerade weil sie vorerst noch Neuigkeitswert hat, auf ihre Einzelheiten befragt werden.

Denn: Allerweltsfiguren aus Hamburg (und aus Lüneburg und Diepholz); naturgetreue Hamburg-Szenerie, in der nur dann und wann (und warum überhaupt?) ein Prominenten-, ein Kaufhaus-, ein Zeitschriftenname verfremdet sind; geläufige, wiedererkennbare Vorfälle; Reaktionen und Dispute, wie sie nun einmal üblich sind – eigentlich hätten wir zu staunen, daß uns diese Geschichte beschäftigt, daß sie uns überhaupt interessiert.

Und unter umgekehrtem Vorzeichen, unter dem Zeichen der unalltäglich-unanfechtbaren Lauterkeit gilt dasselbe für das Lesebuch-Vorbild, auf das sich da bei Lenz drei Leute im Auftrage eines Verlages nach einigem Herumtasten einigen wollen: Professor Lucy Beerbaum, Spezialistin für genetischen Code, die darauf eingeschworen ist, daß der Mensch jetzt mit Hilfe der DNS-Strickleiter jedes denkbare biologische System künstlich herstellen kann; Professor Lucy Beerbaum, die in ihrer Wissenschaft keine Vermessenheit, sondern Bereitschaft zur notwendigen Erkenntnis sieht; doch auch jene Lucy Beerbaum, die sich selbst die Bedingungen härtester Gefangenschaft auferlegt, als die Obristen in Griechenland Lucys Freunde, vor allem einen Freund, festsetzen; jene Lucy Beerbaum, die diesen Protest durchhält, bis er sie zu Tode schwächt.

Wir hätten zu staunen über die Wirkung des Romans *Das Vorbild* von Siegfried Lenz. Es sei denn, wir verbieten uns das Staunen nach ein paar Seiten – spätestens dann, wenn uns Lenz den Rektor a. D. Valentin Pundt aus Lüneburg lodenbekleidet auf dem Hamburger Hauptbahnhof vorgestellt und beim Telefonieren in einer bedrängten Zelle gezeigt hat, wenn Lenz Pundts Mitherausgeberin Rita Süßfeldt in einem unmöglichen Auto hat vorfahren und stadtplangetreu zur Alster hat kurven lassen und wenn er den dritten im Bunde, den so besessenen wie eigensinnigen Lehrer Janpeter Heller, zu den Kollegen versammelt hat.

Dies ist, erkennen wir, eine sehr verführerische Art zu erzählen. Lenz spielt mit uns, indem er mit seinen Figuren spielt. Er wiegt uns in Wohlgefallen mit liebevoll-überlegener Abschilderung von Leuten, die unserer Nachsicht sicher sind: bemühte Zeitgenossen mit Schrullen, Sonderlinge, die sich vorteilhaft abheben von allen Durchschnittstypen. Später wird uns Lenz allerlei Privatangelegenheiten dieser Menschen auftischen, er wird sagen, was hinter ihrem Benehmen steckt: der Selbstmord eines Sohnes, hennenhafte Liebe zu einem Kranken, eine gescheiterte Ehe. Er wird Aktualitäten in seine Geschichte einbringen: Heller läßt sich freudestrahlend bei einer Demonstration gegen die Verkehrstarife festnehmen, Pundt wird von Rockern zusammengeschlagen. Und auch das ist verführerisch: was wir aus der Morgenzeitung kennen, wird uns noch einmal vorgelegt, nur ist es besser erzählt, und folglich können wir es besser genießen. Genau damit freilich weckt Lenz unseren Widerspruchsgeist. Der mündige Leser in uns sträubt sich. Dieser bessere Leser in uns will sich nicht einlullen lassen. Schön und gut: dieses Wiedererkennen von Wirklichkeit. Noch besser: die originellen Personen. Aber genügt das auf die Dauer? Was erfahren wir denn, was wir nicht schon wissen? Wir erwachen, und erwacht fallen wir abermals auf Lenz herein. Wir genießen, was uns als die genaue Sprache des Siegfried Lenz vertraut ist. Bei Gelegenheit einer Szene etwa, in der Rektor a. D. Pundt herauszufinden versucht, warum sein Sohn sich umgebracht hat.

Ein Freund des Sohnes war Mike Mitchner, der gerade in Hamburg ein Pop-Konzert gibt. Pundt besucht dieses Konzert. Lenz beschreibt ihn auf dem Weg dorthin: »Die Prozession bewegt sich wieder ungehemmt auf die große Halle zu, ein gewaltloser und dennoch ungestümer Zug, der den vereinzelten Polizisten das Recht auf Anwesenheit bestreitet – einfach durch die augenscheinliche Friedfertigkeit, die von den mitgeführten Gegenständen ausgeht: in offenen Ledertaschen entdeckt Pundt Brettspiele, Mensch-ärgere-dich-nicht zum Beispiel; er entdeckt einen Stapel Micky-Maus-Hefte, Strickzeug sogar ... In welch einen Aufbruch ist er hineingeraten? Ist das ein Abschied, eine Lossagung? Soll hier ein Reich der Minderjährigen gegründet werden? Ein verschontes Luft- und Traumreich, fern von den Erwachsenen? Wird man ihm womöglich den Zutritt verwehren, ihm, dem Alten, dem Grauhaar, dem Feind?« (S. 59).

Es wird schnell klar, was bei Siegfried Lenz genaue Sprache heißt. Da wird nun doch nicht einfach etwas geschildert. Den Strom junger Leute zu einem Pop-Konzert haben schon andere gesehen und beschrieben. Daß Mensch-ärgere-dich-nicht und Mikky Maus nicht im Widerspruch zu elektronisch aufgepeitschter Massenhysterie stehen, sondern sie komplettieren, läßt sich ebenfalls bei anderen nachlesen. Aber wie Lenz diese Sachverhalte in die Psychologie des Rektors Pundt aus Lüneburg einbringt, wie er sie zu einer Konfrontation nutzt, wie er die Jungen gegen den Alten stellt und mit einigen wenigen Worten auf mythische Dimensionen anspielt – das beweist die Sicherheit, mit der dieser Erzähler seine Sprache handhabt. Es zeigt, was durchreflektierter Realismus zu leisten imstande ist: nämlich die Wahrheit über eine Sache an den Punkt zu treiben, an dem entweder jedes weitere Wort überflüssig ist oder endlos weiterreflektiert werden muß. Lenz spart sich jede Spekulation über die Szene hinaus, und er wählt damit den besseren Teil, den Teil des Erzählers.

Das heißt nicht, daß Lenz in diesem Roman nicht spekuliert. Er spekuliert im Gegenteil auf langen Strecken. Besser: Er läßt spekulieren. Rektor Pundt, Lehrer Heller und die Dame Süßfeldt können sich nicht genug tun im Heranschaffen von Argumenten. Nur handelt es sich nicht um freitreibende, sondern um gebundene Gedankenläufe. Was da gesagt wird über Möglichkeit und Unmöglichkeit von Vorbildern in unserer Gesellschaft, was einer aufgreift, weiterführt, vertieft, abbiegt oder widerlegt, stets ist es nicht nur Auskunft über die Sache, sondern auch Auskunft über die Person, die das Wort hat. Lenz hält sich strikt an die realistische Regel, nach der nichts gesagt werden kann, was nicht einer der eingeführten Personen angemessen ist. Der Erzähler hält sich aus dem Spiel.

Doch vielleicht ist es dies, was, allen Vorzügen des Romans zum

Trotz, zum Widerspruch reizt: da wird uns ein Thema vorgesetzt, das wir ohne Einrede ungern passieren lassen, das uns zu eigenem Urteil herausfordert. Immer aber spricht der Herausforderer, wie es scheint, mit verstellter Stimme. Nie will es gelingen, ihn selbst beim Wort zu nehmen; bestenfalls stehen die vorgeschobenen, die erfundenen Figuren zur Verfügung. Ihnen zu widersprechen aber lohnt aus zwei offenkundigen, ineinandergreifenden Gründen nicht: die Leute, die da reden, sind erfunden und folglich nicht haftbar für ihre Argumente, und sie widersprechen einander unentwegt gegenseitig. Was wir auch einwenden wollen, jemand nimmt uns das Wort aus dem Mund oder sagt etwas, was sich genausogut einwenden läßt. Lenz denkt zu genau, und er erzählt zu geschickt, als daß er uns eine ernsthafte Chance ließe. Er läßt uns nicht einmal die Chance, ihn bei seiner Erzähler-Gerechtigkeit zu packen, denn in seinem Roman gibt es keinen Sieger, für oder gegen den wir Stellung beziehen könnten; es gibt nur Unterlegene; der Verleger lehnt am Ende das Lesebuch-Kapitel über das Vorbild ab, auf das sich die Herausgeber Heller und Süßfeldt geeinigt haben, nachdem der Herausgeber Pundt seine Mitarbeit schon aufgekündigt hatte.

Kann dieser General-Einwand stechen? Er würde nicht nur Lenz und seine Erzähler-Fertigkeit treffen, sondern jedes realistische Rollenspiel, solange es nur durchgehalten ist. Eine ganze Gattung stände in Frage. Nach hiesigem Literaturverständnis aber ist die Wahl der literarischen Mittel frei, und es wird immer mißlich bleiben, einem Roman seine Perfektion vorzuwerfen.

Doch wir brauchen zum Glück nicht so hehre Grundsätze zu bemühen, um Siegfried Lenz auch für Leser in Anspruch zu nehmen, die von einem Buch nicht bevormundet, sondern in ihrer Mündigkeit bestärkt werden wollen. Auch dazu taugt in der Tat der Roman *Das Vorbild*. Er läßt offen, was offenbleiben muß.

Lenz hat früh angedeutet, was er mit dem *Vorbild* im Sinn hatte. Als er vor drei Jahren seine Dankrede für den Literaturpreis der Freimaurer und den Lessing-Ring hielt [*Der Wettlauf der Ungleichen*, s. Bibliographie unten, S. 269], führte er probeweise Literatur und Wissenschaft gegeneinander ins Treffen. Er zeigte Mißtrauen gegen die damals florierende Ansicht, die Literatur habe abgewirtschaftet, und er war nicht bereit, ihre Todesurkunde zu früh zu unterschreiben. Er ließ der Wissenschaft den Ruhm, den Wissensstand der Menschheit alle sieben Jahre zu verdoppeln, aber er behauptete den Anspruch der Literatur, jenes Wissen ins Recht zu setzen, auf das keine Garantie erteilt werden kann. Die Literatur, sagte er, bestehe darauf, das angeblich Gesicherte zu befragen, gerade dann, wenn es als unveränderlich vorgestellt werde. Er sagte auch: »Der Chemiker kennt und verwaltet die Formeln des neuen Kampfstoffs; der Schriftsteller verwaltet die Angst, die von diesen Formeln ausgeht.« Und Lenz zählte auf, was zur Literatur gehört: »Die Herkunft einer allgemeinen Trauer zu bestimmen; das Scheitern unserer Entwürfe zu begründen; die Furcht verständlich zu machen und der Hoffnung Namen zu geben.«

Daran hat sich Lenz im *Vorbild* gehalten. Zwar ist nicht von Chemikern und von Kampfstoffen die Rede, wohl aber von Biologen und vom genetischen Code. Was wissenschaftliche Hybris und was notwendige Arbeit am menschlichen Fortschritt ist, steht zur Diskussion. Und Lenz sagt darüber nicht mehr, als er ehrlicherweise sagen darf. Getreu seiner Realistenpflicht, begnügt er sich damit, ein paar Leute zu zeigen, die sich mit diesem Thema herumschlagen. Indem er aber nicht mehr sagt, überantwortet er die Kernfrage seines Buches seinen Lesern – diese Frage, aber auch die andere nach dem Pathos einer Frau, die in Hamburg versucht, politische Haft unter griechischen Bedingungen zu simulieren. Wieviel Fertigkeit Lenz sonst auch in diesem Roman an den Tag legt, wieviel Menschliches er spielerisch und ironisch vom Tisch wischt, hier hat er nur seine Zweifel anzumelden, und er bekennt sich zu ihnen.

Ganz zum Schluß geht Siegfried Lenz noch einen Schritt weiter: Er polemisiert gegen jene, die präpotent das Unbeantwortbare beantworten. Der Schulbuchverleger, für den Valentin Pundt, Janpeter Heller und Rita Süßfeldt ein Vorbild suchen sollten, lehnt das Vorbild Lucy Beerbaum ab, weil diese Frau zu den »Lotosblüten des gewaltlosen Widerstands« zähle. Er verlangt statt dessen ein Beispiel aktiven, sprich notfalls: gewalttätigen Widerstands. Während Rita Süßfeldt ihrer Wut über diese Zumutung freien Lauf lassen will, hat der sonst so streitbare Janpeter Heller nur ein Achselzucken übrig. Er verweigert sich dem Versuch, einen Typ zu überzeugen, den niemand überzeugen kann –

weil der Schulbuchmacher und Leute seines Schlages hinter jeder fremden Meinung Autorität vermuten, die sie gefährdet.

Springt Siegfried Lenz mit dieser Parteinahme über seinen Schatten? Ich denke, er tut mehr: er entkräftet nachhaltig den Verdacht, er treibe nur ein ironisches Spiel mit menschlichen Schwächen, und er widerlegt den Argwohn, er feiere den permanenten Widerspruch menschlicher Unzulänglichkeit, ohne Widerspruch in eigener Sache zuzulassen. Er fordert im Gegenteil den Widerspruch heraus, und er macht sich damit ehrlich vor seinem Thema und vor seinen Lesern.

Querschnitte

Klaus Günther Just

Die Romane von Siegfried Lenz

Siegfried Lenz ist neben Günter Grass nicht nur der bedeutendste, sondern auch der meistgelesene deutsche Romanschriftsteller der Nachkriegszeit. Das macht stutzig, denn literarischer Rang und literarischer Erfolg gehen nicht mit Notwendigkeit Hand in Hand. Im Gegenteil: ein weltweites Echo weckt Mißtrauen und legt die Vermutung nahe, hier mache es ein Autor seinen Lesern zu leicht. Genau das aber ist bei Siegfried Lenz nicht der Fall. Denn wenn einer, dann gehört er zu jenen Autoren, die sich dem Leser auf sehr subtile Weise entziehen. Aus diesem »Sichentziehen«, das bei Siegfried Lenz mit einer spontanen »Komplizenschaft« in spannungsreichem und paradoxem Wechselverhältnis steht, spricht eine literarische und existentielle Klugheit, die gelegentlich an einen so andersgearteten Dichter wie Bertolt Brecht erinnert. Im folgenden soll der Versuch unternommen werden, den Sichentziehenden zu »stellen«, und zwar durch Interpretation seiner sechs Romane [vor dem *Vorbild*].

Siegfried Lenz debütierte 1951 mit dem Roman *Es waren Habichte in der Luft*. In diesem Erstlingswerk geht es um ein Problem, das ein Hauptproblem von Lenz bleiben sollte: die Existenz des Bösen in der Welt. Dem Zugriff des Bösen sind alle ausgesetzt, und das um so mehr, als nur die wenigsten in der Lage sind, das Böse zu sehen und als Gesehenes zu erkennen. Der Roman spielt nach dem Ersten Weltkrieg in Finnland. Im Mittelpunkt steht Stenka, ein Dorfschullehrer, der, von der Revolutionsregierung gesucht, in den Untergrund der Anonymität zu tauchen versucht, aber schließlich doch, wenige Schritte vor der rettenden Grenze, zur Strecke gebracht wird. Das Böse: das ist die politische Welt, die durch den Theoretiker repräsentiert wird und die organischen Formen menschlichen Zusammenlebens mit furchtbarer

Konsequenz zerstört. Angst und Mißtrauen vergiften wechselweise die Atmosphäre: das wird handfest, fast kolportagehaft zur Darstellung gebracht. Auf einer anderen Ebene, der sinnbildlichen, wird das Böse durch die Habichte verkörpert. Sie hängen, auf Beute lauernd, in der Luft, jederzeit zum Herabstoßen bereit. Es zeugt von dem hohen Kunstverstand von Lenz, daß er die Habichte nicht in Aktion treten läßt. Sie bleiben eine permanente Drohung, die sich nirgends »konkretisiert«. Aber gerade dadurch wird diese Drohung so beklemmend und allumfassend, gerade dadurch wird das Bewußtsein, dem Bösen unabdingbar ausgeliefert zu sein, so überzeugend suggeriert. Damit hängt zusammen, daß innerhalb des Romans die Habichte von den Gestalten mitunter überhaupt nicht erkannt werden. »Es waren Habichte in der Luft. Roskow bemerkte sie nicht« (S. 7). So lautet der leitmotivische und zugleich ins Metaphysische weisende Anfang des Buches. Durch diese Blindheit der Gestalten aber soll dem Leser der Star gestochen werden: er soll die Habichte, soll das Böse erkennen lernen. Wenn der irre Petrucha dann sogar einen nichtexistenten Habicht sieht, so steht auch dieser »Irrtum« im Dienste der Blickschärfung und zugleich der Wahrheitsfindung.

Daß die abseitige, die irre Figur tiefer und richtiger zu sehen vermag als die normale, dokumentiert auch der zweite Roman von Lenz, der 1953 erschien: *Duell mit dem Schatten*. Die zentrale Gestalt, ein deutscher Oberst, der Libyen wiederbesucht, wo er mit dem Afrikakorps kämpfte, kann vom psychologischen und soziologischen Standpunkt aus nur als irr bezeichnet werden. Auch sein Weg in die eigene Vergangenheit zurück erweist sich Etappe um Etappe als ein Irrweg. Aber gerade in seiner Irr-Sinnigkeit und Irr-Wegigkeit besitzt der Oberst mediale Kraft. Lenz handelt vermittels dieser Figur sein zweites Hauptproblem ab: die Relation des Menschen, jedes Menschen, zu seinem Schicksal, und das heißt zugleich: zu seiner Schuld. Es gelingt dem Obersten nicht, mit seiner Vergangenheit (die seine Schuld birgt und sein Schicksal ist) ins reine (also ins Schuldlose und Schicksalslose) zu kommen. Gleich einleitend wird er charakterisiert als »ein Mann, kleiner als seine Vergangenheit, erloschen, mürbe, ausgebrannt« (S. 5). Die Vergangenheit wirft ihren Schatten in die Gegenwart, überdeckt, verdeckt diese. Der Oberst sucht innerlich mit einer extremen Situation fertig zu werden, der er im Afrikafeldzug ausgeliefert war und die ihn in ein problematisches, schuldhaftes Verhältnis zu einem seiner Untergebenen gesetzt hat. Er sagt dem »Schatten« der Vergangenheit den Kampf an, verliert aber diesen Kampf, dieses »Duell«. Daß er von einem Leichenbergungskommando der Kriegsgräberfürsorge zu den Toten gezählt und geworfen wird, nachdem er sich in einem Sandsturm verirrt hat und ohnmächtig zusammengebrochen ist, nimmt dieses Scheitern sinnbildlich als makabre Groteske vorweg. Auch die Versuche des Obersten, seine eigene Tochter, die ihn auf der Reise in die Vergangenheit begleitet, seelisch zu vergewaltigen, weisen in diese Richtung: der von der Vergangenheit Geschlagene und Zerstörte will sich an der lebendigen Gegenwart rächen, ohne daß es ihm jedoch gelingt. Zwei junge Engländer, die ebenfalls in Afrika gekämpft haben, die aber den Besuch des alten Kriegsschauplatzes zwecks Eliminierung des Vergangenen durch das Gegenwärtige unternehmen, vermögen das Mädchen auf ihre Seite zu ziehen. Der Mensch kann sein Schicksal nur in Richtung auf eine Zukunft, auf ein Ziel hin bewältigen: so lautet die Lehre dieses Romans.

Der dritte Roman von Lenz, *Der Mann im Strom*, 1957, scheint die Schärfe der Problemstellungen der beiden Erstlingswerke abzuschwächen. Weder vom Bösen schlechthin noch von einer radikalen, bis an die äußerste Grenze gehenden, ja diese überschreitenden Existenzforschung und -zerfaserung ist die Rede. Es geht vielmehr um einen alt gewordenen Taucher, der, um seine Stelle nicht an einen Jüngeren zu verlieren, das Geburtsdatum seines Passes fälscht. Die Fälschung wird entdeckt, der Taucher muß gehen. Das wird in einem Stil erzählt, der sich wesentlich von dem der beiden frühen Romane unterscheidet. Dort bevorzugte Lenz eine kräftige Farbgebung, die vor Grellheit nicht zurückschreckt, eine energische und zügige Linienführung, die sich im Fall des zweiten Romans sogar durchgehend des Mittels grotesker Übersteigerungen und Verzerrungen bedient. Nichts davon in *Der Mann im Strom:* eine zweite Schaffensphase zeichnet sich ab, der Erzählton ist gedämpft, leise, unauffällig, Atmosphäre, Geschehen und Dialog sind dem Alltäglichen angeglichen. Lenz leistet nunmehr auf alles Spektakuläre Verzicht. Und doch wäre es eine Täuschung, wollte man aus dem vergleichsweise milden und versöhnlichen Ton dieses

Romans auf ein Nachlassen der inneren und äußeren Spannungen schließen. Im Gegenteil: Lenz bedient sich des »understatement«, um seine Probleme mit besonderer Eindringlichkeit herauszutreiben. Das hat Marcel Reich-Ranicki übersehen, wenn er Lenz die Eigenschaften eines echten und engagierten literarischen Rebellen abspricht[1]. Lautstärke und Engagement laufen nicht immer parallel. Auch Sentiment und Ressentiment, wie sie beispielsweise Böll pflegt, sprechen nicht immer für die Echtheit des Engagements. Der verhaltene Protest kann zwingender sein als der hektische oder gar gefühlsüberladene. Auf unseren Fall angewandt heißt das: indem Lenz seine Hauptprobleme reduziert, intensiviert er sie zugleich auf paradoxe, aber zwingende Weise. Auch in *Der Mann im Strom* wird die Existenz des Bösen in der Welt Thema. Aber es erscheint gleichsam atomisiert, wird in kleinen und kleinsten Dosierungen verabreicht und nur noch im allgemeinen, fast unwägbaren Widerstand von Welt und Umwelt dem einzelnen gegenüber spürbar. Und die Relation des Menschen zu seinem Schicksal wird hier gerade darum so exemplarisch deutlich, weil es statt um eine außergewöhnliche Vergangenheit um eine ganz und gar gewöhnliche Gegenwart geht.

Intensivierung durch Reduktion: auch der vierte Roman von Lenz, *Brot und Spiele*, 1959, dokumentiert dieses Verfahren. Das erste Hauptproblem ist weitgehend ausgeklammert; infolgedessen gewinnt das zweite Hauptproblem, das Verhältnis des Menschen zu dem ihm eigenen Schicksal, erhöhte Bedeutung. In *Der Mann im Strom* spielt sich das Ringen um die Existenz eines einzelnen im Rahmen der modernen Arbeitswelt ab: Schauplatz ist der Hamburger Hafen. In *Brot und Spiele* ist der Ort der existentiellen Entscheidung ein Sportstadion. Bitterer Ernst dort – bloßes Spiel hier: so scheint es. In Wahrheit aber gelingt Lenz durch das Übertragen des Geschehens in das Milieu des Sports eine bedeutsame Radikalisierung, bedeutsam im Hinblick auf eine Kritik des gegenwärtigen Zeitalters. Gerade in einem Bereich, der auf den ersten Blick unverbindlich ist, rollt das Geschehen mit beängstigender Verbindlichkeit, ja Unerbittlichkeit ab. Die zentrale Gestalt ist ein berühmter Langstreckenläufer, Bert Buchner, der seinen letzten 10 000-m-Lauf verliert, erst in der Zielgeraden verliert. Sein Scheitern im Hexenkessel des Stadions ist erschütternder als das Scheitern des alternden Tauchers, eben weil er nicht wie jener als ein letzten Endes sympathischer Charakter geschildert wird, sondern als ein Mensch, der Fehler hat, ja, zu Verfehlungen neigt. Wie der Oberst in *Duell im Schatten* erreicht er sein Ziel nicht. Aber während der Oberst auf geradezu melodramatische Weise im Schattenduell mit seiner Vergangenheit unterliegt, geht Bert Buchner auf sehr nüchterne Weise an sich selber, an seinem eigenen So-und-nicht-anders-Sein zugrunde. »Bert lief allen davon, nur sich selbst konnte er nicht entkommen. Er selbst war sein größter Gegner, und an diesem Gegner kam er nicht vorbei« (S. 205 f.). Er unterliegt im Duell mit einer Realität, nicht mit einem Schatten; was aus seiner Vergangenheit in die Gegenwart hineingenommen wird, stellt und stemmt sich höchst real gegen ihn. Das Stadion ist für den Läufer unverrückbare Wirklichkeit, die Wüste für den Obersten dagegen beliebig manipulierte Phantasmagorie. Runde um Runde vollzieht sich das Schicksal Bert Buchners mit einer Unerbittlichkeit, von der keinerlei Abweichung möglich ist. Das ist die sinnbildliche Bedeutung der Bahn, die dem Läufer vorgezeichnet, die für ihn verbindlich ist. Das Scheitern des Menschen an sich selber spielt sich in einem Grenzbereich zwischen Zwang und Freiheit ab, was zugleich beliebig auf das gegenwärtige Zeitalter zurückbezogen werden kann.

Schlägt Lenz in seinen beiden ersten Romanen kraftvoll seine Grundthemen an, variiert und intensiviert er sie in seinen beiden folgenden Romanen auf eine gedämpfte und verdeckte Weise, die zugleich in der Gewinnung eines eigenen Erzähltones resultiert, so vermag er in *Stadtgespräch* und *Deutschstunde*, die Zeugnisse einer dritten Schaffensphase sind, diese Grundthemen miteinander zu kombinieren. *Stadtgespräch*, 1963, der fünfte Roman, liefert die exakte Topographie einer Situation, die so extrem ist wie die Situationen der beiden ersten Romane, ja sie noch übertrifft. Der deutsche Stadtkommandant einer besetzten norwegischen Stadt versucht, durch Gefangennahme und Erschießung von vierundvierzig Geiseln den Führer der Untergrundbewegung nach einem mißglückten Attentat auf den Kommandierenden General zur Selbstauslieferung zu zwingen. Das Böse tritt also wieder in höchst konkreter Weise in Erscheinung: als Besatzungsmacht bricht es, in sich selber umgrenzt und geschlossen, in genau umgrenzte und in sich geschlossene Bereiche ein. Die Welt der kleinen norwegischen Küstenstadt wird durch diesen Einbruch des Bösen verwundet, aufgerissen, verändert. Bei aller Dramatik vermeidet Lenz nun mit Glück das Melodramatische der Erstlingswerke, hatte er doch inzwischen erfolgreich die Schule stilistischer Ernüchterung durchlaufen. Der Einbruch des Bösen ist Vorbedingung dafür, daß die Frage nach der Relation des Menschen zu seinem Schicksal aufgerollt und von den Protagonisten bis in die feinsten Verästelungen durchdiskutiert werden kann. Die Ausnahmesituation zieht eine unerhörte Zuspitzung der Geschehnisse und damit auch eine unerhörte Zuspitzung der Erörterungen, die diesen Geschehnissen gelten, nach sich. Die Entscheidung bedarf weder der Vergangenheit noch der Zukunft, sondern erfolgt – wie in einem Brennpunkt – im gegenwärtigen Augenblick. Die radikale Reduktion der Dimension der Zeit bewirkt eine permanent bis zum Zerreißpunkt getriebene Anspannung der Problemstellung. Lenz verarbeitet seine beiden Grundthemen auf so kunstvolle Weise, daß sie schließlich in eins zusammenfallen. Aber gerade indem sie dekkungsgleich werden, werden die »Dissonanzen« der Welt herausgetrieben.

Trotz dieser Werke hatte Reich-Ranicki noch Mitte der sechziger Jahre Lenz die Fähigkeit, genuine Romane zu schreiben, abgesprochen[2]. Auf die Welt von *Brot und Spiele* Bezug nehmend, nannte er Lenz einen Sprinter, der es sich leider in den Kopf gesetzt habe, er sei ein Langstreckenläufer. Gerade das aber, so meinte Reich-Ranicki, sei Lenz nicht. Dann aber strafte Lenz alle Zweifel Lügen und bewies, um im Bilde zu bleiben, daß er nicht nur über lange Distanzen, sondern auch auf der Marathonstrecke zu siegen versteht. *Deutschstunde*, 1968, sein sechster, umfangreichster Roman, ist nicht nur neben den *Hundejahren* von Günter Grass der gewichtigste deutsche Roman der Nachkriegszeit, sondern zählt zu den großen deutschen Romanen überhaupt. Die zentrale Gestalt ist ein jugendlicher Strafgefangener, Siggi Jepsen, der wegen eines Bilderdiebstahls einsitzt. In der Deutschstunde der Strafanstalt vor die Aufgabe gestellt, über die »Freuden der Pflicht« einen Aufsatz zu schreiben, kapituliert er vor der Fülle des innerlich andrängenden Materials und gibt ein leeres Heft ab. Zur Strafe muß er den Aufsatz nachschreiben, aber über diesem Nachschreiben vergehen Wochen und Monate, aus dem Aufsatz wird eine breit ausgeführte, detaillierte Geschichte seiner Jugend, seines Lebens, seiner Zeit: eben der vorliegende Roman. Siggi Jepsen ist also zentrale Gestalt in dem Sinne, daß in seinem Schicksal das biographische, oder weiter gefaßt: das zeitgeschichtliche Material medial verarbeitet wird. Der Leser wird gezwungen, die Welt mit den Augen von Siggi Jepsen zu sehen. Nur so kann er an dem Welt-Entwurf des Autors, der zugleich Kritik des Bösen in der Welt ist, partizipieren. Innerhalb des Romans wird die Erzählperspektive Siggis ironisch dadurch »korrigiert«, daß sein Bericht eine zweite Funktion erfüllt; er dient einem jungen Psychologen als Material für seine Diplomarbeit. Aber gerade dadurch wird deutlich, daß die Probleme der Schuld und des Bösen nicht mit psychologischen Mitteln zu erörtern und zu lösen sind. Die Schuld des jugendlichen Bilderdiebs steht in Zusammenhang mit der moralisch-politischen Schuld der Epoche insgesamt. Abgehandelt wird das an den beiden Gestalten, denen Siggi seine Welt-Erfahrung verdankt: an seinem Vater Jens Ole Jepsen, der als kleiner Polizeibeamter auf der nördlichsten Polizeistation Deutschlands in Rugbüll Dienst tut, und an dem in Rugbüll ansässigen Maler Max Ludwig Nansen, für den Emil Nolde Modell gestanden hat. Man schreibt den Zweiten Weltkrieg. Die Leute in Rugbüll merken wenig von ihm, und doch heckt die Zeit auch in jenem entlegenen Winkel ihre trostlos-bitteren Konflikte aus. Nansen erhält Malverbot; Jepsen soll die Einhaltung des Malverbots überwachen. Der Maler und der Polizeibeamte: beide hängen an ihrer selbstgewählten Pflicht und bekämpfen sich, miteinander vertraut, aneinandergekettet, mit Hartnäckigkeit und Hinterlist. Der Zusammenbruch des Dritten Reiches 1945 spricht dem Maler den Sieg zu. Eine Freisprechung des gegenwärtigen Zeitalters aber erfolgt damit nicht.

Versucht man auf Grund dieser sechs Romane die spezifische Erzählhaltung von Siegfried Lenz zu deuten, so könnte man sie, mit aller gebotenen Vorsicht, aus der Struktur der östlichen Landschaft und der dadurch determinierten Struktur der östlichen Mentalität herleiten. Die Weite und Grenzenlosigkeit des masurischen Landes, aus dem Lenz stammt, fördert das Schweigen. Zugleich gewinnt im entgrenzten Raum der Bereich des menschlichen Zusammenlebens erhöhte Bedeutung: gegen das Schweigen wird Sprechen, Miteinandersprechen, Einandererzählen gesetzt. Das ist ein elementares Bedürfnis, und so ist Erzählen bei Lenz Erzählen in des Wortes ursprünglichster Bedeutung. Unter veränderten Mitteilungsmöglichkeiten wird das wenigstens als Fiktion aufrechterhalten: Lenz schreibt, als ob er spräche, als ob er in vertrautem Kreise erzähle. Formeln, die den Leser mit höflicher Geduld in diesen vertrauten Kreis einbeziehen, sind bei Lenz häufig. Auch Formeln gestischer Natur begegnen: das Wort gibt sich nicht nur als Notation von etwas Gesprochenem, sondern gibt auch noch verdeckt, aber eindringlich die besondere Art und Weise des Sprechens, ja des Sprechenden wieder. Der Lesende vollzieht unbewußt die ausladende oder auslegende Geste des Erzählenden mit. Daß hier wie in genuinem Erzählen überhaupt ein kräftiger Einschuß des Didaktischen spürbar ist, sei wenigstens am Rande vermerkt. Wenn Reich-Ranicki Lenz einen »Erzähler im klassischen Sinne«[3] nennt, so kann das kaum dahingehend ausgedeutet werden, daß Lenz ein Stilist klassischer Observanz ist; sinnvoll wird diese Bemerkung nur dann, wenn man berücksichtigt, daß es Lenz in horazischem Sinne um Ergötzen und Belehren zugleich geht. Diese gelassene Klassizität, deren Voraussetzung ein ganz und gar zeitgemäßes Ernstnehmen des Lesers ist, darf als unverrückbare Basis seines Erfolges angesprochen werden.

Seine Qualitäten als Epiker hat Lenz nicht erst mit *Deutschstunde*, diesem großen Roman auch vom Umfang her, unter Beweis gestellt. Schon der Roman *Brot und Spiele* war mehr als ein Versprechen, war mehr als der Abschlag auf ein künftiges episches Meisterwerk. Lenz erzählt hier durchlaufend, und zwar im wörtlichen Sinne. Er unterbricht den epischen Strom an keiner einzigen Stelle: kein Absatz markiert besondere Stationen oder Einschnitte. Ohne jede typographische Gliederung spult sich der Roman ab. Das ist, wohlgemerkt, keine Unbeholfenheit des Autors. Vielmehr handelt es sich um einen überzeugenden Kunstgriff, durch welchen dem Leser die Grundstruktur des Werkes bereits vom Druckbild her vor Augen geführt wird. Bert Buchner, der 10 000-m-Läufer, zieht seine Runden, die ohne Zäsur ineinander übergehen. Zugleich zieht, im Rückblick, sein Leben vorüber. Ineinander über gehen ferner die verschiedenen Erzählebenen, das heißt: die Phasen des Wettlaufs mit jenen im Rückblick berichteten Daseinsphasen. Dadurch wird der epische Strom zum Kreis geschlossen. Anfang und Ende fließen ebenfalls ineinander, oder anders ausgedrückt: im Anfang ist bereits das Ende beschlossen. Der zwanghafte Charakter des Ganzen wird nun noch insofern verstärkt, als der fiktive Erzähler kein Außenstehender ist, sondern in den Bannkreis des Geschehens mitten hineingestellt wird. Er ist der Freund Buchners, Reporter von Beruf. So können Äußerungen über Anlaß und Art des Erzählens nahtlos in die Erzählung integriert werden. »Der Plan, seine Geschichte zu schreiben: Auf der Brücke entstand zum ersten Male der Plan, das Leben eines Läufers zu erzählen, Runde für Runde, es soll Berts Leben sein, sein Lauf ums Leben, und ich werde es schreiben, weil ich gezwungen bin, ihn zu verstehen und mich zu verstehen ... Ich möchte es verstehen, damit ich es vergessen kann. Ich werde diese Geschichte schreiben, nur aus dem Wunsch, uns zu verstehen« (S. 266). Wieweit dadurch das Epische zum Dialogischen reduziert wird, wird noch zu klären sein.

Lenz ist Epiker, aber kein naiver Epiker. Bereits der fiktive Erzähler von *Brot und Spiele* ist alles andere als ein Alleswisser: er sieht den Lauf Buchners wie das Leben Buchners auf ebenso konzentrierte wie beschränkte Weise aus seiner eigenen Perspektive. Dabei ist er viel zu engagiert, viel zu sehr in die »Geschichte« seines »Objekts« »verstrickt«, als daß er wahrhaft objektiv erzählen könnte. Noch deutlicher wird diese Verstrickung bei den fiktiven Erzählern der Romane *Stadtgespräch* und *Deutschstunde*. Was sie erzählend entwerfen, wird durch den Akt des Erzählens im Augenblick des Erzählens wieder in Frage gestellt. Das gilt in *Stadtgespräch* bereits von der Grundsituation: in äußerster Schärfe aufgezeigt, verliert sie doch zugleich ihre Eindeutigkeit. Wo liegen Recht und Unrecht? fragen wir, ohne eine schlüssige Antwort zu erhalten. Das gilt von der Figurenkonstellation: die Antagonisten, der norwegische Widerstandskämpfer und der deutsche Stadtkommandant, heben einander auf. Wer ist der Gerechte, wer der Ungerechte? fragen wir, wiederum vergeblich. Wenn der Erzähler gegen Ende des Romans die Aufforderung an sich selber richtet, den Schauplatz des Geschehens, die kleine Küstenstadt, episch zu entwerfen, so gesteht er damit zugleich ein, daß episches Erzählen im althergebrachten Sinne nicht mehr möglich und zumutbar ist. Lenz findet einen treffenden Vergleich für dieses Dilemma, wenn er sagt, »daß kein Geschehen und keine Erzählung an ihr einziges Bett gebunden sind wie der Fluß, sondern immer die Neigung haben, sich von sich selbst zu entfernen. Jede Geschichte hat ihr Delta mit vielen Mündungen und Möglichkeiten« (S. 110). Daraus resultiert ein Mißtrauen gegen Geschichten, die einen eindeutigen Schluß haben. Auf der anderen Seite behält Lenz gerade dort, wo er selber in besonders hohem Maße in das Geschehen »verstrickt« ist, die epische Führung des Romans fest in der Hand. In dem Roman *Deutschstunde* heißt es: »Doch ich möchte mich da erst gar nicht einschiffen, um auf einmal in Dharan oder Caracas zu landen, ich kann mir keine Versetzung durch Strömung oder Laune leisten, denn ich muß meinem Kurs folgen, der auch ein Zwangskurs ist, und der führt nach Rugbüll, an die Pier der Erinnerung, wo alles gestapelt und bereit liegt. Meine Fracht liegt in Rugbüll. Rugbüll ist der Hafen der Bestimmung, zumindest aber Glüserup, darum sollten wir das Ruder nicht sich selbst überlassen« (S. 48). Lenz hat immer nur seinen eigenen Kurs verfolgt, ohne sich doch je dem Zwang, der in Zeugen- und Zeitgenossenschaft liegt, zu entziehen. Das gibt seinen Romanen die durchgehend mehrschichtige Verbindlichkeit.

Lenz erzählt mehrschichtig. Es ist charakteristisch für ihn, daß er den reinen, formal nicht eingetrübten Bericht eigentlich kaum kennt. Stets durchsetzt er ihn mit dialogischen Elementen, die offen oder verdeckt auftreten können. Durch diese dialogischen Elemente wird unweigerlich Unruhe in das Berichtete hineingetragen. Dialogische Partien erscheinen einerseits als Resultat eines inneren Aufgestörtseins, andererseits als Provokation mit dem ausgesprochenen Ziel, aufzustören. Mehrschichtigkeit des Erzählens begegnet bereits in dem Erstlingswerk *Es waren Habichte in der Luft*. Einer der Männer versucht, von zwei in großer Höhe kreisenden Habichten einen herunterzuschießen. Er trifft. Aber der Vogel fängt sich im Sturz. Mit durchschossenem Flügel gelingt ihm die Flucht. »Warum sollte nicht mal einer mit dem Leben davonkommen«, heißt es im folgenden Gespräch. »Vielleicht verreckt er im Wald«, sagt ein anderer, der wiederum die Anwort erhält: »Mag sein. Das ist mir egal. Im Wald stirbt es sich leichter« (S. 73). Die Männer meinen den Habicht; ihre Worte beziehen sich aber durchgängig auch auf den menschlichen Bereich. Diese Art des mehrschichtigen Erzählens ist darum besonders eindringlich, weil der Dorfschullehrer, dem es bestimmt ist, als Fliehender im Wald zu verrecken, und sein Kumpan, der mit dem Leben davonkommen wird, bei dieser symbolischen Positionsbestimmung mit von der Partie sind. Künftiges Geschehen wird dialogisch vorweggenommen. Über die Signifikanz des Dialogs äußert sich der Oberst in *Duell mit dem Schatten*. Er sagt, daß der einzelne Mensch entweder für das Fragen oder für das Antworten bestimmt sei (S. 9). Er, der Oberst, ist ein Fragender, der im Fieberwahn sogar von den Tieren der Wüste Antwort erzwingen will. Jeder Dialog wird unabweichlich zum Duell. Dabei kann Schweigen durchaus in die Rolle der Frage oder der Antwort eintreten. Einer der jungen Engländer versucht auf diese Weise, dem Obersten durch Schweigen höchst intensivierten Widerstand zu leisten.

Die Relation des Schweigens zum Dialog ist nun nicht einfach dadurch bestimmt, daß innerhalb des Dialogs entweder die Frage oder die Antwort verschwiegen, das heißt: durch Schweigen substituiert werden kann. Das Schweigen kann vielmehr den Dialog in seiner Gesamtheit in sich aufnehmen, aufsaugen, eliminieren. Dadurch verschwindet das Dialogische keineswegs vollkommen aus dem Text; es lebt im Schweigen untergründig fort. Dabei spielen die landschaftlichen Bindungen eine Rolle. Der Masure Lenz hat eine Affinität zur Landschaft Afrikas. In *Duell mit dem Schatten* setzt er östliche Weite und afrikanische Wüste in Beziehung zueinander. Er bedient sich dazu der Figur eines Polen, der als Einsiedler in der Einöde Libyens haust. Der Pole sagt: »Ich bin aus dem Osten, und ich fürchte mich vor dem Osten, weil es dort als ausgemacht gilt, das, was man erfahren und entdeckt und eingesehen hat, zu verschweigen« (S. 206). Das schweigende Land versucht er in einem Land, wo das Schweigen absolut ist (hier sei an die Deutung der Wüste durch Camus erinnert), zu vergessen. Daß er im Schweigen Afrikas mit dem Schweigen des Ostens gleichsam Zwiesprache hält, indem er beide Arten des Schweigens in ein dialogisches Verhältnis zueinander setzt, bedarf keiner näheren Ausführung. Lenz hebt aber auch das Schweigen in den

Dialog hinein. Seine Figuren vermögen ihr Schweigenkönnen und Schweigenmüssen durch Worte auszudrücken. Weite Strecken der Romane von Lenz dürfen als Versuch gedeutet werden, das Schweigen zu dialogisieren. Dialogisiertes Schweigen ist Ausdruck der Isolation des einzelnen und spricht zugleich für das Bemühen, diese Isolation zu überwinden. Wie Lenz das Schweigen dialogisiert, läßt sich am eindringlichsten in den Partien zeigen, in denen einer der Dialogpartner nur immer mit »Ja« antwortet. Am Schluß des Romans *Der Mann im Strom* wartet der Sohn auf seinen Vater, den alten Hinrichs, den im Lebenskampf gescheiterten Taucher. »›Ich habe auf dich gewartet, Vater‹, sagte Timm. ›Ja, Junge‹, sagte der Mann. ›Ich möchte dich immer abholen, Vater.‹ ›Ja, mein Junge‹, sagte der Mann, ›ja.‹ Und sie nahmen sich sehr fest bei der Hand und gingen schweigend den Sandhügel hinauf« (S. 236). Der Alte verschweigt, daß er entlassen worden ist, daß der Junge ihn nun nicht mehr täglich abholen kann. Das »Ja« ist in sich hinfällig geworden. Dadurch kann es zum Vehikel des Schweigens werden, das den Alten, der mit dem Leben nicht fertig geworden ist, erfüllt. Dieses Schweigen steht für menschliche Verlorenheit, verleiht aber paradoxerweise auch Gewißheit, Geborgenheit. Durch ein eigenartiges Wechselverhältnis von Zweifel und Sicherheit gewinnen die Dialoge von Siegfried Lenz ihr unzerstörbares inneres Gleichgewicht.

Das Dialogische kann darüber hinaus die Struktur ganzer Romane bestimmen. Das ist in *Brot und Spiele* und *Stadtgespräch* der Fall. Der fiktive Erzähler von *Brot und Spiele* ist ein Sportreporter, der den 10 000-m-Lauf beschreibt, in dem und an dem Bert Buchner scheitert. In den Lauf ist, wie bereits angedeutet, die Beschreibung des Buchnerschen Lebens eingeblendet. Diese Beschreibung gibt sich nun nicht etwa als Rückblick, als kritische Bilanz des Laufenden selber; wiederum ist es der Reporter, der die früheren Phasen beschreibt. Das tut er nun aber keineswegs als ein den Ereignissen objektiv Gegenüberstehender. Vielmehr sind seine die Vergangenheit aufrollenden Gedanken, Beschreibungen und Erwägungen ganz auf den Laufenden gerichtet. Was auf den ersten Blick als eine Beschreibung der Vergangenheit anmutet, ist in Wahrheit ein höchst gegenwärtiger, aber verdeckter Dialog des Reporters mit dem Läufer. Die Imagination des fiktiven

Erzählers verarbeitet dabei mögliche Antworten des notwendigerweise stummen (weil im Wettkampf befangenen, gefangenen) Gesprächspartners unmittelbar mit. Es ist ein Dialog zwischen dem Aktiven und dem Kontemplativen, zwischen Opfer und »Zeugen« (S. 266). Einzig und allein im Spannungsfeld dieses verdeckten Dialogs kann der Roman gesponnen und als »Gewebe« von zwischenmenschlichen Bezügen Ereignis werden. Ähnliches gilt, in verschärftem Maße, von *Stadtgespräch*. Schon der konjunktivische Beginn dieses Romans macht stutzig. »Und wenn Daniel sich gestellt hätte? Und wenn die ganze Stadt, unsere Stadt ihn mit allen Stimmen darin bestärkt hätte, sich um ihretwillen nicht zu stellen? Wäre seine Geschichte dann vielleicht zuende gegangen? Hätte sie aufgehört, wenn Daniel weder gewählt noch geirrt hätte? Aber warum zwingt er uns, seine Geschichte immer neu und immer anders zu erzählen – ohne Aussicht, sie entscheiden zu können mit Hilfe von Genauigkeit? Und was sollte, was kann noch entschieden werden?« (S. 5). An wen sind diese Fragen gerichtet? Wer stellt sie? Als Fragender, und das heißt im folgenden zugleich: als Erzählender, fungiert einer der Widerstandskämpfer. Und die Fragen, und das heißt im folgenden zugleich: sämtliche Partien des Erzählten, des Berichteten, sind an einen anderen Widerstandskämpfer, Daniel, den Anführer, gerichtet. Der Erzähler kann überhaupt nur erzählen, indem er seine eigene Hauptfigur, eben Daniel, in einen Dialog verwickelt, verstrickt. Das gleiche gilt von Siggi Jepsen in *Deutschstunde*.

Der Dialog in *Stadtgespräch* erschöpft sich nicht wie in *Brot und Spiele* darin, daß der Erzähler mit seinem »Helden« kommuniziert. Weit darüber hinausgehend, fordert der Erzähler seinen »Helden« auf, seinerseits seine ureigene Geschichte zu entwerfen. In dieser Aufforderung ist der brennende Wunsch nach wechselseitigem Erkennen spürbar. Erst der Gegen-Entwurf könnte die Geschichte zu »unserer Geschichte« (S. 317), wie es am Schluß heißt, machen. Wenn hier von »unserer Geschichte« die Rede ist, so bezieht das nicht nur die beiden Figuren des Romans, den Erzähler und den Protagonisten, ein, sondern auch den Leser. Er, der Leser, soll bei Lenz in jedem Fall wie am Bericht so am Dialog partizipieren. Die Worte der Figuren sollen zugleich seine Worte, das Schweigen der Figuren zugleich sein Schweigen sein. Dieses bewußte Einbeziehen des Lesers ist von Reich-Ranicki allzu unverbindlich als »menschenfreundlicher Pakt«[4] gedeutet worden. Keineswegs ist, wie Reich-Ranicki glaubt, der Pakt mit den Lesern das Ziel von Lenz. Im Gegenteil: er ist ein Mittel, das ihm zum Erreichen seines Ziels verhilft. Was aber ist das Ziel des Erzählers? Bereits in *Duell mit dem Schatten* gibt Lenz darüber Auskunft. Das Wichtigste im Leben, so heißt es dort, seien nicht Geburt und Tod, sondern Geburt und Rechenschaft (S. 12). Dabei liegt der Akzent auf Rechenschaft, die als eine Legitimation zum Tode verstanden wird. Daß diese Bemerkung dem Obersten in den Mund gelegt ist, nimmt ihr nichts von ihrer Verbindlichkeit. Gerade dieser tragisch-grotesken Figur ordnet Lenz Einsichten zu, die durch ihre übersteigerte Formulierung überindividuelle Gültigkeit erlangen. In jedem seiner Romane legt Lenz auf höchst entschiedene Weise Rechenschaft ab. Dazu bedient er sich zunächst der zentralen Gestalten: das von ihnen und über sie Erzählte ist durchweg personaler Rechenschaftsbericht, in *Duell mit dem Schatten*, *Stadtgespräch* und *Deutschstunde* auf sehr offenkundige, in *Der Mann im Strom* und *Brot und Spiele* auf eher verdeckte Weise. Darüber hinaus gibt sich jeder der Romane, am umfassendsten *Deutschstunde*, als epochaler Rechenschaftsbericht des Autors über das gegenwärtige Zeitalter. Hierin erweist sich Lenz als Moralist in des Wortes elementarster Bedeutung.

Die Bedeutung der Rechenschaft muß sich über das Essentielle hinaus auch im Strukturellen niederschlagen. Wie der Mensch der Rechenschaft bedarf, um sich vom Zwang des Bösen, dem er in dieser Welt ausgeliefert ist, zu befreien, so bedarf der Erzähler der Rechenschaft, um seine Erzählung auf sie hinführen und gegebenenfalls ganz mit ihr füllen, erfüllen zu können. Dafür sprechen sämtliche Romane von Lenz. *Deutschstunde* insbesondere ist, von der Fiktion der nachgelieferten Strafarbeit her, Rechenschaftsbericht von der ersten bis zur letzten Zeile. Lenz hat den Menschen einmal als »verlorenen, einsamen Jäger auf der Fährte zu sich selbst«[5] charakterisiert. Das ist eine Formel, die sich auf die Mehrzahl seiner Figuren anwenden läßt, und zwar auch in den Fällen, in denen sie von dieser Fährte abweichen und damit sich selber »verfehlen«. Die Lineatur der Erzählung ist mit dem Nachzeichnen eben dieser »Fährte« identisch. In *Brot und Spiele* begegnet (es ist von Bert Buchner die Rede) geradezu die Wortkonstellation »seine Geschichte oder seine Spur« (S. 148); das »oder« ist im Sinne einer Gleichsetzung zu verstehen. Erzähltechnisch entscheidend ist dabei, daß die Figuren auf ihrer »Fährte« oder »Spur« ein Ziel ansteuern, daß sie (und dieser Terminus technicus aus der Sportsprache mit seinen theologischen Untertönen gilt nicht nur für Bert Buchner) »ins Ziel eingehen« wollen. Auf dieses Ziel hin sind alle Romane von Lenz angelegt. Es ist im Sinne eines verdeckten Hinweises gewiß kein Zufall, daß es Bert Buchner trotz übermenschlicher Anstrengungen nicht gelingt, als Läufer handgreiflich-real ins Ziel einzugehen. Kurz vorher bricht er zusammen. Hier zeigt sich, daß das Ziel nicht in der Rechenschaft befangen bleibt, nicht einfach mit ihr identisch ist. Es liegt vielmehr jenseits der Rechenschaft, auf die sich der Roman erzählend beschränken muß, und damit jenseits des faktischen Erzähl-»Materials« überhaupt. Dadurch wird der Schluß jedes Romans zwangsläufig zu einem offenen Schluß, zu einem Schluß also, in welchem die Antwort auf alle aufgeworfenen Fragen nur in Gestalt einer neuen, letzten Frage in Erscheinung treten kann. Selbst der Bericht von Siggi Jepsen bleibt, aller unsagbaren deskriptiven Geduld ungeachtet, offen. Die Schuld der Vergangenheit wird »verschoben« in unsere eigene, scheinbar ungefährdete und unbetroffene Existenz hinein. Daher rührt die Radikalität, mit der in *Deutschstunde*, bei vollkommener epischer Ausgewogenheit der beiden Antagonisten, des Polizisten Jepsen und des Malers Nansen, die politische Welt als Ort des Bösen Kontur gewinnt.

In den hier besprochenen Romanen ist Siegfried Lenz durch viele Stufen des Schweigens und Verschweigens gegangen. Immer wieder hat er dieses Schweigen thematisiert, am leidenschaftlichsten und ausschweifendsten in *Deutschstunde*. Dieser Roman ist durchsetzt von untergründigen Humoren und Dämonien, die Siegfried Lenz zu einem jüngeren Bruder von Ernst Barlach und Hans Henny Jahnn machen. Grandiose Szenen wie der Möwenangriff und die Notschlachtung, das dörfliche Gastmahl und die Versammlung des Heimatvereins Glüserup beweisen es. Nirgends stellt sich dabei der peinliche, opake Ton des Heimatromans ein. Die Erinnerungen, die Siggi Jepsen entwirft, sind scharf durchlichtet, sind kritisch reflektiert. Während er seine Aufgabe zu lösen versucht, werden ihm, stellvertretend für seinen Autor, alle Verzweiflungen des genuinen Epikers in reichem Maße zuteil. »Kühe und Schafe, das schreibt sich so hin, und dennoch muß ich sie im Hintergrund aufbauen, schwarzweiß gefleckt, grau, verzottelt – und ineinander übergehend, so daß nicht zu entscheiden ist, wo ein Schaf aufhört, das andere beginnt –, denn ich möchte vermeiden, daß meine Ebene mit einer anderen Ebene verwechselt wird. Ich erzähle nicht von irgendeinem, sondern von meinem Ort, suche nicht nach irgendeinem Unglück, sondern nach meinem Unglück, überhaupt: ich erzähle keine beliebige Geschichte, denn was beliebig ist, verpflichtet zu nichts« (S. 240 f.). Das sind Worte von Siggi Jepsen, die zugleich den Autor Lenz erschließen, dessen personale Abwesenheit Gewähr seiner fügenden und richtenden Präsenz ist. Die leeren Blätter, die Siggi am Ende der Deutschstunde abliefert, stehen mit dem Monumentalwerk, in das schließlich die Arbeit, die Strafarbeit, einmündet, in strukturellem Zusammenhang; denn sie bleiben präsent, wenn sich Blatt um Blatt, Heft um Heft dann doch, widerborstig und meisterlich, mit Erinnerungen füllt. Nur durch extremes Schweigen kann der moderne Autor zur totalen Aussprache – zum Roman als Bild nicht nur der gegenwärtigen Welt, sondern des heillosen Weltzustands überhaupt – vorstoßen. Siegfried Lenz weiß das. Seine Romane, insbesondere sein großer Roman *Deutschstunde*, sind Zeugnisse dieses Wissens.

Anmerkungen

1 S. unten, S. 218.
2 S. unten, S. 223 f.
3 Unten, S. 221.
4 Unten, S. 219.
5 *Jäger des Spotts, J.*, S. 24.

Colin Russ

Die Geschichte von Siegfried Lenz

Siegfried Lenz ist einer der begabten Schriftsteller, die, in den späteren zwanziger Jahren geboren, heute auf der Höhe ihrer Schaffenskraft stehen. Auch in England sind Übersetzungen seiner Werke im Druck erschienen und im Funk gesendet worden. Trotzdem hat er die Aufmerksamkeit der englischen Germanisten noch nicht in dem Maße erregt, wie man es wohl hätte erwarten dürfen. Wenn hier ein Überblick über einen Teil seines dichterischen Werks, die Geschichten, gegeben werden soll, so geschieht das in der Hoffnung, etwas zu einer richtigen Einschätzung dieses Autors beizutragen[1].

Fast jeder von uns wird Lenz durch *So zärtlich war Suleyken* kennengelernt haben, das 1955 erschien. Ein solcher erster Zugang zu seinem Werk ist jedoch irreführend. Es scheint nicht allgemein bekannt zu sein, daß die Suleyken-Geschichten entstanden sind, weil Lenz seiner Frau seine Kindheitswelt schildern wollte. Der Humor, mit dem das Ostpreußen dieser Geschichten liebevoll gezeichnet ist, unterscheidet sie scharf von jenen, die düstere Erinnerungen an dieses Land und seine jüngstvergangene Geschichte wachrufen. Aus solchen Gründen wird sich diese Untersuchung auf die anderen Erzählungssammlungen von Lenz, *Jäger des Spotts* (1958), *Das Feuerschiff* (1960) und *Der Spielverderber* (1965) konzentrieren[2].

Am Schluß seiner aufschlußreichen *Autobiographischen Skizze*[3] sagt Lenz, er fordere vom Schriftsteller »ein gewisses Mitleid, Gerechtigkeit und einen nötigen Protest«. Protest wogegen? Wird er in seinen eigenen Erzählungen ausgesprochen? Wir sollten uns in diesem Zusammenhang daran erinnern, daß Lenz der *Gruppe 47* angehörte. Wie es sich von daher erwarten läßt, betrachten jene seiner Erzählungen, deren Schauplatz sein eigenes Land ist, dieses

Land aus kritischer Distanz. Sein »Protest« gegen die kommerzialisierten Wertvorstellungen des heutigen Westdeutschland, ob auch durch Mitleid und Humor gemäßigt, ist dennoch echt. Er zeigt uns eine Gesellschaft, für die »Public Relations« wichtiger sind als die private Sphäre des Menschen, eine Gesellschaft, in der man alles, nur nicht die Armut »anzeigen« darf und die in einer Geschichte wie *Mein verdrossenes Gesicht* verspottet wird. Der Held der Geschichte, ein Heimkehrer, findet einen Unterschlupf in der Nachkriegsgesellschaft durch eine jener nichtigen Beschäftigungen, die auch bei Böll begegnen: er wird Photomodell für Anzeigen, die seinen von Natur aus finsteren Gesichtsausdruck ausschlachten. Ähnlich schmarotzende Jobs haben die gemieteten Weihnachtsmänner in *Risiko für Weihnachtsmänner* und der »Amüsierdoktor« in der gleichnamigen Geschichte, dem sein Doktorgrad eine Beschäftigung eingetragen hat, die beginnt, wenn die eigentliche Arbeit der Firma aufgehört hat: »... seit drei Jahren beziehe ich mein Gehalt dafür, daß ich die auswärtigen Kunden unseres Unternehmens menschlich betreue: wenn die zehrenden Verhandlungen des Tages aufhören, werden die erschöpften Herren mir überstellt, und meinen Fähigkeiten bleibt es überlassen, ihnen zu belebendem Frohsinn zu verhelfen, zu einer Heiterkeit, die sie für weitere Verhandlungen innerlich lösen soll« (*F.*, S. 230).

Aber obwohl so viele der Erzählungen von Lenz »Geschichten aus dieser Zeit« sind, wie er sie im Untertitel von *Jäger des Spotts* nennt, und ihre Handlung sich unverkennbar vor dem Hintergrund des heutigen Deutschland abspielt, ist er doch nicht nur Chronist der jüngsten Geschichte und gegenwärtigen Gesellschaft seines Landes, so wichtig diese Funktion des zeitgenössischen deutschen Schriftstellers auch bleibt. Er sieht sich als Reformator, aber er betont, daß sein Protest seiner Kunst untergeordnet ist und durch sie vermittelt wird: »Ich schätze nun einmal die Kunst, herauszufordern, nicht so hoch ein wie die Kunst, einen wirkungsvollen Pakt mit dem Leser herzustellen, um die bestehenden Übel zu verringern.«[4] Wir dürfen hinzufügen, daß Lenz, obwohl er die deutschen Schauplätze und Situationen so lebendig darstellt, im konkreten Anlaß allgemeinere Verhältnisse zu erkennen versucht. In diesem Zusammenhang sei auf seine Erzählung *Stimmungen der See* verwiesen, die den heimlichen Versuch dreier Männer, die Ostsee zu überqueren, darstellt. Aus den Fakten, die der Leser in der Geschichte erfährt, läßt sich schwer ablesen, ob die Handlung während des Krieges oder später spielt, mit andern Worten, ob die Flüchtlinge den Schergen Hitlers oder aus dem kommunistischen Teil Deutschlands zu entkommen versuchen. Lenz konzentriert sich hier auf die Darstellung psychologischer Spannungen auf einem bestimmten Handlungsschauplatz, der See, den er besser kennt und darstellt als jeder andere heutige deutsche Schriftsteller. Die »Stimmungen« sind zugleich Stimmungen des Menschen und der Natur. Die Frage nach dem historischen Ausgangspunkt dieser Geschichte erweist sich als irrelevant angesichts ihrer zeitlosen Themen: die Spannung zwischen den Generationen, das Wechselspiel von Furcht und Hoffnung, die Grausamkeit des Menschen gegen den Menschen[5].

Lenz hat erklärt, wie ein bestimmtes historisches Phänomen – der Zusammenbruch der Naziherrschaft – ihn zu dem zentralen Problem seiner Erzählungen geführt hat: »Dann wurden die Mächtigen machtlos, die Meister der Gewalt büßten ihre Herrschaft ein, und seit damals hat mich dieser Augenblick immer wieder beschäftigt: um selber verstehen zu lernen, was mit einem Menschen geschieht, der ›fällt‹, abstürzt, verliert, habe ich einige Geschichten geschrieben, in denen der Augenblick des ›Falls‹ dargestellt wird. Schreiben ist eine gute Möglichkeit, um Personen, Handlungen und Konflikte verstehen zu lernen.«[6]

Es geht Lenz also um allgemeingültige, universale Themen, die, wie in *Stimmungen der See*, jeden ausschließlich historischen Zusammenhang überschreiten. Die zeitlose Gestalt des Verlierers, des Mannes, dem es nicht gelingt, den Augenblick der Wahrheit zu überstehen, des gefallenen Idols, beherrscht in der Tat das Lenzsche Werk. Manchmal gerät die Hauptfigur durch äußere Umstände oder durch das Handeln anderer in die Falle, manchmal werden aber auch ihre eigenen Fehler entlarvt. Ob es sich um einen Geschäftsmann, Bauern, Sportler, Journalisten oder Lehrer handelt, stets geht es darum, daß sein Ansehen, seine Sicherheit zerstört werden. Die darstellerischen Mittel, mit denen Lenz dieses einfache Grundthema seiner Geschichten behandelt, lohnen eine genauere Untersuchung.

Zunächst sollen fünf der Ich-Erzählungen betrachtet werden, die einen großen Teil seiner Geschichten ausmachen. Jede dieser fünf Geschichten führt die Gestalt eines Erzählers in der Rolle des Beobachters ein, der von dem »Fall« oder der Niederlage berichtet, deren Zeuge er geworden ist. In *Die Festung* berichtet ein Sohn, wie sein Vater, ein enteigneter ostpreußischer Bauer, der auch seinen neuen Landbesitz verloren sieht, und zwar durch eine Heeresrequisition, sich in einer improvisierten Festung verschanzt, so nichtig wie die Sandburg seines Sohnes. In *Risiko für Weihnachtsmänner* und *Ein Haus aus lauter Liebe* gerät ein bezahlter Außenseiter in eine Travestie des Familienlebens hinein. Der Erzähler der ersten Geschichte, der als Weihnachtsmann seine »Uniform der Freude« trägt, findet sich als Akteur einer grotesken Charade wieder, als er Geschenke an ein kinderloses Ehepaar verteilt: seinen ehemaligen, jetzt geistig gestörten Oberst und dessen Frau. Der Babysitter, der für das *Haus aus lauter Liebe* bestellt wurde, entdeckt, daß der arrivierte Geschäftsmann mit Herz und Familiensinn zwar kein Skelett im Kleiderschrank, wohl aber einen lästigen Vater hinter Schloß und Riegel hält. Zwei andere Geschichten dieser Gruppe untersuchen die Welt der Manager und kommen zu ähnlich desillusionierenden Ergebnissen. So findet der Erzähler in *Der große Wildenberg* im Allerheiligsten des großen Mannes eine einsame Repräsentationsfigur, die begeistert über einen Besucher ist. Und in *Der seelische Ratgeber*, der verdient, im Vergleich mit Nathanael Wests *Miß Lonelyhearts* gelesen zu werden, muß der Assistent des Herausgebers der Briefkastenspalte, und mit ihm der Leser der Geschichte, Schritt für Schritt erkennen, daß das Privatleben seines Chefs selbst nur eine Kette verfehlter Beziehungen ist[7].

Der Erzähler dieser letzten Geschichte ist nicht nur Beobachter, sondern zugleich Opfer. Das Idol stürzt, aber in gewissem Sinne stürzt auch sein Bewunderer: die Wirkung ist um so stärker, als seine Enttäuschung, obwohl stets unausgesprochen gegenwärtig, erst im letzten Satz ausdrücklich formuliert wird. Lenz zeigt hier also wieder Charaktere, die sich, ob durch eigene Schuld oder nicht, als angreifbar erweisen, oder als unfähig, die in sie gesetzten Erwartungen zu erfüllen.

In den Erzählungen, denen wir uns jetzt zuwenden, ist es der Ich-Erzähler selbst, der scheitert oder sich als gefährdet erweist. So berichtet in *Lukas, sanftmütiger Knecht* ein weißer Farmer von seiner verzweifelten Reise, an deren Ziel er entdecken mußte, daß die aufständischen Mau-Mau sein Haus vor ihm erreicht hatten. In der heiteren Geschichte *Mein verdrossenes Gesicht* kann der Erzähler die finstere Miene nicht konservieren, von der doch seine Karriere als Photomodell abhängt. Der »Amüsierdoktor« muß noch größere Unannehmlichkeiten erdulden und geht am Ende sogar beinahe den Weg aller Fische. Wieder, wie in der ersten Gruppe von Ich-Erzählungen, sondiert Lenz hier die Welt des Geschäftslebens. Wurde aber die Machtlosigkeit des großen Wildenberg durch die Augen seines Besuchers gesehen, so berichten Photomodell und Amüsierdoktor selbst ihr Mißgeschick. Der Erzähler als Opfer ist an die Stelle des Erzählers als Beobachter getreten[8]. In *Lieblingsspeise der Hyänen* wiederum finden wir beide Möglichkeiten, aber nicht in einer Figur vereint, wie bei dem Redaktionsassistenten in *Der seelische Ratgeber*. Durch die Erzählstruktur – eine Ich-Erzählung im Rahmen der andern – ergibt sich statt dessen die Situation, daß der erste Erzähler, der Beobachter, dem zweiten, dem Opfer, zuhört. Dieser zweite Erzähler ist ein Amerikaner, der sich bitter darüber beklagt, daß er bei der Europareise mit seiner Familie nicht dazu gekommen ist, die Schauplätze seiner Kriegserinnerungen aufzusuchen, weil die besessenen Streifzüge seiner weiblichen Begleitung durch die Schuhgeschäfte jeder neuen Stadt ihn daran hinderten.

Schwierige Trauer verlangt besondere Beachtung. Diese Ich-Erzählung hat die Form einer Rede an ein totes Mitglied der Familie des Erzählers: den Bürgermeister einer östlichen Grenzstadt, der bei der Flucht nach Westen nichts Wichtigeres zu tun hatte, als belanglose Dokumente zu retten ohne Rücksicht auf die Menschenverluste, die damit verbunden sein konnten. Hier ist das »Ich« nicht so sehr Beobachter oder Opfer, als vielmehr Ankläger des Bürgermeisters, der seinerseits natürlich in der Terminologie unserer Untersuchung das Idol auf tönernen Füßen ist. Persönlicher Zorn mag die für Lenz ungewöhnliche Wahl eines dynamischen fiktiven Erzählers[9] erklären, denn der Autor war selbst Augenzeuge der Flucht aus dem Osten.

Wir verlassen nun die Kategorie der Ich-Erzählung. Sie umfaßt, wie wir gesehen haben, Geschichten, in denen ein Erzähler Unzulänglichkeit oder Niederlage bei andern oder bei sich selbst beobachtet. In den Geschichten, denen wir uns jetzt zuwenden, beobachtet eine Figur der Handlung die andere bei ihrem Versagen einer Herausforderung gegenüber. Wir können hier von einer Beobachterfigur sprechen. Die beobachtete Herausforderung geschieht stets auf der physischen Ebene, aber es ist dabei etwas mit im Spiel, was darüber hinausgeht. Wie *Stimmungen der See* verbinden auch diese Geschichten körperliche Aktion und seelische Reaktion in einer Weise, die für Lenz charakteristisch ist. In *Drüben auf den Inseln* ertrinkt ein junger Mann, während sein Mädchen hilflos zusehen muß; der Eindringling in eine geschlossene Welt ist den elementaren Gewalten dieser Welt unterlegen. In *Das Wrack* wird ein Sohn Zeuge der Erschöpfung seines Vaters, der wieder und wieder vergeblich nach einem untergegangenen Wrack taucht. *Silvester-Unfall* ist eine der bei Lenz häufigen Erforschungen enger Familienbeziehungen: eine Familie beobachtet ihr todkrankes Oberhaupt bei den gezwungenen Festlichkeiten seines letzten Silvesterabends. Hier, wie im *Wrack*, wird der Vorgang der Beobachtung durch wiederholte Anspielungen unterstrichen. In *Der Läufer*, *Ball der Wohltäter* und *Jäger des Spotts* gibt es viele Zeugen der Niederlage, obwohl das Opfer in der letztgenannten Geschichte vielleicht einen gewissen Erfolg (im fast wörtlichen Sinn) der Niederlage aus den Zähnen reißt.

In diesen Geschichten, die Beobachterfiguren verwenden, wird das Versagen des Menschen durch die Natur selbst verursacht, beispielsweise durch die See, durch Tiere und durch die Anfälligkeit des menschlichen Körpers für Erschöpfung, Alter und Krankheit. Sogar die Tat, die zu der Disqualifizierung des Läufers führt, scheint eher eine Reflexhandlung oder ein körperliches Versagen als ein Willensakt zu sein. Aber Lenz stellt auch die Opfer *anderer Charaktere* dar. Wir begegnen hier Figuren, die sich nicht auf die Beobachtung beschränken, die weniger passiv sind als die meisten Erzähler in den Ich-Erzählungen. Sie lassen eher an die Gegner denken, die in einigen Geschichten dem »Erzähler als Opfer« gegenübertreten. Wir können sie daher »Handelnde Charaktere« nennen. So wird in *Der längere Arm* und in *Nur auf Sardinien* jeweils eine Frau geschildert, die die Selbstachtung ihres Mannes untergräbt. *Die Flut ist pünktlich* steigert das Thema ehelicher

Konflikte: eine Frau stellt die Uhr ihres Mannes falsch, damit die Flut ihm den Rückweg abschneidet und sie für ein neues Leben mit einem anderen Mann frei macht[10]. Dieser zweite Mann wird jedoch ebenfalls als eine Art Opfer dargestellt: er ist Zeuge, wie der Ehemann sich vom Festland entfernt, und wird sich der Fähigkeit der Frau zum Bösen erst bewußt, als es bereits zu spät ist. Auch in *Stimmungen der See*, so sahen wir, wird ein Konflikt zwischen Charakteren dargestellt. Der Professor hat seine unsichere Autorität verloren. Lorenz, sein junger Begleiter, macht das ihm – und dem Leser – bewußt, indem er auf eine Jahre zurückliegende Demütigung seines alten Lehrers anspielt und ihn offen schmäht. Das Idol ist nicht nur gefallen, es ist umgestoßen worden! Man darf sagen, daß Lenz sein zentrales Thema mit beachtlicher Vielseitigkeit behandelt, indem er die Gestalt des Unterliegenden von wechselnden Standpunkten aus darstellt und ihn sogar manchmal selbst zum fiktiven Erzähler macht. Indem wir diese Gewandtheit hervorheben, gehen wir von der Beschreibung zur Wertung über. In diesem Zusammenhang möchten wir nun kurz auf einige andere Züge hinweisen, die Lenz als Erzähler kennzeichnen, und dabei zunächst die Frage der literarischen Einflüsse berühren.

Lenz gibt bereitwillig zu, daß er anderen, vor allem ausländischen Autoren, verpflichtet ist. Unter denen, die er in der *Autobiographischen Skizze* nennt, sind Camus und Hemingway. Er erzählt in dieser Skizze, daß Anglistik und Literaturgeschichte zu seinen Studienfächern an der Universität gehört haben – auch das hat seine Entwicklung zweifellos beeinflußt. Seine Verwendung des Leitmotivs, bei der die Elemente eines Motivs transponiert und modifiziert werden und dadurch eine Vielfalt in der Einheit erreicht wird, erinnert in gewisser Hinsicht an die Technik Thomas Manns, wenn sie auch nicht so kunstvoll und, offen gesagt, weniger subtil ist[11]. Der Leser englischer Zunge wird jedoch wahrscheinlich am ehesten Ähnlichkeiten zwischen dem Werk von Lenz und Hemingway bemerken – den Gebrauch der Anapher, das häufige Thema der Erprobung, des Augenblicks der Wahrheit –, und er wird Parallelen erkennen wie die zwischen dem Anfang von *Wem die Stunde schlägt* und jenem der *Stimmungen der See* oder dem Schluß von *Der alte Mann und das Meer* und dem der Titelgeschichte der Sammlung *Jäger des Spotts* oder zwischen dem

Untertitel dieser Sammlung »Geschichten aus dieser Zeit« und *In unserer Zeit.* Wie Hemingway wiederum verwertet Lenz verschiedenartiges Spezialwissen in seinen Erzählwerken, so etwa, wenn er aus der esoterischen Welt des Sports erzählt, wie in *Der Läufer* oder in dem thematisch verwandten Roman *Brot und Spiele.*

Wir müssen uns allerdings hüten, auch dort direkte Beeinflussung anzusetzen, wo vielleicht nur eine Verwandtschaft oder eine Ähnlichkeit der Lebensumstände vorliegt. Wie Hemingway kennt und liebt auch Lenz die See und ist begeistert vom Fischfang, von dem er sagt, daß er seine Einstellung zum Schreiben beeinflußt habe[12]. Die Sparsamkeit der beschreibenden Passagen und der Dialoge wiederum mag, wie bei Hemingway, zum Teil aus der journalistischen Praxis herrühren[13].

Ein anderes traditionelles Stilmittel, das Lenz verwendet, ist die Pointe. So rundet der Schlußsatz von *Der seelische Ratgeber* wie der von *Nur auf Sardinien* die Geschichte in entschiedener und erhellender Weise ab. Das gleiche gilt für zwei Geschichten, die sich in ihrem Schluß ähneln: *Risiko für Weihnachtsmänner* und *Mein verdrossenes Gesicht*, sowie für *Der Verzicht.* In dieser Geschichte, die ausnahmsweise im Krieg spielt, wird der letzte Jude einer ostpreußischen Ortschaft, der zur Hinrichtung geführt wird, kurz vor dem Exekutionsplatz von einem neuen Wächter übernommen. Die widerstandslose Annahme des Schicksals durch den Juden und die Vermeidung der »Kunst herauszufordern« durch den Autor werden in den Schlußsätzen auf eine vollendete und paradoxe Weise deutlich: »Ein junger, breitgesichtiger Mann kam ihnen entgegen, sein Gewehr schräg vor der Brust. Er trat zwischen sie. Er befahl Heinrich Bielek (*dem ersten Wächter*) zurückzugehen. Als er sich umdrehte, bemerkte er, daß der Mann in der erdbraunen Joppe, den er weiterzuführen hatte, ihm bereits mehrere Schritte stillschweigend vorausgegangen war« (*S.*, S. 44).

Wenn Lenz auch eher traditionellen Darstellungsmitteln als formalen Experimenten zuneigt, so hat sein Verfahren Vorzüge, die dafür entschädigen können. Wenige moderne deutsche Erzähler fesseln den Leser so sehr, wie es Lenz in *Nur auf Sardinien* und besonders in *Lukas, sanftmütiger Knecht* vermag. Er ist nun einmal ein Meister der traditionellen Kunst, die Aufmerksamkeit des Lesers zu gewinnen und festzuhalten. Das hängt einmal mit seiner

Vorliebe für die Pointe zusammen, auf die hin die Geschichte angelegt ist, zum andern auch mit den rätselhaften Titeln, die dazu bestimmt sind, die Neugier des Lesers zu reizen: *Jäger des Spotts*, *Risiko für Weihnachtsmänner*, *Die Glücksfamilie des Monats.* Ebenso anregend sind oft die Eingangssätze seiner Geschichten. Lenz begibt sich gerne gleich *in medias res*, spielt auf Personen oder Ereignisse an, als ob wir bereits damit vertraut wären, und weckt damit unsere Lust, diese Vertrautheit in der Tat zu erlangen. Ebenso konventionell, aber auch ebenso genußreich ist seine Verwendung der Überraschung. Man achte einmal darauf, wie er durch ironische Titel falsche Erwartungen zu erregen versteht: *Ein Freund der Regierung* und *Ein Haus aus lauter Liebe* sind Beispiele dafür.

Auch auf eine andere Weise weiß Lenz die Tradition zu seinem Vorteil zu nutzen, und zwar durch die Wiederbelebung ungebräuchlicher oder abgesunkener Formen. Ist *So zärtlich war Suleyken* eine Sammlung von »Dorfgeschichten« aus jüngster Zeit, eine Geschichte wie *Silvester-Unfall* ein modernes »Familiengemälde«, so stellen Erzählungen wie *Der seelische Ratgeber* und *Mein verdrossenes Gesicht* eine Art Dümmlingsmärchen des zwanzigsten Jahrhunderts dar, indem sie zeigen, wie der reine Tor im Dschungel der Reklame und der Massenmedien herumirrt. Besonders bedeutsam ist der Gebrauch, den Lenz vom Typus der »Aktions-Erzählung«, also zum Beispiel der Abenteuergeschichte, macht. Er formt diesen Typus so um, daß er die menschlichen Eigenschaften und die zwischenmenschlichen Beziehungen erhellt, die ihn faszinieren. Wir haben bereits gezeigt, daß die See in *Stimmungen der See* den Hintergrund für eine erregende Aktion und die ihr zugrunde liegende psychologische Wirklichkeit bildet. Bei einem Werk dieser Art ist man versucht, an jenen anderen Osteuropäer im Exil, Joseph Conrad, zu denken. In *Der Läufer* machen Erinnerungen, die dem Sportler während seines letzten Laufes durch den Kopf gehen, mehr als die Hälfte der Erzählung aus. Diese Erinnerungen sind aber ein Rückblick auf seine Karriere, so daß hier körperliche Aktion und psychologische Analyse eng verknüpft sind.

Als erfahrener Hörspielautor ist Lenz natürlich ein Meister des Dialogs. So konzentriert sich *Der längere Arm* auf ein Gespräch zwischen einem Ehemann und seiner ihn verachtenden Frau. *Die Nacht im Hotel*, deren Hauptteil ein nächtliches Gespräch in einem dunklen Zimmer bildet, ist sozusagen ein Hörspiel in der Form einer Prosaerzählung.

Schon die Versatilität von Lenz ist eindrucksvoll. Wir haben bereits auf die Vielseitigkeit hingewiesen, mit der er sein zentrales Thema vom Augenblick der Wahrheit gestaltet. Wir untersuchten auch das Wechselspiel zwischen Handlung und Psychologie in seinem Werk. Mit der gleichen Vielseitigkeit gestaltet er seine Schauplätze, sei es den norddeutschen Winter in *Der Anfang von etwas*, die Mittelmeerlandschaft in *Nur auf Sardinien* oder die Üppigkeit Kenias in *Lukas, sanftmütiger Knecht*. Ein wiederum anderes Zeichen der Vielseitigkeit ist die Spannweite zwischen dem Tragischen und dem Komischen, zwischen *Schwierige Trauer* und *Der Amüsierdoktor*. Auch der Rohstoff der Geschichten, ihr Wortschatz, ist erstaunlich groß und geht von der Berufssprache des Seemanns (wriggen, krängen, achteraus) bis zu präzisen Bezeichnungen für den Krimskrams der modernen Zivilisation (Kunststofflöffel, Bauchladen, Einkaufsnetz). Um jedoch seinen Stil zu charakterisieren, bedarf es einer genaueren Untersuchung zunächst der realistischen und dann der bildlichen Elemente seiner Sprache.

Der Realist Lenz verrät einen scharfen Blick für das visuelle Detail, von dem kurzen Sonnenblitz auf der Kanzel eines Flugzeugs hoch über dem Boot der Flüchtlinge in *Stimmungen der See* – ein zweideutiges Symbol, das auf Freiheit oder Gefahr deuten könnte –, bis hin zu der Wirkung der Hitze auf Blei, durch deren Schilderung einmal die ganz allgemein mit dem »Bleigießen« verbundene Spannung, darüber hinaus aber auch die eigentümliche Drohung vermittelt wird, die für die Situation in *Silvester-Unfall* kennzeichnend ist[14].

Auch die Naturbeschreibungen beweisen, daß Lenz ein genauer Beobachter ist. Sogar dem negativen Phänomen Dunkelheit werden Nuancen abgewonnen: »Als der erste Vorläufer des Sturms sie erreichte, war es finster über dem Wasser, eine fahle Dunkelheit herrschte, es war nicht die entschiedene, tröstliche, ruhende Dunkelheit der Nacht, sondern die gewaltsame, drohende Dunkelheit, die der Sturm vorausschickt« (*F.*, S. 275). Selbstverständlich werden auch die bereits erwähnten vielfältigen Schauplätze jeweils mit ihrem spezifischen Lokalkolorit wiedergegeben.

Auf dem Gebiet der menschlichen Empfindungen begegnet wieder eine Fülle realistischer Züge, denen wiederum die uns bereits vertraute psychologische Bedeutung zugrunde liegt. »Das dumpfe Glücksgefühl der Erschöpfung« des Jägers (*J.*, S. 154) ähnelt der »weichen, wohligen Müdigkeit«, die ein einfaches Mahl hervorruft, das in *Die Festung* so beschrieben wird, daß einem das Wasser im Munde zusammenläuft (*J.*, S. 76). In *Der Anfang von etwas* wird menschliche Kommunikation in der Verbindung von körperlichem Gefühl und seelischem Vorgang dargestellt: »Hoppe spürte, wie sich Paulas Finger um seinen Unterarm schlossen, ihr Erschrecken sich im wachsenden Druck der Finger fortsetzte.«[15] Die dargebotene Hand in *Ein Haus aus lauter Liebe* vermittelt ein unechtes Gefühl, in *Die Festung* echte Verzweiflung[16]. Alltägliche Gesten werden bedeutungsvoll.

Der Anfang von etwas belegt auch die realistische Darstellung der Geräusche bei Lenz. Als Hoppe sein Gepäck in den Fluß werfen will, wird das Private, Heimliche dieser Tat gerade durch die Distanz und Unpersönlichkeit des Geräusches vermittelt, das er hört: »Er ... spähte die Pier hinab, musterte die Luken der Speicher, stand und lauschte auf das schleifende Geräusch einer fernen Straßenbahn« (*F.*, S. 183). Die große Sorgfalt, die Lenz dem realistischen Detail widmet, kann in der gleichen Erzählung an der Häufung akustischer und visueller Eindrücke verdeutlicht werden, die mit einem Spielautomaten verbunden sind.

Die sichtbare Umwelt und die Empfindungen, Gesten und Geräusche des Alltags liefern also viel Material zu den Beschreibungen. Aber wir sagten bereits, daß diese Elemente der Beschreibung oft eine tiefere Bedeutung haben. Sogar in dieser stark dokumentarischen Darstellung des Spielautomaten verknüpfen unerwartete Abstrakta den mechanischen Vorgang mit den Gefühlen der Spieler: »wenn die Stille schon Verlust zu bedeuten schien, Aufforderung und neuen Einsatz, dann erfolgte mit herausfordernder Verzögerung ein Rasseln« (*F.*, S. 178). Lenz ist also kein bloßer Chronist der oberflächlichen Realität. Was für seine Themen gilt, das gilt ebenso für seinen Stil. Er ist weder nur polemisch in seinem Ansatz, noch bloß naturalistisch in seiner Technik. Unter den

Stilmitteln, durch die seine Prosa jene anderen Dimensionen gewinnt, sind Metapher und Vergleich. Ihre Verbindung mit den dokumentarischen Elementen ist ein weiteres Zeichen für die erzählerische Vielseitigkeit von Lenz.

Wir wenden uns nun also der Rolle der Bildsprache in seinen Geschichten zu. *Drüben auf den Inseln* enthält ein gutes Beispiel für die bedeutungsvolle Verwendung der Bilder bei Lenz. Den Höhepunkt der Geschichte bildet der Verlust eines jungen Lebens, auf den im zweiten Absatz vorausgedeutet wird durch den Vergleich einer Windmühle mit einer toten, schwarzen Blume. So wird in *Der Anfang von etwas* die Chance eines neuen Lebens für den Helden nicht nur durch den Titel angedeutet und dadurch, daß die Geschichte am Silvestermorgen spielt, sondern vielleicht auch schon durch den Hinweis auf seinen Schatten kurz nach Beginn: »Unter dem Schneetreiben kam Hoppe hervor, nur ein Schatten zuerst, eine mühsame Ankündigung seiner selbst« (*F.*, S. 164). Die Welt des Meeres, die er so gut kennt, liefert Lenz frische, treffende Bilder. In *Drüben auf den Inseln* wird die einsiedlerische Existenz der Inselbewohner von einer von ihnen in ein Bild aus ihrem eigenen Lebensumkreis gefaßt: »Jeder lebt abgeschlossen für sich wie eine Muschel« (*J.*, S. 125).

Auch Bilder aus der Ornithologie sind nicht selten. Lenz wendet jedoch das Stilmittel der Bildlichkeit vor allem dort an, wo es um die Schilderung der Natur selbst und natürlich besonders der See geht. Wie in *Drüben auf den Inseln* finden wir auch in *Die Flut ist pünktlich* schon bald nach Beginn ein Bild, das den tragischen Ausgang vorausdeutet. Mit dem Bild der toten, schwarzen Blume dort läßt sich hier der reglose, schwarze Wasserarm vergleichen, »der wie zur Erinnerung für die Flut dalag, nach sechs Stunden wieder zurückzukehren und ihn aufzunehmen mit steigender Strömung« (*J.*, S. 162). Wie in *Stimmungen der See* scheint auch hier die See mit eigenem Leben begabt zu sein, fähig, ganz nach ihrem Belieben ihre schwachen Opfer einzufordern. Diese Belebung wird einmal schon im Titel beider Erzählungen angedeutet, drückt sich aber auch in einem Bild aus, das in beiden begegnet: das der atmenden See[17]. In *Stimmungen der See* gibt es auch Bilder, die, wie das der Muschel, unmittelbar im Milieu der Erzählung wurzeln: »Die Ruderblätter fächelten leicht im Wasser wie die Brustflossen eines lauernden Fischs« (*F.*, S. 252). Die Küstenlinie am Horizont dagegen wird ihrerseits mit einem Ruderblatt verglichen[18]. Solche Echos oder Korrespondenzen innerhalb einer Bildvorstellung oder zwischen zwei Bildern haben die Funktion, die erzählerische Einheit wirksam zu unterstützen. Lenz benutzt die See keineswegs, um »dichterische«, lyrische Effekte zu erzielen. Die bildliche Sprache trägt vielmehr gerade dazu bei, den realen Handlungsschauplatz noch genauer zu konkretisieren. Andere Bilder in der Naturbeschreibung vermitteln die »Stimmungen«, die der Szenerie und den Flüchtlingen gemeinsam sind: Wolken scheinen in ihrem Lauf gehemmt zu werden, die Sonne geht nur auf, um sogleich wieder zu verschwinden, »so als hätte sie sich nur überzeugen wollen, daß das Boot noch trieb und die Männer noch in ihm waren« (*F.*, S. 272). Diese düstere Umformung eines traditionellen Symbols der Hoffnung, der aufgehenden Sonne, mag ein Gegenstück sein zu dem Schattenmotiv in *Der Anfang von etwas*, für das wir die Möglichkeit einer (unerwarteten) optimistischen Bedeutung erwogen haben. Sicher ist jedoch, daß ein Bild für den fallenden Schnee in *Der Anfang von etwas* einmal die eingekerkerte Existenz des Helden, dann aber seine Befreiung andeutet: »Aus dem Windschatten sah Hoppe den Weg zurück ... schräg ging der Schnee nieder, wie hinter gespannten Schnüren eines weißen Gitters verbarg er das andere Ufer« (*F.*, S. 165). Die Erzählung endet damit, wie Hoppe auf seine Habseligkeiten, Zeichen seiner Vergangenheit, starrt, die »hinter dem weißen Gitter des Schneetreibens« verschwinden (*F.*, S. 184). Dann macht er sich auf den Weg, einer neuen Freiheit entgegen.

Eine besonders häufige Form der Bildlichkeit in den Geschichten von Lenz zeigt sein fast besessenes Interesse für den menschlichen Kopf, besonders für das Gesicht. Viele der hierher gehörigen Bilder sind Karikaturen. Das wird am deutlichsten in den Beschreibungen von Gesichtern in *Der Anfang von etwas*. Bildliche Wendungen dieser Art dienen natürlich auch oft dazu, eine Person, eine Atmosphäre zu charakterisieren. Die »eichelförmigen Augen« des Mannes, der den letzten Juden in *Der Verzicht* abholt, erwekken den Eindruck von Drohung und List (*S.*, S. 33). Das »knollige, kartoffelartige Gesicht« der Ehefrau in *Silvester-Unfall* bewirkt zusammen mit dem gezwungenen Lächeln ihres Mannes und der

Ähnlichkeit seiner Züge mit einer Maske, »die auf jeder Hälfte anders geschnitzt ist«, eine Verschärfung der gespannten, unnatürlichen Atmosphäre dieser makabren Feier[19].

Auch in der Behandlung der Geräusche steht der bereits untersuchten dokumentarischen Darstellung eine eindrucksvolle Bildlichkeit gegenüber. So wird in *Der Läufer* vor allem durch Bilder dieser Art dargestellt, was der Held beim Beginn seines letzten Laufes von seiner Umgebung wahrnimmt: »und er hörte das Brausen der Stimmen, hörte die murmelnde Bewunderung und die Sprechchöre, die ... wie ein skandiertes Echo durch das Stadion klangen ... die Sprechchöre sprangen wie Fontänen auf, hinter ihm und vor ihm« (*J.*, S. 82). In *Der Anfang von etwas* findet die unerwartete Möglichkeit, die sich Hoppe bietet, ihr »Echo« in Geräuschen: zu Beginn der Erzählung sind die Laute »verstümmelt« und »erstickt« vom fallenden Schnee. Am Schluß unterstreicht also die Wendung zu einem Ausdruck physischen Wohlbehagens ebenso wie die bereits erwähnte Modulation des Gitter-Motivs die Änderung in seinem Leben: »dann trat er zurück, hob ohne Zögern den Karton an und ließ ihn knapp neben der Pier zwischen die Eisschollen fallen: ein tiefes ›Wumm‹ drang zu ihm herauf, ein Laut wie ein tiefes zufriedenes Aufseufzen« (*F.*, S. 183 f.).

Vielleicht die beliebteste Sprachfigur von Lenz ist die Verbindung von charakterisierendem Adjektiv und abstraktem Substantiv in einer überraschenden Zusammenstellung. In *Mein verdrossenes Gesicht* wird die Herzlichkeit zwischen Kriegskameraden, die sich wiederbegegnen, als »schulterklopfende Fröhlichkeit« gekennzeichnet (*J.*, S. 171). Manchmal geht diese Gegensätzlichkeit bis zum Oxymoron: »vorschriftsmäßige Begeisterung« (*F.*, S. 209), »biedermännische Tücke« (*F.*, S. 279), *»Schwierige Trauer«*.

Ein Autor, der sein Studium dadurch finanzierte, daß er die Rolle eines Schwarzhändlers mit der eines Blutspenders verband, mußte wahrscheinlich einen geschärften Sinn für Ungereimtheiten und Widersprüchlichkeiten bekommen. Doch wie dem auch sei, dieses Element des Paradoxen, das in den eben zitierten Beispielen deutlich wurde, bildet jedenfalls die stilistische Entsprechung zu dem Wunsch, anerkannte Wahrheiten zu bezweifeln, einen guten Ruf zu überprüfen, die Leistungsfähigkeit zu analysieren, der

Lenz einen Schatz von Gestalten und Situationen eingebracht hat. Auch die Sprache wird in neuen und unerwarteten Formen erforscht. Aber Lenz ist auf dem Feld der erzählerischen Ausdrucksweise ebensowenig ein Revolutionär wie auf dem der Gesellschaftskritik. Das kluge Bestreben, mit dem Leser »einen Pakt herzustellen«, statt ihn offen »herauszufordern«, bestimmt auch den Stil seiner Erzählungen, so wie es ihren Inhalt bestimmt. Man hat ihn sogar in bezug auf seine Sprache als den konventionellsten Autor seiner Generation bezeichnet[20]. Andererseits gibt es jedoch [im Jahre 1965] Anzeichen dafür, daß Lenz nun durch seine Fragestellungen auch in einem höheren Grade zu technischen Experimenten geführt werden könnte. Sein fünfter Roman, *Stadtgespräch* (1963), stellt den Versuch dar, die Erzählform der Anrede oder herausfordernden Ansprache, die schon in *Schwierige Trauer* benutzt wurde[21], nun im großen Stil zu verwenden. Die Geschichte *Der sechste Geburtstag* (1964) unternimmt den – für den männlichen Autor – stets schwierigen Versuch, eine weibliche Figur zum fiktiven Erzähler zu machen[22]. Wir dürfen hoffen, daß in den kommenden Jahren andere Experimente folgen werden. Wenn es Lenz gelingt, mit den Vorzügen des traditionellen Erzählers, die er bereits besitzt, das Experiment zu vereinen, dürfte er aus diesem Prozeß als ein bedeutender Künstler hervorgehen.

Anmerkungen

1 Der Aufsatz ist die gekürzte Fassung eines Vortrags, der am 20. Mai 1965 im Institute of Germanic Studies, University of London, gehalten wurde. Lenz hat seither die Geschichtensammlung *Der Spielverderber* veröffentlicht. Einige der dort gesammelten Geschichten waren bereits in dem Vortrag behandelt worden, über andere konnten bei der Vorbereitung dieses Aufsatzes einige Beobachtungen hinzugefügt werden.

2 Die Geschichten, auf die in diesem Aufsatz verwiesen wird, verteilen sich wie folgt auf die einzelnen Bände: Jäger des Spotts enthält: *Lukas, sanftmütiger Knecht; Das Wrack; Ein Haus aus lauter Liebe; Die Festung; Der Läufer; Der große Wildenberg; Drüben auf den Inseln; Der seelische Ratgeber; Jäger des Spotts; Die Flut ist pünkt-*

lich; Mein verdrossenes Gesicht; Nur auf Sardinien; Die Nacht im Hotel; – DAS FEUERSCHIFF enthält: *Ein Freund der Regierung; Der Anfang von etwas; Lieblingsspeise der Hyänen; Der längere Arm; Der Sohn des Diktators; Silvester-Unfall; Der Amüsierdoktor; Risiko für Weihnachtsmänner; Stimmungen der See;* – In DER SPIELVERDERBER stehen: *Nachzahlung; Der Verzicht; Vorgeschichte; Der Spielverderber; Der sechste Geburtstag; Küste im Fernglas; Die Glücksfamilie des Monats; Der Gleichgültige; Der Beweis; Ball der Wohltäter; Schwierige Trauer; Ihre Schwester; Die Lampen der Eskimos.* Auf die drei Sammlungen wird im Text jeweils mit der entsprechenden Abkürzung *J.*, *F.* oder *S.* verwiesen.

3 Am Schluß des Sammelbändchens *Stimmungen der See* (Reclams Universal-Bibliothek 8662), Stuttgart, 1962 (wiederabgedruckt im *Prospekt*, S. 11–14). Die Geschichte, die dort *Gelegenheit zum Verzicht* heißt, wurde in *S. Der Verzicht* genannt.

4 »Die Welt«, 27. Januar 1962 (hier zitiert nach *Beziehungen*, S. 278) – vgl. die Untersuchung dieser Zurückhaltung von Lenz bei Marcel Reich-Ranicki, unten, S. 215 ff.

5 Von einem andern Gesichtspunkt aus bestätigt das der folgende Kommentar, den mir der Autor liebenswürdigerweise gegeben hat: »Was den Ort angeht, an dem diese Geschichte sich zuträgt, so habe ich zwar an die deutsche Ostseeküste gedacht, doch an keinen speziellen Winkel ... Die gewisse Ortlosigkeit, meine ich, deutet vielleicht schon eine Übertragbarkeit des Konfliktes an.«

6 *Autobiographische Skizze*, S. 77 f.

7 Die Geschichte beruht auf Tatsachen. Andere Beispiele für die Verwendung eines »Erzählers als Beobachter« finden sich in *Nachzahlung* und *Der Beweis.*

8 Für andere Beispiele des »Erzählers als Opfer« vgl. *Der Sohn des Diktators, Der Gleichgültige, Ihre Schwester* und *Die Lampen der Eskimos.*

9 In der Geschichte *Der Spielverderber* kommt ein Erzähler vor, der wider Willen »dynamisch« ist und die anderen Charaktere dadurch demaskiert, daß er unbequeme Wahrheiten ausplaudert. Diese sorgen ihrerseits dafür, daß er auch ein »Erzähler als Opfer« ist!

10 Vgl. *Küste im Fernglas.*

11 Vgl. zum Beispiel die Beschreibungen des Nebels in *Stimmungen der See.*

12 *Autobiographische Skizze*, S. 79.

13 S. *Beziehungen*, S. 40 f. (*Ich zum Beispiel*). Im gleichen Band wiederabgedruckt (S. 50–63) ist Lenz' ausführliche Stellungnahme zu Hemingway und dessen Einfluß auf sein eigenes Werk wie auch zu seiner allmählichen Distanzierung von diesem Einfluß.

14 *F.*, S. 259 und S. 224 f.

15 *F.*, S. 177 – vgl. den verwandten Effekt in *Der Gleichgültige* (*S.*, S. 155).

16 *J.*, S. 59 und S. 72 f.
17 *J.*, S. 169 und *F.*, S. 253.
18 *F.*, S. 277.
19 *F.*, S. 215; 216; 218; 226.
20 R. W. Leonhardt, unten, S. 232.
21 Vgl. *Vorgeschichte*, *Der Spielverderber* und *Ball der Wohltäter*, in denen jeweils nur eine Seite des Dialogs gegeben wird (s. Ellis, unten, S. 205 ff.).
22 Sie wird allerdings bereits in *Vorgeschichte* verwendet. Diese Geschichte nimmt auch insofern Züge von *Der sechste Geburtstag* voraus, als sie eine Variation von Lenzens paradoxem, an Pinter erinnernden Thema des makabren Festes bietet (s. Colin Russ, *The Macabre Festival: A consideration of six stories by Siegfried Lenz*, in *Deutung und Bedeutung*, Festschrift für K.-W. Maurer, Den Haag, Mouton, 1973).

Günther Penzoldt

Der Denkspieler Siegfried Lenz

Zu den Bühnenstücken

Zeit der Schuldlosen wurde zunächst als Novelle konzipiert, und novellistisch sollte auch der Konflikt gelöst werden: es kam anfangs mehr auf die Begebenheit selbst an, als auf die sichtbare Veränderung der Personen. Die dramatische Form bot sich in einem Augenblick an, als das Interesse des Autors fast ausschließlich den betroffenen Handelnden galt, und zwar ihren erheblichen Veränderungen im Spektrum der Schuld, ihrem moralischen Farbwechsel sozusagen. Es entstand ein Hörspiel, das die Begebenheit akustisch »sichtbar« machte, aber in der Gegenspiegelung bzw. Gegenstrahlung noch nicht den Augenschein besaß, der bei diesem Vorfall gefordert wurde. Der dramatische Augenschein versprach eine andere, eine neue Möglichkeit: die der unmittelbaren Gegenüberstellung und Teilhabe – so entstand das Stück *Zeit der Schuldlosen* – und so notiert es Lenz zum Anlaß der Uraufführung seines Bühnenerstlings am 19. September 1961 innerhalb der Gründgens-Ära am Deutschen Schauspielhaus in Hamburg.

Fast unversehens – so hört es sich an – ist Lenz auf die Bühne gekommen. Im Schreibexperiment an einem Stoff, der sich ihm, wie gewohnt, als die »unerhörte Begebenheit« einer echten Novelle darbot, wurde ihm beim genaueren Ausloten die fehlende Augenscheinlichkeit bewußt. Seine Figuren, aus der Anonymität des bloßen Situationsreports heraustretend, stellten ihre Ansprüche an den Autor. Mit den simplen Grundfragen mag es angefangen haben, wie sie ein Schauspieler vor seinem Auftritt zur Rolle beantwortet: wer bin ich, woher komme ich, wo will ich hin, was will ich erreichen? Schon aus der Fragestellung entspann sich Schicksal. Das Fabelmuster war nicht mehr Selbstzweck, sondern wurde zum Prüfstein. Und die Figuranten wurden vor diesem Prüfstein zu Figuren, das heißt, durch ihre Bewährung oder durch ihr

Versagen zu Einzelpersonen, zu Charakteren, zu Rollen. Es ist die Erfordernis des Stoffes.

Lenz, der Tauchfischer aus Passion, erweist sich hier eher als forschender Vogelsteller. Er hat seine Fangnetze aufgehängt, die Falle bereitet. Die Tiere flattern hinein. Aufgeregt wie sie sind, sich nach Art und Weise gebärdend, beobachtet sie der Fallensteller mit kühlem Forscherblick, bestimmt sie, registriert sie, beringt sie. Dann läßt er sie wieder frei. Läßt ihnen Zeit. Läßt sie im Freiheitswahn. Und wartet. Wartet, bis er den Tag für gekommen hält, die Netze aufs neue auszubreiten, die beringten Tiere wieder in die dramatische Falle zu jagen, sie neu zu konfrontieren, sie neu zu studieren. Denn nun, mit dem Fallenerlebnis von einst, sind sie doppelt interessant. Ein Verhaltensforscher. Das auch. Aber natürlich nicht nur. Denn die Mühe ist nicht nur Wissensbegier, der Aufwand nicht nur Lernmaterial, wie Lenz bescheiden andeutet, sondern vor allem Lehrbeispiel. Demonstration.

Die Fabel von *Zeit der Schuldlosen* ist einfach genug, um sich didaktisch zu bewähren. Ein glückloser Attentäter wird vom Diktator mit einer Gruppe von neun Schuldlosen zusammengepfercht, die ihre Freiheit nur wiedergewinnen können, wenn sie entweder den Verschwörer zum Verrat seiner Hintermänner bringen oder sich schuldig machen, indem sie ihn »richten«, das heißt ermorden. Das ist der Prüfstein. Ein Ansatz von fast mathematischer Kürze und Formelhaftigkeit. Aber die gestellte Aufgabe will durchgerechnet sein. Sie enthält alle nötigen Unbekannten – durch das mögliche und tatsächliche Verhalten der Figuren –, um die Rechnung farbig und interessant zu machen. Ein Rechenbeispiel. Ein Denkspiel.

Schon einmal hat man einen deutschen Dramatiker, hat er sich selbst als »Denkspieler« bezeichnet. Die Parallele zu Georg Kaiser drängt sich unmittelbar auf. Sein berühmter Satz »Das Dramaschreiben ist: einen Gedanken zu Ende denken« ist auch Lenzens Ziel. Begriffe wie Atmosphäre, Stimmung, Zwischentöne, Intuition, die dem Geschichtenschreiber Lenz durchaus vertraut sind, werden vom Stückeschreiber Lenz geradezu rücksichtslos eliminiert. Das unterstreicht nur, worauf es ihm ankommt. Die Verhaltensforschung. Oder genauer, die Gewissenserforschung.

So muß sich schnell herausstellen, daß die Schuldlosen Schuldige sind, und der Entlarvungsprozeß schreitet dementsprechend voran. Dabei erspart Lenz auch dem Attentäter nichts, der »im Namen eines besseren Lebens und eines besseren Todes, im Namen des Gewissens« Anspruch auf den Tyrannenmord erhebt. Weder läßt er ihn einfach hinter einer »Überzeugung in Deckung« gehen, noch die Terrorakte unter dem bloßen Stichwort »Kampf für Menschenwürde« idealisieren. Aber er läßt ihn Standhaftigkeit und Leidensfähigkeit demonstrieren. Und dann, im Dunkel der Nacht, als alle schlafen, von einem der Eingeschlossenen erwürgen.

Das macht alle frei. Das macht einen zum Mörder und stellt an alle neun die Schuldfrage. Das führt zum zweiten Teil des Stückes und ermöglicht unter ähnlichen Spielregeln die Gegenhandlung des Stückes, denn nun muß – die Diktatur ist inzwischen gestürzt – der Mörder gesucht, verurteilt und gerichtet werden.

Alle drei Stücke von Lenz sind Gerichtstage. Alle drei spielen sie unter einer diktatorischen Zwangsherrschaft, enthüllen ihre Mechanismen, lehnen sich dagegen auf und leben dramatisch davon. Lenz braucht den extremen Ansatz, die Ausnahmesituation, die Zuspitzung, nicht nur damit das Zuendedenken des dramatischen Gedankens nicht im Ungefähren, Unverbindlichen steckenbleibt, sondern um der Demonstration plakative Kontur zu geben. So darf – jenseits ästhetischer Überlegungen – sehr wohl vermerkt werden, daß zum Beispiel *Zeit der Schuldlosen*, Lenzens bisher meistgespieltes Stück, Anlaß zu einer besonderen Art von Diskussion gab, die, was ein Drama selten erreicht, zum »Was wäre, wenn ...?«, »Was würde ich in dieser Situation tun?« herausfordert. Die Zuschauer nämlich identifizieren sich keineswegs mit den Einzelfiguren, etwa mit dem Hotelier, dem Drucker, dem Studenten, dem Bauern etc., sondern sie benutzen den denkspielerischen Ansatz zur Selbstprüfung und unterwerfen sich mit ihrer ganzen *personality* dem Test. *Zeit der Schuldlosen* – Anlaß zur Selbsterkenntnis.

Die Verlockung zu solchen Denkaktionen geht natürlich nicht nur vom Ansatz, sozusagen von der gekonnten Fallenstellung, aus, sondern auch von der Durchführung der Dramensituation, und das heißt wesentlich vom Wort, vom Dialog. Er ist zunächst mit Fug schmucklos zu nennen. Kein Geziere und Gespreize. Kein Gefäß für Gefühlsduselei. Meist karg und trocken, vielleicht ganz bewußt auf die pure Funktion zusammengekürzt. Nur für Humor – natürlich ganz ohne Zucker, skeptisch-bitter eingekocht – ist zuzeiten ein wenig Platz gelassen. Und für freundliche Nachsicht. Da schleicht sich dann gelegentlich der dunkelsamtene Tonfall oder die milde Knorrigkeit protestantischer Pastoren ein. Meist aber bleibt die Sprache bildlos unnachgiebig, hart, dringend, insistent, ja penetrant. Wie mag sie da zur Verlockung werden?

Auch hier gibt es wieder Bezüge zum Dramenstil Kaisers. Bernhard Diebold vermerkte es in seinem berühmten Buch über diesen Dramatiker: »Der denkenden Stirn Kaisers entspringen keine naturalistischen Geschöpfe, gefühlshaltig, getrieben von eigenem Herzblut; er erdenkt Typen, und eine starke Phantasie setzt sie in ein meisterliches Gefüge von Handlung und Gegenhandlung; platonische Dialektik läßt ihre Reden kreuzen wie Klingen.«

Genau das ist auch die »Technik« des Dramenschreibers Lenz: Handlung und Gegenhandlung. Er liebt die Kontrapunktik in der Handlung wie im Dialog. Dort vor allem. Auch Lenz ist ganz spürbar bei Platon in die Schule gegangen. Er sucht einfache Beispiele, konkret-faßbare, eingängige Ausgangspunkte. Dann aber setzt er zu einer meist krampflosen, unsophistischen Dialektik an. Nie will er blenden, bluffen, brillieren. Er will an der Hand nehmen. Er will demonstrieren. Ein wenig sokratisch-väterlich vielleicht. Und, wie gesagt, nicht ohne Nachsicht. Da läßt man sich gerne mitnehmen.

Auch in Lenzens zweitem Schauspiel *Das Gesicht* (Uraufführung am 18. September 1964, wieder im Hamburger Schauspielhaus) sind solche Qualitäten zu finden. Aber nun ist die reine Schauhandlung kräftiger in den Vordergrund gerückt. Sie kreist um ein altes Thema, um »König für einen Tag«, um Bacchusfeste mit allen ihren Nachfolgeerscheinungen, sowie um die Vertauschbarkeit der Person in der Funktion. Brecht hat gesagt »Mann ist Mann«. Lenz stellt fest »Tyrann ist Tyrann«. In einem Forschungssatz, der Lenz interessiert haben muß, hat man vor einiger Zeit die unweigerliche Entstehung inhumaner, schikanöser, ja verbrecherischer Verhaltensweisen an einer unbescholtenen, »schuldlosen« Studentengruppe studiert, die in eine Gefangenenwärterposition gebracht wurde [vgl. Schmitt, unten, S. 106]. Das ist genau Lenzens Dramenthese. Ein Diktator, »Präsident« genannt, läßt sich von einem Double gleichen Gesichts vertreten, läßt ihm, nach gehöriger Vorbereitung und durch einen schnöden Trick veranlaßt, sogar freie Hand zum Regieren. Das Vertretungsgesicht, ein Frisör, findet sich nur allzurasch in die neue Situation, ja es geht in der Verbreitung von Angst und Schrecken noch weit über sein Präsidentenebenbild hinaus. »In jedem von uns steckt ein Anarchist und ein Polizist« – wird hier korrekt und gnadenlos festgestellt. Ganz folgerichtig dekretiert der Ersatzpräsident, daß jeder Bürger jederzeit zum Polizisten, oder, ebenso schlimm, zum Laienrichter bestellt werden kann. Auch in diesem Stück läßt Lenz also wieder viel Freiraum zum »Was würdest Du tun, wenn ... wenn Dir zum Beispiel von heute auf morgen Machtmaschinerie in die Hand gegeben wäre – wenn Du von heute auf morgen den Stab über Deine Nachbarn brechen könntest ...?« Wer würde das schuldlos überstehen?

Der Abrechnungscharakter ist also wieder ganz deutlich. Schuld, Schuldkomplexe, Schuldverstrickungen. Und die dazugehörigen Verdächtigungen, Verhandlungen, die moralischen Urteilsfindungen. Das »Spruchfällen«, Spruch der Freunde, der Kollegen, Schicksalsgenossen und Gegner, gehört zum Hebelmechanismus der Denkdramaturgie Lenzens. Aber auch genauso zum vielfach herangezogenen Kleinmaterial bei den Verschraubungen der Konstruktion.

Ein »Spruch« – er hört sich allerdings an wie ein böser Fluch – schwebt auch über Lenzens drittem Stück *Die Augenbinde* (uraufgeführt am 28. Februar 1970 im Düsseldorfer Schauspielhaus). Er besagt nicht mehr oder weniger, als daß eine fast gestrandete und zerstrittene Expeditionsgruppe nur Hilfe und Aufnahme in einem Dorf finden kann, wenn sie sich dem obersten Dorfgesetz unterwirft. Dieses Gesetz aber heißt blind sein. Denn auch, so wird halberwege glaubhaft gemacht, im Dorfe herrscht, einer Augenkrankheit zufolge, seit altersher Blindheit. Und hier dürfe es keine Unterschiede geben. Der Dorfbürgermeister, auch er ein unumschränkter Herrscher, liefert zu dem Ansinnen auch eine Blindheitsphilosophie: »Seien wir offen: nichts irritiert uns so sehr, als wenn wir beliebig handeln können ... Nichts läßt uns so schaudern, wie eine plötzliche Überfülle des Möglichen ... Und nichts stürzt uns in größere Ratlosigkeit, als wenn wir beliebig Entscheidungen treffen können« (S. 36).

Wieder eine Herausforderung, ein Prüfstein, ein Testfall. Überflüssig zu sagen, daß die Expeditionsteilnehmer in ihrer Reaktion auf die unerhörte Forderung einen Entlarvungsprozeß durchmachen und daß der Autor, auch hier wieder, seinem Zuschauer Gelegenheit zur insgeheimen Selbstbesinnung bietet. Doch zwei neue Momente kommen hinzu. Ein äußerliches: nach einem ganz frauenlosen und einem frauenarmen Stück steht hier eine junge Frau, Carla genannt, im Mittelpunkt. Sie ist die Tochter des Expeditionsleiters. Sie ist weder schuldig noch schwach. Und – das zweite Moment – sie setzt sich zur Wehr. Das allgemeine Verhängnis einer Zwangsherrschaft, wie Lenz sie auch hier, mit einer erschrekkend verlogenen Gloriole verbrämt, demonstrativ installiert, gewinnt keine Macht über sie. Blindheit als bequeme Glücksgarantie kann sie nicht zur Aufgabe ihrer »Einsicht« verführen, selbst wenn diese Einsicht wenig Freude verspricht. Sie will sich nicht von ihrer Unzufriedenheit, ihrem Zweifel erlösen lassen. Sie will die Daseinsforderungen nicht mit einer Augenbinde weglügen, sondern sie will »sehen, was ich sehen will. Ja sagen, wenn es möglich ist . . . Und nein – wenn ich nicht anders kann« (S. 94 f.).

Wenn schon nicht früher, so doch notwendig hier muß der Name von Albert Camus fallen. Lenz hat sich oft zu ihm bekannt und sich mit ihm herumgeschlagen. Auch in seiner *Augenbinde* tut er es offenkundig. Und er kommt zu parallelen Lösungen. Carla erkennt die Angst, die hinter den unmenschlichen Dorfgesetzen steht, sie erkennt die Ängste, mit denen sie aufrechterhalten werden. Sie weiß, daß man sich ihrem Pesthauch nicht unterwerfen darf. Daß, wenn es Rettung gibt, sie nur in der Auflehnung besteht. Lenz wählt nicht die hohen Worte, die Camus noch zur Verfügung standen. Carla und der sich ihr zuneigende Mann, der zwangsgeblendete Alf, verhalten sich stiller als Diego und Viktoria, aber auch sie nicht ohne Stolz und ohne Liebe. So könnte Carla auch den Lenz-Satz sagen, der schon in *Zeit der Schuldlosen* zu hören war: »Wer wirklich für die Menschen eintritt, der muß sich als Einzelner entscheiden« und »Nicht meine Gegner machen mir Angst, sondern die Lauen, die sich nicht entscheiden können, eine Sache zu ihrer Sache zu machen«. Auch in seinen Dramen gehört Lenz niemals zu den Lauen.

Heinz Schwitzke
Zu den Hörspielen

Weit vor andern Ländern besitzt das Hörspiel heute in England und Deutschland Volkstümlichkeit und literarische Geltung. Warum gerade in diesen beiden Staaten mit ihren politisch ähnlich unabhängigen Rundfunksystemen? Warum nicht im kommerziellen Rundfunk der USA und im staatsabhängigen der UdSSR (und in gewisser Weise auch Frankreichs)? Darüber wäre mancherlei zu sagen. Doch ist auch der Vergleich zwischen den annähernd kongruenten Entwicklungen Englands und Deutschlands sehr aufschlußreich.

Durch Autoren wie Günter Eich, aber auch durch Fred von Hoerschelmann, dessen Hörspielstrukturen wesentlich realer sind und nichts vom »Träume«-Charakter besitzen, ist bei uns von vornherein Wert darauf gelegt worden, das dezidiert Eigene in der bloß fürs Hören bestimmten Kunstgattung zu entwickeln: das fließend Untergründige oder das virtuos Imaginative des zu akustischer Darstellung dienenden Worts. Auch die Jüngeren haben vielfach die Neigung, im Hörspiel auf jeden Fall »radiophonisch« zu sein. Oft gebärden sie sich sogar noch konsequenter – bis hin zur Forderung von »Schallspielen« und von Geräuschautonomie.

In England, obwohl es auch dort Hörwerke überwiegend radiophonischen Charakters gibt – man denke zum Beispiel an Dylan Thomas' *Milchwald* –, gilt das Praktizieren von Eigenständigkeit nicht soviel, und man bemüht sich auch nicht sonderlich um eine Theorie der Eigenständigkeit. John Mortimer, Giles Cooper und mit ihnen viele andere Hörspielautoren bezeichnen ihre im Auftrag der British Broadcasting Corporation geschriebenen Werke zuweilen ganz treuherzig als Dramen. Oder sie schreiben sogar, wie etwa David Campton, Einakter oder aus Einaktern variationsartig zusammengesetzte Theaterstücke in Auswertung ihrer Rundfunkerfahrungen, ja vielleicht sogar mit einem Seitenblick auf Verwendbarkeit im Rundfunk. Auch der Übergang zum Fernsehspiel scheint ihnen darum nicht, wie uns, ein Problem zu sein.

Offensichtlich wird diese Haltung aber auch von den zahlreichen englischen Bühnen gewürdigt. Sie suchen, ganz gleich woher, in erster Linie moderne Menschen, moderne Problemdarstellung, wollen um keinen Preis nur Bildungs- oder Experimentiertheater machen. Selbst dem theaterfremden *Milchwald* hat man, vermutlich aus diesem Grund, drüben zu Serienerfolgen verholfen. Allerdings sind es dort sicherlich nicht *nur* die Theater, denen die Kategorie des Formalen weniger bedeutet als die Kategorie der Zeitnähe. Wahrscheinlich haben die Engländer ganz allgemein weniger theoretisch-formale und mehr sachliche Interessen als wir.

Die Hörspiele von Siegfried Lenz haben weder den irrealen, lyrisch-metaphorischen Charakter Eichscher Texte, noch bemüht sich der Autor um impressionistisch-elegante Szenen- und Blendsprünge wie etwa Hoerschelmann in seinen besten Stücken. Die Hörspiele von Lenz sind vielmehr in der äußeren Form meist einfach und von szenischer Kontinuität und haben außer einem gelassenen Atem, selbst wo märchenhafte Handlungselemente dargestellt werden, etwas Realistisches wie die epischen Arbeiten des Dichters. Ihre innere Dialektik aber ist quasidramatisch – nur daß der Rundfunk im Gegensatz zur Bühne, die stets nach Aktion verlangt, ein genüßlicheres und genaueres Explizieren erlaubt. Dem folgt der Autor Lenz aber nicht, weil er dem Instrument ein Zugeständnis machen will, nicht aus theoretischen Gründen, sondern weil ihm die gemächlichere Art der Auseinandersetzung offensichtlich behagt, weil sie ihm beim Schreiben Vergnügen bereitet.

Wahrhaftig, Siegfried Lenz' Hörspielstil scheint in vieler Hinsicht mehr dem englischen als dem deutschen verwandt. Er ist der einzige unserer Hörspielautoren, dem geschehen konnte, was in England dutzendfach geschah: einer seiner Hörspieltexte wechselte fast unverändert aufs Theater über und errang dort nicht nur Erfolge, sondern wurde geradezu ein internationaler Erfolg. Es handelt sich dabei übrigens, genaugenommen, um zwei Hörspiele, deren zweites das erste fortsetzt und komplementär ergänzt, entstanden in zwei aufeinanderfolgenden Jahren: *Zeit der Schuld-*

losen (1960) und *Zeit der Schuldigen* (1961). Je eines bildet den Akt vor und den Akt nach der Theaterpause. Natürlich ist nicht bei allen Hörspieltexten von Siegfried Lenz ein solcher Wechsel vom Studio auf die Bühne möglich; daß er jedoch in diesen zwei Einzelfällen so ohne weiteres geschehen konnte, ist kennzeichnend für alle.

Lenz ist ein dialektischer Moralist – aber dabei durchaus nicht, wie es heutiger Mode entspricht, ein Provokateur (Marcel Reich-Ranicki hat das unten, S. 215 ff., überzeugend dargelegt), sondern er will seine Hörer wie seine Leser behutsam bei der Hand nehmen und sie mit guten Gründen überzeugen.

Bei den deutschen Bühnen und beim deutschen Publikum, das sich gebildet erbauen und zur Not auch noch ein wenig zerstreuen will, gilt Zeitproblematik nicht viel. Das zeigt sich ebenso an dem Lenz in mancher Hinsicht verwandten Dramatiker Martin Walser. Es ist seltsam, daß zwar nach dem *Ersten* Weltkrieg sofort eine Serie von sogenannten »Zeitstücken« über die deutschen Bühnen ging, daß aber *diesmal*, mindestens in den Jahrzehnten vor der Hochhuth-Kipphardt-Weiss-Welle, unsre Theater gerade in dieser Hinsicht ganz arm waren. Die Auseinandersetzung hat sich mit sicherlich weit über hundert nennenswerten aktuellen Problemstücken – trotz aller radiophonischen Theorie – nach 1945 ganz ins Hörspiel verlagert. Leider haben sich die deutschen Bühnen, im Gegensatz zur Praxis in England, nicht darum gekümmert, haben nicht wie die englischen versucht, die Autoren kraftvoll zu sich herüberzuziehen oder mit den Rundfunksendern zusammenzuarbeiten. Nur in ganz wenigen Fällen – außer bei Lenz noch bei Leopold Ahlsen und bei Gerd Oelschlegel – ist etwas Derartiges geschehen. Alle übrigen wurden, obwohl ihre Fragestellung oft durchaus von dramatischer Art war, ganz den Sendern überlassen und wandten und wenden sich nun heute, nachdem die »Aufarbeitung der Vergangenheit« keine neuen Erkenntnisse mehr zu ergeben scheint, mehr und mehr dem experimentellen Stil und dem Form- und Sprachlabor zu – sofern sie sich nicht dem meist undankbaren Dienst an Film- oder Fernsehskripten widmen wollen, wozu bei uns nur wenige geneigt sind.

Siegfried Lenz ist immer anspruchsvoll und zugleich hart an der Wirklichkeit und ihrer Problematik gewesen und geblieben. So repräsentiert er in unserer Literatur wie in unserem Hörspiel etwas sehr Überzeugendes und Gesundes, und seine Modelle haben in ganz anderer Weise Gültigkeit als die aus Gestaltungsschwäche oft so schemenhaften, vieldeutigen, unbestimmten, die für alles und nichts stehen und die unsre jungen literarischen Experimentierer heute so gern liefern, weil sie so unverbindlich sind. Ihre Art hat Lenz in einem seiner Spiele, indem er auf der »Hörbühne« eine Bühne aufschlägt, sogar einmal witzig persifliert; es handelt sich um *Die Enttäuschung* (1966). Freilich ist die literarische Persiflage hier nicht Selbstzweck, sondern das humorige Augenzwinkern gilt einem sehr viel feineren und allgemeineren Phänomen: dem Homo ludens, für den oft nicht nur das Spiel Wirklichkeit, sondern auch die Wirklichkeit Spiel wird.

Durch den Humor haben auch die überwiegend ernsten Hörspiele bei Siegfried Lenz, auch die, in denen es um die Frage politischer Schuld geht, stets etwas außerordentlich Humanes. Auch die Umkehrung der »Schuldlosen« zu »Schuldigen« verrät in der Tiefe jenes Unpuritanisch-Heitere, ohne das alles Menschliche verdorren müßte. Auch die Geschichte jenes ehrgeizigen Diplomaten zeigt es, der – zum Glück nur beinahe – vor die Entscheidung gestellt wird, einen recht fragwürdigen Erfolg aus Gründen einer höheren Moral aus der Hand zu geben (*Der Gesandte*, 1964). Auch *Haussuchung* (1963) berichtet von einer derartigen Umkehrung: um strafrechtlich Bedenkliches hinter einer kaschierenden Fassade zu verhüllen, muß eine Prunkfassade, sogar eine staatlich sanktionierte, abgerissen werden. Man sieht: Siegfried Lenz ist einer der wenigen, die in dieser Zeit trotz der unmenschlichen Vergangenheit das Lachen oder wenigstens das Lächeln nicht vergessen. Dies aber ist, mindestens für die nicht mehr betroffene zweite Generation, unendlich wichtig, damit sie nicht, wenn die tönernen Moraltafeln und die Heldenbilder in falschem Barockstil zerbrechen, entweder zynisch oder wiederum nihilistisch reagiert.

Lenz weiß etwas von der heilenden Wirkung der Poesie, und davon wissen unsere heutigen deutschen Poeten sonst wenig. Sie haben über ihrer, sicherlich berechtigten, anklägerischen Haltung vielfach die Maßstäbe verloren und wollen nicht wahrhaben, daß trotz allem Gräßlichen und Absurden auch das Komische noch existiert und respektiert werden will, und zwar als das wesentlich

Menschliche. Sie vergessen, daß – muß man nicht sogar sagen: zum Glück? – menschliche Irrtümer und Fehler nun einmal zum vollständigen Bild der Welt gehören. Die Grenze zum Unbegreiflichen und Unmenschlichen zu finden, ist ohne diese Erkenntnis unmöglich.

Die Kunst Siegfried Lenz' ist demgegenüber imstande, uns wieder einen wirklichen Raum von Freiheit zu verschaffen. Dieser Raum kann in unserer Zeit selbstverständlich nur klein sein, er ist aber desto unentbehrlicher. Besonders die Funkkomödien des Autors, von denen zwei im Hörspielband *Haussuchung* (1967) abgedruckt sind, zeigen das: *Das Labyrinth* (1967) und *Das schönste Fest der Welt* (1953), das mit seinem amüsanten szenischen Hin und Her noch am meisten dem seinerzeit gültigen Hörspielstil verpflichtet ist. Dieses älteste der Hörspiele von Siegfried Lenz hat thematisch eine gewisse Ähnlichkeit mit Günter Eichs *Zinngeschrei*, in dem zwei von Geburt sozial entgegengesetzte und verfeindete junge Männer ihre Positionen wechseln. Auf dem von Siegfried Lenz erdichteten Kostümfest der Millionäre erweist sich ungefähr das gleiche: die Positionen haben ein Faible füreinander, sie respektieren sich gegenseitig ebenso beinahe ehrfurchtsvoll, wie sie sich mit wütendem Haß verfolgen. Es ist »nahezu alles Verwandlung, von der Schauspielerei bis zum Stoffwechsel« (S. 50).

Doch hinter den tiefsinnigen Sätzen des reichen amerikanischen Literaten Olaf Maxwell Oppelsheimer: »Verdient die Wahrheit überhaupt, ernst genommen zu werden?« (S. 53) und »Dynamit ist ein Witzwort geworden. Eine Sprengung die beste Volksbelustigung« (S. 57) verbirgt sich auf seiten des Dichters dieser köstlichen Figur aber nicht etwa Agnostizismus und hoffnungslose Verzweiflung, vielmehr wird eine Haltung sichtbar, die den humorlosen »Weltanschauungen«, den tödlichen Ideologien und dem falschen geistigen Besitzerstolz genau entgegengesetzt ist. Natürlich läßt sie sich nicht definieren, ganz einfach weil der Mensch und weil menschliche Freiheit nicht definiert werden können, ohne wiederum durch Ideologie zugrunde gerichtet zu werden.

Aspekte des Engagements

Kenneth Eltis

Siegfried Lenz und die Politik

Seit Anfang der sechziger Jahre hat der Autor Lenz ein reges Interesse an der deutschen Politik genommen; er sieht seine Tätigkeit auf diesem Felde als »eine andere Art der Schreibtischarbeit«[1]. Diese Einstellung ist nicht nur in seiner Dichtung zu finden, sondern auch in einer Reihe expliziter Aussagen – in Aufsätzen, Interviews und Bemerkungen – die seinen Begriff von der Rolle des Schriftstellers in der Gesellschaft darlegen.

Lenz äußerte sich 1962 zum ersten Mal über diese Rolle in einer Rede unter dem Titel *Der Künstler als Mitwisser*[2], die er in Bremen hielt. In seiner *Autobiographischen Skizze* hatte Lenz erklärt, warum er schrieb, und seine Einschätzung der heutigen Rolle des Schriftstellers angedeutet:

> Für mich ist das Schreiben auch eine Art der Selbstbefragung, und in diesem Sinne versuche ich, auf gewisse Herausforderungen mit meinen Möglichkeiten zu antworten. Mitunter ändern sich meine Ansichten über das Schreiben, meine Erwartungen gegenüber dem Schriftsteller jedoch bleiben sich gleich. Ich erwarte von ihm ein gewisses Mitleid, Gerechtigkeit und einen nötigen Protest (S. 79).

In seiner Bremer Rede entwickelte Lenz die hier gegebenen Hinweise und zeigte, daß für ihn der erste Zwang zum Schreiben nur ein Ansatzpunkt ist. Nach Lenz' Ansicht besteht die Rolle des Schriftstellers darin, daß er versucht, sich mit der Welt auseinanderzusetzen. Es lohnt sich, seine Rede unter die Lupe zu nehmen – erstens, weil sie eine tiefere Einsicht in die Motive für Lenz' politische Tätigkeit vermittelt, und zweitens, weil wir dadurch ein besseres Verständnis für die politischen Aspekte in seiner Dichtung gewinnen.

Lenz glaubt, daß ein Schriftsteller, der seine Rolle freiwillig und ohne Zwang wählt, eine Verantwortung übernehmen muß, die über sein persönliches Bedürfnis hinausgeht:

> Ein Schriftsteller ist ein Mensch, den niemand zwingt, das zu sein, was er ist... Er entschließt sich vielmehr freiwillig dazu, ... die Welt zu entblößen, und zwar so, daß niemand sich in ihr unschuldig nennen kann[3].

Der Schriftsteller ist, als Künstler, auf besondere Weise sprachbegabt, und dieses Talent verpflichtet ihn zu redlicher Aussage über alles, was er um sich sieht:

> Es scheint mir, daß seine Arbeit ihn erst dann rechtfertigt, wenn er seine Mitwisserschaft zu erkennen gibt, wenn er das Schweigen nicht übergeht, zu dem andere verurteilt sind[4].

Daß der Schriftsteller seinem Talent beständig Ausdruck verleiht, hält Lenz für absolut notwendig:

> Wir können zwar Probleme erben, die Lösung dieser Probleme jedoch nicht; um die Lösung muß jede Zeit für sich bemüht sein[5].

Aber wenn der Schriftsteller seine Unabhängigkeit nicht bewahrt, wenn er sich nicht weigert, sein Talent im Dienste der Machtvollen zu gebrauchen, dann ist seine Arbeit wertlos, und er zerstört sich selbst als Schriftsteller.

Zehn Jahre später behandelte Lenz dieses Thema noch einmal in einer Rede über die Rolle der Literatur in einem wissenschaftlichen Zeitalter[6]. Lenz ist nicht der Meinung, daß wir, auch wenn wir im Besitz »der letzten glanzvollen Erkenntnisse«[7] sind, die uns die Wissenschaften geliefert haben, ein besseres Verständnis für das Individuum und seine Lage haben, und er behauptet, daß Literatur da anfangen muß, wo die Wissenschaft abbricht:

> Hier aber beginnen die Aufgaben einer Literatur von erklärter Parteilichkeit. Die Herkunft einer allgemeinen Trauer zu bestimmen; das Scheitern unserer Entwürfe zu begründen; die Furcht verständlich zu machen und der Hoffnung Namen zu geben: ... den Schrecken zu neutralisieren und die Not als veränderbar zu beschreiben; die Chancen der Sprache zu erproben und zu belegen, daß es richtiges und falsches Handeln gibt[8].

Bei seiner Bestimmung der Rolle der gegenwärtigen Literatur

vergißt Lenz nicht, daß sie eine weitere Aufgabe hat, die immer von Bedeutung gewesen ist: »die Lust zu wecken zu unmittelbarer Teilnahme am Dargestellten«[9]. Hierin liegt der ewige Wert der Literatur:

> Aus dieser Lust zur Teilnahme ergibt sich ein Aufschluß über uns selber. Wir erfahren unsere Möglichkeiten und stoßen zugleich an unsere Grenze[10].

Der Schriftsteller »muß, schon aus beruflichen Gründen, zweifeln«[11], doch hegt Lenz die Zuversicht, daß die Zweifel, die er zum Ausdruck bringt, eine größere Wachsamkeit unter seinen Lesern hervorrufen und sie zu einer größeren Teilnahme zwingen werden. Gerade diese Teilnahme und Wachsamkeit will Lenz beim Wähler erzeugen:

> Sich zur Zeitgenossenschaft zu bekennen, das heißt: von unserer Vergeßlichkeit zu reden, von unserer Schande, von dringenden Aufgaben. An diesem Gespräch können alle teilnehmen, die es wünschen. Die Stimme des Talents ist dabei nur eine Stimme unter anderen[12].

Für Lenz hat die Literatur ihre Funktion also im Kontext des Lebens der Gesellschaft zu erfüllen; für ihn liegt das letzte, wenn auch utopische Ziel darin, »die Chance der Veränderung«[13] zu schaffen. Dieses Ziel ist erst dann erreichbar, wenn die Arbeit des Schriftstellers von einem Leser, der »die Möglichkeit eines Werkes«[14] ist, aufgenommen wird. Geschriebenes, welche Wahrheit auch darin enthalten sein mag, hat keinerlei Wert, solange es nicht gelesen wird; erst dadurch erhält es »seinen exemplarischen Wert«[15].

Lenz tritt an seinen Leser, der für ihn »der Komplize oder der Gegner eines Werkes ist«[16], mit dem »Vorschlag zu einem Pakt an einen Unbekannten«[17] heran. Er will seine Freiheit als Schriftsteller nicht dadurch in Gefahr bringen, daß er versucht, mit seinem Werk ein bestimmtes Publikum anzusprechen:

> Wer als Autor versucht, einem allgemeinen »Geschmack« entgegenzukommen, wird niemandes »Geschmack« zufriedenstellen, und er gibt außerdem seine Freiheit auf[18].

Für Lenz als Autor geht es vielmehr darum, einen Dialog mit seinen Lesern zustande zu bringen:

Der Dialog mit dem Leser ist erwünscht. Die Objekte meines Zornes sollen zu Objekten meiner Leser werden, ich halte meine Leser für gleichwertig, ich werbe um ihre Sympathie und Anteilnahme. Was ich dem Leser anbiete, ist immer ergänzungsbedürftig[19].

Zugleich gesteht er dem Leser zwei wichtige Rechte zu: das Recht, ein Werk anzunehmen oder zurückzuweisen, und die Garantie dafür, daß der Schriftsteller bereit ist, volle Verantwortung für das zu übernehmen, was er geschrieben hat. Wenn ein Schriftsteller das Recht für sich beansprucht, »zu überreden, zu werben, sogar zu überzeugen«[20], wenn er als »eine Ein-Mann-Partei« handelt, »die auf mancherlei Weise für ihre Manifeste trommelt«[21], dann muß er zugeben, daß der Leser ein Recht darauf hat, ihn selbst und seine Absichten zu kennen. Jeder muß frei wählen können, ob er schreiben oder lesen will; es ist »eine Wahl, die zu etwas verpflichtet«[22]. Hier spricht Lenz von seinem Leser; aber es ist zu beachten, daß er seine Meinung in einer politischen Terminologie ausdrückt.

Lenz' Begriff von der Verantwortung des Schriftstellers gegenüber seinem Leser und seinem Zeitalter hatte seine Ursprünge in den Ideen, die ihm von seinem alten Deutschlehrer gegeben wurden, der glaubte, daß Schriftsteller »Belastungszeugen ihrer Zeit«[23] sein sollten, deren Mission es war, »dem Unglück Worte zu verleihen«[24].

Lenz hat erklärt, warum er schreibt und worin für ihn das Verhältnis zwischen seinem Leben und seiner Arbeit besteht:

Man kann bestimmte Erfahrungen als Auftrag verstehen; zumindest kann man sich nicht von den Erfahrungen seiner Generation trennen. Gewalt, Flucht, mißbrauchte Begeisterung, sinnlose Tode: dies gehört zum Inventar meiner Generationserfahrung, und es erscheint mir nur selbstverständlich, daß ich als Schriftsteller darauf eingehe. Schreiben ist noch immer die beste Möglichkeit, um äußere und innere Ereignisse verstehen zu lernen[25].

Obgleich seine frühen Erlebnisse eine Periode in der deutschen Geschichte umfassen, die er nicht wiederholt sehen will, hatten sie doch ihren Wert für den zukünftigen Schriftsteller. Lenz wurde in einem System erzogen, dessen Überzeugung absolut war, aber die Gewißheiten, die er durch das System erworben hatte, wurden im Krieg von Grund auf erschüttert. Er mußte von neuem anfangen, alles in Frage stellen: hierbei entstanden die Konflikte und die Themen, die das Material für seine späteren Werke liefern sollten.

Nach dem Krieg wollte Lenz Lehrer werden. Die plötzlich gewonnene Einsicht, daß der Krieg ein »Ernstfall« ist, zerstörte die Gewißheit, die seine Erziehung ihm vermittelt hatte; als er dann beschloß, Lehrer zu werden, geschah es in der Absicht, zu verhindern, daß eine solche Katastrophe der nächsten Generation zustieße:

> Ich wollte meine Schüler zum Zweifel bekehren, ihnen beibringen, einfachen Lösungen zu mißtrauen und jede Art von kollektiver Begeisterung für eine Krankheit zu halten[26].

Später gab Lenz diesen Plan auf, um Journalist und dann freier Schriftsteller zu werden; doch hinter seinem ersten Entschluß lag schon derselbe Zwang, der auch für den Schriftsteller Lenz als psychologisches Moment gelten darf.

Eben wie Lenz – als Schriftsteller – seinem Leser etwas zu bieten versucht, das der Ergänzung bedarf und seine kritische Aufmerksamkeit verlangt, versucht Lenz durch seine politische Tätigkeit eine kritische Wählerschaft zu schaffen, die Politikern und brennenden Streitfragen in der Gesellschaft ein größeres Interesse entgegenbringt.

Schon im Jahre 1961 sagte er, obgleich er keiner politischen Partei angehörte:

> Prinzipiell jedoch bin ich heute für die SPD, weil ich in der Politik weniges für so wünschenswert halte wie einen Wechsel der Regierungen[27].

Diese Bemerkung entsprang seiner Besorgnis vor möglichen Folgen, die sich ergeben mochten, wenn die Macht in den Händen von Männern blieb, die, wie er glaubte, den Punkt erreicht hatten, an dem sie die Macht als ihr Recht betrachteten, und die vergessen hatten, daß ihnen die Macht von den Wählern übertragen worden war. Die regierende Koalition stellte ihre Niederlage als »einen kleinen Weltuntergang« dar und führte ihren Wahlkampf unter dem Schlagwort: Keine Experimente, keine Veränderung in der Regierung. Während der Bundestagswahl im Jahre 1969 gab Lenz abermals seiner Überzeugung Ausdruck, daß ein regelmäßiger Wechsel in der Regierung nötig ist, und sagte: »jeder Wechsel ist eine Kräftigung der parlamentarischen Demokratie«[28].

Seit 1965 hat Lenz an Wahlkampfreisen für die Sozialdemokratische Partei in Land- und Bundestagswahlen teilgenommen; im Oktober 1970 war er einer der Begründer der Wählerinitiative Nord (WIN), »ein Kind der Sozialdemokratischen Wählerinitiative, die von Günter Grass und seinen Freunden zur Bundestagswahl 1965 gegründet wurde«[29]. Lenz ist nach wie vor nicht Mitglied der SPD, aber er hat erklärt, warum er und seine Mitarbeiter diese Partei unterstützen:

> Wir haben der SPD unsere kritische Mitarbeit angeboten, weil sie nach unserer Überzeugung soziale Gerechtigkeit und Freiheit sicherer verbürgt als jede andere Partei[30].

Er unterstützt auch das weitere Ziel der WIN, nämlich die Diskussion politischer Probleme – nicht nur während des Wahlkampfs, sondern auch zu anderen Zeiten; man hofft, auf diese Weise einen Austausch von Informationen in die Wege zu leiten, aufgrund dessen die Wähler den Regierenden gegenüber eine kritische Haltung entwickeln. Lenz hat seine persönliche politische Einstellung erklärt:

> Alles, was ich will, ist, für den Zweifel zu werben. Ich halte den Zweifel immer noch für die beste Säure der Klarheit, die Veränderungen herbeiführt, und weil in einer politischen Veränderung unsere Chancen liegen, möchte ich eine Lanze für den Zweifel brechen[31].

In einer Pressekonferenz der Wählerinitiative Nord während der Landtagswahlen in Schleswig-Holstein (Anfang 1971) erklärte er:

> Politik betrifft jeden von uns. Darum sollten wir sie nicht allein den Parteien überlassen. Jeder hat das Recht, seine politischen Besorgnisse anzumelden, für seine politischen Hoffnungen einzutreten. Politisches Stimmrecht schließt mehr ein als die einmalige Abgabe der Stimme zum Wahltermin. Der Wähler kann fortdauernd auf Mitsprache und Information bestehen. Auch zwischen den Wahlen kann er darauf achten, ob sein politischer Auftrag erfüllt wird. Und er kann der Partei, die er mit seinem politischen Auftrag betraut, kritische Mitarbeit anbieten[32].

Nachdem er 1970 mit Bundeskanzler Brandt nach Warschau gereist war, erklärte Lenz noch einmal, wie er das Verhältnis zwischen Literatur und Politik sieht:

> Ich weiß, es ist nicht Sache der Literatur, Grenzfragen zu klären, Tugenden zu verbreiten oder für den guten Ruf von Regierungen zu sorgen; gewiß aber liegt eine ihrer Aufgaben darin, Zustände so bloßzustellen, daß niemand sich unbetroffen fühlen kann[33].

Auf noch breiterer Ebene verweist eine neue Bemerkung von Lenz auf das Verhältnis zwischen seinen literarischen Werken und seiner politischen Tätigkeit:

> Meine Bücher beinhalten schon die Disposition für meine jetzige politische Tätigkeit. Sie beschäftigen sich mit den bestehenden sozialkritischen, gesellschaftskritischen und moralkritischen Konflikten. Die Reformaufgaben, für die ich eintrete, sind auch die der SPD[34].

Damit hat Lenz klar ausgesprochen, worin sein »Engagement« als Schriftsteller besteht, und dieses Engagement ist schon vom ersten Roman an in seinen Werken vorhanden.

In diesem ersten Roman, *Es waren Habichte in der Luft* (1951), wie in den drei folgenden, steht im Mittelpunkt der Konflikt zwischen einem Einzelmenschen und einer Macht, der er nicht gewachsen ist. In jedem Fall spielt sich der Konflikt unter Umständen ab, die von der wachsenden Besorgnis des Autors um eine Gesellschaft zeugen, die Menschen schaffen, ohne sich im klaren darüber zu sein, was diese Gesellschaft für diejenigen bedeutet, die bei ihrem Entstehen nicht zu Rate gezogen wurden.

Stenka, die Hauptfigur des ersten Romans, befindet sich auf der Flucht, weil die Regierung des Diktaturstaats, in dem er lebt, seinen Einfluß als Lehrer fürchtet. Für den Lehrer ist diese Regierung einfach eine unmenschliche Macht, die ihn zerstören will. Aber der Roman bietet eine tiefere Analyse dieser Macht; er zeigt, wie sie das Individuum zerstört und wie sie nach totaler Herrschaft über den Geist ihrer Untertanen verlangt – nicht nur mittels einer Anhäufung von Einzelheiten, sondern vor allem in dem Charakter Aatis, des Theoretikers, der für die Ideologie der Regierung spricht und dessen Inhumanität die zerstörende Gewalt dieser Regierung im Hinblick auf menschliche Werte bloßstellt:

Wir können es uns nicht leisten, einen tiefen Blick ins Leben zu tun. Wer so etwas sagt, macht sich verdächtig (S. 229).

Lenz' Antwort auf diese Bedrohung, eine Antwort, die er hier noch eher voraussetzt und erst in den folgenden Romanen voll entwickelt, zeigt sich in den Äußerungen Erkkis, des jungen Mannes, der Stenka auf eigene Lebensgefahr hilft. Er hilft dem Lehrer, »weil er (*Stenka*) ein Mensch ist« (S. 38), und er versteht die weiteren Implikationen von Stenkas Lage:

Jeder wird verfolgt: verfolgt von der Liebe, verfolgt vom Haß, verfolgt von allen möglichen Bedürfnissen (S. 236).

Lenz bietet also zwei Begriffe als seine Antwort: persönliche Teilnahme und das, was man politische Wachsamkeit nennen kann:

Es muß auch ein paar Leutchen geben, die etwas unternehmen ... ohne an das Andererseits zu denken, ich meine an ihren Vorteil, an ihr Wohlbefinden (S. 248).
Aber Gleichgültigkeit hilft dir nie ... es ist nötig, daß wir den Verstand anspitzen und den Instinkt schärfen (S. 236).

Daß der Autor das Pronomen »wir« im letzten Satz schreibt, scheint von Bedeutung zu sein; er erweitert die Herausforderung und schließt den Leser so mit in sie ein.

In seinem dritten Roman, *Der Mann im Strom* (1957), wendet sich Lenz unmittelbar an die gegenwärtige deutsche Gesellschaft als Schauplatz für die Krise eines Mannes.

Einen doppelten Verlust für die Gesellschaft wollte Lenz aufzeigen, als er begann, an dem Roman zu arbeiten:

Es begann eigentlich mit einem Ärgernis. Ich sah – und sehe noch überall –, wie schwierig es heute für den älteren Menschen ist, sich einen Arbeitsplatz zu verschaffen, besonders wenn er neu anfängt. Im Gegensatz dazu werden junge Leute über Gebühr bevorzugt... Das Wirtschaftswunder hat anscheinend weder Bedarf für ihre Erfahrung noch für ihre Arbeitskraft. Darin liegt ja nicht nur persönliche Tragik des Einzelnen, sondern eine sehr schwache Stelle unseres ganzen organisierten Wirtschaftslebens[35].

Der Hintergrund, vor dem Hinrichs ringt, um ein ehrliches Ziel zu erreichen – das Recht, zu arbeiten –, ist die Periode des Wirtschaftswunders – eine Zeit, in der jeder Erfolg von Jugend oder einem jugendlichen Aussehen abhängt. Obgleich diese Gesellschaft nicht bewußt böse ist, schwächt sie sich selbst durch die Zerstörung des Einzelmenschen: sie unterschätzt nicht nur die Geschicklichkeit und Erfahrung der Älteren, sie überschätzt auch den Wert der Jugend. Selbst wenn man in Betracht zieht, daß Hinrichs sehr verbittert ist, hat eine seiner Bemerkung etwas Wahres an sich:

> All den jungen Herren geht es heute nicht schnell genug, sie wollen nicht lernen, sondern gleich etwas sein und eine Menge Geld verdienen... Und sie wissen alle genau, was sie verlangen können, und weil man ihnen große Versprechungen macht und weil man ihnen die Arbeit nachwirft und sie nur zu wählen brauchen, deshalb glauben sie, wer weiß was wert zu sein (S. 41).

Rund fünfzehn Jahre später bedauert Lenz, daß die Umstände, die er im Roman beschrieben hat, noch heute bestehen. Als er in einem Interview über seine politischen Tätigkeiten gefragt wurde, welche Leute er erreichen wollte, antwortete er:

> Die zwanzig Prozent der notorisch Unentschiedenen, die sich wenig oder gar nicht für Politik interessieren. Es ist schwer und es macht mich traurig, daß vor allem die jungen Arbeiter nicht zu unseren Veranstaltungen kommen[36].

Zum Schauplatz seines vierten Romans, *Brot und Spiele* (1959), wählt Lenz die Welt des Sports. Auch in ihr spiegeln die Haltungen von Individuen das wahre Wesen der Gesellschaft. Durch seine Schilderung dieser Welt gelingt es Lenz, dem Leser einen Blick in das Wertsystem dieser Gesellschaft zu geben:

> Wer zum Verständnis der modernen Gesellschaft gelangen will, kommt – so scheint mir – ohne Berücksichtigung des Sports nicht mehr aus; denn die Arenen der Welt sind zu Spiegeln geworden, in denen sich vieles abbildet: die Wünsche, Ehrgeize, die Hoffnungen und Sehnsüchte der Zeitgenossen, aber auch ihre Leidenschaften, Neurosen und Hysterien, ihre Räusche und Ansprüche[37].

Diese Welt des Sports, der Bert Buchner sich verschreibt, ist eine, in der »das freie Spiel«, das der Sport sein sollte, ein »Ernstfall« geworden ist. Das gilt nicht nur für diejenigen, deren ganzes Leben schließlich von ihrem sportlichen Erfolg abhängt, sondern für alle, die etwas damit zu tun haben: für die Zuschauer, die sich mit dem von ihnen gewählten Athleten quasi ideologisch identifizieren und Ersatzbefriedigung durch seine Leistung gewinnen:

> Einer muß siegen für uns, und wenn er untergeht, gehn wir mit ihm unter – vorübergehend, bis der nächste kommt, dem wir alles zuschanzen, damit er für uns handelt ... (S. 270).

Wie schon in *Es waren Habichte in der Luft* und *Der Mann im Strom* kritisiert Lenz die Gesellschaft, die den Wert des Individuums verachtet. Wenn ein Läufer nicht in außergewöhnlichem Maße zur Unabhängigkeit neigt, wird er die Werte akzeptieren, die in der Welt des Sports gelten, ohne zu begreifen, daß er dabei zum Instrument von Menschen wird, die ihn für ihre persönlichen Zwecke zu manipulieren suchen. Solange er Erfolg hat, ist er ihr Idol, und er muß damit einverstanden sein, sich in der Öffentlichkeit, sowohl auf dem Sportplatz als anderswo, sehen zu lassen. Wenn seine Kräfte nachzulassen beginnen, wird er seinem Schicksal überlassen, sie haben kein Interesse mehr für ihn; die Menge wendet sich seinem Nachfolger zu, dem neuen Sieger. In seiner ausführlichen Schilderung der Umstände, die zu Aufstieg und Sturz Bert Buchners führen, legt Lenz die Haltungen dem Sport gegenüber dar, die er für gut und für verkehrt hält, und gibt uns zu verstehen, welche Werte in der heutigen Gesellschaft Geltung haben. Der Verein, der Bert für seine Geschicklichkeit hochachtet und in dem eine Atmosphäre freundlicher Rivalität und erfreulicher Konkurrenz herrscht, ist arm und bescheiden; der Verein, in den er später während seines »Aufstiegs« eintritt, hält ihn für sein Eigentum und gebraucht seine Leistung, um die Existenz einer exklusiven und reichen gesellschaftlichen Gruppe zu rechtfertigen.

In diesen frühen Werken geht es für Lenz darum, das Verhältnis zwischen einem Individuum und einem Aspekt seiner Gesellschaft darzulegen. Seine Darstellung der Macht, der das Individuum gegenübersteht, ist Sozialkritik, aber auch Kritik an dem politischen Klima, das solche Umstände begünstigte.

In seinen späteren Werken übt Lenz keine allgemeine und implizierte sozial-politische Kritik mehr an gewissen Aspekten der Gesellschaft, die die Menschen sich schaffen; statt dessen beginnt eine nähere Auseinandersetzung mit der Lage des Menschen, der den Anforderungen der Macht unmittelbar ausgesetzt ist. Seine Werke behandeln jetzt Themen, die sich auf Probleme verschiedener Regierungsformen beziehen; er untersucht die moralische Grundlage der Regierung und die Verantwortung von Regierenden und Regierten. Daß Lenz diese Periode auch als den Anfang seiner intensiven Teilnahme an der Partei-Politik bezeichnet, ist kein Zufall.

Das Werk, das diesen Übergang klar zeigt, ist *Das Feuerschiff* (1960), dessen Handlung als eine allegorische Analyse bedrohter Ordnung verstanden werden kann. Lenz schrieb über diese Geschichte:

> Von meinem Fenster sehe ich weit draußen auf der Bucht den brandroten Rumpf eines Feuerschiffes: Ansteuerungspunkt für die Schiffahrt, ein gleichsam an den Grund gewachsenes Symbol der Sicherheit... Ich versuchte, mir einen Konflikt zwischen unbewaffneter und bewaffneter Macht auf dem Feuerschiff vorzustellen ...[38]

Aber sogar ohne diese Bemerkung des Autors ist *Das Feuerschiff* mehr als eine spannende Abenteuergeschichte. In diesem Werk, wie dann in dem Roman *Stadtgespräch*, ist die Hauptfigur zu einer Handlungsweise genötigt, die normalen moralischen Begriffen zuwiderläuft; er hat aber das zusätzliche Problem, daß er denjenigen gegenüber seine Wahl rechtfertigen muß (die Ereignisse tun es nicht für ihn), deren eigene einfache Antwort auf die Herausforderung darin bestand, daß sie sich der Verantwortung entzogen.

Freytag, der Kapitän des Feuerschiffes, steht also Anforderungen gegenüber, die durch das Verhalten von Menschen erschwert worden sind, auf die er sich hätte verlassen müssen. Als das Feuerschiff die drei Verbrecher an Bord nimmt, muß er zuerst die Gefahr, die jeder von ihnen bedeutet, richtig einschätzen, und er erkennt, daß in Casparys List eine viel größere Bedrohung steckt als in der offenen Gewalttätigkeit der Brüder Kuhl. Er muß schließlich einsehen, daß er im Kampf allein steht und daß sich seine Besatzung einer Art Feigheit schuldig macht, die sie mit Hilfe konventioneller Moral rechtfertigen kann – »es ist unsere Pflicht, etwas zu tun« –, auf die Freytag mit Recht verzichtet, weil sie in der augenblicklichen Lage völlig unzureichend wäre. Die politischen Implikationen dieser Lage sind in dem zentralen Konflikt dargelegt – der Auseinandersetzung zwischen Freytag und Caspary über den Wert der Ordnung für die Wohlfahrt einer Gesellschaft. Caspary verachtet »die Falle der Ordnung«, er arbeitet geschickt, um das System der Ordnung von innen her zu zerstören und Chaos zu schaffen. Freytag sieht, daß die Gesellschaft ein Mindestmaß an Ordnung braucht, einen verläßlichen Rahmen, innerhalb dessen die Menschen in Sicherheit leben können. Er weigert sich, die Position des Feuerschiffes zu ändern; denn das Schiff bedeutet für die Schiffahrt, was die Institutionen, die Ordnung etablieren und verwalten, für die Gesellschaft bedeuten. Wenn ein solcher Ansteuerungspunkt verschwindet, dann entsteht Chaos. Das Paradox ist, daß die größte Bedrohung für das Schiff und für das, was es symbolisiert, schon in seiner Funktion liegt – in dem Vertrauen zu der Wahrheit seines Signals, das etabliert werden muß, wenn das Signal Sinn haben soll. In der Gesellschaft wie im Fahrwasser liegt die größte Bedrohung für Ordnung in dem unkritischen Vertrauen der Menschen zu Institutionen, die ihre Existenz ordnen. Die Gesellschaft muß einigen ihrer Mitglieder die Vollmacht erteilen, Ordnung zu halten, aber wenn diese Vollmacht delegiert worden ist, müssen alle aufpassen, wie sie gehandhabt wird.

Über *Das Feuerschiff* sagte Lenz weiter:

> Andererseits stellte sich dabei die Frage: Wann merken wir, wann können wir merken, daß die Institutionen der Sicherheit mit den Falschen besetzt sind, die nur ein vertrackter, äußerlicher Zwang dazu anhält, die Spielregeln der Ordnung zu beachten? Ist es möglich, daß auf den einkommenden und seegehenden Schiffen nur nach den Signalen gefragt wird und nicht nach denen, die diese verpflichtenden Signale geben? Und was muß unweigerlich geschehen, wenn die Mächtigen ein Signal in ihrem Sinne geben?[39]

In einer politischen Rede, ein Jahr nach dem Erscheinen des Werkes, rief Lenz zu größerer Wachsamkeit auf; er fürchtete, daß die Politiker vergessen hätten, wer ihnen ihre Macht übertragen hatte:

> Die Macht kommt nie in Verlegenheit, an sich selbst zu zwei-

feln, und ihre Dauer ist ihre prompte Rechtfertigung. Außerdem liegt es in der Natur der Macht, ihre Herkunft zu vergessen: von einem gewissen Augenblick an erinnert sie sich nicht mehr, daß sie lediglich delegiert ist, übertragen unter dem Vorbehalt eines Zeitraums und der Einlösung politischer Wünsche. So müssen es andere sein, die sich skeptisch und aufmerksam um den Wechsel der Regierenden zu sorgen haben, und diese andern sind wir, ist jeder von uns[40].

Lenz schrieb *Das Feuerschiff*, dessen Handlung sich 1954 abspielt, in den späten fünfziger Jahren; das Buch ist eine Warnung vor allzu großen Sicherheitsgefühlen einer Öffentlichkeit, die glaubte, daß Deutschland bereits von den Bedrohungen der Diktatur befreit sei. Von Bedeutung ist, daß während der letzten Wache des Feuerschiffes eine scharfe Mine auftaucht.

Daniel, die zentrale Figur in dem Roman *Stadtgespräch* (1963), muß einen noch schwierigeren moralischen Entschluß fassen, und ihm bleibt sogar die Befriedigung versagt, zu sehen, daß sein Entschluß sich als richtig erweist. Er muß erkennen, daß die Aufopferung seines Lebens, um die vierundvierzig Geiseln zu retten, auf die Dauer viel mehr kosten wird als die Alternative, nämlich ihr Tod.

Das Dilemma spielt sich vor einem wohlbekannten Hintergrund der Zeitgeschichte ab. Von größerer Bedeutung jedoch ist das Urteil über die Stadtbevölkerung, die Daniels Bereitwilligkeit, den Widerstand zu führen, gern annimmt, solange nicht von ihr verlangt wird, daran teilzunehmen. Die Stadt zieht es vor, neutral zu bleiben, aber Neutralität ist keine legitime Möglichkeit, und durch ihr kollektives Handeln oder Nichthandeln übernimmt sie eine kollektive Schuld, die von jedem einzelnen vor seinem eigenen Gewissen anerkannt werden muß. Mit dem Versuch, alle Schuld zu leugnen, wendet sich die Stadt gegen Daniel und zerstört ihn, ihren Sündenbock. Wie Freytag kennt Daniel die Bedrohung und weiß, was man dagegen unternehmen muß; eben das bedrückt ihn schon genug. Aber dazu kommt, daß es für beide unmöglich ist, ihre Entschlüsse denjenigen gegenüber zu rechtfertigen, die in der Lage sind, sie zu unterstützen. Die beiden müssen gegen allgemein gebilligte ethische Konzepte ankämpfen, die für die gegenwärtige Lage nicht zutreffen. Die politische Implikation der beiden Werke ist, daß alle die Verantwortung haben, zumindest die Wahrheit einer Lage anzuerkennen und den moralischen Anforderungen nachzukommen, die diese Lage stellt. Beide Werke rufen auf zur Bereitschaft, die Wirklichkeit zu prüfen, statt sich hinter einem nutzlosen Codex abstrakter Begriffe oder der Feigheit kollektiver Neutralität zu verstecken.

Bis zur *Deutschstunde* (1968) hatte Lenz in seinen Werken in den sechziger Jahren als Hauptthema das Individuum – ganz gleich, welche Rolle es in der Gesellschaft spielt – behandelt und damit auf die Verantwortung hingewiesen, die jeder durch seine kritische Teilnahme an dem Leben der Gesellschaft auf sich nehmen muß, um den Mißbrauch von Macht zu verhindern. In der *Deutschstunde* wird der Konflikt zwischen zwei spezifischen und einander entgegengesetzten Rollen in der Gesellschaft abgehandelt; der des Künstlers einerseits, der an niemand gebunden und nur seiner individuellen Wachsamkeit verpflichtet ist – der es als seine Aufgabe empfindet, die Gesellschaft kritisch zu betrachten und das, was er sieht, zum Ausdruck zu bringen –, und andererseits der des Polizisten, der von allen Mitgliedern der Gesellschaft, so scheint es, fast seine ganze persönliche Freiheit aufgeben muß im Dienst und durch seine Unterstützung des Systems, das ihm seine Autorität gibt. Anhand dieses Konflikts untersucht Lenz die Frage, was man unter »Pflichtbewußtsein« versteht. Was der Maler als seine Pflicht sieht, fließt aus seiner persönlichen Überzeugung, nach der das Individuum die volle Verantwortung für seine Handlungen annehmen muß und seine Handlungsweise auf der Erkenntnis einer immer schwankenden Realität gründen sollte. Der Polizist aber hat einen konventionellen Begriff von Pflicht, der von der praktischen Wirklichkeit abstrahiert ist; er ist bereit, einer unpersönlichen Autorität zu dienen, die die Rechte des einzelnen ablehnt, ihn aber völlig für sich in Anspruch nimmt. Für Jepsen zählen nur Befehle, einerlei, was diese Befehle von ihm verlangen, mit dem Ergebnis, daß er niemals zweifelt, was er in jedem Augenblick tun muß:

> Wo kämen wir hin, wenn wir uns bei allem fragten: und was kommt danach? (S. 349).

Der Maler behauptet hingegen:

> Pflicht, das ist für mich nur blinde Anmaßung (S. 208).

und glaubt:

> Wenn wir zu etwas verpflichtet sind, dann dazu: vorauszusehen (S. 211).

Aufgrund des Malverbots aus Berlin und der Antwort des Malers darauf behandelt Lenz das Verhältnis zwischen der Macht, insbesondere der Macht in einer Diktatur, und dem Künstler. Wie Nansen begreifen muß, ist die entschlossene und kritische Unabhängigkeit des Künstlers eine ständige Bedrohung für die, die ihre Macht dadurch bewahren wollen, daß sie alle dazu bringen, sich ohne Bedenken allen Befehlen zu unterwerfen. Der Kommandant im *Stadtgespräch* versteht genau, was solche Macht zu erlangen sucht:

> Wir werden reinen Tisch machen. Wir werden vernichten, was uns im Wege ist, und dann den Menschen verbessern. Es wird ein Mensch ohne Demut sein, aber mit dem Stolz zu »dienen« (S. 88).

Männer wie Jepsen mit ihrem starken »Pflichtbewußtsein«, die stolz sind, einer Autorität zu dienen, die sie weder identifizieren noch verstehen wollen – Männer, die die Wirklichkeit nicht sehen und kein Interesse daran haben, die möglichen Folgen ihrer Taten vorausschauend zu bestimmen, sind ideale Mitglieder dieser Gesellschaft. Aber was Jepsens selbstgerechtem Hochhalten »der allgemeinen Ordnung« zugrunde liegt, ist eine passive Bereitwilligkeit, dem Gesetz zu gehorchen und dadurch allen Verdruß zu vermeiden. Die Macht, der er dient, versteht das und nutzt eine derart passive Annahme ihrer Gesetze zu ihrem Vorteil aus.

Jepsens Rolle ist schwer, und daß er sich einer bösen Macht ergibt, ist durchaus zu verstehen; aber der Maler hat es ebenso schwer. Der Roman deutet darauf hin, daß nicht alle Künstler Nansens Fähigkeit besitzen, ihre Unabhängigkeit zu verteidigen. Wie der Polizist seine persönliche Macht dadurch vermehrt, daß er die neue Regierungsform unterstützt, kann der Künstler größeren Einfluß für sich gewinnen, wenn er den Regierenden anbietet, sein Talent in ihren Dienst zu stellen. Der Roman führt einen solchen Maler vor, Bernt Maltzahn, dessen Prinzipien ihm gestatten, sich jeglicher Regierungsform anzupassen. Durch dieses Beispiel betont Lenz die besondere Verantwortung, die der Künstler trägt und die es ihm zur Pflicht macht, die unabhängige Stimme seines Talents zu bewahren; überdies weist er warnend darauf hin, daß nicht alle Talentierten die Verantwortung zur Wahrheit annehmen, die Lenz als wesentlichen Bestandteil ihrer Rolle als Künstler betrachtet.

Was in diesem Konflikt den Polizisten Jepsen verurteilt und den Maler Nansen rechtfertigt, ist das Prinzip der individuellen Verantwortung, das Hauptthema in den letzten Werken von Lenz. Das Machtsystem, dem Jepsen sich verschrieben hat, ist unpersönlich, die Quelle der Befehle ist schwer zu identifizieren. Die Stärke des Systems liegt in seiner ungeheuren Anonymität, und seine Anziehungskraft besteht darin, daß es sogar den Geringsten unter seinen Anhängern ermöglicht, die Verantwortung für ihre Taten abzulehnen, während es ihnen zugleich Autorität verleiht. Es stellt einen wohlklingenden Codex abstrakter Begriffe auf – Pflicht, Gehorsam, Dienst – und benutzt sie, um jede Tat zu rechtfertigen, die es unternimmt, um seine Position zu sichern. Männer wie Jepsen, die den Idealen des Systems folgen und niemals nach seiner Gültigkeit fragen, ja nicht einmal die Taten analysieren, die sie im Namen der Autorität ausführen müssen, sind gleichzeitig Diener, Bewahrer und Opfer des Systems. Künstler, Männer wie Nansen, bedrohen das System, solange sie darauf bestehen, nur jenen Idealen zu dienen, die sie selbst aufgestellt und erwählt haben; die ferner für die Handlungsweise, die ihre Ideale von ihnen verlangen, persönliche Verantwortung übernehmen und bereit sind, für die Opfer der Pflicht zu sprechen, für die Menschen, die nicht »sehen« können und zum Schweigen verurteilt sind.

Dieser – in der Kriegszeit spielende – Konflikt zwischen zwei Vorstellungen von Pflicht ist an sich schon bedeutsam; Lenz erkennt ihm noch größere Wichtigkeit zu, indem er ihn zum Ausgangspunkt für die heutigen (1954) Probleme des Erzählers, Siggi Jepsen, nimmt und zeigt, daß die Vergangenheit sich nicht so leicht überwinden läßt. Es ist nicht möglich, durch ein kurzes Ausbildungsprogramm nach dem Krieg den Schaden rückgängig zu machen, der Jepsen in der Kriegszeit von der Diktatur zugefügt worden ist. Er wird seine fanatische Haltung nie aufgeben, und er könnte jederzeit wieder zum Diener irgendeines Regierungssystems werden, das an seine »aus Gewohnheit zustande gekommene äußere Dienstbereitschaft« appelliert.

Als weiteren Beweis dafür, daß solche Werte nicht ausgestorben sind, haben wir die Strafanstalt, in der Siggi seine *Deutschstunde* schreibt; sie hält sich für progressiv, aber die Männer in der Verwaltung haben Prinzipien, die im Grunde denen Jepsens ähneln. Die Anstalt verfolgt das Ziel, die Insassen dazu zu bringen, daß sie die Regeln der Gesellschaft akzeptieren, die sie zu dem gemacht hat, was sie sind. Niemand versucht, die Regeln in Frage zu stellen, gegen die die Jungen sich aufgelehnt haben; statt dessen gibt man ihnen Aufsatzthemen wie *Die Freuden der Pflicht* und *Nur wer gehorchen kann, kann auch befehlen* – in der Hoffnung, daß sie eines Tages »die Notwendigkeit des Gehorsams« einsehen und »die Freuden der Verantwortung« entdecken werden.

Deutschstunde zeigt, daß die schlimmste Form der Gewalt, die ein totalitärer Staat ausüben kann, die Unterdrückung der Gedankenfreiheit ist; Lenz deutet in diesem Buch darauf hin, daß auch nach Beseitigung des Naziregimes einige der damals gültigen Ideale noch am Leben sind.

Bis jetzt ist in erster Linie von Lenz' Romanen die Rede gewesen, aber diese Romane bilden nur einen Teil seiner Arbeiten der sechziger Jahre, in denen dieselben Themen immer wieder auftauchen. Die Frage nach individueller Verantwortung für eine kollektiv unternommene Tat ist das Grundthema des am 19. September 1961 uraufgeführten Bühnenstückes *Zeit der Schuldlosen*. Im *Stadtgespräch* behandelt Lenz die Lage Daniels, eines Einzelnen, der bereit ist, für andere einzutreten; im Bühnenstück jedoch stehen Menschen im Mittelpunkt, die – wie die vierundvierzig Geiseln und die ganze Stadt im Roman – ihre Unschuld plötzlich auf die Probe gestellt finden. Sie müssen wählen, sie müssen teilnehmen. Da sie gemeinsam in ein Verbrechen einwilligen, das nur einer von ihnen begeht, laden sie eine kollektive Schuld auf sich, die jeder vor seinem eigenen Gewissen verantworten muß. Zwei Bemerkungen des Studenten im Bühnenstück haben auch auf Daniel und die Stadt in *Stadtgespräch* Bezug:

> Wir begingen ein geistiges Verbrechen, aber nur einer von uns vollzog es. So seltsam es klingt: gewisse Verbrechen müssen durch eine Stimmung begünstigt werden. Wir sorgten für diese Stimmung. Darum sind wir schuldig (S. 69).

> Sie glauben, nur handeln zu können in der Vielzahl. Sie brauchen neben sich und vor sich und hinter sich die Stimmen und die Körper der andern, damit sie in Bewegung geraten: Erleichterungen, Garantien, die große Zahl. Aber wer wirklich für den Menschen eintritt, der muß sich als einzelner entscheiden. Er muß protestieren oder sich opfern – im Unterschied zu dem Protest der Verbände: – nicht zugunsten von wenigen, sondern für die Verbesserung des Lebens aller (S. 82).

In *Deutschstunde*, wie in anderen Werken, wird das Thema des fortwährenden Einwirkens der Vergangenheit auf die Gegenwart behandelt; auch geht es um die unablässige Notwendigkeit, den Machthabenden, die ihren Untertanen eine Augenbinde umlegen möchten, mit Wachsamkeit zu begegnen. Vor der *Deutschstunde* ist eine Kurzgeschichte erschienen, *Der Spielverderber* (1962), deren Erzähler ein Außenseiter ist, weil seine Gabe, Einzelheiten aus der Vergangenheit anderer Menschen zu erkennen, und der innere Zwang, sie zu enthüllen, eher peinlich als nützlich geworden ist. Siggis zwanghafte Bemühung, Gemälde vor einer Bedrohung zu schützen, die er allein sieht, ein Zwang und eine Bedrohung, die, wie er weiß, ihre Ursprünge in einer Vergangenheit haben, die andere für überwunden halten: das alles meint eben auch das Thema des Warnungssystems, das unbeachtet bleibt. Die Nazimacht, die zu verhindern versucht, daß der Maler Nansen »sieht«, gleicht der Macht in dem Schauspiel *Die Augenbinde* (1970), die nur buchstäblich nichts sehenden Menschen »Glück« bereiten will.

Dieses Schauspiel zeigt in symbolischer Wendung die Bereitwilligkeit, mit der die Menschen unbewußt und ohne Bedenken alles annehmen, was die Macht ihnen vorführt; wir begegnen den Vorbildern dieser Typen in *Der Spielverderber*: es sind die Leute, die nichts Unangenehmes aus der Vergangenheit hören wollen, da das ihre behagliche Gegenwart zerstören könnte. Und wir begegnen ihnen in der *Deutschstunde*, wo Jens Ole Jepsen und seine Frau Gudrun die Naziideologie annehmen und sich jeder ihrer Forderungen anpassen. Jepsen selbst ist ein würdiger Nachfolger der neun »Schuldlosen« im Bühnenwerk und des Friseurs Bruno Deutz in dem Stück *Das Gesicht* (1964). Deutz, dem Doppelgänger des Präsidenten eines Diktaturstaates, wird volle Macht übertragen, um den Präsidenten vor einer Bedrohung und dann weiter vor Verantwortung zu schützen, ebenso wie die neun Männer in *Zeit der Schuldlosen* bevollmächtigt sind, für die Regierung das »Recht zu handhaben«. Was in dem Drama *Das Gesicht* Phantasie ist, wird in *Deutschstunde* in realistischer Form dargestellt. Jepsen wird dadurch korrumpiert, daß er Herren dient, die ihn brauchen und doch anonym und frei von aller Verantwortung bleiben können. Wie Lenz zu seinem Stück *Das Gesicht* erklärt hat:

> Jeder Herrscher ist auf Vollstrecker angewiesen, und je dienstbarer diese sind, desto leichter kann er sich selbst vergeben[41].

In der Schaffensphase der sechziger Jahre haben die Werke von Lenz einen deutlich umrissenen politischen Hintergrund. Die Hauptfigur wird in jedem Fall in eine politische Situation verwickelt und gerät dadurch in persönliche Konflikte. Als engagierter Künstler behandelt Lenz jetzt Themen, denen er für die heutige Gesellschaft große Bedeutung beimißt. Der Zusammenhang zwischen seiner in den letzten Jahren begonnenen politischen Tätigkeit und seinen Werken liegt auf der Hand.

Anmerkungen

1 Corinna Cramon, *Lenz für den roten Jochen. Interview mit Siegfried Lenz*, in *Münchner Abendzeitung*, 24. April 1971.
2 *Beziehungen*, S. 278–286.
3 *Der Künstler als Mitwisser*, a. a. O., S. 281.
4 Ebd., S. 282.
5 Ebd., S. 285.
6 *Der Wettlauf der Ungleichen: über Chancen und Aufgaben der Literatur im wissenschaftlichen Zeitalter*, in *Die Zeit*, 15. Mai 1970.
7 Ebd.
8 Ebd.
9 Ebd.
10 Ebd.
11 *Der Künstler als Mitwisser*, a. a. O., S. 285.
12 *Beziehungen*, S. 46 (*Warnung vor dem Talent*).
13 Siegfried Lenz, *Was ist ein Leser?*, in *der Literat*, 1965, S. 188.
14 Ebd.

[15] Ebd.
[16] Ebd.
[17] *Was ist ein Leser?*, a. a. O., 189.
[18] *Beziehungen*, S. 288 (*Interview mit Marcel Reich-Ranicki*).
[19] Geno Hartlaub, *König Midas, der Geschichtenerzähler und der Märchenfischer – Gespräch mit Siegfried Lenz*, in *Sonntagsblatt*, 25. Dezember 1966.
[20] *Was ist ein Leser?*, a. a. O., S. 188.
[21] Ebd.
[22] Ebd.
[23] *Beziehungen*, S. 22 (*Ich zum Beispiel*).
[24] Ebd.
[25] Ekkehart Rudolph (Herausg.), *Protokoll zur Person. Autoren über sich und ihr Werk*, München, List, 1971, S. 97.
[26] *Beziehungen*, S. 38 (*Ich zum Beispiel*).
[27] *Die Politik der Entmutigung*, in *Die Alternative oder Brauchen wir eine neue Regierung?*, herausg. M. Walser, Reinbek bei Hamburg, Rowohlt, 1961, S. 136.
[28] *Unsere Chance: Veränderung – Rede über den Zweifel*, in *Dafür*, 1. Mai 1969, S. 10.
[29] Aus einem Brief von Jürgen Engel, WIN, Kiel, 13. Mai 1971.
[30] Aus einem Pressebericht von Siegfried Lenz für WIN, 8. Januar 1971. Text von WIN, Kiel.
[31] *Unsere Chance: Veränderung*, a. a. O., S. 10.
[32] Pressebericht von Siegfried Lenz für WIN, a. a. O. Siehe auch: Geno Hartlaub, *König Midas, der Geschichtenerzähler und der Märchenfischer*, a. a. O., wo Lenz sagt: »Politik ist keine hochalpine Angelegenheit: weil wir betroffen sind, sollten wir uns darum bekümmern.«
[33] *Nachdenken über Warschau*, in *Die Zeit*, 18. Dezember 1970.
[34] Corinna Cramon, *Lenz für den roten Jochen*, a. a. O.
[35] *Siegfried Lenz: Begegnung mit einem jungen Dichter*, ein Interview mit dem Autor in einer Zeitschrift im Jahre 1958: in dem Archiv der *Zeit*, ohne nähere Angaben.
[36] Corinna Cramon, *Lenz für den roten Jochen*, a. a. O.
[37] *Beziehungen*, S. 244 (*Bizeps und Regel – Über »Der Sport aller Völker und Zeiten«*).
[38] Zitiert in *Prospekt*, S. 69.
[39] Ebd.
[40] *Die Politik der Entmutigung*, a. a. O., S. 131 f.
[41] Nachwort zu *Das Gesicht*, S. 91.

Albert R. Schmitt

Schuld im Werke von Siegfried Lenz

Betrachtungen zu einem zeitgemäßen Thema

Seit dem Erscheinen des ersten Romans von Siegfried Lenz *Es waren Habichte in der Luft* sind mehr als zwanzig Jahre vergangen. Inzwischen ist unser Autor mit über einem Dutzend weiterer Bücher, sowie mit zahlreichen Erzählungen, Rezensionen, Reden usw., die in verschiedenen Anthologien, Zeitschriften und Zeitungen erschienen sind, vor die Öffentlichkeit getreten. Begehrte Literaturpreise sind ihm in beachtlicher Zahl zuteil geworden. Und doch hat die literarische Forschung diesem bedeutenden Repräsentanten der deutschen Gegenwartsliteratur, der auch im Ausland kein Unbekannter mehr ist, bisher relativ wenig Beachtung geschenkt. Der Grund dafür ist vielleicht darin zu suchen, daß Lenz das Rampenlicht scheut und auch keine literarischen Modepferdchen reitet. In der Besprechung seines Romans *Deutschstunde* nennt ihn der Rezensent der Londoner *Times* mit vollem Recht »a writer who has always insisted, and proved, that he is a storyteller, a lucid exponent of the *craft* of fiction«[1]. Als Erzähler – und das will er hauptsächlich sein – versucht er vor allem, dem moralischen, existentiellen und ontologischen Dilemma des modernen Menschen auf den Grund zu gehen. Er ist, wie vordem Lessing und Wieland, Wahrheitssucher, wobei er sich der Relativität alles »Wahren« schmerzlich bewußt ist. Er hat »beim Schreiben ein eigentümliches Unbehagen vor gewissen Worten ... und nicht nur ein Unbehagen, sondern einen beständigen Argwohn«[2]; er mißtraut »einigen Worten, weil sie zuviel verbergen, anderen, weil sie Unerwünschtes preisgeben, und deshalb (*zweifelt er*) daran, daß wir uns der Wahrheit nur durch die Sprache bemächtigen können ... wer sich auf die Suche nach der Wahrheit begibt, muß damit rechnen, als einziges Ergebnis nur die Einsicht mitzubringen, daß alles vergeblich war«[3]. Deshalb bedient sich Lenz wohl auch einer recht konservativen und fein abgewogenen Erzähl- und Stiltechnik, die nicht immer auf den ersten Blick besticht, dafür aber von ehrlicher und deshalb um so eindringlicherer Bescheidenheit zeugt, um ein Oxymoron Lenzscher Art zu prägen.

Lenz ist zutiefst überzeugt von der Notwendigkeit des moralischen Engagements. Dies spricht aus seinem eigenen Bekenntnis:

> Mein Anspruch an den Schriftsteller besteht nicht darin, daß er, verschont von der Welt, mit einer Schere schöne Dinge aus Silberpapier schneidet; vielmehr hoffe ich, daß er mit dem Mittel der Sprache den Augenblicken unserer Verzweiflung und den Augenblicken eines schwierigen Glücks Widerhall verschafft. In unserer Welt wird auch der Künstler zum Mitwisser – zum Mitwisser von Rechtlosigkeit, von Hunger, von Verfolgung und riskanten Träumen. ... Es scheint mir, daß seine Arbeit ihn erst dann rechtfertigt, wenn er seine Mitwisserschaft zu erkennen gibt, wenn er das Schweigen nicht übergeht, zu dem andere verurteilt sind[4].

Lenz ist aber kein literarischer Draufgänger und Dreinschläger, denn es geht ihm nicht in erster Linie darum, herauszufordern, sondern »einen wirkungsvollen Pakt mit dem Leser herzustellen, um die bestehenden Übel zu verringern«[5]. Diese Übel sind, wie sie im Lenzschen Werke dargestellt werden, »Flucht und Verfolgung; Auflehnung und Untergang; Schuld, Sühne und Rechtfertigung«[6]. Daraus ergibt sich in logischer Konsequenz, daß Menschen, die unter solchen Schicksalen leiden, keine Helden im herkömmlichen Sinne sein können, denn ihnen fehlt »die Gloriole; die Sicherheit des Handelns; die Robe der Metaphysik. Keine (*der Roman- und Dramenfiguren*) ist der Belastung gewachsen, der Lenz sie im Fortgang der Geschichten unterwirft; jede endet, desillusioniert, im Kampf mit den Mächten. Lenz schildert den Werdegang von Opfern, nicht die Karriere von Siegern«[7]. Er steht menschlichen Schwächen, menschlicher Schuld, im Sinne künstlerischer »Mitwisserschaft«, gegenüber und versucht, sie zu ergründen, und zwar aus einem tiefen Verstehen heraus und aus dem Wissen um die unumgängliche Notwendigkeit der Achtung vor der Persönlichkeit, dem Menschsein des anderen. Man darf hier wohl an Albert Camus' »Ersten Brief an einen deutschen Freund« erinnern, in welchem er im Juli 1943 schrieb von der »conviction profonde ... qu'aucune victoire ne paie, alors que toute mutilation de l'homme est sans retour«[8].

Dieser Gedanke Camus' von der Unmöglichkeit, eine Verletzung und Schändung des Menschen und der Menschenwürde rückgängig zu machen, ist aufs engste mit dem Schuldbegriff im Werke von Lenz verknüpft. Man wird unserem Autor wohl am besten gerecht, wenn man ihn einen Humanisten nennt, weil es ihm eben primär um den Menschen geht. Für Lenz gibt es keine größere Schuld als die Sünde wider das Leben, des Menschen höchstes Gut. Diese Überzeugung dürfen wir als sein Programm ansehen, denn mit irgendwelchen weltanschaulichen oder politischen -ismen läßt er sich nicht identifizieren.

Man ist versucht, Lenz' Gedanken über Schuld mit der Schematik des Schuldbegriffs zu vergleichen, die Karl Jaspers in seinen Heidelberger Vorlesungen über *Die Schuldfrage*[9] 1946 aufgestellt hat. Von den dort aufgeführten vier Arten der Schuld, der kriminellen, der politischen, der moralischen und schließlich der metaphysischen Schuld, begegnen uns im Lenzschen Werke hauptsächlich die letzten zwei, d. h. diejenigen, die am relativsten sind. In diese letzteren Kategorien der Schuld gehört auch das Verhalten eines Forschungsreisenden in Kafkas *Strafkolonie*, eines Andreas in Brochs *Schuldlosen*, eines Alfredo Traps in Dürrenmatts *Panne*, eines Clamence in Camus' *La Chute*, oder auch eines »Chefs« in Grass' Drama *Die Plebejer proben den Aufstand*. In diesen Werken, wie auch bei Lenz, wird Schuld demonstriert, die sich der weltlichen Gerichtsbarkeit entzieht, denn die entsprechenden Paragraphen, die dafür in Frage kämen, sucht man in den *codices* unserer diversen Rechtssysteme vergeblich. Die einzige Instanz, an die Lenz appelliert, ist das Gewissen, ist das Gefühl des Verantwortlich-Seins. Damit begegnen wir einem Problem der Existentialphilosophie. In seinem Buch *A Short History of Existentialism* erklärt Jean Wahl einen auf unser Thema sich beziehenden Aspekt der Heideggerschen Transzendentalphilosophie wie folgt:

> Not only are we always and as a matter of course in natural relation with the world, but we are in immediate relation with other existents. And here, this theory which first presented itself as an individualism becomes an affirmation of our natural, even our metaphysical, relation with other individuals.

> Even in our most individual and private consciousness, even when we think we are most alone, we are not separated from others. »Without others«, says Heidegger, is another mode of »with others«[10].

Daraus hat Sartre wohl seine Konsequenzen gezogen, denn er ist ja der Meinung, der engagierte Mensch, der sich darüber im klaren sei, daß er nicht nur derjenige ist, der zu sein er sich entschloß, sondern auch ein Gesetzgeber, der sich für die ganze Menschheit entschließt, dieser engagierte Mensch könne sich des Gefühls seiner unbedingten und totalen Verantwortlichkeit nicht erwehren.

Ähnliches finden wir bei Lenz. Schon in seinem ersten Roman *Es waren Habichte in der Luft* deutet er das an, was ihm Hauptanliegen zu sein scheint. Es heißt dort: »Jeder wird verfolgt: verfolgt von der Liebe, verfolgt vom Haß, verfolgt von allen möglichen Bedürfnissen. Du kannst nicht entfliehen, es hat keinen Zweck. ... Aber Gleichgültigkeit hilft dir nie. ... Wer sich verloren gibt, hat schon verloren. Wir gehören auf diese Erde, wir haben uns damit abzufinden« (S. 236). Der Begriff *Gleichgültigkeit* ist hier das Stichwort, denn sie bildet ja, verbunden mit der Eigenliebe, die Basis dessen, was man das Misere unserer Zeit nennt. An der Gleichgültigkeit scheiden sich die Geister. Wer ihr verfällt, begibt sich seines Menschentums. In Brochs *Schuldlosen* bekennt Andreas:

> Wahrlich, es droht uns, ja gerade unserem Geschlecht droht es, daß der Mensch aus seiner Gottnähe verstoßen wird und ins Tierische, nein, noch tiefer herabsinkt ins Untierische, da das Tier niemals ein Ich zu verlieren gehabt hat. Zeigt unsere Gleichgültigkeit nicht schon das beginnende Abgleiten ins Tierische an? Denn das Tier mag wohl zum Jammer fähig sein, doch nimmermehr zur Hilfe und nicht einmal zur Hilfsbereitschaft; es ist vom Ernst der Gleichgültigkeit geschlagen, und es vermag nicht zu lächeln[11].

Gleichgültigkeit schließt also Schuld mit ein. Darf uns das nun zu der Annahme verleiten, der nicht-gleichgültige, also der engagierte Mensch sei frei von Schuld? Die Antwort auf diese Frage gibt der politische Theoretiker Aati im Lenzschen Roman *Habichte:*

Wir können im Leben nur zweierlei verüben: Rechtes und Unrechtes. Aber wer entscheidet darüber, was Recht und Unrecht ist? Bleiben wir logisch. ... Man kommt leichter zur Schuld als zu Hühneraugen. Die Schuld ist eine Art unvermeidliches Patengeschenk. ... Jeder läuft mit der unsichtbaren Schlinge der Schuld am Halse, den Berg hinauf und hinunter. Jeder wird in der Sackgasse der Schuld geboren. Vor dem einzigen Ausgang, der ins Leben führt, steht eine riesige Mausefalle und lockt den Neuling mit einem Würfelchen Speck (S. 229).

Das klingt nach existentieller Schuld und ist wohl auch so gemeint. Man würde jedoch das Werk unseres Autors auf einen allzu einfachen Nenner bringen, wollte man lediglich Hoffnungslosigkeit und eine defaitistische oder gar fatalistische Einstellung darin sehen. Lenz hofft auf die Erziehbarkeit des Menschen, ist überzeugt von der Notwendigkeit und sondiert die Möglichkeiten einer Erweckung und Verfeinerung des Gewissens. Deshalb unterwirft er seine Figuren gewissen Bewährungsproben, extremen Situationen, um zu erforschen, ob und wie sie bestehen. Man erwarte aber nicht, daß derjenige, der in der Bewährungsprobe die Gleichgültigkeit überwindet und zur Tat schreitet, gänzlich von Schuld freigesprochen wird. Niemand ist schuldlos, wie schon gesagt wurde. Gleichgültigkeit wie Handlung ziehen Schuld nach sich. Art und Grad der Schuld aber werden durch die innere Einstellung bestimmt. Der engagierte, handelnde Mensch ist schuldig, weil Handlung schuldig macht. Der indifferente, nicht-handelnde Mensch ist »unschuldig« vor dem Gesetz, sein Mangel an Engagement macht ihn jedoch im metaphysischen Sinne schuldig. Bei Karl Jaspers heißt es:

Es gibt eine Solidarität zwischen Menschen als Menschen, welche einen jeden mitverantwortlich macht für alles Unrecht und alle Ungerechtigkeit in der Welt, insbesondere für Verbrechen, die in seiner Gegenwart oder mit seinem Wissen geschehen. Wenn ich nicht tue, was ich kann, um sie zu verhindern, so bin ich mitschuldig[12].

Das stimmt mit dem überein, was Lenz den Studenten in dem Stück *Zeit der Schuldlosen* sagen läßt:

Wer zu handeln versäumt, ist noch keineswegs frei von Schuld. Niemand erhält seine Reinheit durch Teilnahmslosigkeit. Schuld ... gilt für jeden. Die einzige Möglichkeit, ihr zu begegnen, liegt darin, sie anzuerkennen, sie zu übernehmen. Wir haben keine Wahl, als bestehende Schuld zu unserer eigenen Schuld zu machen; dann erst kann sie uns ändern (S. 63).

Das soll also heißen: Schuldig bleiben wir so oder so, aber durch das Bekenntnis zu einer Überzeugung, durch die Bereitschaft zur Tat, sichern wir uns wenigstens einen Platz unter wahren Menschen.

Wenden wir uns nun den Werken von Lenz zu, in welchen der Schuldgedanke, wie er ihn sieht, am konsequentesten abgehandelt und bis zum logischen Ende durchgeführt wird. Das geschieht – auf politischer Ebene – in dem Hör- und Schauspiel *Zeit der Schuldlosen* und im Roman *Stadtgespräch*, der in gewisser Hinsicht eine epische Erweiterung und Vertiefung der *Schuldlosen* darstellt; moralische Schuld und daraus resultierendes Versagen auf dem Gebiet direkt zwischenmenschlicher Beziehungen finden sich in dem bereits 1963 entstandenen, aber erst 1967 veröffentlichten Hörspiel *Haussuchung*[13].

In seinem Vorwort zur amerikanischen Schulausgabe des Hörspielpaars *Zeit der Schuldlosen – Zeit der Schuldigen* sagt Lenz über die Entstehung der beiden Stücke:

> Ich hatte vor, das Abenteuer von neun Männern zu erzählen, die in einer Zeit äußerster Rechtlosigkeit schuldlos blieben und sich auf ihre Schuldlosigkeit sehr viel zugute hielten. Ich dachte mir eine Lage aus, in der strahlende Schuldlosigkeit, die durch schweigende Billigung und Wegsehen erkauft worden war, auf eine Härteprobe gestellt und widerlegt wird. Es kam mir dabei vor allem auf die Begebenheit an, auf den ausreichenden Anlaß, der aus Schuldlosen Schuldige macht[14].

Es gelingt Lenz, vor allem mit Hilfe des sehr geschickt angewendeten Stilmittels der Ironie, das allmähliche Versagen und langsame Umfallen der neun »Schuldlosen« überzeugend darzustellen[15]. In fortschreitendem Maße klagen die rechtschaffenen Mitgefangenen den Attentäter Sason derselben Punkte an, deren sie selbst schuldig sind. So erklärt zum Beispiel der Ingenieur, Sasons Überzeugung, von der dieser keinen Finger breit abweichen will, »ist nicht mehr als der brutalste Egoismus, den ich kenne. Solche Überzeugungen sind unmenschlich, denn sie kennen keinen Verzicht«[16]. Ähnlich sagt der Bankmann: »Geben Sie sich keine Mühe mit ihm. Er will uns nicht verstehen. Alles, was er für uns empfindet, ist Verachtung – Verachtung, weil wir nicht so sind wie er.«[17]

Ironie klingt auch bereits aus dem Titel des Hörspielpaars selbst, in welchem die »Schuldlosen« zu »Schuldigen« werden. Als nämlich nach einigen Jahren die Diktatur überwunden und durch ein neues Regime abgelöst ist, holt man sich dieselben Männer wieder und verlangt von ihnen, den Mörder Sasons zu ermitteln. Aus der »kollektiven Schuld« bedingt sich, wie Lenz selbst sagt, nun folgerichtig die »individuelle Rechtfertigung«. Erinnerungen an Entnazifizierungstage werden im Leser (Hörer) wach, wenn er im Spiel Zeuge davon wird, wie sämtliche Tonarten der Selbstverteidigung und gegenseitigen Beschuldigung von den zu ihren eigenen Richtern gewordenen Angeklagten durchgespielt werden. Die Rechtfertigungsversuche gipfeln in der Behauptung, daß ja eigentlich der frühere Diktator die Schuld an allem trage, da er sie in diese Situation gebracht, da er den Befehl gegeben habe. Es sei hier an Jaspers' Definition der moralischen Schuld erinnert: »Für Handlungen, die ich doch immer als dieser einzelne begehe, habe ich die moralische Verantwortung ... Niemals gilt ... ›Befehl ist Befehl‹ ... Jede Handlung (*bleibt*) auch der moralischen Beurteilung unterstellt. Die Instanz ist das eigene Gewissen.«[18] Ein Gewissen haben aber nur zwei der »Schuldigen«, der Bauer und der Baron (in der Theaterfassung der Konsul), d. h. zwei außerhalb der bürgerlichen Gesellschaft Stehende[19]. Der Bauer bietet sich als Opfer an, weil er sich als schuldig betrachtet und weil er eine innere Freiheit besitzt, die den anderen abgeht. Der Baron, Zweifler und Intellektueller, kann dieses Opfer nicht annehmen und begeht Selbstmord. Er, wie der Bauer, macht die bestehende Schuld zu seiner eigenen, auch er appelliert an seine letzte Instanz, sein Gewissen. Dadurch wird den anderen zwar die äußere Freiheit gegeben, nicht aber ihre Schuld genommen. Es läßt sich auf den Baron anwenden, was Andreas in Brochs *Schuldlosen* vor seinem Selbstmord erklärt:

> Wenn ich nach dem gemeinsamen Nenner meiner eigenen Untaten frage, so sehe ich meine tiefste und ahndungswürdigste Schuld in meiner durchgängigen Gleichgültigkeit. Ur-Gleichgültigkeit ist es, nämlich die gegen das eigene Menschentum; die Gleichgültigkeit vor dem Leid des Nebenmenschen aber ist

eine Folge hiervon. – Grenzenlos geworden, ist der Mensch sich selber ein verschwimmendes Gebilde, und er sieht den Nebenmenschen nicht mehr[20].

Auch im Roman *Stadtgespräch* geht es um eine Schuld, in die eine sogenannte »schuldlose« Bevölkerung gerät, und zwar wiederum durch eine extreme Situation, deren Anforderungen sie sich nicht gewachsen zeigt. Daniel will sich stellen, er ist schon auf dem Wege zur Kommandantur, gegen den Willen der Mehrzahl seiner Mitkämpfer. Er wird zurückgehalten, da man überzeugt ist von der Notwendigkeit dieses Opfers, da es der Bevölkerung, für die das erschütternde Ereignis Stadtgespräch werden wird, im Augenblick der Kriegsnot um nichts anderes geht als um ihren Widerstand und ihre Freiheit.

Die Relativität gewisser Werte, die in diesem Roman beleuchtet wird, macht Lenz durch den die Glaubhaftigkeit seines eigenen Berichts immer wieder in Frage stellenden Erzähler Tobias aufs wirksamste deutlich. Wo liegt die Schuld, die zur Katastrophe führt? Liegt sie in der Kriegssituation und der damit verbundenen Besetzung eines fremden Landes? Liegt sie bei Daniel, bei dem deutschen Stadtkommandanten oder bei den Widerstandskämpfern? Keine dieser Fragen läßt sich mit einem einfachen Ja oder Nein beantworten. Daß die Rechtfertigung bestimmter Handlungen jedoch von einer jeweils gegebenen Situation abhängt, zeigt das Ende des Romans.

Wer von den Beteiligten hätte voraussehen können, daß mit dem Ende des Krieges und der Besetzung eine Umwertung der Notstandsideale eintreten würde? Daniel wird jetzt von seinen wieder strahlend selbstbewußt gewordenen Mitbürgern der Feigheit bezichtigt, ja des Mordes angeklagt. Der Vater eines der 44 Erschossenen trachtet Daniel nach dem Leben und wird von diesem aus Notwehr getötet. Aus dem Gefängnis, in das man ihn bis zum Beginn des Mordprozesses gebracht hat, der gegen ihn angestrengt ist, entflieht er, um in der Einsamkeit der Berge für sich und seine Landsleute den genauen Hergang der damaligen Ereignisse niederzuschreiben. Zu seinem Freund Tobias Lund, dem Erzähler des Romans, sagt Daniel dazu:

Du kannst ruhig denken, daß ich es tue, um mich zu rechtfertigen. Nimm es ruhig an, wahrscheinlich hast du sogar recht

> damit. Ich habe mich einmal zu rechtfertigen versucht, indem ich etwas tat; jetzt mache ich es zum zweiten Mal, indem ich davon erzähle. Für mich beginnt und endet alles mit der Rechtfertigung (S. 315).

Die Antwort auf die schwierige Frage, ob Daniel diese Rechtfertigung gelingen wird, d. h. ob er seine Mitbürger aus ihrer wohlstandsbedingten Gleichgültigkeit wird aufrütteln können, muß das Gewissen des Lesers geben, denn »der Autor hat«, wie ein Kritiker es ausdrückt, »bewußt darauf verzichtet, den Prozeß, den sein Roman anstrengt: den Prozeß gegen die Gleichgültigkeit, zu entscheiden«[21].

Schuld im zwischenmenschlichen Bereich ist das Thema des Hörspiels *Haussuchung*[22]. Eberhard Bosse, der vorgebliche Retter zweier Brücken einer deutschen Stadt in den letzten Tagen des Zweiten Weltkrieges, läßt sich fortwährend als Helden feiern. Alle fünf Jahre werden ihm zum Jahrestag seiner Tat große Ehrungen zuteil. Er heiratet Christina, die Tochter eines reichen Haarwasserfabrikanten, und rührt seither keinen Finger mehr. Seine Frau verliert im Verlauf ihrer neunjährigen Ehe immer mehr Respekt vor ihrem nichtsnutzigen, aber durchaus ehrbaren Gatten. Sie beginnt ein Liebesverhältnis mit ihrem Untermieter, dem Studenten Tom Jörgensen. Dieser ist enttäuscht darüber, daß er Christina nicht für sich allein besitzen kann, und stiehlt aus verschiedenen Apotheken genug Schlafmittel, um damit einen ganzen Stadtbezirk einzuschläfern, was er dadurch zu erreichen sucht, daß er die Barbiturate in das Staubecken der Stadt werfen will. Nachdem alles schläft, hofft er, mit seiner geliebten Christina allein sein zu können. Nun ist ihm aber die Polizei auf den Fersen. Er verbirgt sich in Bosses Garage, während oben die Haussuchung vor sich geht. Diese zeitigt keine Ergebnisse, da Christina die gestohlenen Chemikalien versteckt hat. Ist die Haussuchung der Polizei auch erfolglos, so enthüllt sie doch den beiden Ehepartnern ihre gegenseitigen Geheimnisse. Ehemann Bosse wird ungewollt Zeuge einer Unterhaltung zwischen seiner Frau und Tom in der Garage und weiß, was es in seiner Ehe geschlagen hat. Ehefrau Christina findet während der Haussuchung zufällig die Quittung der letzten Postanweisung an Felix, den »dreckigen kleinen Kerl«, wie sie ihn nennt, der am 11. April 1945 derjenige war, der die

Brücken rettete, indem er die Sprengkabel durchriß. Da Felix aber dabei verwundet wurde und jahrelang vermißt war, konnte Bosse sich als Retter und Helden aufspielen, bis jener eines Tages zurückkam und zum Erpresser wurde. Wie recht hat Bosse, wenn er zu den beiden Polizisten sagt:

> Ich habe das Gefühl, eine Haussuchung sollte man sich von Zeit zu Zeit leisten – wie einen Besuch beim Arzt. Man weiß nie, was sich heimlich festsetzt. Wenn erst die Schmerzen beginnen, ist es zu spät. ... Wer Klarheit über sich gewinnen will, ... sollte ab und zu vor den Schirm treten ...[23]

Nun, die Durchleuchtung hat stattgefunden, oder wie Heinz Schwitzke es ausdrückt: »... um strafrechtlich Bedenkliches hinter einer kaschierenden Fassade zu verhüllen, muß eine Prunkfassade, sogar eine staatlich sanktionierte, abgerissen werden.«[24]

Auf so verschiedenen Ebenen sich die drei untersuchten Werke auch abspielen, eines haben sie gemeinsam, und zwar eine schuldhafte Ausgangssituation, die der Verfasser außerhalb der Werke selbst ansetzt. Diese Ausgangssituationen sind archimedische Punkte, von denen aus Lenz seine Geschichten in Bewegung setzt; es sind böse Taten, deren Fluch es ist, fortzeugend Böses gebären zu müssen. Es ist dabei kein Zufall, daß es sich zweimal – in der *Zeit der Schuldlosen* und im *Stadtgespräch* – um Attentate handelt, also um Angriffe auf das Leben anderer, selbst wenn einer von diesen ein Diktator und der zweite der Vertreter einer Diktatur ist. Beide Male mißlingen die Attentate. Meint Lenz nun, indem er zwei Mordanschläge fehlgehen läßt, daß der Tyrannenmord nicht zulässig ist? Vielleicht ist das eine müßige Frage. Fest steht aber, daß erst die Attentatsversuche die extremen Situationen hervorrufen, mit denen sich »Schuldlose« auseinanderzusetzen haben. Schließlich können auch passiver Widerstand und Sabotage politisch wirksam sein und gleichzeitig den Anspruch des Menschen auf Wiedererlangung seiner Freiheit und Erhaltung seiner Würde bekräftigen, ohne das Leben »Unbeteiligter« aufs Spiel zu setzen. Es ist also sicher so gemeint, daß jeder Gewaltakt gegen menschliches Leben, ob er nun zur Errichtung einer Diktatur führt (*Schuldlosen*) oder deren Zerstörung im Auge hat (*Stadtgespräch*), und jeder vorsätzliche Angriff gegen die Wahrheit – siehe *Haussuchung* – eine Schuld darstellt, die, schicksalhaft im klassischen

Sinne, größere Schuld nach sich ziehen muß. Leben ist Schuld: das dürfte dann der gemeinsame Nenner für diese Werke sein, in denen ihr Autor die Frage nach der Erbsünde aus moderner, existentieller Sicht stellen will.

Anmerkungen

1 *Times Literary Supplement*, 27. March 1969, S. 317.

2 *Beziehungen*, S. 67 (*Schwierigkeiten beim Schreiben der Wahrheit*).

3 Ebd.

4 *Beziehungen*, S. 282 (*Der Künstler als Mitwisser*).

5 Ebd., S. 278.

6 Günther Busch, *Eine Rechtfertigung?*, *Frankfurter Hefte*, 18 (1963), 7, S. 493.

7 Ebd.

8 Albert Camus, *Lettres à un ami allemand*, nouv. éd., Paris, Gallimard, 1967, S. 25.

9 Heidelberg, Lambert Schneider, 1946, S. 31/32.

10 Jean Wahl, *A Short History of Existentialism*. Aus dem Französischen übersetzt von Forrest Williams und Stanley Maron, New York, Philosophical Library, 1949, S. 16.

11 Hermann Broch, *Die Schuldlosen*, München, 1950, S. 359.

12 Karl Jaspers, a. a. O., S. 31.

13 In der umfangreichen und ausführlichen Studie von Werner Jentsch, *Konflikte. Theologische Grundfragen im Werk von Siegfried Lenz*, *Zeitwende*, 37 (1966), S. 174–185; S. 247–259; S. 316–323 [gekürzt, unten, S. 107 ff.], wird die Schuldfrage *passim* aus theologischer Sicht betrachtet.

14 *Zeit der Schuldlosen – Zeit der Schuldigen: Zwei Hörspiele von Siegfried Lenz. With an Introduction by the Author*, herausg. Albert R. Schmitt, New York, Appleton-Century-Crofts, 1967, S. 7. Siehe auch *Mein erstes Theaterstück. Wie »Zeit der Schuldlosen« entstand*, *Die Zeit*, 22. September 1961.

15 François Bondy weist darauf hin, daß die Ausgangssituation in Lenz' Drama derjenigen in Emmanuel Roblès' Stück *Montserrat* (1948, deutsch 1949) ähnlich ist. Werden aber bei Lenz die »Schuldlosen« zu Sasons Henkern und damit zu Komplicen der Diktatur, so setzen die Mitgefangenen in Roblès' Drama den Offizier wohl moralischen Foltern aus, sterben aber mit ihm; ja, zwei der Geiseln erklären sich mit ihm solidarisch und gehen freiwillig mit ihm in den Tod (s. F. Bondy,

Gericht über die Schuldlosen. Oder: »Die Szene wird zum Tribunal«, Der Monat, 14 (1961/1962), 161, S. 53–57).

16 *Zeit der Schuldlosen* (Bühnenstück), S. 26.

17 Ebd., S. 31.

18 Karl Jaspers, a. a. O., S. 31. Dieser Erklärung muß ein Versuchsergebnis der modernen Experimentalpsychologie entgegengestellt werden. Im Jahre 1960 führte Stanley Milgram, damals Psychologieprofessor an der Yale University, eine Reihe von Experimenten durch, die er in zwei Aufsätzen beschrieb: *Behavioral Study of Obedience, Journal of Abnormal and Social Psychology*, 67 (1963), 4, S. 371–378, und *Liberating Effects of Group Pressure, Journal of Personality and Social Psychology*, 1 (1965), 2, S. 127–134. Innerhalb der Versuchsreihe wurde bestimmten »Lehrpersonen« befohlen, bestimmten Versuchspersonen während eines Frage- und Antwortspiels für falsche Antworten elektrische Schläge in steigender Voltzahl zu versetzen. Diese waren simuliert, was die »Lehrperson« nicht wußte, da ihr Gegenüber sich in einem anderen Raum befand. Obwohl über den Befehl und die Überredungskunst des Versuchsleiters hinaus kein weiterer Druck auf die »Lehrpersonen« ausgeübt wurde, waren von diesen fast genau zwei Drittel bereit, trotz der hörbaren Protest- und Schmerzensschreie der Versuchspersonen das Experiment zu Ende zu führen. Milgram kam dabei zu folgendem Schluß: »Subjects have learned from childhood that it is a fundamental breach of moral conduct to hurt another person against his will. ... Yet the majority complied with the experimental commands (*although there*) ... was ... extraordinary tension generated by the procedure (*and*) there were striking reactions of tension and emotional strain« (*Behavioral Study of Obedience*, a. a. O., S. 376–377).

19 S. Herbert Lehnert, *Die Form des Experiments als Gleichnis. Einiges über Siegfried Lenz, Frankfurter Hefte*, 18 (1963), 7, S. 475.

20 Hermann Broch, a. a. O., S. 357.

21 Günther Busch, a. a. O., S. 494.

22 Im gleichnamigen Band, Hamburg, Hoffmann und Campe, 1967, S. 157–202.

23 Ebd., S. 197.

24 Oben, S. 71.

Werner Jentsch

Konflikte

Theologische Grundfragen im Werk von Siegfried Lenz

Zur Entstehung des Konflikts

Am Ende des Romans *Es waren Habichte in der Luft*, der die gnadenlose Treibjagd auf einen den Bolschewisten entflohenen Volksschullehrer schildert, kommt es bei dem ohnmächtigen Versuch, die rettende Grenze zu überschreiten, zu einer Art Definition: »Hohe Mauer vor dem Sandkasten der Hoffnung, das Rasiermesser an der Kehle der Wünsche, die Grenzen sind Stricke für den Bruder« (S. 250). Die Grenzsituation ist es, die den Konflikt auslöst. Je näher der Mensch sich auf sie zubewegt, um so schärfer schälen sich dann die Probleme heraus und damit auch das unausweichliche Entweder-Oder, das den Dichter zu einer die Fragwürdigkeit der Sache verdichtenden Aussage zwingt. Die Grenze ist beides, Inbegriff der innigsten Sehnsucht und der tödlichen Gefahr. Gellend klingt der Ruf »Küste«, den der schlichte Fischer Tadeusz in der Erzählung *Stimmungen der See* (*F.*, S. 277), ausstößt, als er mit dem Professor und seinem Schüler, die beide dem Regime über die Ostsee, jenes »kleine Meer«, entrinnen wollen, nach der sturmdurchtosten Nacht im armseligen Boot einen Landstrich entdeckt. Entsetzt und ernüchtert stellt schließlich Lorenz fest: »Mit irgendeiner Küste ist uns nicht gedient ... Wir müssen wissen, welche Küste es ist« (*F.*, S. 278). Die Flüchtlinge haben sich im Kreise gedreht und fallen erneut den Schergen des Systems, den Grenzwächtern des Staates, von dem sie sich absetzen wollten, in die Hände.

Konflikte lassen sich nicht vorher theoretisch ausdenken. Sie können nicht am »Reißbrett« einer theologischen Ethik vorherberechnet werden. In diesem Sinne hat Thielicke recht, wenn er die These vertritt: »Der Grenz- und nicht der Normalfall stellt vor die eigentlichen Fragen.«[1] Ähnlich hat auch der Philosoph Karl Jaspers immer wieder den Finger auf das die Existenz erhellende Durchdenken und Durchstehen der Grenzsituationen von Geburt, Liebe, Schuld, Schicksal und Tod gelegt: »Ohne Erfahrung der Grenzsituationen bleiben die Fragen aus.«[2] Alle Konflikte haben mehr oder weniger eine »Vorgeschichte«. Sie schwelen oft, ehe sie ausbrechen. Sie lassen sich sogar eine Weile abspalten und unterdrücken. In der unerwarteten Grenzsituation aber tritt dann der Konflikt als »unstetiges Ereignis« in ein grelles Licht. In solchen Lagen ortet auch Lenz seine Darstellungen des Konflikts.

So kann er die extraordinäre Situation eines alle Kräfte herausfordernden 10 000-Meter-Laufes nehmen, um daran die spannungsvolle Existenz eines Sportlers in der bundesrepublikanischen Gesellschaft abzubilden. Vom Publikum heißt es dort: »Ah, sie werden ihn vergessen, schnell und unwiderruflich, nur der letzte Lauf zählt für sie, ein Läufer ist ihnen nur so viel wert wie sein letzter Lauf, und jetzt jagen sie ihn mit ihrem Beifall, weil er auch diesmal für sie siegen soll, damit sie keinen Abschied zu nehmen brauchen von ihren Gewohnheiten ... Nur der letzte Lauf zählt« (*Brot und Spiele*, S. 12). Noch schärfer kommen diese Perspektiven der äußersten Grenze heraus, wenn wir die Arbeiten des Dichters betrachten, die sich mit den Themen des totalen Krieges oder des totalen Staates auseinandersetzen. Hier verstehen wir, was Thielicke meint, wenn er von Beispielsfällen der »Untergrundethik« redet[3]. An der schmalen Randzone zwischen Freiheit und Knechtschaft, Leben und Tod nähern sich die Tugend und die Schuld in einer unheimlichen Weise. Hier holt sich auch der Fromme »schmutzige Hände«, und niemand ist da, der ihm die Entscheidung abnimmt. »Und wenn Daniel sich gestellt hätte?«, so fängt das *Stadtgespräch* an, um dann mit einer nicht weniger quälenden Frage fortzufahren: »Und wenn die ganze Stadt, unsere Stadt ihn mit allen Stimmen darin bestärkt hätte, sich um ihretwillen nicht zu stellen?« (S. 5). Auch Tobias, der Erzähler, bemüht sich in seinem Bericht um die Hintergründe und die »Anfänge« der Konfliktgeschichte (S. 61) und wird nicht müde, dieses Partisanendrama in seiner letzten Unergründlichkeit gegen Fehldeutungen abzusichern. Die kleine norwegische Stadt wird von einer Ausnahmesituation überrascht; sie trifft die Bürger wie die Rebellen.

Schicksal und Schuld greifen gerade bei der Genesis des Konflikts ineinander. Deswegen bemerkt Tobias ausdrücklich: »... etwas müssen wir gemeinsam anerkennen bei allen Möglichkeiten der Auswahl: die wenigen Augenblicke, in denen nicht mehr wir es waren, die unsere Geschichte bestimmten. In allem, was gewiß ist, können wir uns unterscheiden – übereinstimmen müssen wir jedoch in der Anerkennung des Ungewissen« (S. 18). Ähnlich steht es mit dem Drama *Zeit der Schuldlosen.* Da fällt gleich am Anfang das entscheidende Stichwort, das den Konflikt auslöst: »Heute«! Der Konsul, der mit den anderen ehrenwerten Bürgern unschuldig vom Gouverneur eingesperrt ist, erklärt: »Heute gibt es keine Irrtümer mehr, zumindest ist die Regierung dieser Ansicht, wenn sie über die Schuld des Menschen befindet: heute gibt jeder einen prächtigen Schuldigen ab« (S. 6). Auf der dunklen Folie der Diktatur, in der die Grenzen zwischen Gut und Böse fließend geworden sind, werden die Konflikte der »Richter«, die einen »Schuldigen« herausfinden und verurteilen sollen, um so unerträglicher und grausamer.

Immerhin, schon der Sportlerroman von Siegfried Lenz hat gezeigt, daß er nicht nur die letzte Ausnahmesituation, sondern auch den schlichten kleinen Alltag, etwa den eines Hafensportvereins, ernst nimmt. Auch in der »Woche« gibt es Konflikte, und manchmal sind die Normalsituationen, bei denen scheinbar Immanentes in Transzendentes umschlägt, schwerer durchzustehen als die Grenzsituationen, zumal für die, die mit Ernst Christen sein wollen: die Nachfolge fällt nirgendwo so schwer, als wenn die Zone des Sakralen verlassen wird oder der dogmatisch festgelegte »Status confessionis« noch nicht gegeben erscheint. Gute Beispiele für das, was man eine »Kleine Grenzsituation« nennen könnte, gibt Lenz in dem Roman *Der Mann im Strom,* wo er sich mit dem Problem des Älterwerdens befaßt, oder auch in der Erzählung *Lieblingsspeise der Hyänen:* Hier begegnet dem Erzähler ein harte Drinks liebender Amerikaner, der teils mit seiner Ehe, teils mit seiner Kriegsvergangenheit nicht fertig wird; auslösendes Moment seines Lebenskonflikts ist die Marotte seiner Frau und seiner Tochter, die bei den Weltreisen des Mannes immer nur einen Wunsch haben: »Schuhe ... wohin wir auch kommen, wollen sie zuerst Schuhe sehen« (*F.*, S. 188). Ähnliche Konflikte schimmern in dem Stück *Das Gesicht* durch, nur sozusagen hintergründig und von der anderen Seite her gesehen. Hier ist es die unbefriedigte Frau Hanna, die über ihren Ehemann klagt: »Leb du mal mit einem, der sich für verkannt hält: da wirst du Entdeckungen machen ... Mit einem vollkommenen Mann kann man nicht leben – Man kann ihn ausstellen« (S. 45 f.). Unwillkürlich zeigt sich an diesen alltäglichen Grenzlagen im Werke unseres Autors, daß Ausgangskonflikte und Endkonflikte nicht immer identisch sind. Die Geschichtlichkeit des Konflikts wird so offenbar. Vom Initialakt eines kleinen billigen Alltagskonflikts aus kann sich ein Gefälle mit mehreren Stromschnellen und aufeinanderfolgenden Schüben bilden, ehe es zu dem dann ins Auge tretenden Finalakt des Konflikts kommt. Der in einen Anfangskonflikt verwickelte Mensch wird dabei leicht aus einem tätigen Subjekt ein empfangendes und getriebenes Objekt; er hat den Konflikt, der einmal ausgebrochen ist, nicht mehr in der Hand. Das Eingebundensein einer aktuellen Schuld in den Gesamtzusammenhang, den die Theologie mit der Chiffre »Erbsünde« umschreibt, und die Rückgebundenheit des Totalverhängnisses im individuellen Vorgang, wie sie das reformatorische Schuldverständnis lehrt, machen sich in der großen und in der kleinen Grenzsituation bemerkbar. Lenz hat das in seinem »transparenten Realismus« aufzuhellen verstanden.

Modelle des Konflikts

Der Schattenkonflikt: Hat sich Marcel Proust in verzehrender Sehnsucht »auf die Suche nach der verlorenen Zeit« gemacht, so steht Siegfried Lenz im Ringen um die Befreiung von dem Gewicht der verfehlten Zeit. Bereits die *Habichte* lassen etwas davon ahnen, wie sehr ihn die Erfahrung eines totalitären Machtstaates quält. Er besitzt ein seltsam feines Gespür für die Atmosphäre der Rechts- und Existenzunsicherheit: Aati, der Agent, weiß sie zu nutzen: »Ich liebe die Dämmerung. Sie gibt uns ein gewisses Sicherheitsgefühl. Die Habichte wissen es auch: in der Dämmerung werden Mäuse und Küken argloser« (S. 120). Er kämpft für die »Emanzipation« des Menschen. Dabei stört ihn die Volksmeinung, die da glaubt: »die Mönche lassen sich nicht ohne weiteres wegschaffen« (S. 89). Aber selbst diese Hemmungen sind für seine

»Logik auf Stroh« dazu da, um überwunden zu werden. Jeder Leser in Deutschland weiß, von welcher braunen Palette der Autor diese Farben seiner Darstellung genommen hat. Aber auch die jüngste Vergangenheit, das Nachkriegsdeutschland vor 1948, erfährt bei Lenz eine sozialkritische Durchleuchtung. Diese Vergangenheit, die ein Gegenbild zu der am Überfluß leidenden Konsumgesellschaft unserer Zeit darstellt, wird zum Konfliktstoff: *Lehmanns Erzählungen* beginnen mit dem Satz: »Die Not ist meine schönste Zeit«; sehnsüchtig erinnert sich der Erzähler an die schöpferische Periode des Mangels – denn »In Zeiten des Überflusses stirbt die Phantasie« (S. 8).

Zentrales Thema wird der Schattenkonflikt in dem Roman *Duell mit dem Schatten*, der den erregenden Versuch eines deutschen Obersten, mit seiner Vergangenheit fertig zu werden, zum Inhalt hat. Der Oberst sucht die Wüste Nordafrikas wieder auf, um dort, an der Stätte früheren Wirkens, Kämpfens und Scheiterns, den Frieden seines gequälten Gewissens zu finden. Hat er doch seinen Freund Mackenbrandt bei einem Durchbruchsversuch gegen den übermächtigen Feind im Panzer sitzenlassen, angeschossen und unversorgt, dem sicheren Tode ausgeliefert, während er sich nach einem rasch vollzogenen »Uniformwechsel« in Sicherheit gebracht hat; das durchschossene Hemd wird ihm später zum Verräter. Der Offizier begibt sich mit seiner Tochter Biggi auf diese seltsame Urlaubsreise in die Vergangenheit. Sie ist ein weiblich empfangender, in sich seelisch geschlossener, vornehmlich reagierender junger Mensch. Ironisch bemerkt ihr Vater einmal: »Alles, wessen du fähig bist, ist lieben. Und das ist zu wenig. Lieben kannst du am Anfang, am Ende mußt du denken. Wer liebt, wird nie das Fragen lernen« (S. 32). In dem aufreibenden Dialog mit dem Vater erstarkt aber die Tochter zum Widerspruch: »Du kannst tun, was du willst, aber ohne mich. Obwohl ich ein Mädchen bin, hast du mich fast immer wie einen Mann behandelt, wie einen Burschen! Wundere dich deshalb auch nicht, daß ich wie ein Mann reagiere« (S. 241 f.). Sie durchschaut ihren Gesprächspartner bis zur bitteren Enttäuschung; innere Entfremdung und doch auch ein letztes, wenn auch hilfloses Verständnis ringen in dieser Vertreterin der jungen Generation miteinander. Auf dem Hintergrund dieser Gestalt hebt sich der Typus des Soldaten um so schärfer ab. Der Oberst sagt einmal, etwas resigniert, aber auch nüchtern hart: »Das Leben hat nur einen Sinn, wenn man nichts anderes sein will als das, was man ist« (S. 40 f.). Er plädiert für Bescheidenheit und Entsagung, ein echter »Preuße«. Seine Devise ist: »Versuche das, was dir Kopfschmerzen macht, zu definieren, und du wirst sehen, um wieviel leichter sich alles ertragen läßt und wie traulich und wohlig dann selbst die Verzweiflung wird« (S. 41). Etwas Stetiges, fast Starres ist an ihm: »Am Aushalten erkennt man den Grad der Mündigkeit« (S. 18). Er kann das »Gefühl des Dankes« ebenso schwer ertragen wie ein »Bajonett in der Lunge« (S. 39). Für ihn bietet der Glaube »keine Garantien« (S. 14) mehr. Sarkastisch nimmt er den Vorwurf Alarics entgegen, er habe »sich selbst überlebt«: Nun, wenn schon, »jeder hat etwas von der ... verstaubten Unschuld des Dinosauriers« (S. 230). Allerdings ist auch seine Fähigkeit zu einer gewissen Selbstkritik erwähnenswert, wenn ihr auch von Natur aus jenes scharfe Salz wirklicher Buße fehlt: »Schwäche ist nie ein Argument gegen einen Menschen, sie ist vielmehr ein Argument für ihn« (S. 100). Er spricht von der »elegischen Faszination«, die von einem »guten Feigling« ausgeht, und berauscht sich an dessen »schöner Morbidität« (ebd.).

Kernproblem des Romans ist die unbewältigte Vergangenheit. Der Oberst durchleidet den Schattenkonflikt par excellence. Die Vergangenheit erscheint ihm als »Gift für die Gegenwart« (S. 32). Er ist nach Nordafrika gekommen, »um die Vergangenheit zu planieren« (S. 52, 294), um Bilanz zu machen vor dem Forum der Vergangenheit (S. 262). Diese in ihrer Art grandiose und unerbittliche Aufarbeitung des Schattens der Vergangenheit, die der preußischen Pflichtethik eines Kant würdig ist, zwingt den Offizier zu einer rücksichtslosen Rechenschaftslegung: »die wesentlichsten Vorgänge im Leben sind nicht Geburt und Tod, sondern Geburt und Rechenschaft, und erst die Rechenschaft ist die Legitimation zum Tode« (S. 12). Damit setzt sich der Oberst und mit ihm wohl auch der Autor von dem Seinsmonismus der modernen Existenzphilosophie ab: Bei Lenz bleibt ein letztes personales, dialogisches Moment. Die Problematik der Rechtfertigung, die Fragwürdigkeit der Schuld, wird von ihm nicht in einer absolut gesetzten Dialektik aufgehoben oder in einen Existenzheroismus eingeebnet. Der

Schatten zieht zur Verantwortung. Der Held des Romans sucht nach einer »soliden Chronologie« (S. 25). Er weiß sehr wohl: »Rechenschaft ist keine Klage; sie ist Entkleidung. Man entkleidet sich seiner Gegenwart ... Auch die Schöpfung hat ihre Buchhalter; eines jeden Zeit wird sanft und unauffällig unter Soll und Haben verteilt. Die Leitz-Ordner des Daseins sind prall gefüllt« (S. 20, 262). Noch unumwundener ist das Eingeständnis: »Rechenschaft ist Bilanz und Selbstverteidigung ... das Verlangen, ein unbeschriebenes Blatt Papier zu werden. Rechenschaft ist das Standgericht der Gegenwart. Ich bin bereit, das Urteil zu hören« (S. 32).

Nicht die Deutschen allein sind schuld. So einfach macht es sich der Dichter nicht. »Wir haben alle etwas auf dem Kerbholz«, erklärt der Engländer Horace und fährt dann fort: »Im Krieg hat ein Soldat nur die Möglichkeit, Gutes zu tun, indem er Unrecht vermeidet ... auch wir haben Unrecht begangen, bewußt oder unbewußt« (S. 189). Nicht zuletzt der polnische Flüchtling, der in der Wüste Vergessen und Scheitern sucht, hat genug von dem Öffentlichkeitsrummel des Westens. Da lobt er sich den schweigsamen Osten, der Geheimnisse zu hüten vermag: »Was publiziert ist, ist schon entwertet, und der Westen ist in dieser Hinsicht süchtig« (S. 206).

Die Lage, in der der Oberst seine Bestandsaufnahme vornimmt, ist von bedrängender Symbolkraft. Er macht sich nichts vor. Schon in dem Gespräch mit dem Bestattungskommando, jenen Totengräbern, die die Knochen von Gefallenen, den Opfern des Krieges, sammeln, Helmuth Holebein und Max Senger, bekennt er sich nach einer makabren Fahrt auf dem Leichen-Lkw zu dem »zeitgemäßen Stil, mit dem Tode umzugehn«, zu dem »Prinzip der Sachlichkeit« (S. 99). Der Wüstenkrieg hat den deutschen Offizier radikal desillusioniert. Der Mensch, der bewußt durch die Höllen des Zweiten Weltkrieges hindurchgegangen ist, läßt sich bei seinem Konflikt mit dem Schatten nichts mehr vormachen, weder vom Feinde noch vom Freunde. Man weiß gewöhnlich nicht alles voneinander. Zuviel ist gefährlich. Ein unausgesprochener Rest muß noch da sein, sonst wäre es nicht zum Ertragen. »Zwischen uns«, sagt deshalb der Oberst zu seinem Freunde Mackenbrandt im angeschossenen Panzer, »gibt es keinen taktischen Rest mehr. Wir haben uns in absoluter Nacktheit erfahren« (S. 260). Solche

Einsichten sind nicht weit von dem Bekenntnis im 7. Kapitel des Römerbriefes: »Ich weiß, daß in mir, das ist in meinem Fleische, wohnt nichts Gutes« (18), und von der Erkenntnis der ersten Menschen nach der Genesiserzählung vom Sündenfall: »Sie wurden gewahr, daß sie nackt waren« (Genesis 3, 7).

Der Schattenkonflikt bewegt den Autor weiterhin. Auch in dem Sammelband *Der Spielverderber* stehen Erzählungen, die eindrücklich auf der Auseinandersetzung mit dem Schatten der Vergangenheit insistieren: Josef Tubacki scheint ein »komischer Vogel« aus dem Osten zu sein, wenn er in seiner »Sunowoer Tonart« einherredet. Was er aber sagt und tut, geht in seiner Hintersinnigkeit unter die Haut. Bei den Norddeutschen Groß-Hutwerken, die früher Helme produzierten, hat er während des Krieges arbeiten müssen. Jetzt soll ihm die Firma »zweiundneinzig Mark achtzig« zahlen. Die hat er noch zu kriegen. Der Chef verwöhnt den seltsamen Nachforderer und bietet dem verdienten Betriebsangehörigen eine einmalige hohe Abfindung an. Er aber nimmt die dreifache Summe nicht an. Er kann es einfach nicht: »De Härr war dajegen« (S. 21). Tubacki besteht auf dem »Verbuchten« (S. 28). Zum Schluß muß er noch draufzahlen. Die Verwaltung rechnet ihm die nicht entrichteten Gelder für Wehrsteuer, Winterhilfswerk, NLP usw. vor. Der Erzähler meint nachdenklich: »Man sage nicht, da sei ein Fehler in der Rechnung gewesen« (S. 30). Die skurrilen Figuren, die Lenz schildert, haben wie die meisten Menschen ihre »Vorgeschichten«, mit denen sie früher oder später in Konflikt kommen. Denn das ist das Unangenehme mit diesen Vorgeschichten: »es zeigt sich, daß sie vollkommen ausreichen, um uns zu widerlegen« (S. 177). Auch der letzte Bürgermeister von Luknow (*Schwierige Trauer. Eine Grabrede auf Henry Smolka*) sucht auf seine Weise mit der Vergangenheit fertig zu werden. Er hat bei der Flucht die Stadtgeschichte in vermeintliche Sicherheit gebracht und verliert sie nun, Stück um Stück. Über die Geschichte läßt sich eben nicht so einfach verfügen. Er hat übersehen, »daß die Geschichte alles enthält außer jener blinden Gerechtigkeit«, die wir – »ohne selbst allzu gerecht zu sein« – in unserer Überheblichkeit voraussetzen (S. 188). Nicht zuletzt ist es der Held der Titelerzählung, der es mit dem Schatten zu tun hat. Er besitzt die »Chance« des Vergessens nicht. Sein überentwickeltes Gedächtnis hindert ihn daran. Mit einem geradezu telepathischen Rückerinnerungsvermögen durchschaut er entsetzlicherweise die nackte und oft todböse Vergangenheit der Menschen, denen er begegnet. So wird er ungemütlich, asozial, ein »Spielverderber«, der die Leute »an Vergehen erinnert, die sie längst glücklich vergessen zu haben glaubten«. Ja, »das Gedächtnis kennt kein Mitleid« (S. 85). Es ist in der Tat »ein kleines Meisterwerk des Teufels« und kann dem Nächsten das Leben schon zu Lebzeiten zur Hölle machen (S. 91).

Der Leistungskonflikt: Selten ist von einem Dichter das Thema angepackt worden, das zu einem fast alltäglichen Gesprächsstoff in der modernen, arbeitsteiligen Gesellschaft geworden ist, der Leistungskonflikt: Wie bleibe ich arbeitsfähig und damit verdienstwürdig? Wie schon die in der Vergeblichkeit ausströmende Erzählung *Das Wrack*, greift sich der Roman *Der Mann im Strom* ein Einzelschicksal unserer Tage heraus, das an dieser Frage scheitert. Ein kreuzbraver Taucher namens Hinrichs spürt, daß er mit über 50 zu alt wird für das tiefe Tauchen. Er leidet bereits an Ohrensausen, an etwas also, was man für diesen Beruf wahrhaftig nicht gebrauchen kann. Er stellt keine hohen Ansprüche. Charakteristischerweise ißt er in einer Holzbude mit Schnellimbiß, die nur »Mindestgröße, Mindestluft, Mindestlicht« besitzt und dem »Mindestleben« entspricht (S. 72). Aus Verzweiflung fälscht Hinrichs sein Geburtsdatum, um länger »dabei«bleiben zu können. Die Sache kommt heraus. Hinrichs wird entdeckt. Sein Chef resümiert bitter: »Im Augenblick machen wir unsere Rechnung, aber die Summe kommt später« (S. 230).

Nicht nur die industrielle Leistungsgesellschaft macht die Arbeit zur Ehrensache. Leistung ist vielmehr eine Art Thema 1 des Mannes schlechthin. Die Titelnovelle des Erzählungsbandes *Jäger des Spotts* ist ein ergreifendes Beispiel für diesen Tatbestand. Alles kann der Mann vertragen, nur nicht den hämischen Spott seiner Umwelt wegen einer ausbleibenden Leistung. Die Frage der jüdischen Pharisäer nach dem korrekten Gesetzeswerk und das Kontroversproblem zwischen Katholiken und Protestanten der Reformationszeit, das Thema der sogenannten »guten Werke«, sind zur Zeit höchst aktuell und existentiell: Atoq, der Jäger, leidet unter dem Jagdruhm seines Vaters! Nach zahlreichen Mißerfolgen gelingt ihm die Erlegung eines großen Bullen, aber die Bären spielen ihm einen Streich; sie fressen ihm das aufgehängte Fleisch vor der Nase weg. Mit der zersplitterten Harpune und den übriggebliebenen Hörnern des Bullen fährt er zurück, mitten durch die Spötter von einst hindurch, das Urbild eines ausgehaltenen Leistungskonfliktes.

Ist die Darstellung des Leistungskonfliktes im *Strom* und im *Jäger* absichtlich etwas langsam, manchmal sogar zähflüssig, so nimmt das Tempo in dem Roman *Brot und Spiele* geradezu dramatische Formen an. Der sportliche Konkurrenzkampf fordert seine Opfer: Bert Buchner, ein begabter Langstreckenläufer, steht unter dem Druck des unbarmherzig fordernden Publikums: »Einer muß siegen für uns« (S. 270). Er muß sich anpassen, wenn er nicht zugrunde gehen will. Der Konformismus ist Trumpf, auch auf der Aschenbahn. Der Zeitkritiker Lenz nimmt hier die Bundesrepublik aufs Korn. In einer modernen Variante der Teichoskopie, im endlosen Bericht des Sportjournalisten, erfahren wir, was die Leute wollen: »Sein Lauf gehört ihm nicht mehr allein, sein Lauf ist zu ihrem Lauf geworden« (S. 31). Bert fällt auf zu »einfache Rechnungen« herein und macht als Läufer mit dunklen Punkten auch dunkle Punkte für die, die ihn laufen lassen, die Gruppe, der Verein, der ihn trägt. Der mondäne Sportklub der Großstadt und später das ihm anvertraute Sportgeschäft werden ihm zur Versuchung. Seine Weste bekommt Flecken, weil er gern etwas scheinen möchte, was er nicht mehr ganz ist. Auch in dieser Geschichte spielt das zunehmende Alter eine destruktive Rolle. Es ist wahr, wenn es in der Reportage heißt: »Zuerst liefen sie ums Leben, dann um Preise, und heute laufen sie nur noch um den Rekord« (S. 77). Warnend ruft der Freund, fast alttestamentliche Bilder (Lot!) anwendend: »Verwandelt der Lauf den Läufer, indem er ihm nichts läßt als die Anwesenheit seiner Gegner? Dreh dich nicht um, Bert, lauf, lauf, schau nicht zurück, du brauchst nicht zu wissen, was hinter dir geschieht« (S. 78). Das Umdrehen kostet unnötige Zeit. Bert will, obwohl schon etwas verbraucht, noch einmal einen Europarekord laufen, aber »Siege sind schneller vergessen als Enttäuschungen, sie vergessen sich leichter« (S. 154). Der 10 000-Meter-Lauf ist natürlich nur ein Gleichnis. Im Grunde genommen geht es Lenz um den Normalkonflikt des Herrn Jedermann. Auf den Kopf zugesagt bekommt es der Leser, wenn er vernimmt: »Jeder zieht seine Runden um seine private Aschenbahn, mein Alter. Jeder beteiligt sich an einem Lauf um irgend etwas: Wir müssen aufpassen, daß wir vornliegen und daß keiner an uns vorbeigeht« (S. 130). Bert scheitert, weil er nicht mehr ganz fit ist – vielleicht schon vorher: er hat seinem Glück im Unglück nachhelfen wollen. Der frühere Tritt in die Ferse seines Konkurrenten Dohrn (S. 244 f.), dessen Zeuge der Reporter geworden ist, haftet Bert an wie eine schwere niederziehende Hypothek seines Gewissens. Derselbe Konflikt mit Energie und Gewissen bildet auch den Vorwurf der kleinen Erzählung *Der Läufer*, nur daß hier Zeiten und Personen vertauscht sind und der Ausgang gemildert ist: aus Schuld ist Schicksal geworden.

Der Machtkonflikt: Lenz treibt die Machtfrage um; noch in dem Drama *Das Gesicht* spielt dieses Thema eine Rolle, etwa dort, wo Bruno in der Rolle des Diktators erklärt: »Die Welt kennt zwei Sprachen: die des Verhandelns und die der Bereitschaft. In der ersten leidet man, in der zweiten macht man sich verständlich« (S. 25 f.), dann aber auch den Konflikt erfährt, wenn ihm am Ende des Stückes der wirkliche Präsident entgegenhält: »Wer aber Macht hat, kommt nicht umhin, Beweise dafür liefern zu müssen« (S. 86). Mit dieser Macht sieht sich der »Freund der Regierung« in der gleichnamigen Erzählung konfrontiert, der die »Unabhängigkeit nicht essen kann« (*F.*, S. 159) und dem Ausländer zum Zeichen dessen einen angesplitterten Schneidezahn heimlich zusteckt. Diese Macht provoziert der »Sohn des Diktators«, indem er freilich dabei an dem Stolz seines Vaters, der ihn liebt, scheitert (*F.*, S. 214): Der Vater gibt ihm eine solide Möglichkeit zur Blamage wie der Gouverneur in der *Zeit der Schuldlosen:* »Wenn die Macht auch nie in Verlegenheit kommt, an sich selbst zu zweifeln, so hat sie doch mitunter den seltsamen Wunsch, darauf hinzuweisen, wie schwer sie es hat« (S. 11).

Eingehende Behandlung des Machtkonflikts bietet aber nur Lenzens Meistererzählung *Das Feuerschiff*. Ein solches Boot befindet sich in einer ambivalenten Lage. Einerseits darf das Feuerschiff seinen Standort nicht aufgeben: »Wenn ein Feuerschiff seine Position verläßt, hört für die andern die Sicherheit auf« (*F.*, S. 39). Während die anderen unterwegs sind, liegt es »an der Kette«. Andererseits gilt aber auch das, was der Kapitän Freytag mit einer gewissen Überlegenheit feststellt: »Gefangene haben auch ihre Macht« (*F.*, S. 31). Mitten in diese Welt der Regelmäßigkeit bricht nun plötzlich das Außerordentliche herein, und zwar in Gestalt einer auf der Flucht befindlichen Gangsterbande, an der Spitze der »ehrgeizige« Intellektuelle Dr. Caspary. Die Schiffbrüchigen überwältigen die Schiffer. Sie sind unversehens in die »Falle der Ordnung« geraten. Sie möchten das Feuerschiff für ihre dunklen Zwecke benutzen und sitzen nun fest. Niemand wird merken, wer die Zeichen gibt – das ist gut. Aber die Hauptsache bleibt, daß die Zeichen gegeben werden, daß die »Kennung« ersichtlich ist – und das ist schlecht. Wohl oder übel sind die Verbrecher gezwungen, eine gewisse Ordnung einzuhalten, in ihrem eigenen Interesse. Der Machtkonflikt spitzt sich zu. Der Gentleman-Verbrecher hat zwar seine Vorteile klar erkannt: »Was Sie feststellen, ist nicht neu, Kapitän: so wie heute ein Revolver den Satzbau verändern kann, so hat schon die erste Schleuder dafür gesorgt, daß sich der Umgangston zwischen Menschen änderte: Wer Waffen hat, findet immer ein anderes Verhältnis zur Sprache als ein Unbewaffneter« (*F.*, S. 104). Aber auch das Umgekehrte muß man in Rechnung stellen. In einem Gespräch zwischen Vater und Sohn klärt der Gereifte den Reifenden über die Macht der Machtlosen auf: »ich war nie ein Held, und ich möchte auch kein Märtyrer werden; denn beide sind mir immer verdächtig gewesen: sie starben zu einfach, sie waren auch im Tod ihrer Sache noch sicher ... Ihr Tod hat ihnen selbst geholfen, aber keinem anderen. Wer keine Waffen hat und keine Gewalt, hat immer noch mehr Möglichkeiten« (*F.*, S. 80). Lenz versteht es, diese Hochspannung in einer ganz schlichten, aber doch auch atemberaubenden Weise darzustellen. Er erzählt in einer an Hemingway gemahnenden Form, ohne »sprachlichen Qualm abzublasen«[4]. Gerade dadurch aber wird die Erzählung ungewollt zu einem sachlichen Paradigma des Bekenntnisses im 2. Korintherbrief: »Wenn ich schwach bin, so bin ich stark« (12, 10).

Der Verantwortungskonflikt: Schuldkonflikte sind so oder so eigentlich alle Konflikte, wenn sie wirklich vor »letzte« Entscheidungen stellen und sich nicht in der Auswahl eines Konsummittels oder in der Stellungnahme zu einer Krawatte erschöpfen. Das sind Geschmacksfragen, aber keine ethischen Konflikte im eigentlichen Sinne des Wortes. Wenn es aber einen Konflikt gibt, bei dem der Aspekt der Schuld geradezu eklatant in die Augen springt, so ist es der Konflikt, der aus einer bestimmten Verantwortung als Beamter, Soldat, Berufstätiger, Staatsbürger usw. resultiert. Lenz ist dieser Frage in einem Drama und in einem Roman nachgegangen.

Das erste Bühnenstück, das ihm zwei Preise, den Gerhart-Hauptmann-Preis und den R.-A.-Schröder-Preis der Stadt Bremen, einbrachte, und das am Hamburger Schauspielhaus uraufgeführt wurde, *Zeit der Schuldlosen*, handelt von einer Gruppe von neun unschuldigen Bürgern, die inhaftiert werden, um einen Mithäftling, einen Attentäter, Sason, zur Herausgabe der Komplicen zu veranlassen oder notfalls ihn zu töten. Nach langen Diskussionen findet sich schließlich einer, der den Verzweiflungsschritt auf sich nimmt. Die neun sind frei. Im zweiten Akt sind dieselben acht – einer fehlt, weil er sich selbst gerichtet hat – nach dem Regierungswechsel wieder in einer komfortableren Umgebung erneut versammelt, nunmehr zu dem Zweck, den Mörder zu finden. Der mitangeklagte Student entpuppt sich als ein geheimer Richter des neuen Systems. Der Konsul verübt in einem Entschluß radikaler Skepsis Selbstmord. Er kann die falsche Selbstbeschuldigung des Bauern nicht ertragen. Die Frage nach Kollektivvergehen und Einzelverantwortung, und damit das Problem der Schuld in der modernen Welt, exemplifiziert an einer Gesellschaft unter totalitärem Regime, bleibt offen.

Durch das ganze Drama zieht sich ein Gefühl der Unsicherheit bis hinein in das Denken. Der Zweifel beherrscht die Bühne und den Autor. Das ist verständlich. Wer wüßte in dieser komplizierten Konfliktsituation auf Anhieb eine Lösung? Der Konsul, gleichsam ein an Musil gemahnender »Mann ohne Eigenschaften«, drückt das so aus: »Überzeugungen sind mir immer wie Krankheiten vorgekommen, die durch Begeisterung übertragen werden« (S. 28). Und Sason hat ähnliches im Sinn, wenn er sagt: »Es gibt für alles Friedhöfe, auch für unsere besten Ziele ... Unsere Leiden sind das einzige, was sich nicht in Frage stellen läßt« (S. 44). Angesichts des Vorgefallenen ist diese sachliche Skepsis (es gibt auch eine unsachliche, mit sich selbst kokettierende!) durchaus angemessen: »Man kann etwas bezweifeln, auch wenn es bewiesen ist – wie man auch an etwas glauben kann, das noch keinen Beweis gefunden hat« (S. 21). Selbst die Antwort Sasons, er habe das Attentat im Namen des »Gewissens« getan, löst noch, weil zu prompt gekommen, beim Konsul Unbehagen aus (S. 39). Aber auch das »Patentgewissen«, das nach Gutdünken reagiert, kann nicht befriedigen. Schuld bleibt Schuld. Sie läßt sich weder ausrechnen noch wegargumentieren. Die Abwägung des Verhältnisses 9 : 1 überzeugt nicht. Es gibt keine »Maßeinheit für Schicksale« (S. 17; vgl. S. 31): »Schuld läßt sich nicht in Prozenten ausdrücken«, hält der Student dem Bankmann entgegen (S. 78).

Der Verantwortungskonflikt erschließt das Schuldproblem nach mehreren Seiten hin. Natürlich darf man hier nicht erwarten, daß lauter sogenannte dogmatisch einwandfreie Thesen aus einer theologischen Lehre von der Sünde geboten werden. Vielmehr werden wir sehr verschiedene Aspekte auch humanistischer und existentieller Art gewahr. Nur eines wird immer wieder deutlich: der Dichter ist leidenschaftlich an der urreformatorischen Frage nach der personalen Verantwortung des einzelnen interessiert. Hier läßt er sich nichts abmarkten. So betont Sason, freilich fast wie Sartre monologisch argumentierend: »Ich bin in meiner Lage. Und darauf allein kommt es an« (S. 18). An den klassischen Idealismus wieder erinnert derselbe Sason mit seinem Prinzip der Selbstverantwortung: »Man erträgt es leichter, andern etwas schuldig zu sein, als sich selbst etwas schuldig zu sein« (S. 30; vgl. S. 47). Entscheidend ist, daß kein Mensch seine Verantwortung abschütteln kann. Man braucht ja nur sein Gedächtnis zu befragen. »Betroffene haben ein besonderes Talent zur Erinnerung« (S. 52). Alle noch so gut gemeinten und auf ethischen Glanz frisierten Entschuldigungen helfen nichts. Die Spezialitäten der letzten 30 Jahre, der »Mörder aus Gehorsam« (S. 58) oder »Mord unter gewissen Bedingungen« zählen hier nicht. Selbst der Richter ist in seinem Amt nicht zu beneiden. Fällt es doch nicht leicht, den Schuldigen zu finden. Nicht einmal die Eigenbezichtigung führt zur Klarheit: »Wer die Schuld auf sich nimmt, muß nicht der Täter sein« (S. 84). Aber auch der Richter als Mensch mit dem besonderen Auftrag, die Schuld seines Nächsten zu ergründen und über ihn das Urteil zu sprechen, befindet sich in einem letzten ethischen Engpaß: »Niemand ist dem Verurteilten näher als sein Richter« (S. 47). Zwar ist es nicht die Angelegenheit des Richters, sich zu rechtfertigen (S. 59), aber er kann sich auch das Recht nicht nach seinem Geschmack aussuchen. Er wird zu ihm »genötigt« (S. 70). Es stimmt, was der Student in die Worte faßt: »Es ist nicht die Sache eines Richters, glücklich zu sein« (S. 78). Freilich hat er »allein die Macht«, die »Lage durch seinen Spruch zu verändern« (S. 67); er existiert nach vorn – »die Angeklagten leben in der Gegenwart; der Richter, der das Urteil bringt, ist ein Mann der Zukunft« (S. 59). Aber auch die Angeklagten haben untereinander keine Chance, mit der Schuld fertig zu werden. Eine Rechtfertigung voreinander entfällt, weil es »unter Angeklagten Ehrensache ist, einander für schuldlos zu halten« (S. 63).

Gerade in den Zeiten, in denen man die Schuldfrage gern auf die Unfreiheit unter totalitären Regimen oder auf die Außengelenktheit der Gesellschaft abschiebt, kann sich der einzelne im Verantwortungskonflikt nicht dieser seiner persönlichen Haftung entziehen. Das Gerede von der »Kollektivschuld« mit ihrem Pro und Kontra verdeckt nur das eigentliche Problem. Mit Recht wehrt sich der Student gegen die »Lauen, die sich nicht entscheiden können, eine Sache zu ihrer Sache zu machen«, nämlich »eine Schuld« (S. 57). Der Konsul meint, daß Schuldlosigkeit nur den Toten eigne. »Wer es für nötig hält, leben zu bleiben, hat keine andere Wahl als schuldig zu werden« (S. 73). Das klingt noch mehr nach Fatalismus, wenn es auch nicht so gemeint ist. Vielmehr will gerade diese Feststellung der Ausweglosigkeit auf die Unmöglichkeit einer *iustificatio humana* hinweisen: der Bankier, der vor dem Konflikt gestanden hat, entweder das Geheimkonto des Polizeichefs zu führen, oder die Konsequenzen zu ziehen, weiß: »Wenn er sich geweigert hätte«, wäre er »heute unschuldig, aber tot« (S. 73). Der Konflikt als solcher befreit nicht von dem Schuldcharakter der Schuld. Das ist Lenz' große, aber unwiderlegbare These. Sie wird von dem Studenten nachdrücklich unterstrichen. Er legt eine Konfession ab, die einen eindrucksvollen Beitrag zur Frage nach der Bewältigung der Vergangenheit darstellt: »Wir begingen ein geistiges Verbrechen, aber nur einer von uns vollzog es. So seltsam es klingt: gewisse Verbrechen müssen durch eine Stimmung begünstigt werden. Wir sorgten für diese Stimmung. Darum sind wir schuldig« (S. 69). Die Vielzahl ist kein Deckmantel für den Glaubensakt oder die sittliche Entscheidung. Der »Protest der Verbände« reicht nicht aus: »Wer sich entscheidet, zu leben als Mitwisser von Verbrechen, der kann es nur unter der Bedingung, daß er sich verantwortlich fühlt. Dies oder der Tod: das sind die einzigen Rechtfertigungen ... wer wirklich für den Menschen eintritt, der muß sich als einzelner entscheiden. Er muß protestieren oder sich opfern« (S. 82). Das gilt auch und gerade für das Ethos in der industriellen Massengesellschaft, die nicht zu Unrecht ein »Personales Zeitalter« genannt worden ist.

Der Roman *Stadtgespräch* ist praktisch ein durchgehender Monolog, den Tobias, der Sohn des Arztes Dr. Lund, führt. Tobias versucht, das wirkliche Geschehen festzuhalten und auf seine Weise zur Sprache zu bringen. Im Verlauf des Berichtes kommt es zu einem Zwiegespräch des Mediziners Lund mit dem Theologen, einem Kaplan. Lund macht sich zum Anwalt einer hohen »Untergrundsethik«: »... ich halte es für leichter, den eigenen Tod auf sich zu nehmen, als sich mit dem Tod seiner Nächsten einverstanden zu erklären und mit dieser Last weiterzuleben« (S. 123 f.). Der Theologe wendet ein: »Sie machen aus dem Widerstand eine Religion« (S. 125). Man könne nicht »im Namen aller handeln«: »... so etwas gibt es nicht. Wer das vorgibt, beansprucht Unfehlbarkeit. Er täuscht sich und die andern« (S. 126). Lund aber findet, daß eine Moral, die im Grenzfall diese Möglichkeit nicht vorsieht, »mangelhaft« sei (S. 127): »Dadurch, daß sich einer empört, zwingt er uns zumindest zum Vergleich und erinnert uns daran, daß der Zustand der Rechtlosigkeit nicht das Normale ist« (S. 127). Immer wieder bricht der Gedanke der Situationsethik, die sich des Verantwortungskonfliktes bewußt ist, durch. Daniel befindet sich in einer Ausnahmelage wie einst Raskolnikow, der eine Blutsaugerin tötet, die vom Elend anderer Leute lebt. Er kann nicht nach den Kategorien einer mittelmäßigen Ethik beurteilt werden; er geht nicht im DIN-Format der bürgerlichen Moral auf. So betrachtet, hat Dr. Lund einen richtigen, wiewohl nicht zu verabsolutierenden Akzent herausgearbeitet, wenn er sagt: »Übrigens glaube ich nicht an Wahrheiten an sich; ich glaube nur an die jeweilige Wahrheit« (S. 127). Daniel bestätigt diese Auffassung, indem er später einmal feststellt: »Grundsätze kann man sich nur leisten, wenn man bereit ist, sie zur rechten Zeit aufzugeben« (S. 175). Er lebt und handelt im Hic et Nunc; der Erzähler formuliert diese punktuelle Ethik folgendermaßen: »Die Pluspunkte der Vergangenheit befreien niemanden von der Verantwortung für eine gegenwärtige Tat. Für uns kann nur das zählen, wovon wir leben und was uns jeden Tag überprüft: die Gegenwart« (S. 75). Daniel findet seinen »Frieden« nur im Handeln (S. 140), und der Steuermann Ole Dagemann wird gelobt, nicht weil er etwas »erreicht« hat, sondern weil man von ihm sagen kann: »Zumindest hat er etwas getan« (S. 244).

Lenz versteht es, sich mit letzter Solidarität in die Konfliktsituation eines Menschen hineinzuversetzen, dem die Verantwortung nicht abgenommen werden kann. Er weiß, daß Daniel nur noch der Tod als persönliches Eigentum übrigbleibt (S. 183, 191). Gerade diese Willigkeit, die dialektische Lage eines Menschen, der Verfolger und Verfolgter, Gefangener und Wächter (S. 193) zugleich sein muß, ganz mit durchzuleiden, verleiht dem Roman eine Prägnanz der Problemstellung, die unter die Haut geht. Lenz zwingt den Leser selbst zu personaler Entscheidung. Im Lichte seines Appells gewinnt die neutestamentliche Mahnung an die Christen neue Eindringlichkeit: »Seid allezeit bereit zur Verantwortung gegen jedermann ...« (1. Petr. 3, 15). Billiger, d. h. konfliktloser ist diese Verantwortung jedenfalls nicht zu haben, als sie der Autor im Roman und im Drama zur Sprache bringt.

Der Möglichkeitskonflikt: Gleichsam das Leitmotiv für den letzten der Modellkonflikte im Werke unseres Dichters bildet die Charakterisierung, die der Erzähler des *Stadtgespräches* eben für dieses Gespräch »draußen« und »drinnen«, in der Stadt wie im Schuppen der zum Tode Verurteilten, findet: »... jeder hat doch nur seine Möglichkeit, gleichgültig, wo er sich befindet« (S. 128). In dem zweiten Bühnenwerk, *Das Gesicht*, untersucht er, wieder in einem Grenzfall des Lebens unter einer Diktatur, den Konflikt, der durch die »Möglichkeiten« des Menschen entsteht. Möglichkeit kann ja verstanden werden im Sinne von »Ich möchte gern«, aber auch im Sinne von »Ich kann wirklich«. Daß beides nicht dasselbe ist, wird am Beispielsfall des Friseurs Bruno offenkundig. Sein Gesicht ähnelt dem des Präsidenten so ungemein, daß sie beide praktisch ausgetauscht und verwechselt werden können. Nicht einmal die nikotingefärbten Zähne des Barbiers ändern etwas daran. Bruno, der der Widerstandsbewegung nahesteht, wird vom Machthaber des Staates zu seiner Vertretung bei einer Parade ausersehen. Obwohl Attentatsgefahr vorliegt und Bruno in einer ungewohnten Atmosphäre auftreten muß, besteht er die Probe so glänzend, daß der Präsident beschließt, seine eigene Erschießung vorzutäuschen, um sich den »Stellvertreter« endgültig zu sichern. Im Machtrausch erläßt Bruno irrsinnige Verordnungen wie die Einsetzung von Laienrichtern, durch die praktisch »einer des anderen Wolf« wird (S. 62), bis er, bei den Grenzen seiner Möglichkeit angelangt – die Gleichheit des Gesichts reicht nicht aus, die Person selbst entscheidet –, scheitert und der Präsident wieder seine Terrorherrschaft übernimmt bzw. fortsetzt. Selbst Brunos Frau wird das Opfer dieses Möglichkeitskonflikts. Er verliert Hanna – die innerehelichen Konflikte bilden fast so etwas wie eine Nebenhandlung, die Stoff für ein späteres anderes Stück bieten könnte – und die Freunde.

Man mag das *Gesicht* für zu kompliziert oder zu konstruiert halten und die Bühnenwirksamkeit der *Zeit der Schuldlosen* vorziehen, niemand wird es bestreiten, daß Lenz in diesem Stück ein Zentralthema unserer Zeit anschneidet, das uns als Rollenkonflikt in der modernen Gesellschaft, als Identitätskonflikt in der zeitgenössischen Literatur (Frisch!) oder als Persönlichkeitskonflikt in Erziehung, Psychotherapie und Seelsorge bekannt ist. Von diesem Ansatz aus betrachtet, geht es im *Gesicht* um das Menschsein des Menschen überhaupt: Fragen wie die: Wie bekomme, wie wahre, wie verstelle, wie verliere ich mein Gesicht?, werden hier in peinlicher Realistik aufgehellt. *Das Gesicht* ist schonungsloses Beispiel, im Sinne von Bert Brecht.

Der Friseur Bruno hat von Berufs wegen mit dem Gesicht zu tun. Er arbeitet vor dem Spiegel, und zwar mit handwerklicher Maßarbeit. Das ist »anstrengend«, erfüllt ihn aber mit Freude. Sein innerer Wert ist so etwas wie sachliche Bescheidenheit: »Je kleiner man uns macht, desto dauerhafter werden wir. Und bleiben sauber dabei. Am haltbarsten, denke ich, sind die Kiesel«

(S. 10). Freilich kann auch bei ihm der Sinn für das Kleine kleinlich werden. Der Drang in das Große wirkt zuweilen gerade kleinkariert, und das, was man über Brunos kleinen Ehealltag erfährt, spricht auch nicht nur für ihn: Hanna wirft ihm einen »Eidechsenblick« vor; er blicke gespalten und verändere sich unter dem Licht. Gewiß, auch Hanna ist nicht der Inbegriff der idealen Frau; sie war eine Zeitlang die Geliebte von Brunos Freund Josef, versteht ihre Ehe mit Bruno als eine Art windgeschützten »Wartesaal« (S. 10). Früher hat sie nur die Vokabeln »ich, vielleicht, prima« gekannt. Später entdeckt sie, daß sie ihren Mann sehen wollte, »wie sie ihn brauchte«. Bruno dagegen hält rührend an ihr fest, bis zum Schluß. Aber, wie gesagt, auch er spielt nicht immer die Rolle eines »idealen« Mannes. So gibt er indirekt zu, daß er nicht dauernd »nein« sagen kann – nämlich zum »System«, sondern zum Schluß auch daran denken muß, daß man der »Ernährer« ist und sich zurückzuhalten hat. Mit anderen Worten: er ist brav *und* doch recht menschlich zugleich.

Der Präsident selbst wird als der Inbegriff eines Emporkömmlings – ehemaliger Feldwebel! – geschildert, der, auf dem Gipfel der Macht angelangt, nun auch gelassen die Etüden der Macht zu spielen versteht, im Kampf mit dem Vorgänger, dem Sohn und dem ganzen Volk. Er liebt die Mineralien. Sein Lieblingsstein ist der Chrysoberyll (S. 30). In der Rolle des Präsidenten spricht Bruno diesen Jargon: Da ist von »Pflichtverbrechen« die Rede und von der Auffassung: »Wer regiert, braucht Schuldige«. Kaltlächelnd fahndet der Präsident am Schluß des Stückes nach einer neuen Ersatzfigur, einem Orthopäden, der »ihm von Tag zu Tag ähnlicher werden soll« (S. 89).

Brunos, des kleinen Friseurs, Problem ist: »Mit seinem Gesicht muß man leben, das hat man immer bei sich. Das kann man nicht umtauschen. Ich sag mir nur: auf das Gesicht allein kommt es nicht an« (S. 11). Das bemerkt der Mann, der im Laden das Bild des Präsidenten hängen hat, das in Wirklichkeit sein eigenes Konterfei darstellt. Er kennt aus persönlicher Erfahrung sehr wohl den Zwiespalt zwischen Gesicht und Gespräch: »Was besagt schon ein Gesicht, mein Gott. – Wie oft triffst du einen Napoleon, und wenn du mit ihm ins Gespräch kommst, ist er Koch auf einem Frachtdampfer« (S. 11). Im äußersten Konflikt mit der Möglichkeit erklärt Bruno freilich: »Wenn die Verhältnisse so sind, daß ich mich ändern muß: bitte, dann ändere ich mich. Bruno muß nicht Bruno bleiben« (S. 61). Letzten Endes kann er aber seine frühere Erklärung nicht zurücknehmen: »Jeder kann nur das bleiben, was er ist. Und wenn wir uns ändern, dann nur um nicht verändert zu werden.«

Drei Begriffe gilt es voneinander zu unterscheiden: Möglichkeit, Gelegenheit und Wirklichkeit. Nur so werden Chance und Gefahr des Gesichtes deutlich. Von allein kennt der Mensch weder seine Möglichkeiten noch sich selbst. Dazu bedarf er einer besonderen Situation als Test-Case! Deshalb bemerkt der Präsident: »Niemand, Herr Deutz, ist seiner selbst sicher – solange er keine Gelegenheit hatte, seine Möglichkeiten zu erproben. Man sagt bei uns: Gelegenheit macht Diebe. Mein Freund, Gelegenheit macht alles, sogar Präsidenten« (S. 35). Man weiß in der Tat nicht, »wer in uns drinsteckt«. Es könnte ein Polizist oder auch ein Anarchist sein. Deshalb ist ein Mann nur dann zu fürchten, »wenn er uns zeigen will, wer wir sind«, er sei Erzieher, Arzt, Seelsorger oder auch, wie im vorliegenden Falle: der Präsident, der Bruno Deutz eine »Opportunity« gewährt. Führt doch die Gelegenheit ihr Opfer in eine tödliche Verlegenheit: »Jeder lebt in seiner Falle, Oppermann. Schließlich kommt es doch darauf an, wer die Beute einsammelt« (S. 69), sagt der Präsident zu seinem zweifelnden Sekretär.

Die letzte Szene zeigt, wie sehr der Präsident recht hat. Bruno hat zwar von seiner Möglichkeit »den erhofften Gebrauch gemacht«, aber er durfte eben »nur sein Gesicht hinhalten«. Im übersteigerten Selbstbewußtsein hat Bruno gerade noch gefordert, »daß nichts mehr unmöglich ist«. Wenn einer des anderen Polizist wird, so wie sich der kleine Friseur das denkt, so gibt das vielleicht einen »unerwarteten Geschmack an der Welt«, doch die Voraussetzung dieser Konzeption stimmt nicht. Brunos Prämisse lautet: »Die Grenze zwischen dem Möglichen und Unmöglichen. Sie muß geändert werden ...«. Jedermann soll das Recht bekommen, sich bei Besitzenden nach der Herkunft des Besitzes zu erkundigen. Die sozialkritische Tendenz dieser illusionären Maßnahme des Scheinpräsidenten läßt die Wirklichkeit nur um so tragischer in Erscheinung treten. In Bruno hat der Mensch eine Gelegenheit bekommen, seine Möglichkeiten aufs Spiel zu setzen, sich selbst zu bewähren. Er scheitert und erkennt, wer er in Wirklichkeit ist. Wer sich selbst wagt, muß sehen, was ist: »Es besteht«, so wendet der Präsident ein, »ein Unterschied, wofür man sich selbst hält, und wofür einen die anderen halten.« Bruno hat ungewollt »sich selbst zum Vorschein gebracht«.

In einer Zeit, in der sich die Wissenschaften, einschließlich der Theologie, um eine neue Anthropologie bemühen, sollte der Beitrag zum Menschenbild der modernen Dichtung, wie ihn Siegfried Lenz geliefert hat, nicht übersehen werden. Die alte biblische Frage »Was ist der Mensch?« (Ps. 8, 5) erfährt durch das Drama *Das Gesicht* eine höchst bedenkenswerte Nuancierung. Maßstab für die Beantwortung könnte nicht zuletzt der Gedanke sein, den der Konsul in *Zeit der Schuldlosen* in die folgenden Worte faßt: »Man sollte die Menschen nicht danach beurteilen, was ihnen möglich ist, sondern danach, was ihnen unmöglich ist. Dann erst erhält man ein zutreffendes Bild« (S. 33).

Die verschiedenen Modelle des Konflikts, die wir an unserem geistigen Auge vorüberziehen ließen, zeigen, daß Siegfried Lenz vor allem ein Problem hat, das er nicht müde wird, immer wieder neu zu entdecken, die Frage der Schuld. Sie läßt ihn nicht los, und die Konflikte, die er für seine literarischen Arbeiten auswählt, sind alle mehr oder weniger wirkliche Schuldkonflikte. Schon in den *Habichten* heißt es: »Jeder läuft mit der unsichtbaren Schlinge der Schuld am Halse, den Berg hinauf und hinunter. Jeder wird in der Sackgasse der Schuld geboren. Vor dem einzigen Ausgang, der ins Leben führt, steht eine riesige Mausefalle und lockt den Neuling mit einem Würfelchen Speck« (S. 229). Grübelt der »Neuling« Lenz in seinen ersten dichterischen Versuchen noch mehr über die völlige Ausweglosigkeit in den Konflikten der Existenz, so sinnt er später tiefer über die Möglichkeiten einer Überwindung nach.

Anmerkungen

1 H. Thielicke, *Theologische Ethik*, II, 1, S. 202.
2 Karl Jaspers, *Von der Wahrheit*, 1947, S. 879.
3 A. a. O., S. 210 ff.
4 K. Roehler, *Neue Deutsche Hefte*, 7 (1960/1961), 79, S. 1034.

Hans Werner Weber

Väter und Kinder

Das Verhältnis zwischen Vätern und Kindern in den Werken vor *Deutschstunde* erhält bei Lenz ein Gewicht, das es schon aus dem Bereich der »Familiensituationen« heraushebt. In der Behandlung der Generationsbeziehungen finden wir Lenz' Stellungnahme zur Zeit und den deutlichsten Ausdruck seiner ambivalenten Beziehung zur eigenen Geschichte. Zu dem »normalen«, biologisch und gesellschaftlich bedingten Generationsunterschied treten ja für die Altersgruppe von Lenz spezifische Faktoren, die diesen Unterschied teils verschärfen, teils überbrücken. Im Werk stehen neben krasser Ablehnung der Älteren immer erneute Ansätze zur Überwindung der Kluft zwischen den beiden Generationen. Diese Bemühungen schlagen sich in der »Vatersuche« nieder, die sowohl als Darstellung und Verurteilung negativer Vatergestalten wie auch in der Schaffung von Vorbildern (oder Wunschbildern) und vorbildlichen Beziehungen ihren Ausdruck findet.

Die chronologisch fortschreitende Untersuchung des Themas zeigt, wie Lenz schon 1953 in seinem zweiten Roman *Duell mit dem Schatten* die Auseinandersetzung aufnimmt, und wie er sie mit wechselnden Stellungnahmen in anderen Werken fortführt. *Duell mit dem Schatten* behandelt zwar in erster Linie die Auseinandersetzung eines deutschen Offiziers aus dem Zweiten Weltkrieg mit seiner eigenen Vergangenheit, die ihn verfolgt und der er in Libyen auf die Spur kommen möchte. Diese Auseinandersetzung erfolgt aber in Gegenwart seiner Tochter Biggi (sie übernimmt die Rolle des »Zeugen«, die bei Lenz so große Bedeutung hat) und ist teilweise der Versuch einer Rechtfertigung vor ihr. Biggi entwickelt sich im Lauf der Handlung immer stärker zur Anklägerin ihres Vaters, nachdem sie anfänglich ganz die gehorsame und anhängliche Tochter war. Biggi hat während des Krieges schon gelebt, war aber zu jung, um in irgendeiner Weise daran teilzunehmen[1]. Die Mutter wird im ganzen Roman nicht erwähnt. Das Verhältnis von Vater zu Tochter ist sehr eng, ein Kampf um die Herrschaft über den anderen. Am stärksten vielleicht kommt dies zum Ausdruck, nachdem Biggi vom Vater in einer verfänglichen Situation mit Alaric, dem jungen Engländer, angetroffen wurde. Der Vater nimmt an, sie sei verführt worden, und überfällt die Tochter mit einem Haßausbruch; sie selbst versucht, ihm ihre lauteren Motive zu erklären:

> Flieg fort, du Irrlicht, laß dich von dem Engländer auf der Luftmatratze verbrennen. Geh doch, du Flimmerlicht, dein Zögern ist ein Fegefeuer für mich; hetz nicht mein Herz zu Tode.
> – Vater, rief Biggi verzweifelt, Vater, du redest irre. Du hast wieder Fieber.
> – Die Wahrheit kann man nur im Fieber sagen. Geh jetzt, ich höre schon den Zelthengst wiehern. Er tritt das Gras herunter, er zerbricht den Spiegel.
> – Vater, wir waren die ganze Zeit unterwegs, um dich zu suchen ...
> – Schweig, sagte er mühsam, verteidige nicht das Laster und die Gemeinheit. Der offizielle Naturinstinkt hat sich bei dir zu früh gemeldet ... Sonst erdrücktest du mich mit deiner Besorgnis, sonst hast du mich in eine Knechtschaft des Dankes zu zwingen verstanden, aber als ich fort war, ... da hast du wohl aufgeatmet, wie? ... Ich kenne dich, weil ich mich kenne ... Ich hasse dich, du, geh!
> – Ich lasse dich nicht allein, Vater, sagte Biggi. Sie begann zu weinen (S. 160).

Das »Duell« des Titels bezieht sich in erster Linie auf die Auseinandersetzung des Obersten mit seinem eigenen »Schatten«, auf die Auseinandersetzung mit seiner Vergangenheit. So scheint es Leonhardt zu sehen: »Verfolger und Flüchtender sind identisch.« Lennartz spricht von der »tödlichen Bilanz«, zu der der Oberst getrieben wird. K. G. Just sagt von dem Helden: »Er sagt dem ›Schatten‹ der Vergangenheit den Kampf an, verliert aber diesen Kampf, dieses ›Duell‹.« Just läßt aber durchblicken, daß er die Mehrdeutigkeit des Titels erkennt. Er erklärt die Versuche des Obersten, seine Tochter »seelisch zu vergewaltigen«, mit den Worten: »der von der Vergangenheit Geschlagene und Zerstörte will sich an der lebendigen Gegenwart rächen, ohne daß es ihm jedoch gelingt«. In der Tat wird das Duell zwischen Vater und Tochter intensiver dargestellt als der Kampf des Obersten mit seiner Schuld. Und in der übertragenen Bedeutung dieser Auseinandersetzung zeigt sich erst recht, wieviel Gewicht Lenz dem Kampf zwischen den Generationen beimißt. Der Oberst, indirekt schuldig am Tod des englischen Piloten, der sich gefangen geben wollte, wie am Tod seines deutschen Fahrers, verkörpert alle negativen Aspekte der deutschen Väter-Generation, die das Land in den Zweiten Weltkrieg führte. Die Tochter, die schließlich mit den zwei jungen Engländern und dem zum Neuanfang bereiten polnischen Einsiedler eine bessere Zukunft in Europa sucht, steht symbolisch für die Nachkriegsgeneration[2].

Die Lösung der Tochter von der Herrschaft ihres Vaters erfordert zuerst die schmerzhafte Desillusionierung über seinen wahren Charakter und die Erkenntnis seiner Schuld[3]. Als das geschehen ist, tritt sie dem Vater entschlossen entgegen. »Das plötzliche Glück des Selbstvertrauens, das Gefühl, sich von diesem Mann endgültig befreit zu haben, machten sie mutig« (S. 240 f.). Diese offene Rebellion hatte der Vater nicht erwartet; sie durchbricht seine »kalte Fassade der Arroganz«. Biggi verkündet ihm: »Ich habe dich durchschaut ... Ich verachte dich so sehr, daß ich es nicht mehr aushalte bei dir« (S. 241). Sie weiß nun: »Du mußt dich vor mir rechtfertigen. Aber ... du bist zu hochmütig und zu feige dazu!« (S. 242 f.). Und als der Vater »kläglich, fast flehend« auf ihre Anschuldigungen reagiert, reißt sie ihn von seinem Lager hoch und setzt ihn gegen die Wand: »Setz dich gefälligst hin, du liegst immer so da, als ob die Welt dich nichts anginge, und dabei hast du ihr wer weiß was getan!« (S. 243). Hier ist eine der Stellen, wo die Anklage sich offensichtlich gegen den »allegorischen« Vater richtet, gegen jene Deutschen also, die nach dem verlorenen Kriege nicht imstande waren, Rechenschaft abzulegen, die vielmehr ihre Notlage und Schwäche beklagten und bei der Welt Mitleid suchten, während sie schon, wie der Vater hier, im Begriff waren, aus ihrer Schwäche eine Waffe gegen ihre Ankläger zu machen[4]. Wenn kurz nach der zitierten Szene Biggi erklärt, sie vertraue dem Engländer Alaric mehr als dem Vater, so liegt darin auch ein politisches Vertrauenszeugnis des Autors.

Gerade die künstlerischen Schwächen des Romans, besonders die unzulängliche Integration der Ideen in Metaphern und Handlungen, machen *Duell* geeignet, die moralischen und politischen Überzeugungen des jungen Siegfried Lenz zu erkennen. Hinter der Fabel des Romans verbirgt sich sein Streben, die Geister der deutschen Vergangenheit zu bannen und zu einem neuen Anfang beizutragen, der auf individueller Freiheit, auf Ehrlichkeit mit sich selbst und anderen und auf menschlichem Mitgefühl beruht[5].

Nirgends sonst im Werk ist die Abrechnung mit einem Vertreter der jüngsten Vergangenheit so kraß durchgeführt wie im *Duell*[6]. In *Schwierige Trauer*, einer Erzählung, die noch zu behandeln ist, findet allerdings eine absolute, mitleidslose Verurteilung des Vaters statt. Dieser tritt aber dort als Person nicht auf, sondern wird nur in der Grabrede des Sohnes geschildert. Das Mitleid wird im *Duell* noch spürbar und ist durch die Wahl einer Vater-Tochter-Beziehung als tragendes Element der Handlung besonders stark motiviert. Biggi empfindet auch nach den bitteren Streitgesprächen noch »das Bedürfnis, sich in seine Arme zu stürzen und ›Vater, vergib‹ zu sagen« (S. 263). Nur das Bewußtsein, »daß der Oberst wieder der alte werden würde, sobald sie nachgab« (ebd.), hält sie zurück (nur *ein* anderes unter den späteren Werken zeigt ein ähnlich angespanntes, kritisches Verhältnis zwischen Vater und Tochter, und zwar *Vorgeschichte* aus dem Jahre 1961: dort erhängt sich der Vater am Tage der Hochzeit der Tochter, weil er den Schwiegersohn nicht akzeptieren kann)[7].

Nach der Entladung angestauter Gefühle im *Duell* fällt in den späteren Werken auf, daß zwischen den Generationen eher Mitleid oder gegenseitiges Verständnis herrscht – auch wenn das Verständnis, wie vor allem im *Feuerschiff*, erst durch Geduld und Opfer geschaffen werden muß. Unter den Geschichten in *Jäger des Spotts* zum Beispiel zeigen *Das Wrack* und *Die Festung* ein Einverständnis, das an Hemingways »Old Man« Santiago und den Jungen Manolin erinnert[8]. Während dort vom Blickpunkt Santiagos aus erzählt wird, ist bei Lenz *Die Festung* eine Ich-Erzählung des Sohnes, und *Das Wrack* gibt dem Standpunkt des Jungen genug Raum, um seine schweigsame Beobachter- und Helferrolle als Gegenstück zu der mühsamen und fruchtlosen Tätigkeit des Vaters spürbar zu machen. In beiden Fällen sind die Söhne Zeugen einer Niederlage des Vaters. Im *Wrack* scheint der Sohn nach anfänglichem Optimismus skeptisch. Sein siebenmal geäußertes »Ja, Vater« drückt verschiedene Emotionen aus, nie aber ist es eine verhüllte Verurteilung des Vaters[9]. Der Sohn teilt vielmehr mit ihm am Ende die Erschöpfung der Niederlage: »Sie saßen einander gegenüber, sie saßen reglos unter der sengenden Sonne, und die Strömung erfaßte das Boot und trieb es lautlos gegen die Halbinsel« (*J.*, S. 55).

Die Weiterentwicklung dieser Geschichte im Roman *Der Mann im Strom* (1957) baut das Motiv des verständnisvollen Sohnes weiter aus. In diesem Taucherroman hat Hinrichs eine ältere Tochter und einen Sohn Timm, der wohl nicht viel älter als zehn Jahre ist. Sein Verhältnis zum Vater bleibt den Roman hindurch konstant. Er zeigt Mitgefühl und Takt, als er seinen Vater beim Fälschen der Papiere beobachtet und ihm wider besseres Wissen versichert: »Sie werden es nicht merken, Vater« (S. 17). Das »Komplizentum« (ebd.), das von diesem gemeinsamen Geheimnis herrührt, hält bis zum Ende an. Bei der zweiten Fälschung, die Hinrichs vornehmen muß, um die erste zu decken, ist der Junge wieder wach. Der Vater erklärt ihm die Gründe, und Timm schaut mit großen Augen zu, bis er plötzlich aufsteht und in einer Mischung von kindlicher Liebe und Mitleid den Vater umarmt, den »Mann mit magerem Nacken und dünnem Haar und rissigen Händen« (S. 83). Am Schluß des Romans, als der Vater wegen dieser Fälschungen die Stellung verloren hat, die er als Tauchermeister so erfolgreich ausgefüllt hatte, empfängt ihn der Sohn an der Elbfähre. Er weiß offensichtlich noch nichts. Hier ist es an dem Vater, das ausdrucksreiche »Ja« mehrmals zu wiederholen, wie es im *Wrack* der Sohn gebrauchte:

> »Ich habe auf dich gewartet, Vater«, sagte Timm. »Ja, Junge«, sagte der Mann. »Ich möchte dich immer abholen, Vater.« »Ja, mein Junge«, sagte der Mann, »ja.« Und sie nahmen sich sehr fest bei der Hand und gingen schweigend den Sandhügel hinauf (S. 236).

Zwar wird hier also noch nicht ausgesprochen, was Hinrichs dem Sohn nun zu sagen hat; doch ist die Grundlage ihres gegenseitigen Vertrauens durch äußere Geschehnisse nicht zu erschüttern. Die Vater-Sohn-Handlung ist hier recht formelhaft behandelt. Es ist aber bedeutsam, daß Lenz solch ein enges Generationsverhältnis schildert und glaubwürdig durchführt.

Verwandte Motive in knapperer Ausführung zeigt *Die Festung*. Hier zerstört der Vater in hilfloser Wut gegen einen Räumungsbefehl für sein mühsam bestelltes Bauernland die Sandfestung seines Jungen, da sie nicht stark genug sei. Nachdem die Erwachsenen dann begonnen haben, den ganzen Hof in eine Festung zu verwandeln, folgt der Sohn in seinem Bereich diesem Beispiel. Daß er sich damit nur der Illusion anschließt, sie könnten zu dritt gegen die Staatsgewalt etwas ausrichten, gehört zur Ironie der Erzählung. Es betont aber gerade sein unbedingtes Vertrauen zu dem Vater.

Ein Sonderfall, der nähere Betrachtung verdient, ist die Titelgeschichte des Bandes *Jäger des Spotts*. Sie unterscheidet sich von den anderen hier besprochenen Erzählungen durch ihr exotisches Milieu und behandelt das Thema in der Form einer Parabel (außer *Vorgeschichte* spielen sonst alle Ausformungen des Generationsproblems unter Deutschen). Zudem ist sie die einzige »Ein-Mann-Erzählung« im ganzen Werk: wenn in *Schwierige Trauer* oder *Ball der Wohltäter* nur eine Person spricht, so entwirft sie ein Bild anderer Menschen; der Jäger Atoq dagegen ist allein, selbst am Schluß, da er durch das Spalier der Dorfbewohner zurückkehrt – diese sind nur als anonyme Menge dargestellt. Was geschieht in dieser Geschichte?

Atoq, der Sohn des verstorbenen »großen Jägers«, will sich beweisen, daß er es seinem Vater gleichtun kann; und er will den »tödlichen Spott« tilgen, mit dem ihn die Dorfgemeinschaft wegen seiner vielen Mißerfolge überhäuft hat[10]. Er zieht heimlich aus und denkt dabei an erfolgreiche Jagden seines Vaters. Dessen halbverfallene Jagdhütte erreicht er schließlich und richtet sie notdürftig als Quartier her. Das Gerüst aus Walrippen »in fast vollkommenem Kreis«, das von der Hütte noch steht, ist ein »letztes Zeichen des großen Jägers« (*J.*, S. 146). Dann treibt es Atoq hinaus; er findet eine Gruppe von Moschusochsen. Bei ihrem Angriff nach einem Fehlschuß bricht er in ein Hohnlachen aus: es ist »das einsame Lachen des großen Jägers« (*J.*, S. 149), seines Vaters – Ausdruck einer beginnenden Selbstsicherheit. In schwierigem Zweikampf erlegt er endlich den Bullen und erkennt ihn nun als den legendenumwobenen Agdliartortoq, den »ständig Wachsenden«

(*J.*, S. 153); »er hatte selbst Atoqs Vater in Verlegenheit gebracht, den großen Jäger« (ebd.). In langwieriger, schwerer Arbeit birgt Atoq das Fleisch und als Zeichen seines Kampfes »die mächtigen spitzen Hörner des Bullen und die wertlose Flinte« (ebd.).

Am Ende des zweiten Drittels der Erzählung ist Atoq somit am Höhepunkt: Erinnerung, Erfolg und Erwartung fallen in eins zusammen. Er hat sich vor dem Bild des Vaters bewährt, er besitzt Fleisch und Trophäe, und bei seiner Rückkehr wird er den Spott der Dorfbewohner nicht mehr hören. Wie in Hemingways *Old Man and the Sea*, dem Lenz hier huldigt[11], gibt es aber kein Happy End. Eine Gruppe von Eisbären schleppt das unzureichend gesicherte Fleisch in der Nacht davon, seine Gegenwehr ist nutzlos, am Eingang der Hütte bricht er besiegt zusammen. Doch nach dem Erwachen nimmt er sein Unglück schweigend und mit Würde auf sich. Schweigend, aber ohne Furcht, fährt er durch das Spalier der wartenden Dorfleute – »und die ihn empfingen ... sprachen nicht, sie schwiegen« (*J.*, S. 160).

Der Vergleich mit Hemingways *Old Man and the Sea* zeigt aufschlußreiche Unterschiede. Hemingways Held Santiago ist ein älterer Mann, der dem Jungen Manolin gegenüber eine Vaterrolle spielt; Lenz konzentriert sich auf die Auseinandersetzung des Sohnes – zuerst mit dem überwältigenden Vorbild des Vaters, dann mit sich selbst. Im ersten Teil der Erzählung wird dementsprechend der Vater fünfzehnmal erwähnt – und im letzten Drittel überhaupt nicht mehr. Man kann schon daran die Lösung Atoqs von der Vaterbindung ablesen. Sein Sieg gehört, genaugenommen, noch zum Stadium der Unreife: der Triumph über den Gegner, über die schlechte Meinung der Gesellschaft und über die Vatergestalt ist ein Sieg »nach außen«, er korrigiert das Urteil der anderen. Entscheidend für Atoq selbst wird erst die zweite Stufe, das Bestehen des Verlusts, der als Katastrophe über den vom »Glücksgefühl der Erschöpfung« (*J.*, S. 154) erfüllten Sieger hereinbricht. Damit wird er sich seines Eigenwerts als Person erst recht bewußt. Er macht seine eigene Erfahrung durch, eine Erfahrung, die mit keiner seines Vaters vergleichbar ist. Als siegender Jäger war er noch Nachfolger und Nachahmer des Vaters; als Verlierer wird er zum Helden, und das in einem tieferen Sinn als sein Vater.

Man darf wohl interpretierend sagen, daß Lenz hier Anschauungen und Urteil seiner Generation über das Heldentum ausdrückt. Heroismus liegt für die Söhne einer von militärischen und nationalen Ruhmesvorstellungen irregeleiteten Generation nicht in der kämpferischen Tat, sondern im Aushalten und in der Selbstüberwindung. Die Wurzeln der Kraft, die solches Heldentum ermöglicht, liegen auch nicht außerhalb der Persönlichkeit, sei es in der Metaphysik, in Ideologien oder in Forderungen einer Gemeinschaft, sondern allein in dem auf sich selbst gestellten einzelnen. In *Jäger des Spotts* wird das Vorbild des Vaters überwunden, eines Vaters, welcher symbolisch der deutschen Vätergeneration entspricht; aber es wird nicht radikal verworfen. Es scheint jedoch, als ob es Lenz nicht recht gelingen wollte, unter den »Söhnen« befriedigende Muster zu finden oder zu schaffen, die seine Ideen kraftvoll vertreten könnten. In den späteren Werken, Ende der fünfziger Jahre und danach, versucht er in immer neuen Ansätzen, in der älteren Generation vorbildliche Gestalten zu entwerfen, den *Vater* zum Muster der neuen Tugenden zu machen. Die Suche nach einem Vaterbild setzt sich fort bis zur Adoption des »Turnvaters« Lunz durch Bert Buchner in *Brot und Spiele* (1959) und bis zum *Feuerschiff* von 1960; es erhält in der *Deutschstunde* eine neue, verschärfte Ausformung. Sie mag einer der Gründe sein, warum sich Lenz, wie Ahl[12] und Reich-Ranicki (unten, S. 223) zum Beispiel bemerken, so häufig mit den Problemen alternder Männer befaßt. Die Suche erinnert an die des Stephen Daedalus im *Ulysses* von Joyce und mag davon beeinflußt sein, unterscheidet sich davon aber – unter anderem – durch die offen oder versteckt vorhandenen Bezüge auf den Kontrast zwischen Vor- und Nachkriegsgeneration des Zweiten Weltkrieges, auf die moralischen und politischen Probleme der heutigen Zeit. Es erscheint darin besonders deutlich der Gegensatz zu der radikalen Ablehnung der Väter, wie sie für die Werke der Expressionisten typisch ist. Lenz versucht, Brücken zu schlagen – nicht zu den Ideen und Idealen der Vergangenheit, nicht zur Geschichtstradition, wohl aber zu menschlichen Vorbildern, an denen eine unsichere, zwischen Haltlosigkeit und Hoffnung schwankende Jugend Halt finden könnte.

Damit wenden wir uns dem Roman *Brot und Spiele* zu. Bert Buchner, der Held, ist ein Einzelgänger, der im Laufe seines Lebens alle menschlichen Bindungen von sich weist – mit einer Ausnahme. Zu den Mitgliedern des Hafensportvereins, bei dem Buchners Karriere beginnt, gehört »Turnvater« Lunz: »Ein Alter mit klugem Mausgesicht« (S. 44). Er arbeitet an einem Buch über den Marathonlauf, seine Bedeutung und Geschichte, stirbt aber, bevor er es abschließen kann, und verschwindet damit aus dem Blickfeld des Lesers, bevor die Mitte des Romans erreicht ist[13].

Lunz ist aus zwei Gründen für Bert und für den Roman wichtig. Erstens gibt er, mit seinem Studium der Geschichte des Laufs, als einziger den Geschehnissen eine zeitliche Tiefendimension und eine philosophische Fundierung. Die Idee des Laufs »vom Tod (*der Schlacht*) weg zum Tod (*des Läufers*) hin« (S. 82 f.) fasziniert Buchner in ihren verschiedenen Konsequenzen; die Vorstellung vom Lauf als Kriegsübung (S. 47), vom Sieg ohne kriegerische Mittel, und die Verbindung mit einer jahrtausendealten Tradition sprechen den von Ehrgeiz und dem Durst nach Selbstbestätigung gehetzten Mann tief an. Daß Lunz »Turnvater« genannt wird, mit Bezug auf F. L. Jahn, ist nicht nur Ausdruck milieuechten Sportler-Jargons, sondern dient auch dazu, die Kontinuität der von Lunz gepflegten Tradition zu betonen. Lehnert erkennt sehr feinfühlig, wie später die Verfilmung des Marathonlaufs mit Buchner als »Star« ein Ausdruck des Verfalls ist, der Dekadenz nicht nur der Gesellschaft, sondern in der moralischen Entwicklung des Helden selbst[14]; zu Lebzeiten von Lunz wäre Bert kaum dazu imstande gewesen.

Denn es liegt nahe – und hiermit kommen wir zum zweiten Grund für die Lunz-Episode –, in diesem älteren Mann eine Vatergestalt für Buchner zu sehen, der als Waise ohne irgendwelche Angehörige nach Hamburg gekommen ist[15]. Lunz ist sein Erzieher, er erkennt Berts Potential: »›Groß war der Sieg, wer bringt ihn nach Athen?‹ Ja, Turnvater Lunz wußte als erster, wer den Sieg bringen würde« (S. 46). Und noch nach seinem Tode, durch den Tod, ist er Ansporn für Bert: »Du kannst uns nicht enttäuschen, und am wenigsten Turnvater Lunz«, sagt ihm der Reporter vor dem Meisterschaftslauf (S. 105). Ansporn ist Lunz aber auch in einem negativen Sinn. Am Totenbett ist Bert dabei – so meint sein Freund, der Reporter –, »den Grund des schäbigen, aber vergnügten Lebens zu suchen, das Lunz nun hinter sich hatte« (S.

104). Die Lehre jedoch, die Buchner aus seiner Meditation zieht, legt den Keim für seinen Niedergang: »Wenn du erst so weit bist, ... dann ist es für alles zu spät ... Man muß sehen, daß man seine Schecks vorher einlöst ... Nicht so wie er, niemals« (S. 104 f.). Während der kurzen Zeit ihrer Bekanntschaft aber hat Bert wie ein Sohn für den Alten gesorgt: »Ich wußte, daß er alles, oder doch fast alles, was sie ihm für seinen Hausmeisterjob zahlten, für Turnvater Lunz ausgab ... und ich dachte damals ..., daß ihn nichts mehr interessierte als der alte Lunz und das Laufen« (S. 85). Bert füttert ihn während seiner Krankheit wie ein Kind und hält ihm die Wohnung in Ordnung. Lunz' letzte Worte klingen wie eine Mahnung und das Vermächtnis eines Vaters für den Sohn: »Paßt auf ihn auf, gebt acht auf ihn, damit er nichts anderes wird als ein Läufer« (S. 84).

So schließt sich diese Episode der Reihe von Vater-Sohn-Beziehungen an, in denen der Ältere als Vorbild dient, obwohl er in seiner äußeren Erscheinung (Hinrichs, Lunz, Freytag) oder seinen Handlungen (Hinrichs, Freytag) keineswegs einem Idealtyp entspricht. Die Suche des Sohnes nach dem Vater wird in *Brot und Spiele* gerade dadurch besonders deutlich, daß die zwei Männer nicht blutsmäßig verwandt sind; der Verlust des Vaters wirkt sich negativ aus[16].

Anders ist die Situation im *Feuerschiff*, wo der Kapitän Freytag seinen erwachsenen Sohn mit auf sein Schiff bringt[17]. Das Verhältnis zwischen ihnen ist seit langem gespannt.

> Fred ... musterte den Alten mit einem gehetzten, feindseligen Blick aus den Augenwinkeln ... und wartete in einer Haltung schweigsamer Feindseligkeit: nie, solange er denken konnte, hatte er anders neben seinem Alten gestanden ... Seitdem er erfahren hatte, was damals unten in der Levante geschehen war ..., war er fertig mit ihm, ohne daß sie je darüber gesprochen hätten ... (*F.*, S. 11).

Dieses ziemlich gekürzte Zitat bezeichnet die Lage, wie sie bis gegen das Ende bleibt – jedenfalls auf seiten des jungen Mannes, der von der Feigheit des Vaters überzeugt ist. Freytag dagegen arbeitet geduldig darauf hin, den Sohn allmählich zur Einsicht zu bringen. Er führt ihn durch sein Schiff, erklärt ihm die Aufgaben der Besatzung und zieht ihn selbst mit zu Arbeiten heran. Fred ist es dann auch, der das treibende Boot mit den Verbrechern entdeckt, und der Vater macht ihm Komplimente: »... du hast sie ausgemacht, und jetzt sollst du dabei sein, wenn sie reinkommen« (*F.*, S. 18). Als die drei Gangster dann an Bord sind, sieht Fred seine Meinung bestätigt: der Vater hindert die Besatzung an der Anwendung von Gewalt, er scheint sich völlig dem Willen der Eindringlinge zu unterwerfen.

Das *Feuerschiff* wird von Just, Reich-Ranicki und auch von Lenz selbst von dem Konflikt her interpretiert, in dem sich Anarchie und Ordnung gegenüberstehen, Gewaltlosigkeit und rücksichtslose Anwendung von Gewalt, wobei Freytag und Caspary die opponierenden Prinzipien vertreten. Das trifft weitgehend zu; doch sollte man nicht übersehen, wie wichtig für Lenz das Verhältnis zwischen Vater und Sohn dabei ist. Dies zeigt sich auch in der Struktur des Werks. Am Anfang und am Ende sind Freytag und Fred miteinander allein; und das klärende Gespräch zwischen den beiden steht, auf die Seite genau, in der Mitte: eine Darstellung des Zwischenfalls, der Freytag seinen Ruf als Feigling eingebracht hat, zuerst von Freds Seite, dann korrigierend durch Freytag selbst, beschließt die erste Hälfte des Werkes (*F.*, S. 69–80)[18]. Der Abschluß des Gesprächs betont den Gegensatz zwischen ihren Anschauungen, deutet aber gleichzeitig voraus auf das Ende:

> »Du willst also nichts gegen sie unternehmen?« »Ich will, daß das Schiff seine letzte Wache beendet und daß alle an Bord sind, wenn wir einlaufen ...« »Das ist alles«, sagte Fred, »ich bin fertig.« »Ich habe damit gerechnet«, sagte Freytag. »Dann hast du dir Überraschungen erspart.« »Einer wird sie erleben an Bord«, sagte Freytag mit resigniertem Lächeln ... (*F.*, S. 80).

Mit diesen Beobachtungen eröffnet sich ein anderer Aspekt der Geschichte, nämlich die exemplarische Darstellung eines Erziehungsprozesses, in dem der Vater, bis zum Selbstopfer gehend, der unreifen Vorstellung eines Bravour-Heldentums eine beispielhafte Tat entgegensetzt. Er demonstriert Pflicht- und Verantwortungsgefühl für andere und die ihm anvertrauten Aufgaben und ist fähig, eigene Eitelkeiten zu überwinden und seiner Einsicht zäh und opferwillig nachzuleben. Am Ende des Werks heißt es: »Fahren wir, Fred?« – »Nein, Vater«, sagte der Junge. »Alles in Ordnung?« – »Alles«, sagte der Junge (*F.*, S. 154). Das Schiff bleibt, dank dem Selbstopfer des Kapitäns, auf Position; und auch wenn Freytag sterben sollte (was naheliegt, aber nicht eindeutig gesagt wird), ist zwischen ihm und seinem Sohn nun »alles in Ordnung«. Freytag ist in Freds Augen rehabilitiert, und der Sohn, der allein bei ihm kniet und ihm ins Gesicht schaut, wird nicht wie Bert in *Brot und Spiele* diese Art zu leben von sich weisen, sondern dem Beispiel folgen[19].

In der Tendenz zur Überbrückung der Gegensätze liegt sicher einer der Gründe, warum *Vorgeschichte* mit seinem an Kafka erinnernden Schluß (der Vater, der sich erhängt hat, drückt als Toter den »Sohn« zu Boden, als dieser die Leiche vom Strick ablösen will) nicht in dieser Form ins *Stadtgespräch* aufging, für das die Geschichte ursprünglich entworfen war. Das Verhältnis zwischen Vätern und Söhnen hatte sich für Lenz in einer anderen Richtung entwickelt.

Dem scheint allerdings die Erzählung *Schwierige Trauer* von 1960 zu widersprechen, die im folgenden näher betrachtet wird[20]. Eine Begründung dieser Ausnahmestellung soll hier versucht werden.

Colin Russ (oben, S. 49) verweist zutreffend auf die besondere persönliche Anteilnahme des Autors am Stoff dieser Erzählung, die als einzige im Werk die Flucht aus dem Osten behandelt. In ihr finden sich eine ganze Reihe persönlicher Motive: Luknow erinnert in Namen und geographischer Lage an Lyck, den Geburtsort von Lenz; sein Vater war dort preußischer Beamter, pflichteifrig und »gedankenlos«[21]; in Pillau hat Lenz selbst bei der Evakuierung mitgewirkt[22], und er kennt das Unglück der Versenkungen und Beschießungen aus nächster Nähe.

Als erster Grund für die ungewöhnliche Behandlung des Themas ist demnach die Auseinandersetzung mit den Schuldigen am Verlust der Heimat anzuführen. Ein zweiter Grund ist wohl, daß Lenz dieses Thema, das ihn verfolgt, hier zu einem endgültigen Abschluß bringen möchte. In Sprache und Ton der Geschichte spiegelt sich das Gefühl einer radikalen Befreiung von einem drückenden Erfahrungskomplex; es wird symbolisiert in dem Beutel, den der Sohn ins Grab wirft. Die Grabrede wird hier im Abriß nacherzählt und analysiert.

Der Redner, der erwachsene Sohn des Henry Smolka, war bereit, dem verschollenen Vater »die letzte Ehre, vergessen zu werden«, anzutun und damit gleichzeitig sich und die Angehörigen davor zu schützen, daß er mit seinem »absurden Besitz« noch einmal auftauchte, um ihnen »die Ruhe zu nehmen« (*S.*, S. 186). Statt dessen bekommt er die Nachricht von seinem Tod in einem Obdachlosenasyl, sowie die Reste von diesem Besitz: einen wasserdichten Beutel, den der Vater zunächst auf der Haut getragen und mit seinem Körper geschützt hatte. In dem Beutel sind die verbleibenden Stücke aus einer Lastwagenladung von Dokumenten, mit denen Smolka die ostpreußische Grenzstadt verlassen hat, deren Bürgermeister er war. Die Menschen, die sich zur Flucht an den Lastwagen klammerten, wurden damals brutal zurückgestoßen; unter ihnen, so meint der Sohn, wohl auch seine Jugendgeliebte. Die Dokumente gehen im Lauf der Flucht verloren – durch Beschuß, Versenkung des Fluchtschiffes, bei der Fahrt auf offenem Zuge. Es werden aber immer wieder Menschen geopfert, um den verbleibenden Bestand durchzubringen: so vier Verwundete und schließlich auch Sbrisny, der Helfer des Vaters. Und hier liegt der Kern des Vorwurfs, den der Sohn dem Vater macht: der »verhängnisvollste Irrtum« seines Lebens sei seine Überzeugung gewesen, »die Geschichte einer Stadt wöge das Leben eines einzigen Menschen auf« (*S.*, S. 192).

Vom Standpunkt des Sohnes her wird so der Fluchtweg des Vaters zum Muster der Absurdität, zu einem besessenen Rettungsversuch für etwas, das gar nicht schnell genug zugrunde gehen konnte. Seine Ablehnung, sein Abscheu zeigen sich in der Aufzählung und Beschreibung der Urkunden – Pest und Aufstände, Feuer und Glücksfälle, Landraub und Verträge mischen sich in sinnleerer Folge; sie zeigen sich auch in der Andeutung, daß die Motive des Vaters doch nicht ganz altruistisch waren: »... du ... gelangtest durch deine List, die du so kunstgerecht tarnen konntest, auf die Puffer des letzten Zuges, der Swinemünde verließ« (*S.*, S. 191). Wie dieses Motiv erinnern auch andere an die Gestalt des Obersten im *Duell* und verbinden so den ersten mit dem damals letzten der »verdammten Väter«: die Zähigkeit im Verfolgen seiner Ziele, das klägliche Ende, und die Tatsache, daß auch er seinen Angehörigen bis zum Tode keine Ruhe läßt. Was Just von dem Obersten sagt, trifft auch auf das zu, was der Sohn des Henry

Smolka seinem Vater vorwirft: »... der von der Vergangenheit Geschlagene und Zerstörte will sich an der lebendigen Gegenwart rächen ...« (oben, S. 31).

Der Vater handelt mit Hingabe und Pflichteifer, konsequent bis zum Äußersten in der Erfüllung seines Auftrags. Er lebt aus einer Weltanschauung, der eine abstrakte Gemeinschaft mehr bedeutet als jedes oder irgendeines ihrer Mitglieder. Seine Überzeugung, für diese Gemeinschaft zu wirken, und sein Gehorsam gegenüber Anweisungen von Vorgesetzten bestimmen seine Funktion in der Welt; er ist am Ende nichts als der Transporteur der Dokumente und tritt als Persönlichkeit überhaupt nicht in Erscheinung. Der Sohn dagegen versteht sich als Individuum. Das letzte Auftauchen des Vaters bestärkt ihn nur in seinem Drang, die Vergangenheit – die seiner Familie wie die nationale – hinter sich zu lassen und sich selbst, als einzelnen Menschen unter Menschen, zu entwickeln und auszubilden. Der wasserdichte Beutel, der so viel von dieser Vergangenheit enthält und symbolisiert, wird in der Hoffnung begraben, daß er nicht wieder zutage kommt. Die Geschichte ist bitter und vorwurfsvoll im Ton, doch Hoffnung und Wunsch auf einen unbelasteten Anfang unter besseren Vorzeichen sind stärker als das Bedürfnis abzurechnen. Trotzdem deuten die Radikalität des Abschlusses und die Ungeduld im Ton der Erzählung darauf hin, daß Lenz – der künftige Autor der *Deutschstunde* – mit diesem Problemkreis noch keineswegs fertig war.

Anmerkungen

1 Vielleicht ist dies auch ein Grund, dem Obersten eine Tochter an die Seite zu geben anstatt eines Sohnes: von einem Mädchen ist noch weniger Anteilnahme innerer oder äußerer Art am Kriege anzunehmen als von einem jungen Mann.

2 Mit solchen fast allegorischen Gleichsetzungen tut man dem mit Symbolik überladenen Roman kein Unrecht; der Autor selbst gibt immer wieder Anlaß dazu – zum Beispiel S. 243, 263, 265 f.

3 Bequemerweise fällt Biggi zu diesem Zweck ein Tagebuch des Fahrers Mackenbrandt in die Hände.

4 Gleichzeitig wird hier besonders deutlich, wie weit die Wurzeln zur *Deutschstunde* in die Anfänge der schriftstellerischen Arbeit von

Lenz zurückreichen; Siggi Jepsen stammt in gerader Linie von Biggi ab.

5 Der Respekt der Kritiker vor einer solchen Einstellung hat vermutlich dazu beigetragen, daß der Roman im allgemeinen freundlich beurteilt wurde.

6 Die Verdammung des leiblichen Vaters wird in der *Deutschstunde* nochmals zum beherrschenden Thema.

7 Im Erscheinungsbild und in einigen Charakterzügen – Konsequenz, Härte gegen sich selbst, Einfühlungsvermögen, das aber durch übergeordnete Prinzipien neutralisiert wird – ist Freiherr von der Laube in *Stadtgespräch* ein Verwandter des Obersten in *Duell mit dem Schatten*. Er ist aber, trotz einiger Überzeichnungen, keineswegs eine groteske Gestalt wie Biggis Vater und erscheint nicht in einer Vaterrolle.

8 Seine Abhängigkeit von Hemingway im Falle von *Das Wrack* und anderen *J.*-Geschichten bespricht Lenz in *Beziehungen*, S. 55 f. (*Mein Vorbild Hemingway. Modell oder Provokation*).

9 Lenz schreibt in *Mein Vorbild Hemingway. Modell oder Provokation:* »Mit dieser einsilbigen Skepsis korrigiert der Junge das Wunschbild seines Vaters« (*Beziehungen*, S. 56). Schöne Beobachtungen zur Rolle des Schweigens finden sich in K. G. Justs Besprechung: *Prospekt*, S. 35 f. (vgl. Just oben, S. 35 ff.).

10 *The Columbia Encyclopedia*, 2nd Edition (1950), erwähnt unter dem Stichwort »Eskimo«: »Fear of ridicule is sufficient inducement to remain within group approval« (S. 631). Auch bei dieser Parabel hat Lenz also auf einen gewissen soziologischen Realismus Wert gelegt.

11 Hinweise darauf finden sich außer in Lenz' eigenem Artikel u. a. bei R. W. Leonhardt, unten, S. 234, und in dem Artikel von Sumner Kirshner (s. Bibliographie, unten, S. 269).

12 *Literarische Portraits*, München/Wien, Langen-Müller, 1962, S. 38 ff. (*Ein männliches Talent. Siegfried Lenz*).

13 Herbert Lehnert kommentiert: »Diese Episode ist einigermaßen rätselhaft. Bert Buchner setzt sich für einen anderen Menschen ein. Warum? Der Name Lunz klingt ostpreußisch ... Wenn (*Bert*) durch seine Fürsorge Lunz vor einem elenden Tod in Armut bewahren kann, ist das eine Buße für das Leben Viktors, das auf ihm lastet?« (*Die Form des Experiments als Gleichnis. Einiges über Siegfried Lenz*, *Frankfurter Hefte*, 18, 1963, 7, S. 478). Mir scheint, Lehnert läßt sich hier von seinem Interesse am Flüchtlingsproblem irreleiten, das ihn im letzten Teil seines Artikels beschäftigt. Über die Herkunft von Lunz wird im Roman nichts gesagt, und auch Berts ostpreußische Abstammung spielt in seinem Verhältnis zu Lunz oder zum Verein keine Rolle. Im Gegenteil, seine Zugehörigkeit zum (Hamburger) Hafen wird unterstrichen: als er unmittelbar nach dem Tod von Lunz um die Deutsche Meisterschaft läuft, kommen die Barkassen-

führer und Werftarbeiter des Hafens, weil »einer von ihnen« dabei ist, »sie wollten den Hafen siegen sehen« (S. 106). – Lehnerts Annahme einer (unbewußten) Buße ist nicht ganz so eindeutig abzuweisen; doch warum dann Berts »Fehltritt« (S. 245), der Dohrn laufunfähig macht, einen Altersgenossen und Freund?

Auf S. 481 f. (a. a. O.) finden sich auch andere Irrtümer oder Entstellungen in dem sonst sehr aufschlußreichen Artikel. Fußnote 4 zum Beispiel: *Ein Freund der Regierung* hat keinen »kolonialen Konflikt« zum Thema, und »Besitz oder Nichtbesitz der Heimat« spielt keine Rolle in der Geschichte – wohl aber in mehreren anderen, die Lehnert nicht anführt, wie zum Beispiel *Die Festung, Schwierige Trauer, Der Spielverderber*. In Lehnerts Text folgt dem nützlichen Hinweis auf Buchners Wurzellosigkeit als Ursache seines moralischen Versagens eine Spekulation, für die keinerlei Anlaß zu finden ist: es sei »vielleicht die Herkunft aus den Wäldern an der polnischen Grenze, die eine gewisse Sympathie des Lesers mit dem Schicksal Bert Buchners aufrechterhält und eine gewisse Ungeduld mit dem Reporter hervorruft, der ja doch wohl ein Einheimischer ist«. Über die Herkunft des Reporters wird nirgends etwas gesagt; und die Sympathie mit Buchner, soweit vorhanden, hängt bestimmt nicht von seiner Herkunft ab. Sie wird am ehesten gerade von dem Mitgefühl für Buchner erzeugt, das bei dem Reporter – dem Erzähler des Romans – immer wieder durchbricht.

14 A. a. O., S. 476.

15 Die Namengebung bei Lenz verdiente eine genauere Darstellung, als hier angebracht ist. Sie ist manchmal spielerisch-witzig, oft symbolisch, immer bewußt. Als extreme Beispiele seien angeführt: der Leichensammler Holebein in *Duell mit dem Schatten* (eher grotesk als witzig) und der symbolische Name Daniel für den »Helden« in *Stadtgespräch*. Der Name bedeutet »Gott ist mein Richter« und weist dazu auf die Rolle des blinden Daniel in Hebbels *Judith* hin.

Sicherlich ist »Lunz« als Variante von »Lenz« anzusehen. Wenn Buchner eine sehr stark autobiographische Gestalt (nach einem Interview des Verfassers mit Lenz) und eine Selbstkritik des Autors ist, so wird in der Gestalt von Lunz eine Vaterfigur für ihn entworfen. Durch den Tod in Armut und die Abwendung des Sohnes von den Prinzipien des Vaters wird eine Verbindung zu *Schwierige Trauer* hergestellt, allerdings mit umgekehrter Wertung: in *Brot und Spiele* wird der Vater positiv gesehen und der Sohn verurteilt.

Daß Lenz auch durch die Namengebung auf das Autobiographische anspielen wollte, geht aus *Der Läufer* hervor, der Vorstufe von *Brot und Spiele*. Dort heißt der Held Fred – wie Lenz sich selbst in dem Bericht *Sonntag eines Ranchers* (*Sonntagsblatt*, 3. und 10. November 1963) nennt, und wie der Sohn im *Feuerschiff*. Während Lenz damit in früheren Werken die anglisierte Kurzform für »Siegfried« gebraucht, verwendet er in der *Deutschstunde* mit »Siggi« eine deutsche

Form; diese reimt sich wohl nicht zufällig mit »Biggi« in *Duell mit dem Schatten* und bestärkt nachträglich die Vermutung, daß in dem frühen Roman die Wahl einer Tochter statt eines Sohnes nur die Identifikation des Autors mit der Gestalt verhüllen sollte.

16 In der *Deutschstunde* übernimmt der Sohn stellvertretend, aber unfreiwillig die Schuld des Vaters, für die er ins Gefängnis kommt.

17 Die Anwesenheit des Sohnes auf dem Schiff ist ziemlich fadenscheinig motiviert. Daß er Thermometerbläser ist und sich im Beruf eine Quecksilbervergiftung zugezogen hat, ist für die Handlung ohne jedes Interesse; auch Krankheits- oder Rekonvaleszenzerscheinungen werden nach den ersten Seiten nirgends erwähnt. Hier liegt *ein* Beweis dafür, wie sehr es Lenz darauf ankam, das Vater-Sohn-Motiv zu verfolgen.

18 Die unten zitierte Stelle steht auf der 74. Seite, es folgen noch 74. Ein Vergleich zeigt, daß dahinter nicht nur der Zufall steht. In *Brot und Spiele* heißt es auf der 137. Textseite: »die Geschichte hatte damals ihren Mittagspunkt erreicht, Berts Geschichte« (S. 143); es folgen noch 138 Seiten.

Nicht nur strukturell, sondern auch stilistisch läßt sich die Bedeutung, die das Vater-Sohn-Motiv für Lenz hat, nachweisen. Nirgendwo sonst in dieser Geschichte wird die Symbolik so überdeutlich wie bei der Einleitung zu dem entscheidenden Gespräch. Freytag sitzt auf der Brücke, in Gedanken an den Zwischenfall in der Ägäis versunken; Bilder und Geräuschassoziationen drängen sich ihm auf. »Und während er es zu hören glaubte, näherte sich ein Schritt..., der aus verzweifelter Ferne zu kommen schien, fiel und fiel und sich mit unerträglicher Langsamkeit näherte, so, als zögere er, das Ziel zu erreichen, oder als fehle es ihm an Kraft, an Sicherheit: hart und echolos auf Deck, schleifend im Backbordgang... so kam er näher, und Freytag dachte an die alte weiße Stadt und hörte den quälenden Schritt« (*F.*, S. 68). Hier wird die Realistik in Darstellung und Motivation zurückgestellt, um der Szene künstlich Gewicht zu verleihen.

19 Die eigentümliche Natur der Generationsbeziehungen bei Lenz wird besonders deutlich, wenn man das *Feuerschiff* mit Fred von Hoerschelmanns *Das Schiff Esperanza* (1953) vergleicht, von dem Lenz Anregungen empfangen hat. Auf solch eine Anregung läßt es sich zurückführen, daß Freytag beim Rundgang mit dem Sohn sein Schiff zum ersten – und zum einzigen! – Mal als »alt und verdammt« (*F.*, S. 12) empfindet. In *Das Schiff Esperanza* sagt der Kapitän Grove, dessen Sohn Axel durch Zufall auf sein Schiff gekommen ist, zu seinem Steuermann: »Wissen Sie, Bengtsen, das ganze Schiff sieht aus, als wären die Motten drin. Ich werde der Gesellschaft das nächste Mal erklären, daß die Esperanza mal gründlich überholt werden muß. Aber gründlich!« (*Ich lausche dem Leben*, Herausg. Boeninger und Pietschmann, New York, Norton, 1963, S. 29). Das Verhältnis von Vater und Sohn ist hier genau umgekehrt zu dem im

Feuerschiff. Der Sohn hat sich von Grove, den er seit der Kindheit nicht mehr gesehen hat, ein glorifiziertes Bild gemacht, das zwar dem entspricht, was der Vater gern von sich halten möchte, aber zur Wirklichkeit in scharfem Kontrast steht. Der Vater und seine Besatzung sind korrupt und gewalttätig; der Sohn vertritt, weniger aus Überzeugung als seiner Charakteranlage folgend, das Prinzip der Gewaltlosigkeit und des Opfers für andere. Der Vater steht am Ende als Mörder seines Sohnes da, während dieser einem anderen Menschen die Möglichkeit zu neuem Anfang eröffnet. Die Hoffnung, daß der Vater sich ändert, ist gering; die Wahrscheinlichkeit ist allerdings groß, daß er so wie bisher auch nicht weitermachen wird. Der Schluß ist also ähnlich offen wie im *Feuerschiff*; doch bei Lenz steht anstatt der Verdammung der Väter die Bemühung, zu Verständnis und Ausgleich durchzudringen und den Söhnen zur Mäßigung in ihrer Ablehnung der älteren Generation zu raten.

20 Erschienen als *Schwierige Trauer. Eine Grabrede* in *Stimmungen der See*, Stuttgart, Reclam, 1962, S. 46–53. Verändert durch einige stilistische und grammatische Korrekturen; durch Verbindung von zwei Absätzen mit den jeweils vorhergehenden, wodurch der epische Fluß der Erzählung betont wird; und durch Auslassung einiger Zeilen, die anscheinend zu sehr dozierend oder moralisierend wirkten. In dieser Form, mit dem Untertitel *Eine Grabrede auf Henry Smolka*, in S. (1965), S. 186–193, wo das Entstehungsjahr 1960 angegeben wird.

21 *Beziehungen*, S. 12 (*Ich zum Beispiel*).

22 Ebd., S. 31 f.

Einzelstudien

Dietrich Peinert
Siegfried Lenz' *Deutschstunde*
Eine Einführung

Bis zum Jahr 1968 hatte sich Siegfried Lenz einen wohlwollenden Beifall und den Ruf erworben, »zu den gemäßigten Modernen in der deutschen Gegenwartsliteratur«[1] zu gehören. Man konnte angesichts dieser Situation kaum erwarten, daß der Autor mit einem neuen Werk nach einem Dutzend Jahren schriftstellerischer Tätigkeit, in denen er durchaus im Schatten anderer stand, plötzlich in das Zentrum literarischen Interesses treten würde. Genau das geschah jedoch. 1969 war das Jahr der (im Herbst 1968 erschienenen) *Deutschstunde.* »Der Spiegel« vom 5. 1. 1970 ermittelte für das Buch die Jahresspitze auf der Bestsellerliste, Übersetzungen in verschiedene Sprachen werden vorbereitet, und Siegfried Lenz steht plötzlich ganz vorn.

Die vorliegende Untersuchung[2] stellt einen ersten Versuch dar, Strukturen des Romans aufzuhellen und zu verifizierbaren Aussagen zu kommen, die vielleicht den außergewöhnlichen Erfolg erklären helfen. Die Methode einer weitgehend werkimmanenten Analyse mag Anregungen geben für eine Erörterung auf der Oberstufe, in der das Werk aus mehreren Gründen einen festen Platz finden sollte. Nicht nur stellt die *Deutschstunde* einen der wichtigsten Versuche sogenannter »Vergangenheitsbewältigung« dar, das Buch ist darüber hinaus in erzähltechnischer und sprachlicher Hinsicht so interessant, daß es Schülern helfen kann, einen Einblick in die Wege literarischer Vergegenständlichung zu gewinnen.

Wenden wir uns zunächst dem Stoff zu. In dem langen, genau gesagt 560 Seiten langen Buch gibt es zwei Passagen, in denen ein Wissenschaftler gewissermaßen kondensiert eine Zusammenfassung der Ereignisse bringt (S. 319 ff.; S. 495 ff.). Der angehende Psychologe Wolfgang Mackenroth schreibt seine Diplomarbeit über das, was die Hauptfigur in dem Werk erlebt und erzählt. Es scheint sich als erzählbarer Inhalt abzuzeichnen die Geschichte eines jugendlichen Sonderlings, der durch die Kindheitserlebnisse der letzten Kriegsjahre zum Bilderdieb wird. Der eigentliche Gegenspieler ist der Vater, Jens Ole Jepsen, nördlichster Polizeiposten Deutschlands, das Schutzobjekt sind die Bilder des damals als »entartet« geltenden Malers Max Ludwig Nansen.

Hier müssen wir für einen Moment innehalten. Der so erzählte Stoff ergibt noch wenig für die Beurteilung. Es muß also näher untersucht werden, wie dieser Stoff künstlerisch verarbeitet wird.

Max Ludwig Nansen ist ganz eindeutig der Expressionist Emil Hansen, genannt Nolde[3]. Damit gewinnt das fiktive Geschehen aus der jüngsten deutschen Vergangenheit an Autentizität. Die Parallelität ergibt sich schon aus den äußeren Daten:

> Max Nansen ist in Glüserup, im nördlichsten Deutschland geboren – Emil Hansen in Nolde, Nordschleswig, dem Ort, nach dem er sich später nennt.
> Max Nansen erhält eine Holzschnitzerausbildung im schleswig-holsteinischen Itzehoe – Emil Nolde in Flensburg.
> Wie Emil Nolde macht auch Max Ludwig Nansen Reisen, lebt zeitweilig in Berlin und zieht sich schließlich auf seinen Hof in der Marsch zurück, der im Roman Bleekenwarf bei Rugbüll – in Wirklichkeit Utenwarf bei Rüttebüll heißt. Hier malt der Expressionist Blumen, Landschaften, Meeresstimmungen, Masken und religiöse Bilder voller greller Kontraste und äußerster Leuchtkraft der Farben, belebt durch skurrile Spukgestalten, und hier ereilt beide, den fiktiven Nansen und den wirklichen Nolde, die Kulturbarbarei des Nationalsozialismus mit Malverbot und dem dumm-bösartigen Verdikt, »entartet« zu sein. Während dieser Zeit malt Nansen den Zyklus »unsichtbare« – Nolde den Zyklus »ungemalte« Bilder.

Die Identifikation beider Maler ist in dem Roman so stark, daß man Noldes Bilder vor Augen zu sehen glaubt, wenn die von Max Nansen beschrieben werden. Das wird etwa deutlich auf S. 35 f. Dort beschreibt Lenz das Bild »Der große Freund der Mühle«, an dem Nansen arbeitet. Ein Blick auf Noldes »Der große Gärtner« (1940) und »Mühle« (1924)[4] macht deutlich, wie Lenz hier *zwei* Noldebilder zusammenfügt zu *einem* Nansenbild.

Um was handelt es sich also bei Siegfried Lenz' *Deutschstunde*? Ist es ein Künstlerroman um Emil Nolde? Warum aber der Titel *Deutschstunde*? Wer ist eigentlich der Held? Der Maler Max Ludwig Nansen? Oder sein Gegenspieler, der Polizeiposten von Rugbüll, Jens Ole Jepsen? Oder vielleicht der kleine Siggi Jepsen?

Der Literaturkritiker der »Stuttgarter Zeitung«, Wolfgang Rainer, faßt sein Urteil so zusammen:

> Eine in all ihrer Grenzlosigkeit und wortkargen Größe beklemmend enge Welt aus Vorurteilen und starrer Beharrlichkeit entfaltet sich, mit hinreißender Sprachgewalt und epischer List porträtiert, zum Bild einer Epoche.

Von all diesem wurde bisher noch nichts gesagt: kaum vom »Bild einer Epoche«, herzlich wenig von der »hinreißenden Sprachgewalt« und nichts von der »epischen List«, die das Buch kennzeichnen sollen.

Beginnen wir mit einem Blick auf die »epische List«, mit der Siegfried Lenz den bisher nur zusammenfassend skizzierten Stoff an den Leser bringt. Wann spielt der Roman? Wir erfahren das aus den folgenden Worten, mit denen die Ereignisse um den Maler Nansen eingeführt werden:

> Im Jahr dreiundvierzig, um mal so zu beginnen, an einem Freitag im April, morgens oder mittags, bereitete mein Vater Jens Ole Jepsen, der Polizeiposten der Außenstelle Rugbüll, der nördlichste Polizeiposten von Schleswig-Holstein, eine Dienstfahrt nach Bleekenwarf vor, um dem Maler Max Ludwig Nansen ... ein in Berlin beschlossenes Malverbot zu überbringen (S. 23).

Das ist eine eindeutige Auskunft: die erzählte Zeit ist demnach auf die letzten Kriegsjahre fixiert. Allerdings sollte uns zweierlei stutzig machen und warnen davor, hier voreilige Schlüsse zu ziehen. Einmal: mit diesen Worten beginnt das *zweite*, nicht das erste Kapitel des Romans. Zum zweiten heißt es etwas eigentümlich, der Erzähler wolle mal eben so beginnen: »Im Jahre dreiundvierzig, *um mal so zu beginnen*, ...« Hier sitzt also jemand, von dem der Leser im ersten Kapitel erfährt, daß es sich um Siggi Jepsen handelt, und will uns eine Geschichte erzählen. Er kann dies so tun, wie er nun einmal will, er könnte es auch anders tun, wie der Einschub zeigt.

Wir sind, an Autoren wie Theodor Storm oder C. F. Meyer geschult, gewohnt, derartige Geschichten innerhalb einer Geschichte

»Rahmenerzählung« zu nennen. Das erste Kapitel führt den Erzähler ein, dann folgt der eigentliche Stoff.

Wenn wir Siegfried Lenz' *Deutschstunde* als Rahmenerzählung ansehen wollen, so müssen wir hinzufügen: eine Rahmenerzählung von besonderer Art. Der sogenannte Rahmen ragt nämlich immer wieder ins eigentliche Bild hinein, er schimmert hinter der Farbe hervor, bricht durch die Leinwand, macht sich selbständig und stört geradezu bewußt den ruhig am roten Faden entlangwandernden Blick. Nicht nur werden plötzlich Passagen aus einer Zeit eingeschoben, die um zehn Jahre nach dem Malverbot liegt, auch versteht es der Erzähler Siggi mit geradezu boshafter List immer wieder, uns Lesern die Illusion zu rauben, wir seien nun wirklich dabei in Rugbüll und Bleekenwarf, auf dem Deich oder in der Mühle. Immer wieder wird uns der Erzählvorgang selbst deutlich gemacht.

Siggi gesteht seine Schwierigkeiten beim Niederschreiben der Geschichte auf S. 13 f.:

> Es gelang nicht. Es glückte nicht. Immer wieder setzte ich an, schickte meinen Vater den Deich hinab, mit und ohne Umhang ... noch bevor er Bleekenwarf erreichte, verlor ich ihn aus den Augen, weil es einen Aufruhr von Möwen gab, weil ein alter Torfkahn ... kenterte ...

oder der Maler wird wie folgt eingeführt (S. 31):

> Da stand der Maler Max Ludwig Nansen.
> Er stand auf der geländerlosen Holzbrücke und arbeitete im Windschutz, und weil ich weiß, wie er arbeitete, möchte ich ihn nicht ohne Vorbereitung unterbrechen, indem ich meinen Vater dazu bringe, ihm auf die Schulter zu tippen, ich möchte die Begegnung verzögern, weil es kein beliebiges Zusammentreffen ist und ich zumindest erwähnen will, daß der Maler acht Jahre älter war als mein Vater ...

Hier sitzt also der Erzähler und läßt sich beim Schreiben gewissermaßen in die Karten gucken. Wie eng die Zeitebenen des Erzählens und des Erzählten immer wieder miteinander verknüpft sind, zeigt zum Beispiel die Szene, in der Siggi ein neues gestohlenes Bild heimlich in das Versteck zu den anderen bringt. Es heißt da (S. 492):

> Keiner würde dies Bild zu Gesicht bekommen, das war beschlossen, und auch die anderen Bilder waren nur noch für mich da ... Es klopfte.
> Als es vorhin klopfte, dachte ich: das kann nur der Polizeiposten Rugbüll sein ... aber es wurde hier geklopft, an meine Zellentür ... ein Klopfen, das nicht nur Wolfgang Mackenroth ankündigte, sondern gleichzeitig auch neue, miese Nachrichten ...

Besonders effektvoll führt diese Technik der Durchdringung von zwei Zeitebenen – hier Erzähler – dort erzählter Stoff – zur Spannungssteigerung, wenn der schreibende Fürsorgezögling auf S. 477 einen anonymen Brief im Hause Jepsen ankommen läßt, die Bestürzung der Empfänger plastisch beschreibt und erst nach zwei Seiten schließlich die Spannungslösung mit folgenden Worten einleitet:

> In dieser Fassungslosigkeit oder Verblüffung möchte ich die beiden einen Augenblick sich selbst überlassen, möchte, während sie nach Luft und nach Worten schnappen, endlich erzählen, was mit der Post ins Haus gekommen war.

An solchen Stellen erinnert das Spiel mit dem Leser geradezu an die Meisterschaft eines Laurence Sterne. Was bei jenem englischen Autor vor 200 Jahren in seinem Roman *Tristram Shandy* jedoch eher schadenfrohes An-der-Nase-Herumführen des Publikums war, hat bei Lenz in seinem Bild unserer Epoche noch weitere Funktionen. Wir müssen nach dieser Untersuchung erneut fragen: welche Zeit wird denn nun eigentlich *primär* dargestellt: das Malverbot der Nazis gegen Nansen-Nolde oder die Zeit des bundesdeutschen Wirtschaftswunders zehn Jahre danach, in der Siggi seine Geschichte schreibt? Oder hängen beide Ebenen vielleicht untrennbar miteinander zusammen und kommt es dem Verfasser vielleicht gerade auf diese Verflechtung an?

Im Kapitel 15 mit der bezeichnenden Überschrift »Die Fortsetzung« findet sich eine wichtige Schlüsselstelle für das Verständnis des Romans. Das Kapitel stellt die Ereignisse zwischen Kriegsende und bundesrepublikanischem Neuanfang dar, und es wird eingeleitet durch einen Einschub aus der Zeit, in der Siggi zehn Jahre später all dies beschreibt.

Am 25. September 1954 wird Siegfried Kai Johannes Jepsen, genannt Siggi, 21 Jahre alt. »Ab heute muß ich mir also Volljährigkeit nachsagen, muß mir vorwerfen lassen, erwachsen zu sein« (S. 421), sagt er über sich selbst, und die Geburtstagskerze läßt ihn fragen und überlegen: »Wer bist du? Wohin willst du? Was ist dein Ziel?« (S. 422).

Siggi ist also geboren im Jahre 1933, dem Jahr der Machtergreifung Hitlers. Wenn man parallel dazu beobachtet, daß die *Deutschstunde* 1968, also fast 21 Jahre nach der Gründung der Bundesrepublik erschien, gewissermaßen zum Zeitpunkt ihrer »Volljährigkeit«, so liegt es nahe, in Siggis Geschichte einen warnenden Rechenschaftsbericht aus der Vergangenheit für uns heute zu sehen[5].

Lenz bereitet diese sich immer klarer anbietende Darstellung auf seine Weise in einem epischen Bild vor. In der Besserungsanstalt, in der Siggi seine Geschichte schreibt, will der mitinhaftierte Ole Plötz mit einigen anderen Arrestanten nach mehreren Mißerfolgen einen erneuten Ausbruchsversuch machen. Darüber spricht der Wärter Joswig mit Siggi:

> *Warum, Siggi, warum wohl gibt es Erfahrung? Verstehst du, warum Erfahrungen nichts oder fast nichts nützen? Für wen sind sie wohl bestimmt, die Erfahrungen?*
> Da wurde ich hellhörig, fragte ihn stumm ab eine ganze Weile, bis er es nicht mehr aushielt. Verstehst du das, Siggi? *Nach all dem*? Er sagte: Sie haben keine Ahnung, daß ich Bescheid weiß, auf der Toilette haben sie den Plan besprochen, jeder konnte mithören. Was soll ich tun? Ole, dein Freund Ole Plötz, wird am kommenden Freitag die Marmelade vom Brot kratzen, er wird sie aufheben in Papier. Abends, haben sie ausgemacht, bei der letzten Runde, wird er mich täuschen, und *dann soll es wieder losgehn: wieder einmal*... Ole will am Boden liegen, Marmelade im Gesicht und am Hals, ich soll denken, sie haben ihn zusammengeschlagen oder er sei gestürzt... bei dem Versuch, Ole aufzuheben, wird er mich fertigmachen nach Plan... *es soll wieder losgehn*, Siggi, und wenn du das hörst, mußt du dich einfach fragen: *sind sie denn gar nichts wert, die Erfahrungen?*[6]

Wozu wird diese Episode eingeschoben? Sie dient als Parallelhandlung zur Verdeutlichung des Hauptthemas: Siggis Geschichte wird in dieser Sicht zu einer Warnung aus gemachten Erfahrungen für uns heute. Sie ist fällig in dem Augenblick, in dem wir als Staat erwachsen werden. Siggi Jepsen ist demnach keine beliebige

Romanfigur, er ist »Demonstrationsperson«[7], nicht nur für den Psychologen Wolfgang Mackenroth, sondern auch für Siegfried Lenz und für uns Leser.

Diese Deutung legt vor allem der Aufbau des Romans nahe. Wir kommen damit auf den Rahmen der Erzählung zu sprechen. Im 1. Kapitel wird dargestellt, wie Siggi Jepsen 10 Jahre nach Kriegsende in einer *Besserungsanstalt für schwer erziehbare Jugendliche* sitzt. Da er in der Deutschstunde ein leeres Heft statt des geforderten Aufsatzes abgibt, bekommt er eine *Strafarbeit*, und diese Strafarbeit weitet sich über ein Jahr hin zu der Geschichte aus, die wir anfangs in der trockenen Zusammenfassung des Psychologen Mackenroth hörten. Die Parallelität der Geburtstage, die gewollten Ähnlichkeiten mit den wirklichen Ereignissen um Emil Nolde und die Verschränkung der Zeitebenen: hier deutsche Schuld – dort *Reeducation*, der Titel *Deutschstunde*, die Strafarbeit in der Besserungsanstalt, all dies legt es nahe, in dem ganzen Roman ein großes Bild für Deutschland zu sehen.

Dieser Eindruck stellt sich bei der Lektüre zunächst nur langsam ein, verstärkt sich dann aber mehr und mehr. Was zunächst nur als reine Darstellung eines – zugegebenermaßen nicht untypischen – Einzelfalls aus dem Dritten Reich anmutet, erfährt durch die »epische List« der Verschränkung von zwei Erzählebenen in zunehmendem Maße Zeichencharakter.

Das ist in erster Linie zurückzuführen auf die äußerst raffinierte Wahl der Erzählperspektive. Da sitzt ein 21jähriger Zögling in der Erziehungsanstalt an einer Strafarbeit über Erlebnisse, die er als Zehnjähriger hatte. Der 21jährige Siggi will sich bessern. Er berichtet mit bewußt kritischem Abstand, läßt die damalige Zeit in ironischer Rückblende entstehen, betrachtet aus der Vogelperspektive und zeigt uns dies immer wieder ganz deutlich. Er kommentiert die Ereignisse durch die epische Distanz seiner Darstellung, sie sollen ihn zur Selbsterkenntnis führen, er möchte seine »Vergangenheit bewältigen«.

Der *einundzwanzig*jährige Siggi soll also in einer Erziehungsanstalt gebessert werden. Gleichzeitig agiert aber innerhalb des Geschehens in Rugbüll der *zehn*jährige Siggi. Dieser beobachtet naiv-neugierig aus der Froschperspektive mit den Augen eines Kindes. Das hat eine starke Ironisierung der makabren Ereignisse zur Folge, so wie wir es etwa aus Günter Grass' *Die Blechtrommel* kennen. Ich weiß nicht, ob die folgende Vermutung zutrifft, aber Oskar Matzerath, der trommelnde Zwerg bei Günter Grass, der als Dreijähriger sein Wachstum einstellt und als volljähriger Gnom in einer Irrenanstalt seine Erlebnisse niederschreibt, dieser Blechtrommler mag als Erzähler die Anregung für den Erzähler Siggi in Lenz' *Deutschstunde* abgegeben haben.

Die Kinderperspektive wirkt zunächst einmal einfach komisch: Da hat das Haus des Malers, Bleekenwarf, nicht *viele* Fenster, sondern 400 Fenster (S. 74), da kommen nicht *viele* Psychologen, sondern »sagen wir mal, bis zu zwölfhundert Psychologen (*pro Woche*)« (S. 9)[8], da haben in der Wohnstube von Bleekenwarf »mindestens neunhundert Hochzeitsgäste Platz« (S. 28), und das große Sofa ist ein »vielleicht dreißig Meter langes Ungetüm« (S. 29). In all diesen Beispielen schafft kindliche *Übertreibung* die ironische Distanz.

Deutlicher wird das Ziel dieser Methode, wenn kindliches *Spiel* die Ironisierung bewirkt. Dies geschieht zum Beispiel in der Episode, in der Siggi seiner Schwester Hilke und ihrem Verlobten Addi heimlich folgt, um sie beim Suchen von Möweneiern zu belauschen. Es ist die Stelle, in der dem Leser deutlich gemacht wird, daß der schwarzhaarige Musiker Addi Epileptiker ist, was dazu führen wird, daß die Mutter, Gudrun Jepsen, ihm als artfremdem, schwachem Zigeuner die Tür weist. In Siggis Darstellung nimmt sich die Szene so aus:

Die gestörten Möwen fliegen die Eindringlinge an, wie Möwen das gegen Brutstörer zu tun pflegen. Siggi glaubt in seinem Versteck, den vermeintlich ernsthaft Bedrohten zu Hilfe kommen zu müssen. Er berichtet aus der Kinderperspektive:

> Ich sprang auf, zog meinen Stock in schnellen Kreisen über dem Kopf, so wie irgend jemand – aber wer nur? – es mit seinem Schwert getan hatte, um unter dem Regen trocken zu bleiben[9], und so verließ ich den Strand, fuchtelnd, schlagend, lief unter den pfeilschnellen Angriffen den beiden Spuren nach, den einzigen Spuren im feuchten Sand.
>
> Nur ein kurzer, anstrengender Lauf zwischen den lieblosen Gelegen, in denen die blaugrünen, grauen und schwarzbraunen Eier lagen, dann sah ich sie wieder vor mir.
>
> Addi war tot. Er lag auf dem Rücken. Eine Sturmmöwe hatte

> ihn getötet, oder zehn Heringsmöwen und neunzig elegante Seeschwalben. Sie hatten ihn durchlöchert, durchbohrt. Meine Schwester kniete neben ihm, machte sich gelassen und sachgemäß, jedenfalls klaglos, an seiner Kleidung zu schaffen – sie, die alles beherrschte, plante und festlegte und die alles ertragen konnte außer Unsicherheit und Zaudern – und senkte ihr Gesicht tief über sein Gesicht, umarmte ihn, legte sich über ihn, und sie schaffte es tatsächlich: Addis Beine machten wieder kurze stoßende, schlagende und zuckende Bewegungen, er warf seine Arme hoch, die Schultern wurden von einem Schüttelkrampf heimgesucht, sein Körper bäumte sich auf (S. 56).

Was ist hier geschehen? Für den Jungen scheint Addi tot und wieder zum Leben erweckt: ein Anlaß also zu ernster Besorgnis. Der Leser dagegen kann den wahren Sachverhalt noch nicht durchschauen, er mag allenfalls an ein Liebesabenteuer zwischen den Verlobten denken. Erst 40 Seiten später (S. 94) wird klar, daß Addi einen epileptischen Anfall hatte. – Siggi jedoch bleibt in der Welt seiner kindlichen Interpretation des Geschehens und kämpft weiter gegen die vermeintlich mörderischen Möwen:

> Hierhin und dorthin zuckte mein Stock, verblüffte die angreifenden Möwen, beendete ihren Sturz. ... ich focht für Addi ...[10]. Die Möwen wechselten auf einmal die Taktik. Sie hatten anscheinend gemerkt, daß sie mit Scheinangriffen nichts erreichten, nur einzelne Kamikaze-Vögel, Sturmmöwen vor allem, stürzten sich noch auf uns, die Schwimmfüße schön angelegt, mit aufgesperrtem, korallenrotem Schlund, mit Ju-87-Schwingen ... Einmal schnappte eine Möwe nach meinem Bein, und ... (*ich schleuderte*) ein Ei nach ihr, und das Ei zersprang auf ihrem Rücken, und das zerplatzende Dotter machte ihr gelbe Hoheitsabzeichen: nun flog sie für Brasilien (S. 57 f.).

Die Stelle macht deutlich, wie durch die kindliche Perspektive: Wieland, der Schmied, Siggi als rettender Held, kämpft gegen Ju-87-Stukas und Kamikazeflieger darstellende Möwen, die sogar ein Hoheitsabzeichen aus Eidotter bekommen; wie also durch diese Perspektive Kriegs- und Nazizeit in das politisch an sich völlig neutrale Ereignis hineingeholt wird.

Besonders deutlich wird dies auch an einer anderen Stelle. Auf S. 25 beschreibt Siggi, wie der Wind eine Zeitung umherweht:

> (*Er ging*) über den Hof, auf dem der Wind spitze Kreisel drehte und eine Zeitung zerzauste, einen Sieg in Afrika, einen Sieg

auf dem Atlantik, einen gewissermaßen entscheidenden Sieg an der Altmetallfront zerzauste und knüllte und gegen den Maschendraht unseres Gartens preßte.

Hier ist es ironische *Verkürzung*, die aus reiner Naturbeschreibung heraus ein vernichtendes Urteil über die deutschen Anfangssiege des Krieges fällt. Was Siggi als »zerzaust« beobachtet, sind natürlich die gedruckten Schlagzeilen der Zeitung, die von den Siegen berichten. Sprachlich wird dies von Siegfried Lenz jedoch so verkürzt, daß die Siege selbst als Scheinblüten erscheinen, »zerknüllt« und »zerzaust« durch den *uns* allen bekannten Kriegsausgang, von dem der zehnjährige Siggi noch nichts weiß.

Man beachte ferner die ironisch relativierende Wirkung, die der Verfasser dadurch erreicht, daß er Siege in Afrika, auf dem Atlantik und an der Altmetallfront in Parallele setzt. In Afrika waren die Siege unter Feldmarschall Rommel zunächst tatsächlich beeindruckend, bis dann eine Niederlage auf die andere folgte. Auf dem Atlantik mußten ab etwa 1943 kleine Gefechte und Einzelerfolge der U-Boote mehr und mehr dazu herhalten, die tatsächlichen Verluste zu verschleiern und vor allem von den schweren Niederlagen im Osten abzulenken, »gewissermaßen entscheidende Siege an der Altmetallfront«, das ist nun bereits offener Hohn. Die Altmetallsammlungen waren nichts als ein dürftiger Versuch, dem wachsenden Rohstoffmangel zu begegnen. Schon während des Krieges wurde nicht selten darüber gewitzelt.

Die Erzählperspektive bewirkt also, daß Siggis Strafarbeit nicht mehr als ein rein persönlicher Bericht, sondern eher als Metapher gesehen werden muß. Lenz unternimmt es in seinem Werk, eine Selbsterkenntnis deutschen Wesens am Beispiel der letzten dreißig Jahre seiner Geschichte zu versuchen. Schon Wilhelm II. hatte ja geprahlt, daß am sogenannten »deutschen Wesen« die Welt genesen sollte, und Hitler wurde nicht müde, eben dieses Wesen zu beschwören, was auch immer an nebulösen Vorstellungen sich dahinter verbergen mochte.

Im Lichte dieser Hypothese beginnen nun zahlreiche Formulierungen des Werkes tieferen Sinn zu zeigen. Ich zitiere nur einige Passagen, die auf der Ebene des Stoffes wohl verständlich sind als rein handlungsimmanente Elemente, die durch die Formulierung jedoch gleichzeitig das Ganze ausweiten zu einer Metapher, zu einem Bild von Deutschland.

So drückt Siggi seine Besorgnis, als er nach 105 Tagen Strafarbeit in Einzelhaft zum Direktor der Besserungsanstalt gerufen wird, mit folgenden Worten aus:

> Wollten sie womöglich die Deutschstunde, zu der sie mich verurteilt hatten, vorzeitig abbrechen? (S. 176).

Die »Strafarbeit« heißt hier *Deutsch*stunde; auch fällt das starke Wort »verurteilt« auf, das man kaum sonst für eine bloße Strafarbeit gebrauchen würde.

Weiter in den Assoziationen, die die Worte des Buches aufreißen, geht ein Gespräch zwischen dem Maler und seinem verbannten Kunstmäzen Teo Busbeck über das Land Schleswig-Holstein:

> Dies Land hier, dein Land, es versteht keinen Spaß ... Immer tief ernst, auch bei Sonne diese Strenge ... Manchmal hab ich gedacht, dieses Land hat keine Oberfläche, nur –. Was? Wie soll ich sagen: Tiefe, es hat nur seine schlimme Tiefe, und alles, was dort liegt, bedroht dich (S. 411).

Diese Worte wirken wie eine Beschreibung deutschen Wesens, von dem man ja sagt, es sei besonders tief und dunkel und emotional-weltanschaulich verschwommen. »Oberfläche« gilt bei uns nichts.

Daß Lenz mit seinem Bild vom Norden Schleswigs mehr meint, läßt er Max Ludwig Nansen sogar direkt aussprechen:

> Meine Metropole liegt hier. Hier habe ich alles, was ich brauche, und sogar mehr ... Hier findest du doch alles, was in der Welt vorkommt ... (S. 448 f.).

Was geschieht alles in diesem Land, das Lenz nun so als typisch deutsch darstellt? Ein Maler darf nicht mehr malen, weil seine Bilder Protest ausdrücken. Kunstwerke werden beschlagnahmt und zerstört, sie werden von anderen gerettet und vor der Zerstörung versteckt. Menschen müssen aus politischen Gründen flüchten, und sie finden bei anderen Unterschlupf. Eltern verstoßen ihren Schwiegersohn, weil er ihnen krank, schwach und nicht »artgemäß« erscheint. Sie verstoßen den eigenen Sohn und liefern ihn aus, weil er sich dem Kriegsdienst entzieht und ihnen damit vermeintlich Schande bereitet. Aber er findet woanders Helfer und Retter. Eltern verstoßen die Tochter, weil sie einem Maler Modell zu einem Halbakt steht. Anonyme Denunziation von Landsleuten gibt es genauso wie Liebe zwischen daheimgebliebenen Frauen und Kriegsgefangenen, und all diese Mosaiksteine ergeben wie ein Puzzlespiel immer deutlicher das Bild einer Epoche.

Dieses Bild ist voller Kontraste, und diese personifizieren sich vor allem in den Personen Max Nansen und Jens Ole Jepsen. Zwischen diesen beiden Extremen steht das »Demonstrationsobjekt«: Siggi Jepsen. Siggi, der die Kriegszeit zunächst als Kind mehr erleidend und beobachtend, dann aber aktiv handelnd erlebt, Siggi, der in der Nachkriegszeit Zeichen von Geistesverwirrung zeigt, als er erkennt, daß der Ungeist des Polizeipostens von Rugbüll nicht tot ist, Siggi, der in einer Erziehungsanstalt gebessert werden muß und zu diesem Zweck eine Strafarbeit schreibt.

Damit stoßen wir nun zum Kern des Buches vor: Worin sieht Siegfried Lenz jenen Wesenszug, der die Epoche und uns Deutsche kennzeichnen soll und den wir endlich erkennen müssen? Dies wird als eine Aufgabe beschrieben, die uns die Geschichte gewissermaßen als Strafarbeit stellt.

Der Schlüssel liegt in dem Thema jener Strafarbeit: es heißt: »Die Freuden der Pflicht«.

Der Begriff der »Pflicht« spielt in der deutschen Moralphilosophie und in ihrer politischen Auswirkung eine bedeutende Rolle, und es sind besonders zwei Namen, die hier genannt werden müssen: die Namen Kant und Schiller. Wie stark die philosophischen Überlegungen dieser Denker auf die politische Alltagspraxis gewirkt haben, brauche ich nur an einem Beispiel zu verdeutlichen: dem preußischen Beamten. Je nach Einstellung bewundert oder gehaßt, gilt er als das Urbild der Pflichterfüllung. Dieser Haltung schreibt man gern das Hauptverdienst etwa am Wiederaufbau des mehrfach besiegten Landes von den Befreiungskriegen 1813 bis zum Wirtschaftswunder 1950 genauso zu wie die Fähigkeit, Ordnung und Sicherheit zu garantieren. Pflichterfüllung wird als die staatserhaltende Tugend schlechthin betrachtet. Wenn Siegfried Lenz also diesen Begriff zum Angelpunkt seiner Untersuchung über das Deutsche macht, so stößt er damit zweifellos in ein Zentrum der geistigen Haltung vieler Deutscher während der letzten 200 Jahre. Auf das Ergebnis seiner Untersuchung darf man zu Recht gespannt sein.

Das Wort »Pflicht«, im Althochdeutschen mit der Bedeutung »Dienst«, »Obliegenheit« gebraucht, meinte zunächst früher einen Arbeitskreis, der einem Menschen nach dem Stand oder Beruf zustand und den er übernommen hatte. So nimmt im Mittelalter ein Lehnsherr einen Untergebenen »in Pflicht«, d. h. in seine Dienste. Erst allmählich entwickelt sich aus dieser mehr äußerlich-praktischen Bedeutung des Wortes eine innerlich-sittliche Forderung. Pflichterfüllung wird damit zu einer menschlichen Tugend; ein Mensch wird als wertvoll in dem Maße angesehen, in dem er seiner inneren Pflicht gehorcht. So definiert Kant schließlich »Pflicht« als ein »unbedingtes Sollen«, einen »kategorischen Imperativ«. Diese Pflichtforderung verlangt eine Unterordnung der persönlichen Neigungen unter das sittliche Gesetz. Erst durch eine Unterdrükkung seiner persönlichen Wünsche gewinnt danach ein Mensch »Würde«. Schiller entwickelt diese Auffassung mit ihrer unerbittlichen Strenge etwas weiter. Der Idealmensch wird dann der, der seine Pflicht aus Neigung tut, dessen Natur innere Freude daran hat, seine Pflicht zu erfüllen.

Da haben wir nun praktisch das Thema der Strafarbeit von Siggi Jepsen. Wer von den »Freuden der Pflicht« schreibt, schreibt im Grunde von nichts anderem als von der Schillerschen »schönen Seele«, die ihre Pflicht aus Neigung tut. Damit stellt Lenz die letzten dreißig Jahre deutscher Geschichte, die sein Werk beschreibt, vor den Hintergrund der vorangegangenen Jahrhunderte. Er interpretiert das Verhalten der Romanfiguren also aus der geistesgeschichtlichen Entwicklung Deutschlands heraus. Das gibt seiner Analyse deutschen Wesens Substanz und Perspektive.

Siegfried Lenz' *Deutschstunde* handelt von Pflichterfüllung. Dargestellt wird das Thema mit »epischer List« in mehrfacher Spiegelung:

1. Als trockene wissenschaftliche Abhandlung in der mehrfach zitierten und kommentierten Diplomarbeit von Wolfgang Makkenroth (S. 195 ff., 319 ff., 495 ff.);

2. im Zerrspiegel der ironisch gebrochenen Erinnerung an Kindheitserlebnisse als Strafarbeit;

3. als unmittelbar durch Siggi fixiertes Erlebnis in der Besserungsanstalt;

4. als kunstkritischer Dialog des Malers Max Ludwig Nansen mit seinem Freund Teo Busbeck oder einem gewissen »Balthasar«, mit dem Nansen in seiner Phantasie Auseinandersetzungen über seine Bilder hat (bes. S. 400 ff.);

5. als naiv zutraulich erzählte Parabel in der Geschichte vom Schlagmann eines Rennbootes, der Bestechungsversuchen widersteht. Der Wärter Joswig aus der Besserungsanstalt erzählt dies Siggi quasi als Vorbildhandlung (S. 423 ff.);

6. als Hausaufsatz des 14jährigen Gymnasiasten Siggi über das Thema »Mein Vorbild«, in dem der Schüler einen Mann erfindet, der auf einer Zielinsel für englische Bomber die brütenden Vögel schützt (S. 461 ff.: Lenz denkt hier sicher an die Ereignisse um Helgoland nach dem Krieg);

7. als Trauerpredigt bei der Beerdigung Dittes, der Frau des Malers, in der ein Leben der Pflichterfüllung rückblickend vergegenwärtigt ist (S. 342 f.).

Es ist von hohem literarischen Rang, wie Siegfried Lenz in diesem Spiegelkabinett das Thema »Pflicht« von den verschiedensten Seiten beleuchtet und zum Bild deutschen Wesens komponiert.

Ich habe vorhin den Roman unter den Gesichtspunkten der Erzähltechnik, der Sprachgestaltung und der Metaphorik untersucht. Dem »Pflichtbegriff« nähern wir uns am besten durch eine Betrachtung des literarischen Strukturelements »Charaktere«.

Der Polizeiposten von Rugbüll, Jens Ole Jepsen, ist an sich, genau wie seine Frau Gudrun Jepsen, kein unebener Kerl. Wortkarg und ernst versieht er sein Amt, es verbindet ihn mit seinem späteren Opfer Max Ludwig Nansen eine Kindheitsfreundschaft, die vor allem darauf zurückgeführt wird, daß Nansen ihm einmal das Leben gerettet hat. Selbst als die Kinder, Siggi, Hilke und Klaas, längst von den Eltern verstoßen sind, erinnern sie sich gelegentlich auch an bessere Seiten:

> Aber war er wirklich so? Hat er uns nicht Geschichten erzählt, manchmal? Und denk mal an die hellen trockenen Sommer bei uns. Und als Mutter uns auf dem Milchwagen am Strand spazierenfuhr: sie konnte auch anders sein (S. 549).

So erinnern sich die Kinder. Immer, wenn der Polizeiposten den

Uniformrock ablegt, wird er menschlich:

> Mein Vater grüßte, als er eintrat... N'Abend allesammen, sagte er, klopfte mir auf die Schulter, ging zum Herd und sah nickend zu, wie meine Schwester kroß gebratene Heringe aus der Pfanne fischte... Mein Vater machte mir ein Zeichen und rieb sich in übertriebener Vorfreude den Magen; dann schnallte er sein Koppel mit Pistole und Diensttasche ab, legte es auf den Küchenschrank und setzte sich neben mich. ... (*wir begannen zu essen*)... ich brauchte mich nicht sehr anzustrengen, um den Vorsprung von zwei Heringen, den ich Hilke gegenüber erworben hatte, zu halten und auszubauen, nur meinen Vater konnte ich nicht überholen. Der Polizeiposten Rugbüll hatte seine eigene Methode, die Hauptgräte herauszuheben, und danach klemmte er gleich einen halben Fisch in die Gabel und schob sie in den Mund, ohne zu zischen oder zu blasen, und ich konnte nur noch erregt zusehen, wie die Gräten sich an seinem Tellerrand häuften. Wenn es gebratene Heringe gab, dann glich er Per Arne Scheßel, dem gierigsten Esser, dem ich zugesehen habe, obwohl ich zugunsten meines Vaters sagen muß, daß er mehr von der Wärme, der Wohltat, dem seufzenden Genuß des Essens ahnen ließ als der sauertöpfische Heimatforscher (S. 216 f.).

So wirkt Jens Ole, in Hemdsärmeln und mit ewig verdrehten Hosenträgern, nicht unsympathisch. Wenn ihn jedoch die Pflicht als Dorfpolizist ruft, dann legt er in immer gleichem Ritual seine Uniform an. In der eingangs zitierten Episode wird beschrieben, wie Siggis Vater den Auftrag erhält, Max Ludwig Nansen das Malverbot zu überbringen. In diese Pflicht tritt er folgendermaßen ein:

> Im Jahre dreiundvierzig, um mal so zu beginnen ... bereitete mein Vater Jens Ole Jepsen ... der nördlichste Polizeiposten von Schleswig-Holstein, eine Dienstfahrt nach Bleekenwarf vor, um dem Maler Max Ludwig Nansen... ein in Berlin beschlossenes Malverbot zu überbringen. Ohne Eile suchte mein Vater Regenumhang, Fernglas, Koppel, Taschenlampe zusammen, machte sich mit absichtlichen Verzögerungen am Schreibtisch zu schaffen, knöpfte schon zum zweiten Mal den Uniformrock zu und linste... immer wieder in den mißlungenen Frühlingstag hinaus und horchte auf den Wind... Der Wind saß im Ofen und paffte uns das Haus voll, während mein Vater hin- und herging und offenbar nach Gründen suchte, um seinen Aufbruch zu verzögern, hier etwas ablegte, dort etwas aufnahm, die Gamaschen im Büro anlegte, das Dienstbuch am

Eßtisch in der Küche aufschlug und immer noch etwas fand, was seine Pflicht hinausschob, bis er mit ärgerlichem Erstaunen feststellen mußte, daß etwas Neues aus ihm entstanden war, daß er sich gegen seinen Willen in einen vorschriftsmäßigen Landpolizisten verwandelt hatte ...

So war es an diesem Tag vermutlich die aus Gewohnheit zustande gekommene äußere Dienstbereitschaft, die ihn schließlich zum Aufbruch zwang, nicht der Eifer, nicht die Berufsfreude und schon gar nicht die ihm zugefallene Aufgabe; er setzte sich wie so oft in Bewegung, anscheinend weil er komplett uniformiert und ausgerüstet war (S. 23 f.).

So ist am Anfang nur wenig von einer »Freude der Pflicht« in Jens Ole Jepsen zu spüren. Im ursprünglichen Sinne des Wortes verlangt die Pflicht von ihm die Erledigung einer dienstlichen Obliegenheit, nach deren Berechtigung er nicht fragt und die er fast widerwillig erledigt. Der Polizeiposten von Rugbüll gleicht hier eher dem, was Kant forderte und was Schiller eine »erhabene Seele« nennt, der er »Würde« als Hauptcharakteristikum zuspricht. Eine »erhabene Seele« ist ein Mensch, der seine Neigungen unterdrückt, wenn es die Pflicht verlangt, der dann also bewußt gegen seine Wünsche handelt, um einem vermeintlich höheren Gesetz zu folgen. Max Piccolomini in Schillers *Wallenstein* ist so ein Mensch. Seine Haltung gilt in Nachfolge der Kant/Schillerschen Moralphilosophie weitgehend als vorbildlich.

Zurück zu Siegfried Lenz und nach Bleekenwarf, wo der Maler gegen Malverbot und Bilderbeschlagnahme protestiert:

Ihr seid verrückt, Jens, ihr könnt euch das nicht anmaßen.

Mir entging nicht, daß er von einer Mehrzahl sprach, der er meinen Vater jetzt schon ohne weiteres zuzählte. Ihr habt kein Recht dazu, sagte der Maler, und mein Vater darauf: Ich hab das nich geschrieben, Max, ich maß mir auch nix an, und er konnte seine Hände nicht daran hindern, eine Bewegung unbestimmter Hilflosigkeit zu machen. Nein, sagte der Maler, du maßt dir das nicht an, du sorgst nur dafür, daß sie sich ihre Anmaßung leisten können.

Was soll ich denn machen? fragte mein Vater kühl. ... und nach einer Weile hörte ich meinen Vater sagen: Vielleicht, Max, werden die Bilder zurückgeschickt eines Tages? ...

Mein Vater stand dem Maler ohne Verlegenheit gegenüber, es gelang ihm sogar, in seiner Haltung ungeduldiges Begehren auszudrücken, das erkannte ich ohne Schwierigkeit, und ich war nicht überrascht, als er sagte: Is in Berlin verfügt worden,

> das genügt... Ich muß dich auffordern, zugegen zu sein bei der Sichtung der Bilder. – Willst du die Bilder verhaften? fragte der Maler, und mein Vater darauf trocken und unnachsichtig: Wir werden feststellen, welche Bilder eingezogen werden müssen...
> Ihr wißt nicht mehr, was ihr tut, sagte der Maler, und da rutschte meinem Vater der Satz raus: Ich tu nur meine Pflicht, Max. Da sah ich auf die Hände des Malers, kräftige, erfahrene Hände, die er sachte hob vor dem Leib und schnell in die Luft greifen ließ, und ich verfolgte auch, wie er die Finger zuerst spreizte und dann zur Faust schloß, als sei dies eine Entscheidung. Die Hände meines Vaters dagegen hingen schlaff und bereit an der Hosennaht, zwei gehorsame Wesen, möchte ich mal sagen, jedenfalls machten sie sich nicht besonders bemerkbar (S. 89 ff.).

Der zunächst widerstrebende Polizeiposten beginnt schon hier, sich in Diktion und Haltung mit seiner Pflicht zu identifizieren. Heißt es zunächst noch: *Ich* hab das nich geschrieben, Max ... oder: Was soll *ich* denn machen? ... so wird daraus sehr bald: »*Wir* werden feststellen, welche Bilder eingezogen werden müssen.« Der vorher persönliche Ton ist jetzt knapp und amtlich: »Ich muß dich auffordern«, und die Haltung militärisch: Hände an der Hosennaht.

Immer wieder wächst der kleine Beamte in die Uniformjacke seiner Pflicht hinein, sie wird ihm zum Teil seines Wesens, schließlich zum Zentrum seines Wesens. Schon bald bemerken die Dorfbewohner, wie sehr er den Auftrag zu seinem eigenen, persönlichen Anliegen macht. Der Postbote kritisiert ihn:

> Es wird erzählt, daß du mehr tust, als einer tun sollte, jedenfalls mehr, als die Pflicht verlangt. – Ihr wißt nicht, was sie von mir erwarten, sagte mein Vater. Nein, sagte der Postbote, das wissen sie wohl nicht, aber sie glauben, darüber Bescheid zu wissen, was du selbst von dir erwartest in dieser Angelegenheit ... Einige machten sich Sorgen ... weil sie glauben, daß die Zeit sich einmal ändern könnte ... Sorgen? Wer seine Pflicht tut, der braucht sich keine Sorgen zu machen – auch wenn die Zeiten sich einmal ändern sollten (S. 126 f.).

Man beachte auch den Doppelsinn der Worte: »Wer seine Pflicht tut, der braucht sich keine Sorgen zu machen«. Jens Ole meint: Mir kann nichts passieren in der Zukunft. In dem Satz steckt aber auch der sehr viel ernstere Sinn: Wer nur mechanisch seinen Auftrag erfüllt, der glaubt sich der Verpflichtung enthoben, sich über die Folgen seines Handelns Sorgen zu machen. In dieser Bedeutung wird der Satz zu einem Signal für die Gefahr, die in dem Begriff der Pflichterfüllung liegen kann.

Mit einem grotesk-komischen Bild verdeutlicht Siegfried Lenz die weitere Identifizierung von Pflicht und Neigung in Jens Ole Jepsen. Was zunächst bloße Ausführung eines Befehls ist, wird zur innersten Bestimmung dieses Menschen. Die Suche nach Bildern entwickelt sich zur Manie, die der Verfasser dadurch konkretisiert, daß er den Polizeiposten mit der prophetischen Gabe des sogenannten »zweiten Gesichts« begabt. Jens Ole entwickelt in plötzlichen Trancezuständen eine parapsychologische Fähigkeit, in die Zukunft zu blicken: ein makaber-skurriles Bild für den detektivischen Scharfsinn, mit dem nun ein halb Verrückter Kunstwerke sucht, findet und zerstört. Dabei verkümmert mehr und mehr die ursprüngliche Menschlichkeit dieses Mannes. Die Sucht nach Pflichterfüllung zerstört den humanen Kern, so daß dann dies Wesen auch äußerlich nur noch durch seine Uniform zusammengehalten wird. So sehen wir Jens Ole vor dem Begräbnis von Nansens Frau schwanken:

> (*Mein Vater, so schien es, konnte sich nicht mit seiner Kleidung befreunden*): zuerst zog er seine Dienstuniform an, dann pellte er sich mißmutig den schwarzen, altmodischen Anzug an ... und zum Schluß warf er sich, das zivile Zeug erleichtert auf das Bett schleudernd, in seine Polizei-Ausgehuniform, in der er, wie Klaas einmal gesagt hatte, einem Pavian glich, dem man an einem Sonntag erlaubt hatte, die Uniform seines Wärters anzuziehen. Er wirkte nicht angezogen, sondern verkleidet, zurechtgemacht wirkte er, künstlich hergestellt ... (S. 334).

und später heißt es, als er sich umzieht und die Dienstuniform anlegt:

> Diese Erleichterung, diese Wohltat! Diese Wendung zur besseren Laune; er schien aufzutauen ... (S. 347 f.).

Vorher war Jens Ole Mensch in Hemdsärmeln und Hosenträgern, jetzt ist er zufrieden erst, wenn er seine Uniform anhat.

Was wird nun aus diesem pflichtbesessenen Psychopathen, als

sein Wertgebäude mit Kriegsende zusammenbricht? Siegfried Lenz beschreibt den geistigen Zusammenbruch in der Szene, in der die Volkssturmleute ihren Anführer Jens Ole Jepsen verlassen, um nach Hause zu gehen. Vergeblich hat er versucht, sie mit der Pistole in der Hand aufzuhalten, jetzt steht er allein in der laienhaft ausgehobenen Stellung, einsam in der leeren Marsch, die nie ein Panzer oder ein Flugzeug bedrohen wird, eine fast tragische Figur in einem lächerlichen Indianerspiel:

> Also allein in der Stellung mit dem Polizeiposten Rugbüll, der sich hinter schützend gewölbter Hand die Pfeife anbrannte und dann auf seine trockene und unbeirrbare Weise Straßen und Wiesen, überhaupt das dunkelnde Land nach dem Feind absuchte, dem nun auch noch der Nebel zu Hilfe kam ...
> Geh nach Hause, sagte mein Vater. Und du? fragte ich ... Ich werde einen Namen suchen, sagte er. Einen Namen? – Für das Elend. Für das Elend und all das werde ich einen Namen suchen, ja (S. 381 f.).

Die Situation wird dann transponiert in einem Traum Siggis:

> Ich weiß noch, ich sah in die Dunkelheit und lauschte, und auf einmal spielte Hilke Klavier ... (*da kam ein Flugzeug*), das ohne Motoren heranschwebte, ein graues, ziemlich großes Flugzeug, das neben der Stellung meines Vaters zu landen versuchte ... da wurde die ovale Tür auch schon aufgestoßen, Männer und Frauen sprangen heraus, lauter Bekannte ... (*es war Hilkes Spiel*), das alle aufforderte, sich bei den Händen zu fassen und mit Tanzschritten die Stellung meines Vaters einzukreisen, immer enger, immer würgender wurde ihr Ring, die Kleider flatterten, aber nicht vom Wind, schließlich waren sie bei ihm und über ihm, sie banden ihn, sie hoben ihn aus dem Erdloch und trugen ihn mit angedeuteten Tanzschritten den grünen Hügel zur Mühle hinauf ... daran fesselten sie ihn und klatschten rhythmisch in die Hände, als die Flügel sich langsam zu drehen begannen ... schneller und schneller ... bis dünner Qualm aus dem Zwiebeldach stieg, ja, die Mühle qualmte, und Brandgeruch lag in der Luft.
> Da sprang ich auf und lief ans Fenster, vor dem eine dünne Rauchsäule hochstieg. Unten auf dem Hof ... stand mein Vater vor einem Feuer. Er fütterte das Feuer langsam mit einzelnen Schriftstücken, die er aus Ordnern löste ...
> Er spürte, daß ich ihn unablässig beobachtete ... nach einer ganzen Weile fragte er: Was ist? Kennst mich nicht? ... Vorbei, sagte er, alles vorbei, und riß einzelne Blätter aus einem Ordner, zerknüllte sie, bevor er sie ins Feuer warf. Er war grau im

Gesicht, unrasiert, hatte die Mütze schief auf dem Kopf, an seinen Schuhen klebte noch die feuchte Erde der Stellung. Seine hängenden Schultern. Die zähen Bewegungen. Die heisere Stimme. Wer so einen Mann sieht, nimmt gleich an: der hat aufgegeben, der findet kein Ufer mehr für sich (S. 383 ff.).

Mit dem Bild des Akten verbrennenden Polizisten beschwört Siegfried Lenz nicht nur das übliche Zeichen für eine militärische Niederlage: der pflichtbewußte Soldat vernichtet Geheimakten, die nicht in die Hände des Feindes fallen sollen. Es liegt darin auch das Bild des Verbrechers, der die Spuren seiner Schuld tilgt. Vor allem aber wird hier die weitere Entwicklung Jens Ole Jepsens vorbereitet. Mit den Akten versucht der Polizeiposten auch eine beschlagnahmte Skizzenmappe des Malers zu verbrennen. Der Fluch der Pflicht, angeblich Artfremdes, Entartetes vom sogenannten gesunden Volksempfinden fernzuhalten, wirkt über die zerbrechende Epoche hinaus weiter. Jens Ole Jepsen wird nach kurzer Entnazifizierungspause weiter dem alten Auftrag gehorchen, der ihm zum Teil seines Wesens geworden ist. Ohne äußeren Befehlszwang gehorcht er von nun an einer inneren Stimme, die jetzt völlig Züge von Irrsinn annimmt. Die »Freuden der Pflicht« erhalten somit in der Metaphorik des Romans den Anstrich von Wahnsinn. Es heißt an einer Stelle, der Polizeiposten von Rugbüll sei »süchtig, seine verdammte Pflicht zu tun«, und keiner traue sich, ihm eine Entziehungskur zu verordnen (S. 540). Mit seinem »zweiten Gesicht« spürt der zum Pyromanen entartete Jens Ole Jepsen Bilder auf und verbrennt sie mit deutlichen Zeichen von Geistesverwirrung im Gesicht:

Ein Ausdruck von stierender Zufriedenheit lag auf seinem Gesicht, jetzt, da er es getan hatte, er konnte ruhig dastehen und rauchen wie nach einem vollbrachten Auftrag ... Mit seiner erschreckenden Unbeirrbarkeit konnte er jedes Versteck finden ... und ich sagte: Du darfst das nicht, du darfst nichts mehr beschlagnahmen, du darfst kein Feuer machen, du darfst nichts mehr verbrennen. – Wer hat dir das gesagt? – Alle, alle haben es gesagt, daß das Malverbot vorbei ist und daß du nichts mehr zu bestellen hast ... Was früher war, ist aus und vorbei ... Du hast Onkel Nansen nichts mehr zu sagen, er kann jetzt machen, was er will, das weiß ich.
Er schlug zu. Ich fiel in den Sand und blieb auf den Knien liegen ...

Vieles hast du gehört, sagte er, aber nicht dies: daß einer sich treu bleiben muß; daß er seine Pflicht ausüben muß, auch wenn die Verhältnisse sich ändern; ich meine eine erkannte Pflicht[11].

Nicht nur Jugendfreunde und Kunstwerke fallen dem Amoklauf zum Opfer, in der gleichen Wut nach Pflichterfüllung zerstört der Polizeiposten seine eigene Familie. Eingebettet in die Verfolgung des Malers ist die Geschichte vom ältesten Sohn, Klaas Jepsen, der als Wehrdienstverweigerer sich in den Arm schoß, um dem Kriegsdienst zu entgehen. Die Eltern halten es für ihre Pflicht, ihn schwerverletzt dem Kriegsgericht auszuliefern. Auch hier wirkt die zwanghafte Pflichtvorstellung über das Kriegsende hinaus. Was am Anfang noch Züge echten Gewissenskonfliktes trug[12], wird dann zu einer grotesken Tragikomödie, als der Vater in einer makabren Familiensitzung nun selbst Gericht hält über Klaas, der wie durch ein Wunder der Erschießung als Fahnenflüchtiger entgangen ist. Jens Ole Jepsen stellt die Fotografie des verlorenen Sohnes auf das Fensterbrett und klagt an:

Jetzt umfaßte mein Vater mit seinen Händen die Stuhllehne, ruckte, warf seinen Kopf in den Nacken, faßte Klaas ins Auge und sprach zur Photographie hinüber: .... Wir sind zusammen, weil wir abrechnen wollen. Wir alle wissen, was du getan hast, die Zeiten haben sich geändert, vielleicht, aber was du getan hast, hast du getan...
Abschließen, wir müssen das ganze Kapitel abschließen und zu einem Urteil kommen. Da, wo ich war, habe ich dran denken müssen den ganzen Tag, was er über uns gebracht hat. ... Zuerst die Schande und dann nicht mal eine Bitte um Verzeihung...
In dieser Art sprach er weiter ... redete die Photographie direkt an und wies sie darauf hin, daß auch eine Familie ein Gericht darstellen, einen Spruch fällen kann...
Hört gut zu! (*sagte er*) Solange ich lebe, wird er sein Elternhaus nicht mehr betreten, und uns wurde untersagt, den Namen von Klaas zu denken oder auszusprechen. Ihr werdet ihn einfach streichen aus eurem Gedächtnis. Danach zerriß mein Vater die Photographie und warf die Schnipsel in den Küchenherd (S. 430 ff.).

Genauso verfährt er mit seiner Tochter Hilke, als diese dem Maler zu einem Halbakt Modell steht. Auch sie wird vor das Familiengericht zitiert, auch ihr wird die Schande vorgeworfen, die sie angeblich über die Familie gebracht hat, wieder tauchen Vorstellungen von entarteter Kunst auf, und in konsequenter Fortsetzung der Verbrennung von Kunstwerken im Dritten Reich wird Hilke dazu verurteilt, das Bild zu vernichten (S. 478 ff.).

Fassen wir zusammen: Jens Ole Jepsen wird dargestellt als ein zunächst gutgläubiger, einfacher, ja einfältiger Mann, der das Korsett einer festen Weltanschauung benötigt, um Gewissensentscheidungen gewachsen zu sein. In seiner starren Pflichterfüllung könnten wir ihn kritisch einen »sturen Beamten« nennen. Auf ihn paßt aber auch eine andere Bezeichnung, die wir nicht selten mit einem positiven Vorzeichen benutzen. In dem Maße, in dem er aus innerer Überzeugung, aus Neigung, dem folgt, was ihm sein Gewissen vorschreibt, ist er ein »Idealist«. Man hat ihm eine »Idee« gegeben von dem, was gut sein soll für sein Volk, seine Rasse, seinen Staat, und diese Idee stellt er so überzeugend über persönliche Bindungen, daß ihm die Pflicht zur Freude wird. Siegfried Lenz kommentiert durch die Art seiner Erzählung diese Haltung als gefährlichen Wahnwitz. Er entmythisiert damit die deutsche Verherrlichung des Pflichtbegriffes und entlarvt die Gefahr, die in dieser Einstellung stecken kann. Wir haben es hier mit einem scharfen Angriff auf weltanschaulichen Idealismus zu tun, so wie er bereits vor einigen Jahrzehnten in der Philosophie des Existenzialismus geführt worden ist.

Der Roman entlarvt mit erzählerischen Mitteln eine ideologische Mechanik, die, wie mir scheint, besonders in Deutschland seit langem und bis heute wirksam gewesen ist. Dem common sense des Engländers steht hierzulande ein Verhaltensmuster gegenüber, das absolut gesetzte Zielvorstellungen unbedingt zu verwirklichen sucht und sich dazu des Mittels der Pflichterfüllung bedient. Dieses Muster wirkt *per se* so stark, daß das Ziel selbst und die Wege dorthin der Kritik nicht mehr zugänglich sind. So konnte dann die leere Form ohne große Schwierigkeiten im Laufe der Geschichte mit verschiedenen Inhalten gefüllt werden, ohne daß die Maschinerie streikte.

In Diskussionen um Siegfried Lenz' *Deutschstunde* habe ich immer wieder feststellen müssen, wie stark auch heute noch das beschriebene Verhaltensmuster unsere Vorstellungen bestimmt. Bei sonst begeisterter Zustimmung zu dem Roman äußerten selbst erklärte Gegner des Faschismus ihr Unverständnis, wenn es um die Lenzsche Metaphorik der starren Pflichterfüllung als Wahnsinn ging. Selbst hier wirkte das Muster, und die von Lenz entlarvte Schablone tauchte bei Gesprächsteilnehmern als kritiklos gebrauchte Formel wieder auf, um der Irritation Ausdruck zu geben: »Aber man muß doch seine Pflicht tun!«

Was Lenz als Erzähler mit literarischen Mitteln entlarvt, erklären Alexander und Margarete Mitscherlich mit Nietzsche psychologisch. Es heißt in ihrem lesenswerten Aufsatz *Proklamierte und praktizierte Toleranz*[13]:

> Doch wir nähern uns einem Dilemma, einem großen Argument der Feinde der Toleranz. »Wer ganz tief und stark sein eigenes Ideal fördert, kann gar nicht an andere glauben, ohne sie abschätzig zu beurteilen – Ideale geringerer Wesen, als er ist.« So heißt es bei Nietzsche, und er fährt in dieser Notiz aus der Zeit der *Fröhlichen Wissenschaft* fort: »Somit ist Toleranz, historischer Sinn, sogenannte Gerechtigkeit ein Beweis des Mißtrauens gegen ein eigenes Ideal, oder das Fehlen desselben.« Hier, sagt der Gläubige, sagt der Nationalist, hier ist es ausgesprochen: Toleranz zersetzt unsere Ideale, unsere heiligsten Güter! So ist es, antwortet der Verfechter der Toleranz und fragt weiter: Aber gibt es das, Heiligtümer, die aus der Erniedrigung der anderen ihren Rang erhalten? Soll es solche Ideale weiter geben? Wenn also Toleranz – und dies wäre eine andere These –, wie Nietzsche sagt, einen »Beweis des Mißtrauens gegen ein eigenes Ideal« einschließt, so kann dieses Mißtrauen doch nur der Ausdruck des Scharfsinnes sein, der mich einer Ungleichgewichtigkeit, einer ungerechtfertigten Abwertung des fremden und einer Überschätzung des eigenen Wesens ansichtig werden läßt. Mein Ideal hat mir ein statisches System vorgetäuscht, in dem ich und meinesgleichen gesichert die höchste Stelle einnehmen. Das gerät in Zweifel – nicht gerät in Zweifel, daß ich meinen Idealen mit Liebe anhängen darf, sondern daß ich sie hegen könnte, weil sie mich privilegieren. Das und nichts sonst ist zweifelhaft. Mit einem, man darf sagen, atemberaubenden Mut begreift der große Psychologe das Problem in seinem Kern. Das Ideal setzt die Denkhemmung als Schutz privilegierter Befriedigungen, mögen diese Sondergenüsse real, mögen sie fiktiv sein. Mein Ideal läßt die Alternative nicht zu, erlaubt nicht die duldende Hinnahme des Fremdartigen, schon gar nicht des Schwächeren oder Kranken als eines Gleichwertigen: denn alles Fremde bedroht diese Art von Selbstideal. Eine seiner Funktionen tritt deutlich hervor: Es ist gegen die

Lebensansprüche fremden Menschseins errichtet, und es usurpiert die Macht, Zweifel zu ersticken.

Die Aktualität des Romans nimmt geradezu bestürzende Formen an, wenn man sieht, wie sich die 1968 von Lenz beschriebene Reaktion von Siggis Mutter auf die Errichtung eines Heimes für schwachsinnige Kinder (S. 453 ff.) 1969 in Fürsteneck/Bayern wiederholte, wo man schließlich dieses Heim sogar in Brand steckte.

Wenn man im Laufe der Romanhandlung erkennt, welche Folgen starre Pflichterfüllung hat, so nimmt es nicht wunder, wenn das Thema der Strafarbeit Siggis fast unmerklich einen anderen Charakter annimmt: nicht mehr die »Freuden der Pflicht« stehen im Zentrum, sondern die »Opfer der Pflicht«. Siggi drückt dies in einem Zwiegespräch mit seinem Wärter Joswig aus:

> Siehst du, fragte er, erkennst du, wozu einen die Freuden der Pflicht treiben können? ... Ich sagte: Das sind die Freuden der Pflicht, wie Korbjuhn (*der Deutschlehrer*) sie sich gewünscht hat; etwas anderes sind ihre Opfer; von ihnen redet man nicht. Er stand von der Bettkante auf, legte mir eine Hand auf die Schulter, tätschelte meine Schulter mit nachsichtiger Anerkennung: An deinen Worten merkt man, daß du volljährig geworden bist (S. 426).

Der Maler weiß das gleiche schon lange:

> Er habe genug bemerkt, sagte der Maler, ... was das für eine Krankheit sei: Pflicht, und was er dagegen tun könne, werde er tun; die Opfer erwarten dies, die Opfer der Pflicht (S. 490).
> ... es kotzt mich an, wenn ihr von Pflicht redet. Wenn ihr von Pflicht redet, müssen sich andere auf was gefaßt machen (S. 91).
> ... wenn du glaubst, daß man seine Pflicht tun muß, dann sage ich dir das Gegenteil: man muß etwas tun, das gegen die Pflicht verstößt. Pflicht, das ist für mich nur blinde Anmaßung. Es ist unvermeidlich, daß man etwas tut, was sie nicht verlangt (S. 208).

Mit diesen letzten Worten kommt nun auch ein anderer Pflichtbegriff ins Bild. Wenn Nansen sagt, man *müsse* etwas tun, das gegen die Pflicht verstößt, so liegt darin auch ein »unbedingtes Sollen«, ein »kategorischer Imperativ«. Es wäre einseitig und verfälschend, als einziges Ergebnis der *Deutschstunde* die Jens Ole Jepsensche Vorstellung von Pflichterfüllung festzuhalten. Dem stehen entgegen eine Reihe von anderen Gestalten im Roman, die auch eine Pflicht erfüllen, auf ihre Weise. Da ist Ditte, die Frau des Malers, die bis in den Tod zu ihrem Mann in der Zeit der Unterdrückung steht (S. 343). Da ist Teo Busbeck, der sich in rührender Hilflosigkeit für den Maler opfern will, als dieser verhaftet wird (S. 279), und da ist vor allem Max Ludwig Nansen selbst, der einem inneren Pflichtgefühl gehorcht, wenn er trotz eigener Gefährdung Verfolgten Unterschlupf gewährt: den Kindern eines bedrohten Künstlers, Teo Busbeck und vor allem Klaas Jepsen.

Am wichtigsten aber ist wohl, was er über die Pflicht des Künstlers sagt und damit über seine Funktion in dieser Welt. Nach Kriegsende arbeitet Nansen an einem Selbstbildnis, und er ist mit dem Bild noch nicht zufrieden. Darüber spricht er mit Siggi, und mir scheinen diese Worte ein wichtiger Schlüssel zum Verständnis des Buches zu sein, selbst wenn Siegfried Lenz hier an die Grenze des in Worten Ausdrückbaren stößt:

> Was meinst du, Witt-Witt? Woran liegt es, daß wir nichts zur Deckung bringen können? Können wir uns nicht unterwerfen, oder können wir nicht sehen? Balthasar meint, wir müssen wieder einmal damit beginnen, sehen zu lernen. Sehen: mein Gott, als ob nicht immer alles davon abhing ...
> Sehen: das ist doch nicht: zu den Akten nehmen. Man muß doch bereit sein zum Widerruf ...
> Sehen ist so ein Tausch auf Gegenseitigkeit. Was dabei herausspringt, ist gegenseitige Veränderung ... Sehen heißt auch: einander entgegenkommen, einen Abstand verringern. Oder? Balthasar meint, das alles ist zu wenig. Er besteht darauf, daß Sehen auch Bloßstellen ist. Etwas wird so aufgedeckt, daß keiner in der Welt sich ahnungslos geben kann ... Ich werde dir sagen: man beginnt zu sehen, wenn man aufhört, den Betrachter zu spielen ...
> Und auch das kann Sehen sein: Meisterung, Inbesitznahme (S. 401 f.).

Und etwas weiter unten stößt Teo Busbeck in zwei Worten über die Pflicht noch weiter an die Grenze des Sagbaren vor:

> Du denkst, Max, du bist immer zu was verpflichtet. – Und was soll das sein? – Ich weiß nicht, vielleicht Ernst, Ernst und Stummheit (S. 411).

Diese Worte lassen zwei Deutungen zu. Sie können verstanden werden als Forderung des Freundes und Kunsthändlers Busbeck an den Künstler Nansen (»... *du* bist immer zu etwas verpflichtet«). So gesehen widerspricht das Wort »Stummheit« eigentlich dem Auftrag zu künstlerischem Ausdruck. Er würde in einer Zeit der Unterdrückung jedoch verständlich als Notwendigkeit, seine Kritik durch Verstummen oder Verschleierung auszudrücken. Nansen tut dies etwa in seinen »unsichtbaren Bildern«.

Der Zusammenhang, in dem die Worte stehen, legt es jedoch nahe, das »du« hier im Sinne von »man« aufzufassen. Wenn diese Bedeutung zutrifft, dann beschreibt Teo Busbeck seine eigene Reaktion auf das Land und seine »schlimme Tiefe« (S. 411). Dies entspräche seinem Charakter als »Symbol der Geduld«, wie Siggi ihn auf S. 462 nennt, und erklärt die Reaktion Nansens weiter unten auf S. 411, wo er dagegen zur Aktivität auffordert (»müssen wir nicht versuchen, es bewohnbar zu machen, dieses Land?«). Wenn es die Pflicht des Künstlers ist, ernst, vielleicht in stummer Andeutung, das Schlimme bloßzustellen und das sonst Unsagbare auszudrücken, und wenn er als der Erklärer und Deuter unserer Zeit jene Sonderrechte in der Gesellschaft beanspruchen darf, die der Polizeiposten von Rugbüll nicht anerkennen will, so bleibt dem Bürger im Staat die Pflicht, Sehen zu lernen und Bedrohtes zu erhalten.

In diese Rolle der Pflichterfüllung wächst die dritte Hauptperson des Romans hinein: Siggi Jepsen. Seine Pflicht eröffnet sich ihm auf einem Umweg. Er bekommt zunächst den Auftrag, seinem Vater bei der Überwachung des Malverbots zu helfen. Obwohl er diesen Auftrag nie ernst ausführt und von Anfang an sowohl zu Max Ludwig Nansen als auch zu seinem verfolgten Bruder Klaas hält, bleibt dies zunächst doch mehr kindliches Spiel als ernste Pflichterfüllung. Erst langsam entwickelt sich der heranwachsende Siggi zum eigentlichen Gegenspieler seines Vaters. Dies beginnt bei ihm mit einem Gefühl der Angst, und zwar als Reaktion auf das »zweite Gesicht« seines Vaters, von dem er nun fürchtet, er werde auf diese Weise alle Bilderverstecke entdecken können (S. 170). Es stehen sich hier zunächst also zwei *irrationale* Elemente in den Kontrahenten gegenüber: bei Jens Ole das zur parapsychologischen Fähigkeit *pervertierte* Pflichtbewußtsein, bei Siggi eine Emotion, die einer bewußten Pflichterfüllung *voran*geht.

Es ist bezeichnend für die skurril-ironisierende Erzählweise

Siegfried Lenz', wie er die Entwicklung Siggis dann fortschreiten läßt. Sie entzündet sich an dem pyromanischen Wahn seines Vaters. Erst als bei diesem die Pflichterfüllung zur zwanghaften Bilderverbrennung entartet, entwickelt Siggi aus der steigenden Angst einen Gegenwahn. Als der Polizeiposten mit »stierender Zufriedenheit« vor seinem ersten Scheiterhaufen steht, fühlt Siggi:

> Dort auf der Halbinsel, vor den Resten des Feuers, begann ich mich vor ihm zu fürchten, und zwar nicht vor seiner Kraft oder seiner List oder Hartnäckigkeit, sondern vor seiner ihn bewohnenden Unbeirrbarkeit; diese Furcht war stärker als der Haß, der auf einmal da war und der mir riet, mich auf ihn zu stürzen und seine Schenkel und Hüften mit den Fäusten zu bearbeiten. Diese stierende Zufriedenheit! Diese schlimme Ruhe in ihm (S. 437).

Diese Furcht steigert sich nun bei Siggi zu einer Zwangsvorstellung, die sich mit Kopfschmerzen ankündigt, ganz so wie bei dem Vater das »zweite Gesicht«. Sie wird endgültig ausgelöst, als der Vater Siggis Mühle anzündet, in der der Junge seine ganze Gemäldesammlung aufgebaut hat. Der Rauch zieht zeichenhaft über Bleekenwarf, und dort hat Siggi dann erstmalig auch ein »zweites Gesicht«: Er sieht eine kleine offene Flamme auf ein Gemälde zuwandern. Umgekehrt wie bei Jens Ole *entwickelt* sich bei Siggi das Pflichtbewußtsein *aus* diesem »zweiten Gesicht«:

> Ich konnte es nicht erklären, wollte es auch nicht erklärt haben, das Bild zog sich zusammen, da war ein ziemlich genauer Schmerz und eine Klammer auf den Schläfen, etwas Helles bewegte sich auf das Bild zu ... eine kleine offene Flamme ..., die sich aus dem Hintergrund näherte, stetig, unwiderruflich. Was überwog meine Furcht? Die Verblüffung? Die Schwäche? Der Schreck? ... ich weiß nur dies: Da war das Bild. Da war die kleine offene Flamme. Da war die Furcht. Das war beinahe alles. Und ich dachte nicht weit, als ich die Decke abstreifte und aufstand, ich mußte einfach das Bild herunternehmen ... Wo (*war es*) sicher? Unter dem Kopfkissen? Im Schrank? ... Ich konnte (*später*) es doch nicht soweit kommen lassen nach allem, daß (*ein Bild aufflammte*) in einer unbewachten Sekunde, ich mußte doch etwas tun. Ich mußte doch darauf hören, was meine Furcht mir riet (S. 470 f.).

So wird im folgenden nun der Junge aus innerem Zwang zum Retter von Kunstwerken, die der Vater aus innerem Zwang bedroht. In beiden Fällen drückt der Zwang als Metapher ein Pflichtbewußtsein aus. Lenz verdeutlicht diesen abstrakten Gedanken in einem für das Buch bezeichnenden Bild als Verrücktheit. Beide Personen werden dargestellt als nicht normal. Es besteht jedoch ein ganz wesentlicher Unterschied: der eine Wahn zerstört, der andere erhält. Der eine Wahn versteckt sich – auch nach dem Zusammenbruch des Dritten Reiches – hinter einer Polizeiuniform, und er legitimiert sich nach außen mit nur zu bekannten und gefährlich normal klingenden Formulierungen. Stolz und Schande, fremdartig und Pflicht, diese Begriffe werden angesprochen, als Jens Ole Jepsen seiner Tochter den Auftrag gibt, den bewußten Halbakt zu zerstören (S. 480 f.). Da bleckt das sogenannte »gesunde Volksempfinden« schon wieder seine Zähne, da drohen Zwangsmaßnahmen und Zerstörung, da sucht die Pflicht ein neues Opfer, und »keiner traut sich, dem Polizeiposten Rugbüll eine Entziehungskur zu verordnen« (S. 540). Direktor Himpel beruhigt 1954 den erregten Siggi: »Aber dein Vater tat doch nur seine Pflicht« (S. 539).

Jene andere Pflicht dagegen, nämlich die, jener Sucht der kalten Zerstörung, jener idealistischen Krankheit, entgegenzutreten, jene Pflicht, die Siggi in *seinem* »Wahn« erfüllt, jene Pflicht, die wir als das einzig Humane und Normale erkennen sollen, die erscheint in der wissenschaftlichen Diplomarbeit des Psychologen Mackenroth als Krankheit und bekommt sogar einen eigenen Namen: »Jepsenphobie« (S. 496). Hier erweist sich zum Schluß noch einmal die ironische Grundspannung, durch die Siegfried Lenz seine thematische Aussage zum Pflichtbegriff ungemein wirkungsvoll macht.

Siegfried Lenz' *Deutschstunde* bietet am Schluß kein eindeutiges Rezept. So doppelgesichtig, wie sich der Begriff der Pflichterfüllung erwiesen hat, so zwiespältig bleibt am Ende auch das Deutschlandbild. Siggi verläßt die Besserungsanstalt. Er muß die Strafarbeit abliefern, aber eine Lösung hat er nicht gefunden, er kann jetzt nur noch fragen:

> Bin ich ... schon Rugbüll entkommen? ... Rugbüll ist unweigerlich da, der Ort, den ich nach so vielen Richtungen ausfragte, und der mir dennoch so viele Antworten schuldig blieb. Da kann einer doch nicht aufgeben ... (*ich höre*) nicht auf, alles weiter zu befragen ...

ich frage, warum sie den Kranken so gering schätzen... Und ich frage, warum sie bei uns tiefer und folgenreicher sehn am Abend als am Tag, und warum sie so verstiegen sind in die Erfüllung einer übernommenen Aufgabe...
Ich hab nichts mehr zu sagen, ich hab nur noch Fragen übrig, die mir keiner beantwortet, auch der Maler nicht, auch er nicht...
Die Zeit ist wohl um? – Welche Zeit? – Deine Zeit auf der Insel... Freust du dich? – Worauf? – Hier wegzukommen, nach drüben zu fahren, drüben etwas Neues anzufangen? – Etwas Neues? Was soll das sein? ... Möglichkeiten. Noch gibt es Möglichkeiten. Aber werde ich sie nutzen? ...
vielleicht werde ich ... das Geduldspiel spielen, das Hilke mir bei ihrem Besuch zurückließ, und vielleicht gelingt es mir, die drei Mäuse gleichzeitig in die Fallen rutschen zu lassen (S. 555 ff.).

Anmerkungen

[1] Johann Lachinger, in *Deutsche Literatur seit 1945*, herausg. Dietrich Weber, jetzt 2., überarb. u. erweit. Aufl., Stuttgart, Kröner, 1970, S. 480 [und unten, S. 258, im Wiederabdruck].

[2] Vortrag im »Deutschen Kulturinstitut«, Stockholm, am 28. 1. 1970. Er wurde für den Druck nur unwesentlich verändert.

[3] Bei seinem Besuch in Stockholm im September 1970 erklärte mir Siegfried Lenz, er habe bei der Figur des *Max Ludwig Nansen* auch an die vielen anderen verfolgten Künstler gedacht, etwa an *Max* Beckmann oder Ernst *Ludwig* Kirchner. Die Anlehnung an Nolde ist jedoch am deutlichsten.

[4] Die Bilder sind zugänglich u. a. in dem Band *Emil Nolde* von Werner Haftmann, Frankfurt a. M., Büchergilde Gutenberg, o. J., S. 110 und S. 128.

[5] Ich bin Colin Russ dankbar für den Hinweis auf einen Rechenfehler, der mir in der ersten Fassung des Aufsatzes unterlaufen ist, so wie sie in *Der Deutschunterricht*, 23 (1971), 1, vorliegt. Wenn auch nun die dort angebotene Vermutung zu den Implikationen entfällt, so bleibt dennoch m. E. die Parallelität der »Volljährigkeit«! Siggi wird erwachsen genau wie die Bundesrepublik, es ist für beide an der Zeit, sich zu fragen: »Wer bist du? Wohin willst du? Was ist dein Ziel?«

[6] S. 284, Hervorhebungen von mir. Lenz arbeitet oft mit Assoziationschiffren, d. h. mit Zeichen, die im Leser bestimmte Vorstellungen

hervorrufen sollen. Dies wird noch mehrfach zu beobachten sein, vgl. etwa S. 156 des Aufsatzes (Wieland der Schmied), Fußnote 10, unten (ich focht für Addi), oder S. 158 des Aufsatzes (Altmetallfront). Dies Verfahren legt nahe, auch in dem Namen »Ole Plötz« keinen Zufall zu sehen. Es wird an der zitierten Stelle ja auf eine ganz bestimmte Haltung zur Geschichte hingewiesen. Lenz fordert, aus ihr Erfahrungen zu sammeln für die eigene Gegenwart. Ole Plötz tut das nicht. Eine derartige Methode der Darstellung bloßer historischer Fakten ohne Beziehungen zueinander oder zur Gegenwart war bezeichnend für die oft zitierte und vor 30 Jahren viel benutzte Sammlung *Hauptdaten der Weltgeschichte* von Karl Ploetz.

7 So wird Siggi in der wissenschaftlichen Untersuchung des Psychologen genannt. Vgl. etwa S. 320 u. a.

8 Hier wirkt umgekehrt die kindliche Perspektive aus der erzählten Zeit 1943/1944 zurück in die Zeit 1954, in der der 21jährige Fürsorgezögling seine Arbeit schreibt.

9 Siggi spricht hier die Sagenkenntnisse des Lesers aus dem damaligen Deutschunterricht oder aus Hitlerjugendheimabenden an. Er meint den germanischen Schmied Wieland, der seinerzeit als eine der heldischen Vorbildfiguren für die Jugend galt. Man beachte die ironische Brechung, die dadurch entsteht, daß der Junge sich nicht an den Namen erinnern kann, es also dem Leser überläßt, aus seinen eigenen Erinnerungen an jene Zeit das Bild selbst zu rekonstruieren. Das Heldenvorbild der Hitlerjugend wirkt einfach komisch, wenn der zehnjährige Siggi in dieser Pose auf den Dünen erscheint.

10 Die Formel »...: ich focht für Addi«, als Schlagwort durch den einleitenden Doppelpunkt gekennzeichnet, evoziert in dem Leser, der die damalige Zeit erlebt hat, die Assoziation zu einem »Ich ritt für Deutschland« und damit zu dem bekannten Propagandafilm ... *reitet für Deutschland.*

11 S. 437 ff. In den letzten Worten Jens Ole Jepsens klingt das Treuegelöbnis der SS an: »Unsere Ehre heißt Treue.«

12 Vgl. dazu den inneren Kampf des Vaters, wie er am Ende des 9. Kapitels beschrieben wird (S. 248 ff.). Das Verhalten der Eltern erinnert an Friedrich Wilhelm I., den »Soldatenkönig«, der seinen Sohn, den späteren Friedrich den Großen, vor ein Kriegsgericht stellen ließ und die Todesstrafe beantragte, als der Achtzehnjährige seine Pflichten als Kronprinz zu verletzen schien.

13 A. und M. Mitscherlich, *Die Unfähigkeit zu trauern. Grundlagen kollektiven Verhaltens*, München, Piper, 1967, S. 263–275, hier S. 270.

Margaret McHaffie

Siegfried Lenz' *Lukas, sanftmütiger Knecht*

Eine Analyse

Die Erzählung *Lukas, sanftmütiger Knecht* (*J.*, S. 7–37) entstand im Jahre 1953 – zu einer Zeit, zu der ihr Thema von aktuellem Interesse war. Ihr Schauplatz ist Kenia während des Mau-Mau-Aufstandes von 1952; die Kikujus rotteten sich damals zusammen, um mit Gewalt und Terror gegen die weißen Siedler vorzugehen. Zwanzig Jahre, nachdem Lenz die Geschichte niederschrieb, hat sie noch nichts von der Kraft eingebüßt, das Interesse des Lesers zu erregen und zu fesseln.

Zu Lenz' schriftstellerischen Talenten gehört die Fähigkeit, Episoden zu schildern, die über sich selbst hinaus auf eine breitere, allgemeinere Situation verweisen. *Lukas, sanftmütiger Knecht* ist dafür ein eindrucksvolles Beispiel. Zwei Männer stehen im Vordergrund; ihre Begegnung wirft ein Schlaglicht auf den allgemeinen Konflikt. Die Geschichte wird von einem fiktiven Erzähler vorgetragen, dessen Existenz bereits im Titel angedeutet wird: die Gestalt eines »Knechts« setzt die eines »Herrn« voraus. Mit den Augen dieses »Herrn«, eines älteren englischen Kenia-Farmers, sehen wir Lukas und die Ereignisse, von denen die Erzählung berichtet. Das Porträt dieses Erzählers beweist Lenz' Fähigkeit, sich in die Haut eines anderen hineinzudenken. Es ist das überzeugende Bild eines Mannes, der an einem bestimmten Punkt der Geschichte eine entsetzliche Erfahrung macht. Zugleich ist in ihm eine Figur abgewandelt, die bei Lenz mehrfach begegnet: der Mensch, dem es nicht gelingt, ein ersehntes Ziel zu erreichen, obwohl er es unter Aufbietung aller Kräfte versucht – eine jener Gestalten, deren Schicksal, wie Horst Krüger feststellt (*Prospekt*, S. 6), an den Mythos von Sisyphos erinnert.

Die Einführung eines Ich-Erzählers bringt den Leser mit den Erlebnissen, von denen er spricht, in enge Berührung. Die Wahl gerade dieses Erzählers unterstreicht das Extreme der Situation und die Unerbittlichkeit des Hasses, den die Kikujus den weißen Siedlern gegenüber empfinden. Der Mann, der die Geschichte erzählt, ist nicht nur irgendein weißer Siedler, und die Kikujus, die ihn gefangennehmen, sind nicht nur irgendeine Mau-Mau-Horde. Der Siedler steht zu dem Kikuju, der die Gruppe anführt, in einer besonderen Beziehung. Vierzehn Jahre lang hat er Lukas für seinen »sanftmütigen Knecht« gehalten. Er ist für ihn weder ein strenger, noch ein rücksichtsloser Zuchtmeister gewesen. Er hat sogar versucht, mit Lukas Freundschaft zu schließen:

> Ich hatte ihn sogar eingeladen, mit uns zu essen; manchmal, wenn ich ihn aus der Ferne beobachtet hatte bei der Arbeit, ging ich zu ihm und lud ihn ein, aber er kam nie ... (S. 18).

Manchmal hat er versucht, ihm zu helfen:

> Ich versuchte, ihm mancherlei beizubringen, ich gab mir Mühe, ihm die Arbeit zu erleichtern, er hörte höflich zu, wartete, bis ich ihn entließ, und hatte wenig später meinen Rat vergessen (S. 28).

Und nun steht er vor einem Rätsel: Lukas in einer neuen Rolle, die seine Sanftmütigkeit ebenso zu verleugnen scheint wie jene Vergangenheit, die er mit dem Erzähler teilt – der Rolle eines Terroristenführers, darauf eingeschworen, Siedler wie ihn selbst zu töten, weil sie das Land an sich rissen, das einst den Kikujus gehörte.

Nachdem Lukas und seine Mitstreiter ihn gefangennehmen, erwartet der Erzähler, von ihnen umgebracht zu werden:

> Ich war überzeugt, daß sie mich töten würden, und ich sah sie einzeln an, lange und gründlich, auch Lukas, meinen sanftmütigen Knecht seit vierzehn Jahren, ich sah sie an und versuchte, meinen Mörder herauszufinden (S. 12).

Aber Lukas tötet ihn nicht. Statt dessen läßt er ihn einer Initiationszeremonie der Mau-Mau beiwohnen. Dann schickt er ihn fort, damit er seine Frau und seine Tochter warnen kann: die Mau-Mau haben vor, seine Farm am folgenden Tag bei Sonnenuntergang niederzubrennen. Lukas behandelt den Farmer auf ungewöhnliche Art, und zwar nicht – wie der Leser zunächst vermuten könnte –

aus Zuneigung oder Dankbarkeit. Vielmehr zeigt der Verlauf der Geschichte deutlich, daß Lukas gegenüber dem Erzähler einen besonderen Haß hegt, den kein Versuch, freundschaftliche Beziehungen herzustellen, hat beschwichtigen können. Das Land, auf dem der Erzähler sich niederließ und das zu verlassen er sich weigerte, war einst Lukas' Land. Dies – und nicht die Geschehnisse der vergangenen vierzehn Jahre – bestimmt Lukas' Verhalten und veranlaßt ihn, mit dem Erzähler eine Ausnahme zu machen. Daß er ihn leben läßt, geschieht nicht aus Gnade, sondern aus einer subtilen Form von Grausamkeit: er unterwirft sein Opfer nicht nur der physischen Anstrengung des Marsches nach Hause, sondern auch der seelischen Qual des Wechsels von Hoffnung und Verzweiflung – bis er schließlich entdecken muß, daß alle Hoffnung sinnlos war. Denn in dem Augenblick, in dem Lukas den Erzähler fortschickt, damit er Frau und Tochter warnen kann, weiß er, daß die Farm bereits niedergebrannt ist und daß die beiden Frauen schon tot sind. Angesichts der Entdeckung, die dem Erzähler bevorsteht, erscheint Lukas' Besorgnis um seine Sicherheit während des Marsches in einigermaßen dubiosem Licht:

> Ich zeigte mit ausgestreckter Hand auf den schwarzen Fluß, und er las aus diesem Zeichen meine Frage und gab mir zu verstehen, daß keine Krokodile in der Nähe seien, er habe das Wasser beobachtet, ich könne nun gehen, der Weg sei frei (S. 19 f.).

Daß der Erzähler von Krokodilen getötet würde, ist nicht Lukas' Absicht. Der Sinn seiner persönlichen Rache liegt vielmehr darin, daß der Erzähler am Leben bleibt, bis er vor den Trümmern seiner Farm steht und die Vergeblichkeit der Anstrengungen erkennt, die er auf sich nahm, um sie zu erreichen.

Die Geschehnisse, von denen der Erzähler berichtet, vollziehen sich in einem Zeitraum von knapp vierundzwanzig Stunden. Wenn die Geschichte beginnt, ist er nur noch fünfzehn Meilen von seiner Farm entfernt und hofft, sie vor Einbruch der Nacht zu erreichen. Wenn sie am nächsten Tag endet, kniet er »lange vor Sonnenuntergang« (S. 37) im erkalteten Brandschutt der Farm. Indem Lenz gelegentlich ins Präsens verfällt, schafft er die Illusion einer Stimme, die Begebnisse der jüngsten Vergangenheit wachruft, und deutet damit an, daß dieser Mann seine eigenen Erfahrungen mit den Mau-Mau zu einem Zeitpunkt schildert, zu dem ihre Terrorüberfälle noch voll im Gange sind:

> Und in den Händen trugen sie ihre Panga-Messer, kurze, schwere Hackmesser, mit denen sie unsere Frauen töten und die Kinder, ihre eigenen Leute und das Vieh (S. 8).

Der Erzähler überschaut vom Blickpunkt der Gegenwart die Geschehnisse dieser besonderen vierundzwanzig Stunden. Doch Lenz hat in dieser Geschichte noch eine weitere Zeitebene eingeführt. Indem der Erzähler sich dieser vierundzwanzig Stunden erinnert, erinnert er sich zugleich an weiter zurückliegende Dinge, die ihm damals in den Sinn kamen. Er hat an seine Ankunft aus England vor sechsundvierzig Jahren gedacht, an die vierzehn Jahre, in denen Lukas mit ihm arbeitete, an alles, was er über die erfinderische Grausamkeit der Kikujus gehört hat; er hat an seine Frau gedacht, an seine ziemlich freudlose Ehe, an den Tag, an dem er Lukas zum ersten Mal sah. Seine Erinnerungen sind nicht nur eine Bereicherung der Erzählung: Lenz bedient sich solcher Einblicke in Gedanken und Erinnerung des Erzählers, um zu einem Verständnis seines Charakters beizutragen. Sie vervollständigen das Bild eines anständigen, wohlwollenden, einsamen und nachdenklichen Mannes und werben beim Leser zugleich um Sympathie für ihn in dieser gefährlichen Situation. Nicht, daß es Lenz darum ginge, selbst Partei zu ergreifen oder dem Leser Parteinahme zu gestatten. Wenn er einerseits Sympathie für den Erzähler weckt, bemüht er sich andererseits um Verständnis für das Verhalten der Mau-Mau. Die Erinnerungen des Erzählers sollen auch andeuten, weshalb die Kikujus brennen und morden.

Tröstlich ist keine seiner Erinnerungen. Im Rückblick scheint die Fügsamkeit Kenias bei der Ankunft von Männern seines Schlages nicht minder bedrohlich als das Schweigen der Kikujus, die ihn gefangengenommen haben:

> Sie schwiegen, und ihr Schweigen war alt wie das Schweigen dieses Landes, ich kannte es, ich hatte es seit sechsundvierzig Jahren ausgehalten: als wir aus England gekommen waren, hatte uns dieses Land mit Schweigen empfangen, es hatte geschwiegen, als wir Häuser bauten und den Boden absteckten, es hatte geschwiegen, als wir säten und als wir ernteten, es hatte zu allem geschwiegen. Wir hätten wissen müssen, daß es einmal sprechen würde (S. 11).

Während er Lukas bei der Zeremonie des Mau-Mau-Eides beobachtet, erinnert sich der Erzähler nicht nur seiner Sanftmut und seiner Arbeitsleistung, sondern auch seines Stolzes, seiner Zurückhaltung, seiner höflichen, aber unnachgiebigen Zurückweisung aller Annäherungsversuche, des Mangels jeglicher realer Beziehungen zwischen ihnen während Lukas' vierzehnjähriger Knechtschaft. Lenz zeichnet einen Mann in einer Situation höchster Gefahr, einer Gefahr, die ihn zwingt, die Vergangenheit in neuem Licht zu sehen – einen Gequälten, der die Motive seiner Quäler anerkennt:

> Wir haben versucht, sie von ihrer natürlichen Grausamkeit abzubringen, aber dadurch haben wir sie ärmer gemacht. Wir haben versucht, ihre geheimen Stammeseide, Orgien und Beschwörungsformeln zu entwerten, dadurch ist ihr Leben langweilig und leer geworden. Sie wollen nicht nur das Land zurückhaben, sie wollen ihre Magie zurückhaben, ihre Kulte, ihre natürliche Grausamkeit (S. 12 f.).

Sein Verständnis für das, was die Kikujus zur Gewalttat veranlaßt, vertieft sich während des verzweifelten Marsches zu seiner Farm. Lenz deutet dies auf verschiedene Weise an. Während der Erzähler durch den schlammigen Fluß watet, spürt er deutlich, daß er beobachtet wird:

> Und ich wußte, daß diese Nacht auf der Lauer lag, daß sie den Fremden verfolgte und daß sie ihm seinen Argwohn nehmen wollte durch ihr Schweigen, durch ihren Duft (S. 23).

Allein in der Nacht, sieht er sich selbst als »den Fremden«. Das Wort »fremd« ist in der Geschichte schon mehrfach aufgetaucht; doch es bezeichnete bisher stets die Mau-Mau. Ihre Gesichter sind »fremde, ferne Gesichter« (S. 9), sie haben »den fremden, gleichgültigen Blick, den Blick unaufhebbarer Ferne« (S. 14). Wenn der Erzähler nun dieses Wort auf sich selbst anwendet, so zeigt das: er hat begriffen, daß er selbst, und nicht die Mau-Mau, in Kenia fremd ist; sie gehören hierher, und er ist der Eindringling. Ähnliche Einsichten vermitteln ihm die Begegnungen mit dem Elefanten und den gespenstischen schwarzen Vögeln. Der Elefant, der das bittere Flußwasser trinkt, befindet sich in seiner angestammten Heimat – der Erzähler dagegen nicht; die Gleichgültigkeit des Elefanten gegenüber dem Mann, der vor ihm steht, spiegelt sowohl etwas von der Weite und dem Geheimnis Afrikas, wie auch davon, daß der Eindringling von den natürlichen Bewohnern Afrikas abgelehnt wird. Dies betont auch seine Begegnung mit den Vögeln, die er vergeblich von der Lichtung zu vertreiben versucht. Die Vögel, die sich gegenseitig den Platz auf dem Baumstumpf streitig machen, zeigen zugleich das eigentliche Dilemma hinter dem Mau-Mau-Aufstand: wenn zu viele auf ein begrenztes Gebiet Anspruch erheben, ist ein Konflikt nicht zu vermeiden. Der Erzähler weiß, was die Vögel über den Konflikt zwischen den Siedlern und den Mau-Mau aussagen. Nachdem er den »lautlosen Kampf« (S. 31) der Vögel beobachtet hat, scheint er einem Verstehen für die Motive der Terroristen am nächsten zu kommen:

> Ich dachte an Lukas' Augen, an seinen Blick voll sanfter Trauer, ich dachte daran, während ich mit dem Bambus kämpfte, und ich begann, Lukas zu begreifen, Lukas und all die andern, die die Stigmen des Hasses trugen. Ich glaubte zu verstehen, warum sie sich danach drängten, die Male zu empfangen. Wir haben ihnen zuviel genommen, wir haben ihnen aber auch zuviel gebracht (S. 32).

Es liegt nahe, zwischen den Erlebnissen des Erzählers auf seinem Marsch und der Initiationszeremonie, die er beobachtet hat, eine Analogie zu sehen. Wie die Mau-Mau hat auch er unter Lukas' Vorsitz eine physische Prüfung durchzustehen; wie die ihren empfängt auch sein Körper Narben; und wenn auch der Mais, den er verzehrt, etwas anderes ist als der »Teig des Hasses« (S. 17), den die Mau-Mau schlucken, so ißt er ihn doch mit vergleichbarer Gier und Bereitwilligkeit. In gewissem Sinne unterzieht auch er sich einer Initiation; sie führt zwar nicht dazu, daß er sich den Mau-Mau anschließt, aber er lernt, sie zu verstehen. Während der letzten Abschnitte seines Marsches zur Farm – »meine Farm, Lukas' Farm« (S. 36) – ist er sich des Unrechts, das er beging, indem er Lukas seinen Besitz nahm, voll bewußt.

Lenz' erzählerische Kunst läßt sich schon daran ermessen, daß er dem Leser das Grauen der Situation überzeugend vorstellt, ohne die Greuel der Mau-Mau direkt zu schildern. Physischer Schmerz kommt in der Geschichte nur einmal vor, und die beiden Kikujus, denen Lukas – »Zauberer und sanftmütiger Knecht« (S. 17) – die sieben Ritualnarben in die Haut brennt, ertragen ihn freiwillig.

Die Ermordung McCormicks und der beiden Frauen findet hinter den Kulissen statt. Der Erzähler sieht die Mörder McCormicks, nicht den Mord; und im letzten Satz berührt er nur die kalte Asche – alles, was Lukas ihm von Haus und Familie gelassen hat.

Zum Eindringlichsten in *Lukas, sanftmütiger Knecht* gehört eine Ironie, die im Titel schon angedeutet wird. Die Geschichte von Blut und Gewalt ist durchdrungen von Sanftmut, Stille, Schweigen – zumal Schweigen, das von den wenigen vollkommenen Geräuschen eher betont als gebrochen wird. Es gibt keinen Dialog. In direkter Rede erscheint nur Lukas' Name. Der Erzähler spricht ihn im ersten Erstaunen des Wiedererkennens aus, aber Lukas antwortet nicht. Wir hören, daß Lukas während des Initiationsritus leise singt, nicht aber, was er singt; die Anweisungen, die Lukas seinem Opfer erteilt, sind in indirekter Rede wiedergegeben – einer Form, die seine Stimme nicht laut werden läßt und den völligen Mangel an Kommunikation betont, der schon ihre bisherige Beziehung kennzeichnete. Die anderen Geräusche, von denen der Erzähler berichtet, hängen entweder mit Lukas zusammen – das Umwerfen des Wagens, das Schlagen von Lukas' Messer in die Dornen, das Rascheln des Grases unter Lukas' Füßen, das Zischen heißen Metalls, wenn Lukas' Messer die Haut der beiden Mau-Mau berührt, das Klatschen von Lukas' Händen, wenn er den »Teig des Hasses« (S. 17) bereitet –, oder es sind Geräusche, die nicht von Menschen herrühren: das Knistern fernen Feuers, fernes Donnern, das Rauschen des Flusses, der Vogelruf, das Tier, das sich im Schlaf regt, der Elefant, der trinkt und sich geräuschvoll zurückzieht, das Knacken abgestorbenen Holzes. Die seltenen Geräusche geben der beherrschenden Lautlosigkeit etwas außerordentlich Bedrohliches. Geräusche, die mit Lukas zusammenhängen, betonen die Spannung, die Verwirrung, mit denen sich der Erzähler auf seinen treuen Knecht von einst konzentriert. Geräusche, die nicht von Menschen stammen, beschwören die Unheimlichkeit und Gefahr der afrikanischen Nacht, in der der Erzähler verwundbar und allein ist.

Die relative Seltenheit akustischer Wahrnehmung steht in scharfem Kontrast zu der Häufigkeit, mit der Gesichtswahrnehmungen vorkommen. Die Geschichte ist voll von Verben und Substantiven, die Formen des Sehens ausdrücken: ansehen, anblicken, beobachten, hinwegsehen, umschauen, merken, bemerken, erkennen, auffallen, prüfen, Blick, Augen, Augenpaar. Das häufige Auftauchen solcher Begriffe verweist auf die Wichtigkeit des Visuellen in der Struktur der Geschichte. Momente des Schocks oder der höchsten Anspannung werden – mit der einzigen Ausnahme des Zusammenstoßes mit dem unsichtbaren Baumstumpf auf dem Grund des Flusses – stets von etwas ausgelöst, was der Erzähler sieht. Es sind visuelle Begriffe, in denen Lenz den Wandel in der Rolle des Erzählers von der Passivität der ersten Hälfte zur gehetzten Aktivität der zweiten deutlich werden läßt. Es sind visuelle Begriffe, in denen die gefährliche Realität hinter Sanftmut, Stille und Schweigen Ausdruck findet.

Auf die anfängliche Rolle des Erzählers als Beobachter und Zuschauer verweist bereits der erste Satz. Lenz stellt diesen Mann erst vor, nachdem er beschrieben hat, was er auf der Heimfahrt sieht:

> Im Süden brannte das Gras. Es brannte schnell und fast rauchlos, es brannte gegen die Berge hin, gegen die Kenia-Berge; das Feuer war unterwegs im Elefantengras, es hatte seinen eigenen Wind, und der Wind schmeckte nach Rauch und Asche (S. 7).

Die Stilfigur, die Lenz hier anwendet – die Ausführung und Erweiterung eines anfangs festgestellten simplen Tatbestands –, kommt in *Lukas, sanftmütiger Knecht* an vielen Stellen vor. Sie fehlt nur im letzten Absatz, in dem der einfache, knappe Stil den Schrecken des Erzählers darüber ausdrückt, daß seine Farm nicht mehr existiert. An allen anderen Stellen steht sie für des Erzählers gewohnte Art, sich auszudrücken – eine Stilfigur, die das Bild eines seinem Wesen nach aufmerksamen Mannes beschwört, eines Mannes mit scharfem Blick für Schattierung und Detail. Die Rolle, die er bei der Initiationszeremonie spielt, ist einerseits eine Intensivierung seines gewohnten Verhaltens; andererseits zeigt sie, daß sein Scharfblick ihn vierzehn Jahre lang getäuscht hat. Mit von Angst geschärftem Auge beobachtet dieser von Natur aufmerksame Mann das komplizierte Ritual, das ihn darüber aufklärt, wie unzulänglich er bisher beobachtet hat; erst beim Anblick der Initiationszeremonie erkennt er den Haß, den Lukas' äußerliche Sanftmut so lange verborgen hat. Die gespannte Aufmerksamkeit, mit der er den Mau-Mau zuschaut, wird noch betont durch ihre Weigerung, seinen Blick zu erwidern. Nur anfangs, während sie seinen Wagen umringen, sehen sie ihn direkt an. Nachdem er ausgestiegen ist, sieht ihm weder Lukas noch einer der anderen ins Gesicht:

> Ich sagte »Lukas« zu ihm, aber er schwieg und sah über mich hinweg... Ich schaute mich um, sah jedem der Männer ins Gesicht ... aber alle Gesichter waren fremd und wiesen meine Blicke ab... (S. 9).

Selbst wenn Lukas am Schluß der Zeremonie mit ihm spricht, hält das eisige Ausweichen an:

> Er blieb vor mir stehen, aber sein Blick ging an mir vorbei, erreichte mich nicht, obwohl er auf mich gerichtet war... (S. 19).

Die hartnäckige Weigerung der Mau-Mau, ihn anzusehen, zeigt nicht nur, daß sie ihn hassen und ablehnen – sie betont zugleich seine Rolle als Beobachter.

Zu Beginn des zweiten Teils seiner Prüfung verweist das Motiv des Sehens auf eine grundlegende Änderung seiner Rolle. Jetzt fällt dem sonst so aufmerksamen Mann das Sehen schwer – einmal, weil es im Bambuswald dunkel ist, später, weil die physische Erschöpfung ihm den Blick verschleiert. Im ersten Teil der Geschichte litt er darunter, daß die Mau-Mau ihn nicht ansahen; nun quält ihn das Gefühl, daß verborgene Augen sein Vorwärtsstolpern durch den Bambus verfolgen:

> Ich fühlte mich beobachtet, von allen Seiten fühlte ich Augen auf mich gerichtet, gleichgültige, abwartende, bewegungslose Blicke (S. 22).

Dieses Gefühl verfolgt ihn auch, als er zum Fluß zurückkehrt. Die lauernde Nacht hat tausend Augen, Tieraugen, die vom Ufer herüberglimmen, Menschenaugen, die ihm kalten Blicks stromaufwärts folgen. Der Beobachter ist zum Beobachteten geworden. Diese Verwandlung des Erzählers, bei der andere Augen seine gewohnte Rolle übernehmen, ist ein höchst wirkungsvolles Mittel, dem Leser zu verdeutlichen, wie tief der Erzähler von den Dingen erschüttert wurde, die er im ersten Teil der Geschichte erlebt hat.

Die zunehmende Abstumpfung seines sonst so scharfen Blicks, seine Scheu davor, die Augen zu heben, die Furcht vor dem, was er erblicken könnte, wenn er sie höbe – all das zeigt nicht nur das Ausmaß seiner körperlichen Erschöpfung und der Angst, die ihn während seines Marsches beherrscht. Mit dem Verlust seiner Fähigkeit, klar zu sehen, hat er zugleich etwas verloren, was wesenhaft zu ihm gehört; und so nimmt dieser Verlust die grausige Entdeckung vorweg, die er im letzten Satz der Geschichte machen wird.

Doch während die Sehkraft des physischen Auges abnimmt, schärft sich das innere Auge seiner Phantasie; und indem es ihm zeigt, wie Lukas Feuer durchs Land trägt, zeigt es ihm zugleich Lukas' wahre Identität:

> Ich stellte mir vor, daß Lukas durch das ganze Land ging, und ich sah, daß überall, wo sein Fuß das Gras niedertrat, Feuer aufsprang, das Feuer folgte ihm unaufhörlich, änderte mit ihm die Richtung, legte sich hin, wenn er es befahl – Lukas, Herr über das Feuer (S. 26 f.).

Daß der Erzähler Lukas am deutlichsten sieht, wenn sich sein Blick vor Erschöpfung verdunkelt, ist ein charakteristisches Beispiel Lenzscher Ironie.

Das Feuer ist in *Lukas, sanftmütiger Knecht* ein beherrschendes Motiv. Wie der Elefant und die Vögel hat es sowohl eine reale wie auch eine symbolische Funktion. Das Feuer, das sich zu Anfang durch das Gras frißt, ist nicht nur das vertraute alljährliche Abbrennen vor der Maisaussaat; es ist zugleich machtvolles Symbol eines Landes voll lodernder Gewalt, der es in einem anderen Sinn auch darum geht, Land wiederzugewinnen. Im Feuer hat Lenz ein visuelles Symbol für Haß und Zorn der Mau-Mau gefunden, eindringlich und wirksam, aber nicht schreckenerregend. So, wie er das Motiv des Feuers einsetzt, suggeriert es ein Bündnis jener Mächte, gegen die sich der Erzähler zu behaupten hat. Feuer ist ein wichtiges Element der Initiationszeremonie. Die sinnlose Hoffnung, das Niederbrennen seiner Farm vermeiden zu können, hält den Erzähler in dem Albtraum seiner Versuche, nach Hause zu kommen, aufrecht. Seine Feuerbesessenheit prägt seine Reaktion auf die Blumen am Flußufer und die einzelne Wolke am Morgenhimmel: die Blüten sind »flammende Todesblumen« (S. 23), die in der Dunkelheit zu brennen scheinen, und die rote Spur in der Wolke erlebt er als »eine Feuerspur« (S. 29), die ihn an Lukas erinnert. Indem er Lukas mit den elementaren Mächten des Feuers und der Natur verbindet, verweist Lenz auf die Ungleichheit des Kampfes, in den der Erzähler verwickelt wird, und auf die Unabwendbarkeit seiner Niederlage. Die verhältnismäßig seltenen Farbbezeichnungen in der Geschichte verstärken zumeist das Feuermotiv: »rötliche Stigmen des Hasses« (S. 8) ... »der schwarze Schein des Feuers« (S. 13) ... »eine einzige graue Wolke« (S. 29) ... »eine zinnoberrote Spur« (ebd.) – lauter Adjektive, die Farben von Feuer und Blut suggerieren, von Asche, Rauch und Finsternis.

Lenz' vielbewunderte Fähigkeit, Spannung zu schaffen, zeigt sich nirgends deutlicher als in *Lukas, sanftmütiger Knecht*. Vom packenden Anfangs- bis zum düsteren Schlußsatz zwingt die Geschichte den Leser, sich beteiligt zu fühlen. Zu den Kunstgriffen, mit denen Lenz dieses Gefühl des Beteiligtseins erweckt, gehört, wie Colin Russ (im Nachwort zu Siegfried Lenz, *Gesammelte Erzählungen*, Hoffmann und Campe, 1970, S. 622) aufzeigt, die Verzögerung der genauen Identifikation einer zunächst nur in allgemeinen Wendungen eingeführten Person oder eines Gegenstandes. Dieses Kunstgriffes bedient sich Lenz in *Lukas, sanftmütiger Knecht* an vier Stellen: dort, wo der Erzähler den Mau-Mau zum ersten und zum letzten Mal begegnet – »Aber dann traf ich sie, oder sie trafen mich« (S. 8) und »da kamen sie aus der Farm« (S. 34) – und beim Erscheinen des Elefanten und der Vögel – »da sah ich ihn« (S. 25) und »eine Anzahl großer, schwerer Vögel, die um einen Gegenstand versammelt waren« (S. 31). Der vage erste Hinweis provoziert ein Gefühl der Besorgnis, des Unbehagens und den Wunsch nach genauerer Information; manchmal trägt die Information dann eher zur Vertiefung der Besorgnis bei als zu ihrer Zerstreuung. Die Entdeckung, daß »er« nur ein Elefant ist und der »Gegenstand« nichts Unheimlicheres als ein Baumstumpf, hebt die von Lenz so kunstvoll aufgebaute Spannung einen Augenblick lang auf; die Enthüllung jedoch, daß »sie« eine Mau-Mau-Gruppe bedeutet, zieht die Schraube schärfer an und zwingt den Leser, den Schrecken des Erzählers mitzuerleben. Dieses Gefühl des Beteiligtseins vertieft Lenz, indem er Wiederholungen einführt. Die häufige Wiederholung der Titelphrase, subtil variiert oder erweitert, beteiligt den Leser am Erstaunen über das, was Lukas jetzt tut; die wiederholten Fragen, von denen der Erzähler nicht loskommt, nachdem Lukas ihn freigibt, lassen Lukas' Absichten im Spannend-Ungewissen; der Leser fühlt mit dem Erzähler, daß etwas Schreckliches auf ihn wartet.

Lukas, sanftmütiger Knecht ist eine bemerkenswerte Erzählung. Sie zeigt, daß Kürze nicht Mangel an Tiefe zu bedeuten braucht. Auf verhältnismäßig schmalem Raum gelingt es ihr, die Vielschichtigkeit einer bestimmten historischen Situation anzudeuten und zugleich zu schildern, was im Hirn eines Mannes vorgeht, den Gefahr und Angst bedrohen. Sie ist vorgetragen mit der Ironie, dem Zusammenspiel von Realismus und Metaphorik, der meisterlich geführten Spannung, mit allem, was der Leser als für Lenz charakteristisch zu betrachten gelernt hat. Horst Krüger hat sie »die schönste und hintergründigste Erzählung dieses Autors« genannt (a. a. O., S. 6). Auch wenn der Leser heute angesichts all dessen, was Lenz seit 1953 geschrieben hat, derlei Superlative vermeiden möchte, wird er dennoch zugeben müssen: *Lukas, sanftmütiger Knecht* ist eine frühe Bestätigung dafür, daß Lenz als einer der begabtesten und interessantesten zeitgenössischen Schriftsteller Deutschlands bezeichnet werden kann.

Theo Elm

Komik und Humor
Die masurischen Geschichten

Unter dem Titel *So zärtlich war Suleyken* erschienen 1955 zwanzig Geschichten, die der Autor Siegfried Lenz »zwinkernde Liebeserklärungen« an seine Heimat, »eine aufgeräumte Huldigung an die Leute von Masuren« nennt[1]. Sie überraschen. Denn sie fallen aus dem Rahmen eines Œuvres, das seit dem frühen Roman *Es waren Habichte in der Luft* (1951) bis zu *Deutschstunde* (1968) dem gesellschaftskritischen Engagement gewidmet ist und das stets von »Rechtlosigkeit, von Hunger, von Verfolgung und riskanten Träumen«[2] handelt, das immer Solidarität mit den »Machtlosen«, den sozial Benachteiligten dokumentiert. Die masurischen Geschichten dagegen erinnern in ihrer literarischen Position abseits ernsthafter Gesellschaftskritik an Heinrich Bölls *Irisches Tagebuch:* Dem kritischen Autor scheint es nicht mehr möglich, im *hic et nunc*, in unserer Umgebung das »Positive« zu finden; Menschenwürde und Menschlichkeit werden in humorvoll verbrämter und komisch empfundener Ferne gesucht – in einem südlichen Irland und einem vergangenen heiteren Masuren, das es freilich, gesteht Lenz, nie gegeben habe: »Aber ... ist es nicht viel entscheidender, daß es möglich gewesen wäre?«[3] Suleyken – ein potentielles Gegenbild unserer problematischen Alltagswirklichkeit? Gewiß – und hierin liegt bei aller Gegenwarts- und Aktualitätsferne dennoch die gesellschaftliche Relevanz dieser Geschichten.

Trotzdem reizen die erheiternd komischen Personen und Situationen in Suleyken nicht das kritische Denken des Lesers, sondern seinen Lachmuskel. In der Geschichte *Der Leseteufel* wird Adolf Abromeit als ein Mensch beschrieben, »der zeit seines Lebens nicht mehr gezeigt hatte als zwei große rosa Ohren« (S. 8). Die zehnte der masurischen Geschichten, betitelt *Der rasende Schuster*, führt uns Karl Kuckuck vor, »ein schweigsames kleines Herrchen mit

Trichterbrust und ungleich langen Armen« (S. 83). In *Das Bad in Wszscinsk* werden die Vettern Urmoneit so charakterisiert: »es waren gutgewachsene, barfüßige Herren, beide waren knapp über die Vierzig, rochen angenehm, trugen einen neuen Haarschnitt und in der Hand einen Kadick-Stock« (S. 43 f.). Das ist sehr genau, weil detailliert, beobachtet, aber auch lächerlich komisch. Warum? Nur durch den Bezug auf eine Regel, eine durch Erfahrung und Wissen anerkannte Norm, der es widerstreitend gegenübertrete, ergebe sich das Komische; die Komik sei, führt Friedrich Georg Jünger in seiner Abhandlung *Über das Komische*[4] präzisierend aus, allerdings erst dort garantiert, wo bei offenbarer Überlegenheit des »Gegners« – der Norm oder Regel – der offenbar »Unterlegene«, der komische »Provokateur«, den »Kampf« überhaupt beginne. Mit anderen Worten: die rosa Ohren des Adolf Abromeit wollen wie in einer Karikatur als willkürlich nebensächliche Details die Person vertreten. Die Ohren möchten es mit dem ganzen Abromeit aufnehmen. Die Provokation gegen die Regel ist nicht nur erfolglos, sie ist auch unangemessen und deshalb lächerlich. Der komische Konflikt zwischen den Ohren und der komplexen Person gibt sich von vornherein nicht nur als aussichtslos, sondern vor allem als nicht ernsthaft zu erkennen. Im Lachen des Lesers macht sich sogleich die Regel, das heißt die gewohnte personale Vorstellung geltend, und so vollendet sich der komische Konflikt in der Entgegnung des Überlegenen, eben der Regel. Dies geschieht bereits bei der bloßen Wahrnehmung des Komischen, sei es nun Karl Kuckuck, der lediglich aus »Trichterbrust« und »ungleich langen Armen« bestand, seien es die Vettern Urmoneit, die zwar gut rochen, aber nichts anderes vorweisen konnten als »einen neuen Haarschnitt und in der Hand einen Kadick-Stock«. Was so *per se* schon komisch wirkt, das ist durch die Formulierung des komischen Konflikts noch verstärkt: Adolf Abromeit habe zeit seines Lebens nicht mehr gezeigt als zwei große rosa Ohren. »Zeigen« im Sinne von »vor- und herzeigen« ist gleichfalls provokativ ungemäß gesetzt, ist ein komischer Angriff gegen den normalen Sprachgebrauch, nach dem Ohren zu »sehen« sein mögen, aber nicht »vorgezeigt« werden können. Das Wort betont die Ausschließlichkeit und Vereinzelung der Ohren, es lenkt von der Person des Abromeit ab und intensiviert die komische Wirkung.

Schließlich ist auch die Übertreibung, Abromeit habe nie mehr gezeigt als seine Ohren, eine unebenbürtige Provokation unserer Normen und Vorstellungen, auf die wir nicht ernsthaft eingehen werden: Das Phänomen (die Übertreibung) wird unernst, weil »der Effekt des Konflikts zum Aufwand oder zur Sinnfälligkeit der Herausforderung in offensichtlichem Mißverhältnis steht«[5].

Aus solcher Form des komisch-aussparenden Sehens (der Mensch als Ohr) entwickelt Lenz in seinen masurischen Geschichten häufig personale Leitmotive, die die Unlogik komischer Provokation sehr konsequent zuspitzen. Alec Puch nennt »seine Söhne nach den Ortschaften ..., in denen sie die masurische Welt erblickt hatten« (S. 33). Und deshalb werden sie im folgenden vom Erzähler stets als »Ortschaft Schissomir« oder »Ortschaft Quaken« bezeichnet. Ein schmächtiger Junge degeneriert in der Phantasie des Erzählers zum »Bindfaden mit Beinen« (S. 38) und existiert in der Geschichte von jetzt an nur noch als »Bindfaden«. Der Schuster Karl Kuckuck ist dünn wie »das Garn, das er zu verwenden pflegte« (S. 88), weshalb dann auch beim Sprung ins Wasser nicht der Schuster, sondern »ein Stück Schusterschnur« (ebd.) durch die Luft fliegt.

Was wir hier im kleinen, am Beispiel einiger Personen aus Suleyken, als komisches Gesetz gefunden haben, das treffen wir in größerem Rahmen, in Situationen und Begebenheiten, erneut an. Das komische Schema in den masurischen Geschichten liegt vor allem in der Konsequenz der Unlogik, die den komischen, weil unangemessenen Normenwiderspruch hartnäckig weiterverfolgt. Da Adolf Abromeit nach dem Willen des Erzählers nur aus zwei großen rosa Ohren besteht, kann er von den Flinten der Wawrila-Bande natürlich auch nur dort getroffen werden; weil die Zirkusbesucher glauben, der Messerwerfer beabsichtige Anita Schiebukat zu treffen (eine lächerliche Provokation unserer Erfahrung, nach der ein solcher Artist nicht treffen, sondern vorbeitreffen will), ergreift Valentin Zoppek, die Zirkusbesitzerin in Schutz nehmend, komische Gegenmaßnahmen; und als Zoppek dem Schuster erklärt, »daß die Ritterchen, wenn sie gehabt hätten Fahrräder, noch weiter nach Rußland gefahren wären« (S. 84), widerspricht ihm Karl Kuckuck, nicht indem er ihn darauf hinweist, daß weder seine Überlegung noch die Fahrräder oder die Verkleinerungsform den normalen, mit dem Begriff »Ritter« verbundenen Assoziationen gerecht werden, sondern er widerspricht ihm in logischer und konsequenter Fortführung der Unlogik: »... ein Fahrrad, bitte schön, hat mitunter eine Panne. Und woher, möcht ich fragen, willst du wissen, ob die Ritter sich verstanden hätten auf das Flicken eines Reifens? Ich glaube, es wäre nichts anders gekommen.« So potenziert sich überall in diesen Geschichten die Komik der Situation dadurch, daß sie vom Erzähler nicht zugegeben und von den Personen nicht erkannt wird, daß dadurch auch das weitere Geschehen, weil es von einem lächerlichen Normenverstoß ausgeht, zur Komik verurteilt ist. Schuld daran ist eine Logik, die sinnvoll, aber der jeweiligen Begebenheit nicht angepaßt, mechanisch erstarrt ist[6]. Selbst das Denken und Urteilen der Personen wird so zum von vornherein unterlegenen und deshalb komischen Widerspruch gegen die Norm, die vernünftige Logik: der Jäger Kneck ersinnt die raffiniertesten Jagdlisten, ohne zu erfassen, daß sich unter dem Fell des angeblichen Hirsches zwei Suleyker verbergen; der Mann im Apfelbaum wird mit List überwältigt, ohne daß überhaupt an seiner märchenhaften Existenz gezweifelt wird; der Gastwirt Ludwig Karnickel läßt sich die Zukunft vorhersagen, um sich dann aber auch mit Geschick und Intelligenz so zu verhalten, daß die Prophezeiungen eintreffen müssen. Die pervertierte Logik erinnert einerseits an die schwankhafte Herkunft der masurischen Geschichten, an eine Komik, wie wir sie von den Lalen- und Schildbürgerstreichen oder den Eulenspiegeleien kennen, andererseits aber auch an die Sketche eines Karl Valentin – vor allem dort, wo gerade mit Hilfe der normwidrigen Logik, des »Linksherumdenkens« (Tucholsky) die Norm, die Regel, der *status quo* wiederhergestellt ist: Gerade weil Karl Kuckuck eine unsinnig komische These mit gleichfalls komischer, unpassend mechanischer Logik repliziert, widerlegt er Zoppeks Idee. Der Unsinn, unsinnig beantwortet, weicht dem Sinn. Die Normwidrigkeit wird *expressis verbis* paralysiert. Sie unterliegt ihren Folgerungen[7].

Anspruchsvoller als bei den Personen und Situationen zeigt sich die Qualität der Komik in der Sprache des Erzählers und der Suleyker. Das komische System ist freilich dasselbe: Formulierungen wie etwa »düstere Liebe« (S. 34), »anmutige Magerkeit« (S. 38), »leichtfüßiger Entschluß« (S. 51), »höfliche Trauer« (S. 68),

»ausschweifender Beifall« (S. 78) greifen nicht nur keck unsere normierten Vorstellungen an, sondern sind auch unangemessene und in sich widersprüchliche, höchst komisch wirkende Ausdrücke. Der Assoziationsbereich von »Liebe« vermag sich mit dem ganz anderen Vorstellungen zugehörigen Adjektiv »düster« nicht zu decken. Wir erfassen den komischen Konflikt, indem wir diese Wortverbindung mit unserer Erfahrung vergleichen und die unangemessene Provokation als lächerlich zurückweisen. Dennoch sind solch eigenwillige und für Lenz generell typische Kombinationen[8] durchaus passend, wenn wir sie im Textzusammenhang vorfinden, weil sie verkürzte, aber sehr präzise Beschreibungen enthalten, die von uns imaginativ erweitert werden müssen. Mit anderen Worten: Alec Puch betrachtet liebevoll seine Kinder, wobei sich seine Stimmung allerdings verdüstert, weil ihm eben einfällt, daß noch keine Vorbereitungen für das Osterfest getroffen wurden. Knapper: »düstere Liebe«. An diesem Beispiel wird besonders deutlich, daß die komische Provokation durchaus zum Witz führen kann; denn »im Witz geschieht es immer wieder, daß ein Zusammenhang hergestellt wird, der scheinbar unsinnig ist. Aber gerade in dem scheinbar unsinnigen Zusammenhang wird ein verborgener sinnvoller Zug aufgedeckt. Aus scheinbarem Unsinn entspringt Sinn«[9]. Generalisierend umschreibt so Lützelers Definition den witzigen Mechanismus in den für Lenz über die masurischen Geschichten hinaus typischen Wortkombinationen. Sie gilt auch für solch komische Wendungen wie etwa: »*(Die Gefahr tat) das,* was sie so besonders unangenehm macht: sie näherte sich. Näherte sich in Gestalt des Generals Wawrila« (S. 11); »*(Das Unglück kam heranspaziert)* Das Unglück hieß Schneppat ... und war von Beruf Gendarm« (S. 38); »Das Glück, es näherte sich ihm auf den kleinen Füßen der Luise Luschinski« (S. 55); »... das Gesetz namens Schneppat« (S. 79). Jedesmal handelt es sich darum, daß der Witz, wie schon Jean Paul sagte, die Verbindung von an sich unähnlichen und dazu noch »inkommensurablen« Größen (»Unglück« und »heranspazieren«) in einem kleinen und unerwarteten Vergleichspunkt (der gefürchtete Gendarm) herstelle[10].

Besonders wichtig für die komische Wirkung der masurischen Geschichten sind die mundartlichen Eigenheiten des Erzählers und seiner Personen. Sie äußern sich vor allem in einzelnen Dialektausdrücken (»jachrig«, »Lachudders«, »bedripst«, »plierte«, »beschabbern«, »fislig«, »glubschte«, »gnadrig«, und so fort), aber auch in der Vorliebe für (zumal umlautlose) Verkleinerungen (»Madamchen«, »Hundchen«, »Ohrchen«, »Tantchen«, »Herrchen«), die für das Ostpreußische ebenso typisch sind[11] wie die syntaktischen Inversionen, die sich aus der regelwidrigen Einbeziehung des Prädikats ins Satzinnere ergeben (»Es ist ... gegeben worden Alarm«, S. 19; »Es wird ... alles beschafft werden zur Freude«, S. 36; »man wird untersuchen das Tantchen«, S. 50). Freilich, wären die masurischen Geschichten gänzlich in Mundart verfaßt, so empfänden wir sie von der Sprachgebung her nicht zwangsläufig als komisch. Die Komik entsteht nicht infolge des Dialekts, sondern aus der Konfrontation der Hochsprache des Erzählers und seinen idiomatischen »Entgleisungen«. Da wir nur hin und wieder ein »jachrig«, ein »beschabbern« oder »fislig« vernehmen, bleibt uns die komische Inkongruenz zwischen dem »Hochdeutschen« als Sprachnorm und den ihr unterlegenen und dennoch widerstreitend gegenübertretenden mundartlichen Eigentümlichkeiten ständig bewußt – seien dies nun einzelne Ausdrücke oder grammatikalische und syntaktische Besonderheiten. So, wie sich gewissermaßen die Gestalt des Adolf Abromeit nach seinen großen Ohren richten soll, so ergeht es auch dem »Hochdeutschen« der Geschichten: es wird bedrängt vom Dialekt.

Aber im einzelnen wertet der Erzähler die komische Wirkung der Spracheigenheiten noch weiter aus. Eine bekannte Variante des komischen Konflikts besteht aus dem »Mißverhältnis von erstrebtem, erhabenem Schein und wirklichem niedrigem Sein von Personen«[12]. Nicht nur zärtlich verkleinernd, sondern auch höflich und diskret wird von »Madamchen« und »Tantchen« Arafa gesprochen, die doch immerhin »ein schwerer, fülliger Mensch (*war*), ... mächtige Schultern und rötliche Kapitänshände (*hatte*)« (S. 49). Ebenso ungemäß höflich verhält sich der Erzähler zu den männlichen Suleykern: er nennt sie »Herren« oder »Herrchen« oder distinguiert einfach »man«: »Sie waren beide barfuß, und der eine führte eine Ziege am Strick und der andere ein Kälbchen; so traf man sich an der Kreuzung, und während Ziege und Kalb erstaunt Notiz voneinander nahmen, begrüßten sich die barfüßigen Herren« (S. 59). Nicht weniger komisch, aber in Einklang zu dem eben Festgestellten ist die unpassend würdige Redeweise der lustigen Personen aus Suleyken, ein Effekt, der vor allem von der »inquit«-Form ausgeht, welche, in die Rede eingeschoben, das Sprechen verzögert und die Aussage ungerechtfertigt gravitätisch und bedeutsam macht: »›Ich bin‹, sagte mein Großvater, ›Hamilkar Schaß. Und ich möchte zunächst um Höflichkeit bitten von Füsilier zu Füsilier‹« (S. 18).

Doch hier ist der Punkt, wo sich uns endlich die Gelegenheit bietet, der Komik nicht nur etwa witzigen Wert beizumessen, sondern auf die in den masurischen Erzählungen wesentlich bedeutsamere *humorvolle* Äußerung der Komik einzugehen, auf den Humor, den der Autor selbst in seinem Essay *Lächeln und Geographie*[13] als das beherrschende Charakteristikum der Masuren und ihrer Geschichten erklärt.

Der bekannteste Theoretiker des literarischen Humors, Jean Paul, beeinflußt von Empfindsamkeit und Idealismus, schreibt in seiner *Vorschule der Ästhetik:* »Der Humor, als das umgekehrt Erhabene, vernichtet nicht das Einzelne, sondern das Endliche durch den Kontrast mit der Idee. Es gibt für ihn keine einzelne Thorheit, keine Thoren, sondern nur Thorheit und eine tolle Welt«[14]. Das »Einzelne«, so ist hinzuzufügen, wird vielmehr vom gefühlvollen Humoristen, der sich selbst nicht frei von den verlachten Schwächen anderer weiß, in Schutz genommen, es wird geachtet und geliebt. Die Liebe für das einzelne schließt aber zugleich die Sympathie für das Regelwidrige und Abnorme in sich ein, das sich eben nur im Individuellen manifestieren kann. Deshalb kommt gerade dem Humoristen der komische Konflikt, der ja aus der Konfrontation von Norm und Normwidrigkeit entsteht, sehr zustatten. Anders: »Im Humor erlangt das Komische seine größte Breite; der Humorist geht am innigsten auf das Abweichende, auf den besonderen Fall, auf die Ausnahme ein«[15]. So ist hinter der Komik, die im unpassend bedeutsamen Sprechen der kleinen Leute aus Suleyken und in der Anrede des Erzählers an die skurrilen Personen steckt, hinter dem »Madamchen«, dem »Herr« und »Herrchen«, doch auch die Achtung vor der Würde des einzelnen zu spüren, der nie nebenbei, sondern immer mit vollem Namen genannt wird: Jadwiga Plock, Stanislaw Griegull, Hamilkar Schaß. Die Neigung zum Individuellen, die Sympathie für das einzelne ist eine »Eigentümlichkeit« (Jean Paul) des Humors, die freilich nicht nur auf den Menschen, sondern überhaupt auf alles Irdische bezogen ist. Sie wird bei Lenz, ähnlich wie bei Sterne oder Jean Paul, bei Raabe, Keller oder Fontane[16] zur Grundlage des humoristischen Erzählens überhaupt. Alles in der Welt wird mit dem Übergewicht der Sinnlichkeit bis ins Kleinste hinein individualisiert in seiner Einmaligkeit erfahren. Die konkrete Versinnlichung in komischen Formulierungen, wie »der Streit ... kam herein auf den kolossalen Füßen des Valentin Zoppek« (S. 83) oder »das Gesetz namens Schneppat« (S. 79), oder in den Metaphern und Wendungen »mit der Stimme eines defekten Blasebalgs« (S. 44), »sein letzter Zahn, Einsiedler seines Mundes« (S. 45), »gnädige Dunkelheit« (S. 38), oder »ausschweifender Beifall« (S. 78), und die Bedeutung der einzelnen, an sich nebensächlichen und banalen Dinge für das Handlungsgeschehen oder für die Personencharakteristik: das normwidrige große Ohr, Trichterbrust und ungleich lange Arme, und lange dünne Beine, mit denen Stanislaw Griegull ebenso sinnlich wie komisch einseitig beschrieben wird, der Roßapfel, der die Wende im Wettschwimmen zwischen Schuster und Flußfischer herbeiführt, das Notizbuch eines Viehhändlers, dem der lesetolle Hamilkar Schaß verhängnisvoll verfällt, das Säckchen Nägel als Anlaß für den Auszug der Suleyker nach Oletzko, oder der Streit um das Bad in Wszscinsk, schließlich die individuellen Dialekteigentümlichkeiten oder die dem Schwank immanente Neigung zu ungewöhnlichen obsoleten Wörtern, wie »lauschen« (S. 17), »schlummern« (S. 19) – diese Beispiele bezeugen nur immer wieder dasselbe: die Achtung und Beachtung des einzelnen, des seltsamen und doch banalen Details, das sinnlich erfaßbar nur als Konkretum beschreibbar ist – eine »Eigentümlichkeit« des Erzählers, die Jean Paul »humoristische Sinnlichkeit« genannt hat.

Die Wertschätzung und Achtung der komischen Personen durch den humoristischen Erzähler kommt freilich genereller zum Ausdruck, als es Anrede und Namensnennung, worin die Komik humorvoll repliziert wird, andeuten. Zwar macht sich der Erzähler, indem er behaglich davon spricht, über die komischen Verhaltensweisen und Mißgeschicke der Suleyker lustig, aber er fühlt sich ihnen doch auch zugehörig, weil er ihren komischen Redestil, ihre

Syntax, ihre Ausdrücke und derben Wendungen (»hol's der Teufel« S. 84, »Cholera« S. 35) übernimmt. Der Erzähler ist kein selbstgefälliger Ironiker, sondern ein selbstironischer Humorist: »Er lacht mit dem Bewußtsein seiner ähnlichen Narrheit und lacht an seinem Nächsten nichts aus als die Menschheit und sich«[17]. Diese »humoristische Subjektivität« (Jean Paul) ist, abgesehen von der sprachlichen Ebene, auch überall dort zu finden, wo sich der Erzähler die Perspektive seiner Suleyker aneignet, wo er auf die ironische Distanz zum Erzählten zu verzichten scheint. In der Geschichte *So war es mit dem Zirkus* erhebt er sich nicht etwa über die absurden, schildbürgerhaften Reaktionen des Zirkuspublikums, sondern er gibt sich beim Messerwerfen ebenso entsetzt, gebannt und unwissend: »Aber was tat dieser halbnackte, drohende Sonderling: er nahm sich die Messer ... Aber nun passierte es: dieser Mensch schmiß seine Messer nach Anita Schiebukat, alle fünf sausten ins Holz, aber getroffen, gottlob, hat keines« (S. 76). – Die scheinbare, selbstironische Unbefangenheit des Erzählers, seine Identifizierung mit den Suleykern in Sprache und Perspektive, seine Eingliederung in den Kreis komischer Personen, und schließlich sein Hang zum Individuellen und sinnlich Faßbaren rechtfertigen, ja fordern geradezu die Ich-Form, die Konkretisierung des humoristischen Geschichtenerzählers. Die Ich-Form signalisiert das Weltverständnis des Humoristen, dem alles, insbesondere das sonst vernachlässigte und unbedeutende Kleine – man beachte die vielen Verkleinerungen: »Herrchen«, »Tantchen«, »Hügelchen«, »Kälberchen« – in seiner Einmaligkeit individualisiert nahesteht. Vor allem das Kleine. Großväterchen Hamilkar Schaß gegen den tollwütigen Wawrila oder gegen den jähzornigen Kommandanten Theodor Trunz, Onkelchen Griegull gegen den reichen Viehhändler Kukielka, der schmächtige Schuster gegen den Muskelprotz in der Zirkusarena oder gegen den überlegenen Flußfischer Zoppek – in solchen Konfrontationen wird vor dem Hintergrund der Auseinandersetzung zwischen Humanem und Inhumanem stets »etwas Kleines gegen etwas Großes ausgespielt, da mißt sich das Winzige am Kolossalen, da schlägt« – dies gilt für alle Suleyker gleichermaßen – »der Zwerg dem Riesen Welt ein Schnippchen«[18]. Nie unterliegt das »Kleine«, es wird vom empfindsamen Humoristen vielmehr in Schutz genommen, nie aber reicht sein Sieg zum überheblichen Triumph[19]. Das Ende der Streitigkeiten ist friedlich: »So zärtlich war Suleyken« deshalb, weil, so meint Lenz, »der masurische Humor wie eine Aufforderung zur Nachsicht mit der Welt, mit den Leuten *(erscheint)*. Wer aber Nachsicht mit der Welt methodisch übt, gelangt unwillkürlich zu beständiger Versöhnungsbereitschaft. Und das, scheint mir, ist ... ein besonders wichtiges Kennzeichen unseres Humors: Versöhnlichkeit«[20]. »Ist alles geregelt zu jedermanns Zufriedenheit« (*Das Bad in Wszscinsk*) oder »gewonnen hat eigentlich keiner« (*Duell in kurzem Schafspelz*) oder »Mir scheint es, wir haben beide recht« (*Der rasende Schuster*): das sind jene versöhnlichen Resümees, die für die masurischen Geschichten symptomatisch sind und ein im Humor dominierendes Moment bezeichnen, dessen psychologische Auswirkung auf den Leser von Sigmund Freud »Lust des Humors« genannt wird. Sie entstehe aus »erspartem Affektaufwand« auf Kosten der »unterdrückten Affektentbindung«. Ein Beispiel: Der Schuster Karl Kuckuck hat sich mit Valentin Zoppek, dem besten Schwimmer von Suleyken, auf ein Wettschwimmen eingelassen, in dem er trotz aller Sympathien der Suleyker, des Erzählers und der Leser hoffnungslos zu verlieren scheint, durch einen glücklichen Zufall aber plötzlich doch noch der traurigen Niederlage entgeht. Dadurch wird das intensive Mitleid (Affektaufwand), das die Situation des bedauernswerten Schusters bei allen Anwesenden (natürlich auch den Lesern) zunächst hervorgerufen hat, unvermittelt »gehemmt«, der »Aufwand« zum Mitleid, der schon in uns war, wird unverwendbar, und wir »lachen ihn ab«. – Natürlich bleibt für Freud die »Lust des Humors« nicht nur auf den ersparten *Mitleids*aufwand beschränkt. Vielmehr sei jeder andere emotionale »Unlust-Affekt« (Ärger, Rührung, Neid etc.), dessen Entbindung erspart werde, eine Quelle des Humors. Denn im »Lustprinzip« sieht Freud den Antrieb für den oben erwähnten Vorgang: »Es scheint, daß unsere Seelentätigkeit darauf gerichtet ist, Lust zu erwerben und Unlust zu vermeiden, daß sie automatisch durch das Lustprinzip reguliert wird.«[21] – Lenzens Technik des komischen und humorvollen Erzählens entspricht genau jenen Voraussetzungen, die für Freud beim Leser die »Lust des Humors« ergeben. Dies gilt nicht allein für die überraschend glückhafte und versöhnliche Beendigung von Konflikten, wie etwa der

Auseinandersetzung zwischen Hamilkar Schaß und dem Wawrila aus den Sümpfen, den Streitigkeiten am Ostertisch, oder dem »Duell im kurzen Schafspelz«, den Racheakten des Mannes im Apfelbaum an der lebenslustigen Witwe, oder eben dem erwähnten Wettstreit zwischen Karl Kuckuck und Valentin Zoppek – dies betrifft gleicherweise auch alle anderen Situationen potentieller »Unlust«, beispielsweise den Tod des Onkels Manoah, der als perfektes »Schnippchen« verstanden wird, oder das Begräbnis von Tante Arafa, das für die Suleyker zum ausgelassenen Fest divergiert und jede Trauer hemmt.

Humor als Seelenreaktion des Lesers. Damit ist freilich nichts über die von uns erörterte Konstituierung des Phänomens gesagt, nichts über die humoristische Replik auf den komischen Konflikt, über die humoristische Subjektivität und Sinnlichkeit, über die Empfindsamkeit und die brüderliche Gemeinsamkeit des Humoristen mit allem Irdischen, den Leser eingeschlossen. Oder ist letzterer nicht eher ein Zuhörer, der ebenso konkret anwesend ist wie der Erzähler oder die verdinglichten Abstrakta (»das Gesetz namens Schneppat«)? Wiederholt doch der Erzähler rhetorisch des Lesers Fragen, berücksichtigt dessen Reaktionen: »Wer da vorn saß?« (S. 17), »Muß ich noch viel mehr erzählen?« (S. 23), »man wird es schon gemerkt haben« (S. 69), »wenn es erlaubt ist zu sagen« (S. 38), »gleich wird gesagt wann« (S. 34). In der Einbeziehung und Verwandlung des anonymen Lesers zum sinnlich anwesenden und mitempfindenden Zuhörer schließt sich Lenz an eine Erzähltradition an, die seit Laurence Sterne und Jean Paul als behaglich-warmherziges Schutzbündnis gegen die inhumane Außenwelt verstanden wird, das allerdings auch – Kritik am Humor! – die klärende Konfrontation mit ihr verhindert: »Jetzt aber, meine Freunde, müssen vor allen Dingen die Stühle um den Ofen, der Schanktisch mit dem Trinkwasser an unsere Knie gerückt und die Vorhänge zugezogen und die Schlafmützen aufgesetzt werden, und an die *grande monde* über der Gasse drüben und ans *palais royal* muß keiner von uns denken, bloß weil ich die ruhige Geschichte des vergnügten Schulmeisterlein erzähle ...«[22]. – So beginnt die Geschichte des vergnügten Schulmeisterlein Maria Wuz von Jean Paul, und sie dokumentiert freilich mehr als die typische behaglich-problematische Situation humoristischen Erzählens. In seinem Aufsatz über den masurischen Humor, der als Bekenntnis zu ihm auch eine Selbstcharakteristik des Masuren Lenz ist, vergleicht der Autor seine fiktiven Personen indirekt mit dem Schulmeisterlein Wuz, rühmt ihre »pfiffige Beschränktheit und arglistige Einfalt, treuherzige Verschlagenheit ... Solidarität im Mißgeschick ... geduldiges Mitleid, Güte«[23] – humoristische Charakteristika, die diese Personen gewiß auch mit Sternes Onkel Toby, mit den Käuzen in Hippels Büchern, mit Raabes Magister Buchius, Kellers Leuten aus Seldwyla, mit dem Hauptmann von Köpenick und dem braven Soldaten Schwejk teilen. Doch was *prima vista* damit und mit Jean Paul so identisch zu sein scheint, verhält sich doch anders: die humoristischen Personen zwar mögen sich gleichen, nicht aber die humoristischen Autoren; denn während Lenz ausschließlich »grübelnde Zärtlichkeit zu Suleyken« fühlt und die Geschichten als nichts anderes denn »zwinkernde Liebeserklärungen« an Masuren versteht[24], geht es dem Verfasser der satirischen Idyllen um Menschen- und Gesellschaftskritik: das gemütliche Beisammensitzen am Abend, das empfindsame Erzählen im kleinen Kreis ist eben nur eine bescheidene Oase inmitten der von blasierten Duodezfürsten (*»grande monde«*, *»palais royal«*) zynisch beherrschten Welt. Wuzens Idylle ist von der Inhumanität der Gesellschaft und Herrschaft bedroht, muß ihr listig abgewonnen und mit Leid erkauft werden; die Suleyker aber sind frei, unter sich und leiden allenfalls an den Mißgeschicken ihres Alltags. Ihre Situation ist die des komischen Personals der von aktueller Gesellschaftsbezogenheit entfernten Schwänke[25].

Die masurischen Geschichten sind deshalb – weil ihnen die sozialkritische Bitterkeit eines Jean Paul, eines Raabe oder Hašek fehlt – eine unbeschwerte, amüsante und – für sich genommen – gänzlich unpolitische Dichtung[26].

Anmerkungen

1 *Diskrete Auskunft über Masuren*, Nachwort zu: *So zärtlich war Suleyken*, S. 170.

2 *Beziehungen*, S. 282 (*Der Künstler als Mitwisser*).

3 *Diskrete Auskunft über Masuren*, a. a. O., S. 170.

4 Friedrich Georg Jünger, *Über das Komische*, Zürich, Die Arche, 1948.

5 Helmuth Plessner, *Philosophische Anthropologie. Lachen und Weinen. Eine Untersuchung der Grenzen des menschlichen Verhaltens*, Frankfurt a. M., Fischer, 1970, S. 98.

6 Für Bergson beruht das Komische in einem Verfall flexibler und anpassungsfähiger Lebendigkeit ins mechanisch Erstarrte: Henri Bergson, *Le rire*. Deutsch: *Das Lachen*, Jena, Diederichs, 1921, S. 47 ff.

7 Plessner, a. a. O., S. 97.

8 S. Colin Russ, oben, S. 58.

9 H. Lützeler, *Philosophie des Kölner Humors*, Honnef, 1954, S. 14.

10 Jean Paul, *Werke*, Berlin, Reimer, 1826, Bd. 41–43, *Vorschule der Ästhetik*, § 43.

11 S. Herbert Schöffler, *Kleine Geographie des deutschen Witzes*, Göttingen, Vandenhoeck & Ruprecht, 1955, S. 34.

12 Gero v. Wilpert, *Sachwörterbuch der Literatur*, Stuttgart, Kröner, 1969, S. 396.

13 *Beziehungen*, S. 103–119.

14 Jean Paul, *Vorschule*, a. a. O., § 32.

15 Jünger, *Über das Komische*, a. a. O., S. 56.

16 S. u. a. Einleitung zu: Wolfgang Preisendanz, *Humor als dichterische Einbildungskraft. Studien zur Erzählkunst des poetischen Realismus*, München, Eidos, 1963.

17 Jean Paul, *Werke*, Berlin, Reimer, 1827, Bd. 4, S. 155.

18 *Beziehungen*, S. 106 (*Lächeln und Geographie*).

19 In diesem Sinn wird vom Humor »das Große erniedrigt, aber ungleich der Parodie – um ihm das Kleine, und erhöhet das Kleine, aber ungleich der Ironie –, um ihm das Große an die Seite zu setzen und so beide zu vernichten, weil vor der Unendlichkeit alles gleich ist und Nichts« (»Humoristische Totalität«), Jean Paul, *Vorschule*, a. a. O., § 32.

20 *Beziehungen*, S. 115 f. (*Lächeln und Geographie*).

21 Sigmund Freud, *Vorlesungen zur Einführung in die Psychoanalyse*, Berlin, Kiepenheuer, 1933, S. 397. Psychologische Humorbestimmung in: Freud, *Der Witz und seine Beziehung zum Unbewußten*, Frankfurt a. M., Fischer, 1956.

22 Jean Paul, *Leben des vergnügten Schulmeisterlein Wuz in Auenthal. Eine Art Idylle*, Memmingen, Dietrich, 1968, S. 5.

23 *Beziehungen*, S. 111 (*Lächeln und Geographie*).

24 *Diskrete Auskunft über Masuren*, a. a. O., S. 170.

25 S. Hermann Bausinger, *Schildbürgergeschichten. Betrachtungen zum Schwank*, in: *Der Deutschunterricht*, 13 (1961), 1, S. 24 ff., und Erich Straßner, *Schwank*, Stuttgart, Metzler, 1968, S. 90. Siegfried Neumanns Ansicht, der Schwank setze sich durchaus mit aktuellen sozialen Konflikten auseinander (Neumann, *Der Mecklenburgische Volksschwank. Sein sozialer Gehalt und seine soziale Funktion*, Berlin,

Akademie-Verlag, 1964), wird von den genannten Autoren widersprochen.

26 Die Verbindung von versöhnendem Humor und engagierter Sozialkritik, d. h. die Verknüpfung der beiden charakteristischen Merkmale Lenzschen Erzählens ist als problematisches Ergebnis in *Deutschstunde* nachweisbar: s. Theo Elm, *Siegfried Lenz: Engagement und Realismus. Über einen charakteristischen Zusammenhang in der Gegenwartsliteratur am Beispiel des Romans »Deutschstunde«*, Diss., Erlangen, 1972; als Buchveröffentlichung: *Siegfried Lenz – Deutschstunde. Engagement und Realismus im Gegenwartsroman*, München, Fink, 1973.

John Ellis

Siegfried Lenz' dialogische Monologe

Ball der Wohltäter und Vorgeschichte

Der Sammelband der Erzählungen von Siegfried Lenz (*Gesammelte Erzählungen. Mit einem Nachwort von Colin Russ*, Hoffmann und Campe, 1970) bietet eine eindrucksvolle Mannigfaltigkeit epischer Formen und Perspektiven. Ich-Erzählung, Erzählung in der dritten Person, auch der Dialog scheinen Lenz gleichermaßen geläufig. All diese bekannten Formen des Erzählens kommen bei ihm vor; doch neben ihnen begegnen interessante Varianten, die wesentlich zum Gehalt seiner Geschichten beitragen. Zu den auffälligeren Beispielen dafür gehört eine Erzählweise, die weder Ich-Erzählung noch Dialog ist, sondern ein Mittleres: in einigen seiner Geschichten gibt Lenz nur die eine Hälfte des Dialogs, die andre dagegen nicht. Das Resultat: der Monolog eines »Ichs«, das von Begebnissen berichtet, die es erlebte – und dennoch keine schlichte Ich-Erzählung, denn das »Ich« wendet sich nicht an den Leser, sondern an den Dialogpartner. Kein echtes Zwiegespräch also, denn obwohl der Partner ständig angesprochen wird, bleiben seine Antworten ungesagt. Der Monolog des Sprechers verdrängt den Zuhörer, wenn auch gelegentlich das, was der Zuhörer sagt, durch Antworten des Sprechers angedeutet wird. Dennoch ist die Anwesenheit des Zuhörers stets spürbar.

Im folgenden geht es um zwei Geschichten, die auf diese Art erzählt werden: *Ball der Wohltäter* (*S.*, S. 175–185) und *Vorgeschichte* (*S.*, S. 45–64).

In *Ball der Wohltäter* geht es um Barbara Bredow, einen Gesangsstar von einst, den das Publikum vergessen hat. Ihr Agent Puchta sieht die Chance eines Comeback darin, daß er sie zu einem Wohltätigkeitsball mitnimmt, auf dem sie die anwesenden wichtigen Impresarios wiedertreffen und, wie er hofft, von neuem beeindrucken kann. Doch unter dem Streß dieser Situation trinkt sie zuviel und macht sich zum Gespött. Soweit die Handlung der Geschichte. Sie ist auf eine ungewöhnliche Art erzählt: der gesamte Text ist ein wütender Ausbruch Puchtas, nachdem er die Betrunkene vom Ball nach Hause gebracht hat. Sein Redeschwall beschreibt die Begebnisse des Abends; zornig verlangt er, daß sie ihre Eintrittskarte selbst bezahlen soll – schließlich ist es ihre Schuld, wenn die Chance, die er ihr zuspielte, vertan ist. Auf ein paar schüchterne Einwürfe Barbaras verweisen Puchtas Antworten – »Wie meinst du? Ich war grausam?« (S. 181) –, sie selbst jedoch kommt nicht zu Wort. Vielleicht ist dies eine bizarre Art, eine Geschichte zu erzählen: vielleicht läge es näher, Barbara Bredow die traurige Geschichte ihrer letzten Chance, ihr Publikum zurückzugewinnen, selbst erzählen zu lassen oder sie einem Erzähler in der dritten Person in den Mund zu legen. Doch was geschieht mit der Geschichte, wenn sie in der seltsamen Form, die Lenz wählt, vorgetragen wird? Der auffälligste Effekt: das Rührende der ständig anwesenden, wenn auch schweigenden Gestalt Barbara Bredows beeindruckt den Leser, gerade weil Puchta die Geschehnisse jenes Abends so mitleidlos darstellt. Ein Beispiel: offenbar glaubt Puchta, sie habe sich beim Ball gehen und es am nötigen Ernst und an der eigenen Bemühung fehlen lassen. Er meint, es sei ihr nur um ihr Vergnügen gegangen und nicht um verantwortliches Benehmen. So hält er ihr eine Standpauke: »Hör mir zu, ich werde dir etwas sagen: es kommt nicht allein darauf an, daß wir auf etwas verzichten, sondern wann wir auf etwas verzichten ... Du konntest oder wolltest nicht erkennen, daß man sozusagen auch im Dienst da sein kann, wo man sich amüsiert, und dieser Wohltätigkeitsball war ohne Zweifel ein Stück Arbeit, forderte wohlüberlegtes Verhalten« (S. 179 und 181). Was indessen wirklich auf dem Ball vorging, wird dem Leser aus Puchtas Rede, obwohl er nur erfährt, was Puchta über Barbaras Verhalten berichtet, hinreichend deutlich. Die ganze Szene hatte sie – verständlicherweise – in Schrecken versetzt. Vielleicht schämte sie sich, als Star von gestern ihre früheren Freunde wiederzutreffen; vielleicht spürte sie schon den Schmerz nochmaliger Ablehnung – oder die Angst einer Situation, in der sie diese Ablehnung geradezu herausforderte. Niemanden außer Puchta kann es überraschen, daß sie sich so schnell wie möglich betrinkt, in der verständlichen Absicht, sich so schnell wie möglich zu betäuben. Lenz beschwört das Fragile, das Rührende dieser Gemütsverfassung, ohne es jemals direkt auszusprechen; er weckt Sympathie, ohne sie unmittelbar zu fordern. Er erreicht dies durch den Kontrast zwischen Puchtas Bericht und dem Bild, das der Leser sich – natürlicherweise – selbst macht. Puchtas Erbitterung darüber, daß Barbara darauf bestand, auf dem Ball zu singen, erzeugt eine ähnliche Wirkung. Für ihn ist unfaßlich, daß sie überhaupt singen wollte, noch dazu im Modestil zweier junger Mädchen, die gerade zuvor gesungen hatten: »Weißt du, wie du sangst? Es ist dir gleichgültig, gewiß, aber vielleicht wird es dich doch interessieren, daß deine Vorstellung eine einzige fatale Imitation dieser gesunden Pfirsiche war: du bewegtest die Hüften wie sie, machtest die gleichen Schritte, legtest den gleichen Truthahntucker in die Stimme – du warst faszinierend unerträglich. Hast du nicht gemerkt, daß niemand, niemand im ganzen Saal klatschte?« (S. 184 f.). Puchtas feindseliger Vorwurf, es interessiere sie wohl überhaupt nicht, wie sie gesungen habe, führt den Leser zu einem noch tieferen Verständnis der Situation – und zu der Frage, weshalb sie denn gerade diese Art des Gesangs wählte. Versuchte sie verzweifelt, die gängige Mode nachzuahmen, um wieder Erfolg zu haben? Parodierte sie die beiden Mädchen, um ihrer Verachtung Luft zu machen? Das eine schließt das andere nicht aus. Lenz gelingt es hier, in der groben Vereinfachung Puchtas eine vielschichtige Situation zu erfassen; er beschwört einen heiklen, fragilen Gemütszustand durch die Auslassungen eines vulgären, gefühllosen Sprechers. Diese Kontraste verweisen auf einen noch fundamentaleren Sinn des Erzählschemas, jenseits der bloßen Absicht, der Hauptfigur auf Umwegen Sympathien zuzuschanzen. Offensichtlich arbeitet Lenz hier mit dem Kontrast zwischen Puchtas Wertbegriffen und jenen, die sich aus der dargestellten Situation ergeben: dem Kontrast zwischen dem Geldwert und jenen Werten, die auf menschlichen Gefühlen und Bedürfnissen fußen. Der Zusammenprall beider Wertgefüge wird besonders in der Szene deutlich, in der Puchta nun von Barbara das Geld für die Eintrittskarte zurückverlangt. Für beide, kein Zweifel, war der Abend ein Desaster – aber auf sehr unterschiedliche Weise. Puchta verlor seine Kapitalanlage (das Eintrittsgeld) und die Chance, an Barbaras Erfolg mitzuverdienen.

Da der gesamte Text aus seiner wütenden Beschwerde besteht, wird sein Verlust unmißverständlich deutlich. Von einem anderen Verlust ist nicht die Rede; daß Puchta, der dafür keinerlei Sinn hat, bezeichnenderweise nicht von ihm spricht, nötigt den Leser abermals, sich ein eigenes Bild zu machen: Barbaras Verlust besteht darin, wieder einmal abgelehnt worden zu sein – ein katastrophaler Verlust an Seelenfrieden, Selbstachtung und menschlicher Würde. Puchta verliert Geld und ist zornig und aggressiv; sie verlor alle Hoffnung – und schweigt. Für Puchta reduzieren sich alle Werte der Welt auf den Geldwert, wie seine Rede zeigt: wenn eine Kapelle »bemerkenswert temperamentlos« spielt, so vermutet Puchta den Grund darin, daß »man den Musikern eine Zulage abgelehnt hatte« (S. 179); hört er eine andere Band besser spielen, so erklärt er es auf die einzige Art, die seinen Wertbegriffen entspricht – »die goldenen Boleros spielten besser als ihre Kollegen; ihre Leidenschaft schien angemessen bezahlt zu werden« (S. 180). Auch der allgemein menschlichen Erfahrung gegenüber scheint Puchtas Einstellung an das Materialistische gebunden: wenn Barbara dagegen protestiert, daß er bloß das sagt, was sie schon weiß, antwortet er: »die Selbstabnutzung wird nachweislich geringer, sobald wir uns langweilen« (S. 178).

Die Geschichte ist also unter einem Gesichtspunkt erzählt, der ihrem Hauptanliegen diametral widerspricht. Barbara Bredows Geschichte handelt vom menschlichen Verlust des Abgelehntwerdens; den Erzähler dagegen interessiert nur der finanzielle Verlust einer verpaßten Gelegenheit. Das ist mehr als eine *formale* Gegenüberstellung von Werten; daß die einstige Sängerin unglücklich ist, hat seinen Grund eben in jenem System, für das Puchta steht und in dem das Kommerzielle sogar über Erhaltung oder Verlust menschlicher Würde entscheidet. Mitgefühl ist für Puchta nur ein Ergebnis finanzieller Erwägungen; die Möglichkeit, Barbara Bredow noch einmal auf den Markt zu bringen, erzeugt in ihm eine plötzliche Sympathie (»eine unvorhergesehene persönliche Sympathie«, S. 176) gegenüber den Nutznießern des Wohltätigkeitsballs.

Ball der Wohltäter ist die Geschichte einer Frau unter dem Zwang eines Systems, das auf unmenschlicher Berechnung dieser Art beruht, erzählt von der eindeutigen Verkörperung dieses grausamen Systems; das ist zugleich der Sinn der ungewöhnlichen Erzählweise.

Vorgeschichte ist ein weiterer dialogischer Monolog, vom *Ball der Wohltäter* dadurch unterschieden, daß die Gestalt, der die Geschichte erzählt wird, nicht zu ihren Hauptfiguren gehört. Die Handlung besteht darin, daß ein junger Mann, Bard, im Haus eines Bankiers erscheint; der Bankier gibt ihm unerwarteterweise eine Stellung in seiner Bank, obwohl er ihn nicht zu mögen scheint; daraufhin nistet Bard sich bei der Familie des Bankiers ein, wodurch angedeutet wird, daß er über den Älteren eine gewisse Macht ausübt. Wie es scheint, begünstigt der Bankier das Aufkommen einer Beziehung zwischen Bard und seiner Tochter – oder er läßt es zumindest zu; erst am Hochzeitstag der beiden tritt er Bard zum erstenmal feindselig entgegen; später, noch am gleichen Tag, erhängt er sich.

Wieder erzählt Lenz die Geschichte auf eine sehr indirekte Weise. Bards Frau berichtet sie acht Jahre nach der Hochzeit und dem Tod ihres Vaters ihrer Freundin Christina, die jedoch, wie es scheint, nichts mit der Story zu tun hat. Diese Art des Erzählens begrenzt in mehrfacher Hinsicht die Ermittelbarkeit der Tatsachen: Bard oder der Bankier hätten von den tatsächlichen Vorgängen mehr zu erzählen gewußt; sie hätten insbesondere jenen Einfluß, den Bard auf seinen Schwiegervater ausübte, sowie den Inhalt jener Gespräche zwischen den beiden Männern, die hinter verschlossenen Türen stattfanden und nach denen der Bankier müde und resigniert zurückblieb, aufdecken können. Doch für Lenz ist das Tatsächliche der Situation weniger wichtig als die Reaktionen der Frau auf eine verschattete Vorgeschichte – Reaktionen, die seltsam widersprüchlich und zugleich faszinierend sind. Das Absonderlichste an ihrer Darstellung ist ihr beiläufiger Ton: immerhin geht es um den Tod ihres Vaters und – als Ursache dafür – um etwas Böses in der Person ihres Mannes. Besonders deutlich ans Licht kommt das zum Schluß der Erzählung, wenn anstatt einer furchtbaren Abrechnung zwischen Mann und Frau nach dem Tod des Bankiers, statt einer Zuspitzung des Geschehens, die den vernichtenden Einbruch der Wahrheit zustande brächte, gelassen der Schlußsatz ausgesprochen wird: »Übrigens läuft Bards Zug jetzt bald ein; ich glaube, ich muß mich fertigmachen und dann zur Bahn, um ihn abzuholen. Kommst du mit, Christina?« (S. 64). Diese letzte Bemerkung zu Christina scheint das ganze Gespräch zum belanglosen Klatsch zu degradieren, den man abbricht, wenn Routinedinge wie das Abholen des Ehemanns vom Bahnhof fällig werden; und die Frage, ob Christina mitkommt, deutet lediglich an, daß die Freundin mit ihrer Zeit ohnehin nichts Besseres anzufangen weiß – davon, daß sie vor dem Zusammentreffen mit einem Mann, von dem sie soeben derart sinistre Dinge gehört hat, zurückscheuen könnte, ist nicht die Rede. Auch in der Idee der Sprecherin, es sei vielleicht an der Zeit, sich noch einmal mit der Beziehung zwischen ihrem Vater und Bard zu befassen, steckt etwas seltsam Beiläufiges; sie sagt zu ihrer Freundin: ». . . was meinst du? In den letzten Jahren vergaß ich es offenbar«. Aus allem ergibt sich, daß die Episode in der Seele der Sprecherin einen recht ungewöhnlichen Platz einnimmt.

Die Unbestimmtheit der Fakten im Hintergrund dieser Geschichte ist nur ein Teil einer allgemeineren Unbestimmtheit, die sich auf die Identität der Personen bezieht. Seltsam schon, daß Bards Frau namenlos bleibt, während die Freundin Christina genannt wird; damit ist das Gewicht ihrer Rollen vertauscht. Ständig fallen Anspielungen auf Christinas Vergangenheit, aber sie enthüllen nichts; zum Beispiel sagt die Tochter des Bankiers, daß Christinas Eltern bei ihrer Hochzeit gewesen seien, daß Christina Birgit kenne (ihre beste Freundin vor einigen Jahren), daß sie am Picknick auf den Klippen nicht teilgenommen habe; sie sei mit Bard nicht näher bekannt. Lauter Anspielungen auf Dinge, von denen wir nichts wissen, Hinweise, die uns nichts sagen, die nicht einmal verraten, ob es wichtig ist, zu wissen, worauf angespielt wird, oder ob Christina in der Geschichte eine belangvolle Rolle spielt. Dennoch tauchen aus diesem Hintergrund rätselhafter unbekannter Tatsachen gewisse Schemen auf – zwei Elemente der Story, die auf das Verhältnis zwischen Bard und dem Bankier hinweisen. Einmal ist es das halbe Geständnis, das Bard vor seiner zukünftigen Frau ablegt, er habe in seiner Jugend an einem vorgetäuschten Banküberfall teilgenommen; als junger Angestellter habe er behauptet, von den Bankräubern überrascht und überwältigt worden zu sein, obwohl er sie in Wirklichkeit, der getroffenen Vereinbarung entsprechend, selbst eingelassen habe. Und zum anderen ist es der Hinweis der Frau auf das Vertrauen ihrer Mutter in die Fähigkeiten ihres Vaters: »Sie konnte sich einfach keinen Konflikt vorstellen, dem er nicht gewachsen war, kein Problem, das er nicht meistern würde. Für sie war Vater der verläßliche, sieghafte, vertrauenswürdige Mann, der durch nichts unterwandert werden konnte, und weil sie sich ihn so wünschte, konnte sie an seinem wirklichen Leben nicht teilnehmen. ›Du schaffst es, du hast es doch immer geschafft‹: das war ihr ganzer Beitrag« (S. 58). Damit beginnt das Unbekannte Gestalt anzunehmen: die Frau des Bankiers vertraute blindlings seiner Allmacht, seiner Fähigkeit, alles zu schaffen und seiner Familie alles bieten zu können – was ihn naturgemäß ständig unter Druck setzte. Er durfte nicht versagen, durfte ihr keine Bitte abschlagen; und gerade darin liegt ein plausibles Motiv für seine Mittäterschaft bei einem Bankraub. Den konnte der junge Bard damals noch nicht geplant haben; vielmehr mußte der Plan von jemandem in der Bank stammen, der sein Vorgesetzter war. Die Macht, die Bard über den Vater der Erzählerin ausübt, scheint auf dessen Identität mit dem Vorgesetzten hinzudeuten; doch erst als Bard älter wurde, begriff er wohl, was die Situation ihm bot. Dieser Zusammenhang wird angedeutet, aber nie ausgesprochen. Der Leser erkennt ihn, obwohl die Sprecherin es sich versagt, die offenkundige Folgerung zu ziehen – ihr Wissen um das Vergangene bleibt unbestimmt. Merkwürdig ist nur: auch Bard muß wissen, daß sie die Wahrheit nicht sehen will; schließlich hat er ihr so viel erzählt, daß sie sich den Rest selbst ausmalen kann. Sie schildert ihn als zurückhaltend und verschwiegen; in Wirklichkeit ist er ihr gegenüber ziemlich offen – offener jedenfalls, als sie es vor sich selbst ist. Warum also ist sie mißtrauisch – und will dennoch nichts wissen? Eines geht aus der Erzählung klar hervor: Bards Frau hat zu ihrem Mann keine eindeutige Beziehung. Bei ihrer ersten Begegnung spürt sie eine »seltsame Unterlegenheit« und »Angst«, doch gleichzeitig drängt sich ein anderes Gefühl auf: »noch bevor es geschah, kannte ich die Art seiner Umarmungen und die Zärtlichkeit, zu der er fähig war« (S. 46). Und obwohl sie seine Gegenwart im Hause bedrohlich zu finden anfängt, obwohl sie ihn um der Dinge willen, die er ihrem Vater antat, haßt, gibt sie dennoch selbst den Anstoß zu näherer Beziehung, indem sie bei jenem Picknick an ihn herantritt, um ihn allein zu sprechen; dieser erste Schritt schafft eine Atmosphäre der Intimität zwischen beiden, die dazu führt, daß sie miteinander schlafen – eine natürliche Entwicklung, obwohl es ihr nur darum ging, herauszufinden, was ihren Vater mit Bard verband. Schließlich ist sie es, die zur Hochzeit drängt, während er noch zögert – Widersprüche, die in gewissem Ausmaß erklärbar sind: Liebe und Haß, beides kraftvolle Ausdrucksweisen zwischenmenschlicher Beziehung, schließen sich manchmal zusammen und sind dann nur zwei Reaktionsweisen, die der gleichen fundamentalen Besessenheit entspringen. Auf die gleiche Art läßt sich die Neugier der Sprecherin, soweit sie Bards Vergangenheit betrifft, leicht als Teil der Anziehungskraft, der Faszination deuten, die seine seltsame Macht auf sie ausübt. Doch Lenz' Erzählweise läßt diese vielschichtige Reaktion auf Bards Persönlichkeit noch komplizierter erscheinen. Sie ist ihm zutiefst verbunden – und behandelt ihn mit aller Beiläufigkeit; sie ist neugierig – doch gleichgültig der Wahrheit gegenüber; sie weiß, daß die Machenschaften ihres Mannes ihren Vater in den Tod getrieben haben – aber die Geschichte dieser Katastrophe ist für sie nur noch Stoff müßiger Unterhaltung mit einer Freundin, gut genug, die Zeit totzuschlagen, bis Bard vom Bahnhof abgeholt werden muß. In dieser ungewöhnlichen Erzählung wird kein Problem gelöst, vieles bleibt rätselhaft; doch der Eindruck, den man gewinnt, ist keineswegs der einer letzten Endes unzusammenhängenden Geschichte, sondern der eines packenden und vielschichtigen Zusammenhangs von Reaktionen seitens der Sprecherin.

Bilanzen

Marcel Reich-Ranicki

Siegfried Lenz, der gelassene Mitwisser - 1963

Siegfried Lenz wurde 1926 geboren. Im selben Jahr kam auch Ingeborg Bachmann zur Welt. Günter Grass und Martin Walser repräsentieren den benachbarten Jahrgang 1927. Dieser Generation gehören die etwas jüngeren Hans Magnus Enzensberger und Peter Rühmkorf ebenso an wie der etwas ältere Heinz von Cramer. Sie alle wurden zwischen 1924 und 1929 geboren. Und so mußten ihnen ähnliche Erfahrungen zuteil werden.

Aufgewachsen sind sie also in den Jahren der nationalsozialistischen Herrschaft. Sie haben den Jubel der Eroberer gehört. Aber sie waren auch alt genug, um die Niederlage bewußt erleben zu können. Vielleicht vermochten sie sogar die Ausmaße der Katastrophe zu begreifen und einige der Folgen zu ahnen. Dann waren sie inmitten von Trümmern Primaner oder Studenten. Ihre Kenntnisse sammelten sie jedoch nicht nur in Hörsälen und Bibliotheken, sondern meist auch in den Zentren des Schwarzmarkts.

Als der bundesrepublikanische Wohlstand ausbrach, begannen sie, für Zeitschriften zu schreiben und Bücher zu veröffentlichen. Mitte oder spätestens Ende der fünfziger Jahre waren ihre Namen schon allgemein bekannt. Und sehr bald wurden sie auch berühmt.

Die gemeinsamen, zeitgeschichtlich bedingten Erfahrungen haben die grundsätzliche Haltung, die für diese Generationsgefährten charakteristisch ist, bestimmt, zumal ihre Auffassung von der gesellschaftlichen Funktion der Literatur, von der Rolle des Schriftstellers und seiner Aufgabe. Sie alle begegnen der Umwelt mit Skepsis und mit Argwohn, wenn auch nie mit Geringschätzung oder gar mit Verachtung. Offensichtlich mißbilligen sie die bestehende moralische Ordnung. Sie schlagen jedoch keine bessere Ordnung vor. Sie warten mit keinerlei Rezepten auf. Sie hüten sich, ein moralisches System anzubieten, denn sie mißtrauen derartigen Systemen. Von einer Satzung wollen sie nichts wissen, aber sie haben Grundsätze. Dogmen sind ihnen verhaßt. Normen kommen ihnen verdächtig vor. Aber sie streben bewußt und entschieden die moralische Wirkung der Literatur an. In diesem Sinne können sie als Moralisten ohne Kodex und als amoralische Moralisten bezeichnet werden.

Will man die typischen Vertreter der vorangegangenen Generation deutscher Schriftsteller charakterisieren, jene also, die während des Ersten Weltkrieges oder kurz danach geboren wurden, so muß man sich meist auch ideologischer und politischer Definitionen bedienen. Wird von Heinrich Böll oder von Alfred Andersch gesprochen, von Wolfgang Borchert oder von Wolfdietrich Schnurre, dann tauchen sogleich Begriffe auf wie »Christentum« und »Katholizismus«, »Marxismus« und »Kommunismus«, »Pazifismus« und »Antifaschismus«.

Die Repräsentanten der Jahrgänge hingegen, von denen hier die Rede ist, die Moralisten ohne Kodex, können mit keiner Weltanschauung oder Religion, mit keiner Partei, Kirche oder Organisation identifiziert werden. Sie haben, versteht sich, ihre ideologischen und politischen Sympathien und Antipathien. Sie sprechen hierüber sehr offen – zum Beispiel in dem 1961 herausgegebenen Sammelband *Die Alternative oder Brauchen wir eine neue Regierung?*, der unter anderem Beiträge eben von Heinz von Cramer, Hans Magnus Enzensberger, Günter Grass, Siegfried Lenz, Peter Rühmkorf und Martin Walser enthält.

Indes lassen sich diese Schriftsteller auf ein politisches Programm nicht festlegen, sie plädieren nicht für eine philosophische Doktrin, sie lehnen es ab, einer Ideologie zu dienen. Sie verkünden keine These, wollen jedoch mit ihrer Kunst gewisse Erkenntnisse ermöglichen. Sie predigen keine Wahrheiten, sind jedoch bestrebt, zur Ermittlung der Wahrheit über das Leben in unserer Zeit beizutragen. Sie mühen sich, auf den Leser in einer bestimmten Richtung Einfluß auszuüben. Sie wollen also hier und heute etwas bewirken, etwas erreichen. Sie sind engagierte Schriftsteller. Aber sie sind engagierte Schriftsteller ohne Programm, Gläubige ohne Glaubensbekenntnis.

All dies trifft in vollem Umfang auf Siegfried Lenz zu. So groß jedoch die Gemeinsamkeit und die Übereinstimmung, so auffällig ist zugleich die Abweichung und sogar die Entfernung. Anders ausgedrückt: ungeachtet der ebenso augenscheinlichen wie verständlichen Kongruenz unterscheidet sich seine Einstellung wesentlich von derjenigen seiner Generationsgefährten.

Als Lenz im Jahre 1962 der Literaturpreis der Stadt Bremen verliehen wurde, sagte er in seiner Dankansprache: »Mein Anspruch an den Schriftsteller besteht nicht darin, daß er, verschont von der Welt, mit einer Schere schöne Dinge aus Silberpapier schneidet; vielmehr hoffe ich, daß er mit dem Mittel der Sprache den Augenblicken unserer Verzweiflung und den Augenblicken eines schwierigen Glücks Widerhall verschafft. In unserer Welt wird auch der Künstler zum Mitwisser – zum Mitwisser von Rechtlosigkeit, von Hunger, von Verfolgung und riskanten Träumen ... Es scheint mir, daß seine Arbeit ihn erst dann rechtfertigt, wenn er seine Mitwisserschaft zu erkennen gibt, wenn er das Schweigen nicht übergeht, zu dem andere verurteilt sind.«[1]

Das ist ein unmißverständliches Bekenntnis zur engagierten Literatur. Für Lenz ergibt sich jedoch aus diesem Bekenntnis nur eine zurückhaltende, ja bescheiden klingende Folgerung: Der Schriftsteller soll lediglich »seine Mitwisserschaft zu erkennen« geben. Damit begnügt sich Lenz. Wir haben es hier nicht etwa mit einer beiläufigen Formulierung zu tun. Denn schon am Anfang seiner Bremer Rede glaubte Lenz, sich über Kollegen ironisch äußern zu müssen, die »die Wonnen der Brüskierung« auskosten. Als die Aufgabe des Schriftstellers sehe er nicht das »Brüskieren« an. Hingegen gesteht er: »Ich schätze nun einmal die Kunst, herauszufordern, nicht so hoch ein wie die Kunst, einen wirkungsvollen Pakt mit dem Leser herzustellen, um die bestehenden Übel zu verringern.«[2]

Diese Äußerung kann nicht unwidersprochen hingenommen werden. Indem Lenz gegen »die Kunst, herauszufordern« den »wirkungsvollen Pakt mit dem Leser« ausspielt, konstruiert er eine Alternative, die es nicht gibt und die es nie gegeben hat. Denn die Literaturgeschichte beweist, daß in vielen Fällen just diejenigen Schriftsteller, die sich nicht scheuten, ihre Zeitgenossen herauszufordern und zu brüskieren, dazu beigetragen haben, den Übeln abzuhelfen, die auch Lenz verringern möchte. Obwohl also seine Äußerung einem Mißverständnis zu entspringen scheint, macht sie doch auf eine Eigentümlichkeit des Autors Lenz aufmerksam, die ihn von vielen seiner Generationsgefährten unterscheidet.

Bei ihnen allen – von Heinz von Cramer, dem Ältesten, bis zu Hans Magnus Enzensberger, dem Jüngsten unter den Genannten – wird als Untergrund der literarischen Bemühungen fast immer ein Geist der Revolte und der Provokation spürbar. Man mag ihre Auflehnung für mehr oder weniger gewichtig halten und ihnen mitunter Mangel an Konsequenz vorwerfen, man mag in dieser Auflehnung gelegentlich unseriöse Züge finden und sie hier und da sogar der Koketterie verdächtigen, aber man kann sie weder wegleugnen noch ignorieren. Lenz hingegen hat nicht das Zeug zu einem Rebellen, Eiferer oder Provokateur. Während die anderen sich entrüsten, meldet er seine Bedenken an. Sie meutern, er betont seinen Zweifel. Sie empören sich, er deutet seine Besorgnis an. Sie brüskieren den Leser, er läßt ihn seine Mitwisserschaft erkennen. Manchen von ihnen könnte vielleicht vorgeworfen werden, sie hätten die Sturm- und Drang-Periode ihrer persönlichen Entwicklung noch nicht ganz überwunden. Bei Lenz hingegen sind literarische Spuren einer derartigen Periode überhaupt nicht bemerkbar.

Das alles ist nicht eine Frage des Talents, sondern des Temperaments, der Mentalität, vielleicht des Charakters. Seine Freundlichkeit mildert den Zorn, seine Herzlichkeit übertrifft seinen Grimm. Lenz ist zu gelassen, um aggressiv, und zu bedächtig, um rabiat zu sein. Wenn in seinen Büchern Elemente der Auflehnung vorhanden sind – so in dem Theaterstück *Zeit der Schuldlosen* oder in dem Roman *Stadtgespräch* –, dann wirken sie äußerlich und oberflächlich; man hat den Eindruck, als seien es fremde, künstlich aufgesetzte Bestandteile. Während andere Vertreter seiner Generation leidenschaftlich und bisweilen sogar maßlos attakkieren, schlägt er Töne eines verhaltenen Protests an. Ganz gewiß ist er ein zutiefst engagierter Schriftsteller. Ein militanter Schriftsteller ist er nicht. Kummer und Sorge bereitet ihm die Welt. Aber er findet sich mit ihr ab, wenn er nicht gar mit ihr einverstanden ist – nur daß er die Übel, deren Existenz er oft treffend erkennt, verringern möchte. Der Radikalismus ist seine Sache nicht. Vielmehr neigt er zu einem Kompromiß, der der Vernunft, zu einem Ausgleich, der dem Wohlwollen entspringt. Als ein Grundzug seines Charakters kann die Konzilianz gelten. Es ist jedoch eine gütige, mehr noch, eine redliche Konzilianz. Sein Ziel bleibt immer der menschenfreundliche Pakt mit dem Leser.

In dem Erzählungsband *Jäger des Spotts* (1958) findet sich eine der frühesten Arbeiten von Lenz: die Geschichte *Mein verdrossenes Gesicht*, die wohl als ein programmatisches schriftstellerisches Bekenntnis gewertet werden darf. Ein Mann mit einem verdrossenen Gesichtsausdruck dient als Fotomodell für Werbeaufnahmen: »mein Gesicht klagte eine Hausfrau an, die eine nicht ergiebige Suppenwürze, einen Jungen, der keine wissenschaftlich zusammengesetzte Zahnpasta benutzte, einen Hausherrn, der keinen Sekt im Hause hatte: mein Ernst, meine Verdrossenheit richteten sie. Niemand war mehr sicher vor meinem anklagenden Kummer, überall tauchte ich auf, mißbilligend und mahnend« (*J.*, S. 174). Schließlich soll der Ich-Erzähler »mißbilligend und mahnend« »einen kleinen, vergrämten Mann« anblicken, »einen Schwarzseher«, von dem »alle Freunde sich losgesagt hatten, weil er keinen Humor besaß, weil er es ablehnte, das ›Goldene Hausbuch des Humors‹ zu beziehen. Gemieden und ausgeschlossen, skeptisch gegenüber der Zukunft, so saß er am Fenster, schwermütig sinnend über den Grund seiner Einsamkeit« (*J.*, S. 175). Diesmal mißlingt jedoch die Werbeaufnahme. Der Fotograf wirft dem sonst so vorbildlich verdrossenen Modell vor: »Du guckst ihn an, als ob du Mitleid mit ihm hast.« Und der Ich-Erzähler bekennt: »mein Gesicht mußte sich unwillkürlich geändert haben, ich konnte den kleinen Schwarzseher nicht anklagen, ihn nicht vernichten – ich konnte es nicht. Ich spürte eine heimliche Hingezogenheit zu ihm, empfand eine sanfte Sympathie für sein Unglück« (*J.*, S. 176).

Mitleid mit den Kleinen und Vergrämten, eine heimliche Hingezogenheit zu jenen, die skeptisch in die Zukunft sehen, und eine sanfte Sympathie für ihr Unglück – all das wird in den besten Geschichten von Siegfried Lenz spürbar. Dieser Schriftsteller vermag vor allem dann zu überzeugen, wenn er seinem Wesen keinen Zwang auferlegt, sich seiner Herzlichkeit und seiner warmen Menschenfreundlichkeit nicht schämt und seine elementare Lebensbejahung nicht verheimlicht. Dies gilt zunächst einmal für das Buch, das ihn so bekannt gemacht hat – für den Band masurischer Geschichten *So zärtlich war Suleyken* (1955).

In diesen volkstümlichen Humoresken, schelmischen Kurzgeschichten und anmutigen Skizzen erwies sich Lenz – wie einige Jahre später Grass – als ein gefühlvoller, doch glücklicherweise nicht sentimentaler Heimatdichter und Idylliker. Mit genießerischer Akkuratesse, mit »grübelnder Zärtlichkeit« schildert er die masurische Welt, die »im Rücken der Geschichte« gelegen hat. Er verherrlicht sie nicht. Allein, die verlorengegangene Heimat ist zugleich die verlorengegangene Jugend. Also erlaubt sich Lenz, das Milieu, das ihm einst so vertraut war, ein wenig zu verklären. Mit besonderem Vergnügen, das er freilich auch seinen Lesern bereitet, gewinnt er der beschworenen Welt ein überraschend großes Maß an Behaglichkeit ab. Alles in allem hat aber Lenz – wie er selber in einer das Buch abschließenden *Diskreten Auskunft über Masuren* sagt – nicht einen »schwermütigen Sehnsuchtsgesang« geschrieben, sondern »eine aufgeräumte Huldigung« und »zwinkernde Liebeserklärungen«.

Man sollte die schriftstellerische Leistung des Verfassers dieser Sammlung nicht unterschätzen und die scherzhaften Miniaturen nicht als harmlose epische Marginalien abtun. Mag auch Lenz die Geschichten im wesentlichen nur nacherzählt haben: er gab ihnen jene künstlerische Form, der sie ihr Leben in der Literatur verdanken. Ihm gelingt, scheinbar mühelos, die anekdotische Zuspitzung und die treuherzig-unbekümmerte Verquickung der realistischen und der märchenhaften Motive. Die Genrebilder sind farbig und plastisch; die sorgfältig ziselierte und doch immer ursprünglich klingende Diktion wird von der gesprochenen Rede geformt und mit Dialektausdrücken gewürzt. Ja, die Sprache läßt sich weitgehend, zumal in rhythmischer Hinsicht, von der Mundart prägen, wobei jedoch Lenz die Gefahr der Volkstümelei zu bannen versteht.

Vor allem aber werden die Prosastücke von einem originellen Humor getragen. Wie auch manche andere Arbeiten gezeigt haben, ist Lenz nicht der Mann der angriffslustigen Satire, sondern der leisen Komik und der beschaulichen Heiterkeit, nicht des unbarmherzigen Spotts, sondern der milden Groteske und der behäbigen Ironie, nicht des bitteren Sarkasmus, sondern der gutmütigen Skurrilität und der sanften Schläue. Auch sein Humor hat meist etwas Versöhnliches, oft etwas Ausgleichendes.

Auf den ersten Blick scheinen mit diesen masurischen Miniaturen die Geschichten der Sammlung *Jäger des Spotts* und die kleinen Erzählungen des etwas späteren Bandes *Das Feuerschiff* (1960) nichts gemeinsam zu haben. Gewiß, sie spielen in einer anderen Welt und in einem anderen Klima, sie sind einer ganz anderen literarischen Tradition verpflichtet. Wendet man jedoch diesen Prosastücken größere Aufmerksamkeit zu, dann wird ihre nahe innere Verwandtschaft offensichtlich. Denn auch die strengen Kurzgeschichten, zumindest die besten unter ihnen, hat ein nachdenklich-schmunzelnder epischer Feinschmecker geschrieben, ein Mann der hintergründigen Anspielung, des wissenden Humors und der diskreten Pointe, ein Liebhaber der novellistischen Prägnanz und der stilistischen Finesse.

Die Geschichten zeigen Lenz – ebenso wie das vorangegangene *Suleyken*-Buch – als einen Erzähler im klassischen Sinne. Immer geht es ihm um etwas, was sich ereignet hat: sei es ein großes Abenteuer, sei es – weit öfter übrigens – eine geringfügige Begebenheit. Geruhsam berichtet er von Geschehnissen, als ob sie sich tatsächlich zugetragen hätten. Nicht beweisen will er etwas, nicht mit epischen Mitteln dies oder jenes exemplifizieren oder begründen, sondern zunächst einmal Konkretes sorgfältig mitteilen. Er erzählt also, weil ihm etwas erzählenswert zu sein scheint.

Gleichzeitig sind es immer moralische Geschichten – in des Wortes bester Bedeutung. Der Zeigefinger wird nicht erhoben. Der Fabulierer, der Künstler Siegfried Lenz ist in diesen epischen Arbeiten stark genug, um den Moralisten in Schranken zu halten. Die didaktische Schlußfolgerung wird dem Leser überlassen. Sie ergibt sich meist aus dem Bild einer Situation. Denn in seinen besten Geschichten gelingt es ihm vor allem, Begegnungen zu skizzieren, die unversehens verschiedene Fragen unserer Zeit erhellen, Konstellationen zu zeigen, die sich als beispielhaft erweisen.

So erzählt Lenz vom *Großen Wildenberg*, dem angeblich mächtigen Direktor eines Riesenbetriebs, der sich als hilflos-einsamer Mann entpuppt, vom *Seelischen Ratgeber* einer Zeitschrift, der für alle Hilfesuchenden gute Ratschläge hat, aber seine eigene Existenz nicht zu ordnen vermag, vom *Läufer*, der siegt und doch disqualifiziert wird, vom *Jäger des Spotts*, den das Leben um seine Beute prellt, von einem *Haus aus lauter Liebe*, in dem in Wirklichkeit ein alter Vater mißhandelt wird, vom Taucher, der in einem gesunkenen *Wrack* Schätze sucht: »aber überall war nur Dunkelheit und Schlamm, und er entdeckte nichts von dem, was er zu finden gehofft hatte« (*J.*, S. 54).

Für die Helden dieser Geschichten gilt das, was in der Erzählung *Drüben auf den Inseln* einmal gesagt wird: »Du kennst sie alle hier nicht auf den Inseln. Sie unterhalten sich nur mit sich selbst. Jeder lebt abgeschlossen für sich wie eine Muschel« (*J.*, S. 125). Es sind traurige, oft schwermütige Geschichten, in denen häufig von Niederlagen erzählt wird. Aber schon durch ihre formale und sprachliche Abrundung verbreiten diese in sich schlüssigen kleinen Kunstwerke Stetigkeit und Ruhe. Mag sich auch Furchtbares oder Grausames ereignen – letztlich geht von ihnen immer etwas Tröstliches aus. Der gelassene Beobachter des Lebens, der besinnliche Zweifler ist ein heimlicher Optimist.

Schicksale einsamer, meist verschlossener Menschen, die in symptomatische Krisen geraten, hat Lenz auch in mehreren Romanen zu zeigen versucht. In dem Erstling *Es waren Habichte in der Luft* (1951), dessen Handlung kurz nach dem Ersten Weltkrieg in Finnland spielt, ist einem Dorfschullehrer, der von seinen Schülern denunziert wurde, ein totalitäres Regime auf den Fersen. In dem Roman *Duell mit dem Schatten* (1953) wiederum wird ein deutscher Oberst von seinen Gewissensbissen geplagt. Auf der Flucht vor sich selbst und seiner Vergangenheit fährt er nach Libyen, dem Ort seiner Schuld in den Jahren des Zweiten Weltkriegs.

Beide Romane, die allerdings nicht zu Unrecht vergessen wurden, lassen einige entscheidende Motive des Lenzschen Werks erkennen. So heißt es in den *Habichten:* »Jeder wird verfolgt: verfolgt von der Liebe, verfolgt vom Haß, verfolgt von allen möglichen Bedürfnissen. Du kannst nicht entfliehen, es hat keinen Zweck ... Aber Gleichgültigkeit hilft dir nie ... man muß sich den Verfolgern stellen. Wir müssen ausharren, bis sie in unserer Nähe sind, und dann mit gleicher Stärke antworten ... Wer sich verloren gibt, hat schon verloren. Wir gehören auf diese Erde, wir haben uns damit abzufinden« (S. 236). Und im *Duell mit dem Schatten* sagt der Held: »Am Aushalten ... erkennt man den Grad der Mündigkeit ... Aushalten, das heißt, dem Gleichmut der Welt seinen eigenen Gleichmut entgegensetzen. Wer aushalten will, muß in Rivalität zur Welt treten« (S. 18).

Vielleicht darf man diesen Ausspruch als Schlüsselwort betrachten. Nicht Kämpfer sind die wichtigsten Gestalten von Lenz, sondern eher passive Naturen, die sich verfolgt und bekämpft sehen. Dem Gleichmut der Welt möchten sie ihren eigenen Gleichmut entgegensetzen. Sie fliehen, sie wehren sich, sie versuchen, noch einmal Widerstand zu leisten. Sie treten sogar in Rivalität zur Welt – aber nur, um auszuharren. Sie wollen lediglich das Leben bestehen, sich gegen die auf sie einstürmenden Mächte verteidigen – das gilt für die Helden der frühen Romane ebenso wie für den Kapitän Freytag in der Erzählung *Das Feuerschiff*. Es sind immer Menschen in der Defensive, Opfer der zeitgeschichtlichen Verhältnisse oder des Lebens schlechthin.

Die nächsten beiden Romane von Lenz hätten eigentlich dieselben Titel tragen können. Denn immer sind Habichte in der Luft – freilich nicht mehr im wörtlichen, wohl aber im übertragenen Sinne. Und immer wieder müssen seine Helden Kämpfe ausfechten, die vergeblich sind wie Duelle mit dem Schatten. Gegen eine hartherzige, auf Gewinn und Konsum eingestellte Umwelt will sich der geradlinig-biedere Taucher behaupten, der im Mittelpunkt des Romans *Der Mann im Strom* (1957) steht. Da er zu alt ist, um in seinem Beruf beschäftigt zu werden, ändert er sein Geburtsdatum. Aber die unerbittliche Welt läßt sich nicht irreführen, die Natur kann man nicht überlisten. Ein Gleichnis vom unbarmherzigen Konkurrenzkampf gibt der Roman *Brot und Spiele* (1959), in dem es einmal heißt: »Jeder zieht seine Runden um seine private Aschenbahn, mein Alter. Jeder beteiligt sich an einem Lauf um irgend etwas: Wir müssen aufpassen, daß wir vornliegen und daß keiner an uns vorbeigeht« (S. 130). Die Darstellung eines Zehntausend-Meter-Laufs verwandelt sich in die Geschichte einer Karriere und in eine zeitkritische Auseinandersetzung. Wie vordem der alte Taucher, so wird auch hier der berühmte, aber schon alternde Sportler, der noch einmal starten darf, vom Leben überrundet.

Es läßt sich jedoch nicht verschweigen, daß die Romane von Lenz – und das bezieht sich auch auf seinen fünften Roman *Stadtgespräch* (1963) – kaum mit seinen geglückten Geschichten verglichen werden können. Gewiß, es werden die gleichen Probleme und Motive behandelt, die gleichen Schauplätze und Stimmungen gezeichnet. Und doch bewegen wir uns stets auf einer niedrigeren literarischen Ebene. Während hinter seinen Geschichten – ob der Autor es anstrebt oder nicht – die Beständigkeit des Daseins sichtbar wird, verarmt in den Romanen der Strom des Lebens zu einem dürftigen Rinnsal. Die Gestalten überzeugen nicht, die Handlung nimmt sich mühsam erdacht aus, die Symbolik mutet oft vordergründig und aufdringlich an. In den Romanen wird Lenz nicht selten von seinem künstlerischen Geschmack so sehr im Stich gelassen, daß er sich hier und da – im *Duell mit dem Schatten* etwa oder im *Mann im Strom* – der Kolportage nähert. Es scheint, als ob er die Eigentümlichkeiten und Grenzen seiner großen künstlerischen Gaben verkenne und Ziele ansteuere, die außerhalb des Bereichs seiner Möglichkeiten liegen. Dieser Erzähler ist ein geborener Sprinter, der sich in den Kopf gesetzt hat, er müsse sich auch als Langstreckenläufer bewähren.

Vermutlich haben die Fragwürdigkeit seiner Romanversuche vor allem zwei Umstände bewirkt. Für das epische Talent des Siegfried Lenz ist etwas Statisches bezeichnend. Er hat – ähnlich wie Schnurre – einen Blick für Zustände und für Situationen, nicht für Entwicklungen. Daher leuchtet seine Begabung in der umgrenzten Episode auf. Hingegen geht ihm jene vorwärtstreibende Kraft ab, deren die kleine erzählende Form nicht bedarf, deren Mangel sich jedoch in einem Roman meist fatal auswirkt. Es ist wohl kein Zufall, daß die ersten Kapitel seiner Romane immer die besten sind.

Ungleich schwerer wiegt allerdings der andere Umstand: die Psychologie ist die vermutlich schwächste Seite des Schriftstellers Lenz. Offenbar verfügt er vorerst weder über ausreichende Menschenkenntnis noch über die Gabe, subtilere psychische Reaktionen nachzuempfinden, was ebenso seine männlichen wie – in vielleicht noch stärkerem Maße – seine weiblichen Figuren erkennen lassen. In den Geschichten stört dies überhaupt nicht oder nur wenig. Die Gestalten in *Suleyken* sind Typen – und sollen es auch sein. Die Gefühle und Gedanken der Helden in dem Band *Jäger des Spotts* und in späteren Geschichten bleiben meist unbekannt. Sie sind in der Regel unwesentlich. Wichtig sind lediglich die Lage dieser Menschen und die sich daraus ergebenden Handlungen.

Den Mangel an Dynamik und vor allem an Psychologie versucht Lenz häufig mit hochdramatischen Begegnungen und effektvollen Zusammenstößen zu tarnen. Theatralisch geht es in seinen realistischen Romanen zu. Es wird geschrien und geschlagen, gestochen und geschossen. Alle regen sich hier furchtbar auf. Nur nicht der Leser. Die Romane wirken kalt, schwerfällig und monoton.

Zumal im *Stadtgespräch*, das den Kampf einer Gruppe norwegischer Widerstandskämpfer gegen die deutsche Besatzung zeigen soll, dominiert das szenische Arrangement. Alles ist hier konsequent stilisiert: die Gestalten, in denen man kein Leben spürt, der strenge, nordisch-rauhe Hintergrund mit »steinübersätem Hang«, »gezackten, scharfkantigen Wänden« – eine Breitwand-Landschaft für harte Männer –, die feierlich-würdevolle Sprache, ein getragener, prätentiöser Tonfall, der stets einen gedämpften Trommelwirbel hören läßt. Leitmotivisch wiederkehrende Invokationen und Apostrophen sollen das Berichtete relativieren, halten jedoch nur den ohnehin zähflüssigen Lauf der Handlung auf und machen den Roman zu einer Litanei mit Refrains.

Im *Stadtgespräch* wurden die Gefahren sichtbar, die das Talent von Siegfried Lenz in den letzten Jahren bedrohen. Der ursprüngliche Geschichtenerzähler neigt zum Moralisieren und philosophischen Meditieren, das sich als unergiebig erweist. Der geborene Fabulierer will diskutieren und Aphorismen servieren, die zwar nicht unintelligent, jedoch fast immer entbehrlich sind. Mitunter fasziniert ihn die pathetische Geste, lockt ihn das Monumentale und Melodramatische.

Sobald sich aber Lenz auf kleinere epische Formen beschränkt, seine eigentliche Domäne also, gelingt es ihm, diesen Gefahren zu entgehen. In seinen Geschichten vollzieht sich die Problematik weiterhin im Realen und wird in epischen Bildern sinnfällig. Einige Stücke des Bandes *Das Feuerschiff* beweisen es – so der *Freund der Regierung*, ein antitotalitäres Gleichnis von vorbildlicher anekdotischer Prägnanz, so *Der Anfang von etwas*, eine ebenso schlichte wie tiefe Erzählung vom Menschen, der aus seiner Existenz ausbrechen will, so schließlich die nicht in diesem Band [sondern im *Spielverderber*] enthaltene Novelle *Der Verzicht* (1960), in der das Schicksal eines Juden im »Dritten Reich« auf dem Hintergrund der masurischen Landschaft einprägsam vergegenwärtigt wird.

Das Titelstück, *Das Feuerschiff*, ist eine größere Erzählung, die zwischen den Lenzschen Geschichten und Romanen steht. Sie vereinigt in der Tat die Vorzüge der einen mit manchen Makeln der anderen. Der Held, ein alter Seebär, hat eine zwar motivierte, aber dennoch erschreckende Vorliebe für das Räsonieren und Moralisieren. Sein Gegenspieler, ein zynischer Intellektueller, der den Eindruck einer Marionette macht, und die beiden Gangster, die ihn begleiten, stammen aus einem Fundus, zu dem ein Autor wie Lenz nicht greifen sollte. Auf Konzessionen weisen auch einige Szenen hin, deren Dramatik bestenfalls als wenig anspruchsvoll bezeichnet werden muß. Dennoch gehört *Das Feuerschiff* mit Recht zu jenen Arbeiten, die den literarischen Ruf von Siegfried Lenz gefestigt haben.

Schauplatz der Handlung ist ein Signalschiff auf der Ostsee, »– ein Schiff, das nicht frei war und zu anderen Küsten lief, sondern wie ein Sträfling an langer Kette lag, von dem riesigen Anker gehalten, der tief im sandigen Grund steckte«. Aus der Eigentümlichkeit dieses Schauplatzes sind die Geschehnisse entwickelt, und aus den Geschehnissen ergeben sich zwangsläufig die zentralen Konflikte. Drei schiffbrüchige Männer werden an Bord genommen. Es stellt sich heraus, daß es Verbrecher sind, die vor der Polizei fliehen und die das Feuerschiff, das auf keinen Fall seinen Standort verlassen darf, zur weiteren Flucht mißbrauchen möchten. Und da sie Waffen haben, da sie keinerlei Skrupel kennen, gewinnen sie fast die Oberhand über das Schiff. Das Auftauchen der drei Gangster zwingt jeden Mann der Besatzung zur Stellungnahme – und das heißt: zur moralischen Entscheidung. Aber auch die Gangster sind in eine Zwangslage geraten: ihnen liegt daran, daß das Feuerschiff weiter normal funktioniert, weil das Ausbleiben der üblichen nächtlichen Signale zu ihrer Entdeckung führen müßte.

So hat Lenz eine parabolische Grundsituation entworfen und mit epischen Mitteln beglaubigt, in der die Probleme, auf die es ankommt, wie von selbst zutage treten. Um Anarchie und Ordnung geht es, um passiven und aktiven Widerstand, um die Verantwortung und die Schuld des Individuums, um sein Verhalten in einem von Terror bedrohten und schließlich beherrschten Kollektiv. Mögen die Gestalten fragwürdig sein – ihre scheinbar so extreme Lage zeichnet sich durch überzeugende Schlüssigkeit aus: sie ist exemplarisch.

Ähnliches gilt für das aus zwei Hörspielen hervorgegangene Theaterstück *Zeit der Schuldlosen*, das 1961 uraufgeführt wurde. In einem Selbstkommentar sagte Lenz: »Ich dachte mir eine Lage aus, in der strahlende Schuldlosigkeit, die durch schweigende Billigung und Wegsehen erkauft war, auf eine Härteprobe gestellt und widerlegt wird ... Ich wollte herausbekommen und selbst verstehen lernen, wie weit Schuldlosigkeit nur ein Glücksfall ist und unter welchen Bedingungen sie in ihr Gegenteil umschlägt.«[3]

Diesen Fragen – und schwerlich wird man hier und heute gewichtigere finden können – geht Lenz in einem Werk nach, das, als Theaterstück betrachtet, gewiß mit vielen, zumal handwerklichen, Schwächen behaftet ist. Wir haben es hier im Grunde weniger mit einem Bühnenstück zu tun als mit einem intellektuellen Spiel in Dialogform, mit einer großen moralischen Debatte. Nicht dank, sondern eher trotz der Gestalten, die übrigens fast alle die gleiche Sprache sprechen, lebt diese einfache, konsequent gebaute Gedankenparabel. Wie in den Kurzgeschichten und im *Feuerschiff* wird die ethische und moralpolitische Problematik durch die Grundsituation augenscheinlich, in die Lenz seine Helden geraten läßt. Aus den modellhaften Zwangslagen, die in den beiden gegensätzlichen Teilen des Stücks vorgeführt werden, ergibt sich also die prinzipielle Fragestellung. Die *Zeit der Schuldlosen* gehört zu den wenigen Werken der deutschen Literatur dieser Jahre, in denen das Verhalten des Menschen im totalitären Staat ebenso um der Vergangenheit wie um unserer Gegenwart willen untersucht wird.

Gegen Ende dieses dramatischen Erstlings sagt ein Held: »Der Zweifel ist das einzige, was unser Leben erträglich macht« (S. 87). Als gelassener Zweifler erscheint auch Siegfried Lenz, ein Mitwisser menschlicher Leiden und menschlichen Glücks, dem es gegeben ist, dieser Mitwisserschaft künstlerische Form zu verleihen. In seinen besten Arbeiten gelingt es ihm tatsächlich, einen wirkungsvollen Pakt mit dem Leser zu schließen.

Anmerkungen

1 *Die Welt*, 27. Januar 1962 [hier zitiert nach *Beziehungen*, S. 282].
2 Ebd. [hier zitiert nach *Beziehungen*, S. 278].
3 *Die Zeit*, 22. September 1961.

Rudolf Walter Leonhardt

Siegfried Lenz – 1963

Seit 1961 gehört Siegfried Lenz zur deutschen Literatur. Gewiß war sein erster Roman genau zehn Jahre vorher erschienen, in dem altehrwürdigen deutschen Verlagshaus, das schon einen Heinrich Heine als Autor hatte. Gewiß kennen wir bereits seit 1955 die masurischen Geschichten mit dem einschmeichelnden Titel *So zärtlich war Suleyken*, welche geradezu populär wurden und seither in Literaturkreisen oft genug Verführung oder Vorwand gewesen sind, den »vortrefflichen und vielversprechenden Erzähler« (so Friedrich Sieburg) zu verharmlosen. Gewiß trat Siegfried Lenz in der Nachfolge seines Taucherromans *Der Mann im Strom* gar unter die Filmschaffenden und damit vor ein Massenpublikum – obwohl er nie eine Zeile eigens für den Film geschrieben hat. Gewiß erscheinen Romane und vor allem Erzählungen von Siegfried Lenz schon lange auch außerhalb Deutschlands. Gewiß war Lenz bereits nach seinem ersten Roman preisgekrönt: mit dem René Schickele-Preis, mit dem Hamburger Lessing-Preis (Stipendium) – aber 1961 regnete es Preise: Gerhart Hauptmann-Preis der Freien Volksbühne Berlin, Literaturpreis der Freien Hansestadt Bremen, Ostdeutscher Literaturpreis. Gewiß verriet ein »Daki«, der in der ersten Nummer des *Wiesbadener Journals* für 1962 von Lenz behauptete: »Er war einfach da, über Nacht sozusagen«, mehr Unschuld, als unter Theaterkritikern leicht anzutreffen ist. Aber der Einschnitt des 19. September 1961 kann dennoch gar nicht überschätzt werden. An diesem Tage wurde in dem seit und durch Gustaf Gründgens tonangebenden Hamburger Deutschen Schauspielhaus das Stück *Zeit der Schuldlosen* uraufgeführt – zwar ohne daß Gründgens selber, wie zunächst wohl geplant, die Regie oder gar eine Rolle übernommen hätte (die des Baron-Konsuls, des »eleganten Zweiflers«, wäre ihm trefflich zu Gesicht gestanden), aber doch mit solchem Erfolg, daß im nächsten Jahr eine *Zeit der Schuldlosen* nicht nur für zwanzig andere bundesdeutsche Bühnen angebrochen war, sondern daß ein Theaterpublikum in Oslo wie in Tel Aviv, in Warschau wie in New York sich deutscher Nachkriegsliteratur gegenüberfand, die zur Abwechslung einmal nicht in den USA (wie Zuckmayers *Des Teufels General*) oder in der Schweiz (wie bei Frisch und Dürrenmatt) oder in Ostberlin (wie die späten Stücke Brechts) entstanden war.

Hier war der Beitrag eines noch jungen Deutschen aus dem repräsentativsten Teil Deutschlands, eben der Bundesrepublik, zu einem eigentümlich deutschen und dennoch allgemein gültigen Problem. Das wog schwer, überwog bei weitem alle technischen Mängel dieses Stückes, welche die Theaterkritiker feststellen konnten.

Es hat solche Mängel. Wie sollte es nicht? Könnte man doch seine Entstehung unschwer aus einer Kette von Zufällen ableiten. Wie so viele Hörspiele, die er gar nicht angibt, wo er nach seinen »Werken« gefragt wird (darunter: *Das schönste Fest der Welt*, *Die Nacht des Tauchers*, *Die Muschel öffnet sich langsam*, *Die neuen Stützen der Gesellschaft*, *Die Sumpfleute*), lieferte Lenz eines Tages beim Norddeutschen Rundfunk ein Stück *Zeit der Schuldlosen* ab, dazu bestimmt, seinem Autor (eine der ehrenvollen Leistungen des Rundfunks im Nachkriegsdeutschland) auf einige Zeit die Sorgen für Miete und Kraftfahrzeugsteuer abzunehmen.

Das Stück wurde natürlich angenommen. Längst reichte die Reputation eines Siegfried Lenz aus, beim Heimatsender die Abnahme dessen, was er geschrieben hatte, zu garantieren. Die Sache wurde aufs Programm gesetzt, inszeniert, geprobt, gespielt; da fiel es – wem zuerst, ist nicht mehr mit Sicherheit zu ermitteln – auf: das Stück war nur ein halbes Stück, es bedurfte der Ergänzung. Im Auftrag des Rundfunks schrieb Siegfried Lenz die ergänzende andere Hälfte: *Zeit der Schuldigen*. Wiederum: angenommen, inszeniert, gesendet.

Das nächste Glied in der Kette der Zufälle: der rührige Lektor eines Bühnenverlages, längst daran gewöhnt, die Dürftigkeit der dramatischen Offerten durch Lektüre von Hörspielen anzureichern (seit dem *Milchwald* des Walisers Dylan Thomas war klargeworden, daß auch dort Körner auf blinde Hühner warten), las die beiden Lenz-Diskussionen über unschuldige Schuldige – funkgerecht auf Stimmen verteilt – und begriff, daß die Stimmen mehr waren als Argumentationspartner; daß sich die Figuren eines Dramas hier wenigstens andeuteten. Er kaufte das Stück und setzte es, routinemäßig, in Umlauf von Subventions-Theater zu Subventions-Theater. Nur der Autor mag noch überraschter gewesen sein als der Lektor über den Bescheid von Gustaf Gründgens, Hamburg: ich erwäge, dieses Stück aufzuführen; und schließlich, nach ein paar Wochen: ich werde es aufführen.

Das aufsehenerregendste Stück bundesdeutscher Theaterliteratur von einem echten Nachkriegsautor erscheint, historisch gesehen, mit Recht als reines Zufallsprodukt aus zwei, mehr oder weniger routinemäßig geschriebenen Hörspielen. Und es ist wirklich nicht viel mehr als die Summe dieser beiden Spiele: ein Textvergleich zeigt deutlich genug, daß eine Überarbeitung für den Bühnengebrauch zwar stattgefunden, aber bemerkenswert wenig geändert hat.

Ganz anders freilich erscheint *Zeit der Schuldlosen*, wenn wir den Blick, statt auf die äußeren Abläufe, auf eine innere Entwicklung lenken. Und nur so ist die bei allen technischen Mängeln ungewöhnliche Kraft zu erklären, die *Zeit der Schuldlosen* auf allen möglichen Bühnen bewiesen hat.

In dem Erstlingswerk von Siegfried Lenz, also in dem Roman *Es waren Habichte in der Luft*, findet sich, gegen Schluß, die Stelle: »Wohin willst du? Jeder wird verfolgt: verfolgt von der Liebe, verfolgt vom Haß, verfolgt von allen möglichen Bedürfnissen. Du kannst nicht entfliehen, es hat keinen Zweck. Sie werden dir folgen bis an den Rand der Erde. Ihre Blicke reichen weit, und ihre Kugeln sind unfehlbar. – Aber Gleichgültigkeit hilft dir nie« (S. 236). Und damit sind schon alle Grundtöne angeschlagen.

Als ich Siegfried Lenz einmal fragte – eine jener Fragen, die unsereiner immer wieder stellt in dem ebenso vergeblichen wie notwendigen Bemühen, dem künstlerischen Schaffensprozeß auf die Spur zu kommen –, als ich ihn fragte, was er denn lieber täte als schreiben, antwortete er: »Konflikte, Situationen, Personen erfinden.« Auch dumme Fragen werden zuweilen durch kluge Antworten belohnt. In dieser Antwort steckt der Schriftsteller Siegfried Lenz, wie ich ihn kenne, liebe, bewundere; er steckt darin mit allen seinen Schwächen.

Reden wir von diesen Schwächen zuerst. Der liebevolle und kunstgerecht erfundene Konflikt, die nach allen Regeln der Psychologie erdachte Person werden hinter seiner Prosa als Konstruktion sichtbar: es geht in den Romanen bei aller Leidenschaft, bei aller Hemingwayschen *toughness* zuweilen, so unerhört vernünftig, so vorhersehbar, so logisch – und manchmal deswegen bei aller Aufregung so spannungslos zu.

Das ist bis in den Satzbau zu verfolgen: diese klug ausgewogenen, rhythmisch genau richtigen Wortkombinationen, die jede Pose vermeiden und jedes Pathos – und jedes Risiko.

Von den Schriftstellern seiner Generation wirkt Siegfried Lenz als der konventionellste – durch die Sprache. Als der unerschrokkenste, fortschrittlichste, modernste freilich könnte er erscheinen durch die Themen, die er sich stellt, die »Konflikte, Situationen, Personen«, die er erfindet. Unterdrückung – Flucht – Verfolgung – Gleichgültigkeit – Schuld: das sind die Figuren auf dem Schachbrett dieses Schriftstellers. Immer von neuem versucht er, sie in eine Konstellation zu zwingen, die gültig ist – gültig insofern, als sie Aussagen erlaubt über uns, hier und heute. Und alles ist immer so richtig, alles »stimmt«, stimmt beinahe ein bißchen zu sehr ...

»Flucht und Verfolgung« – auf diese Formel könnte man den Erstlingsroman *Es waren Habichte in der Luft* bringen. Wer wagte es, »Formeln« zu finden für die Romane eines Balzac, eines Dickens, eines Tolstoi – aber auch: eines Walser oder Grass?

Was bleibt von diesem Roman in der Erinnerung haften? Der Dorfschullehrer Stenka, der am Anfang als Flüchtling vor einem diktatorischen Regime, irgendwo an der russischen Grenze, irgendwann nach dem Ersten Weltkrieg auftaucht und am Ende unter den Kugeln der Grenzwächter zusammenbricht? Vielleicht. Die Verfolger? Sicher nicht. Es waren Habichte ... – und daß dieser symbolische Vogel, falls das Bild erlaubt ist, zu Tode geritten wird, hat seine Bedeutung. Die Konstruktion wird nicht von Menschen ausgefüllt, sondern von Habichtsymbolen.

Die Gefahr der aufdringlichen Symbolik, wenn sie nicht erzählte Wirklichkeiten, sondern Konstruktionen überlagert, ist im zweiten Lenz-Roman nicht mehr so akut. Da bleiben doch Szenen und Bilder in Erinnerung: ein See in Libyen, ein junges Mädchen und zwei Engländer in einem Zelt, eine geheimnisvolle Grotte ... Und es bleibt die Figur des Obersten der deutschen Wehrmacht, der den Schauplatz seiner Schuld aufsucht, um sich zu rechtfertigen, und der diese Selbstrechtfertigung bis zur Selbstvernichtung treibt.

Es bleibt freilich auch die Möglichkeit, den Roman auf eine symbolgeladene Formel zu bringen – eben: Duell mit dem Schatten (der Vergangenheit, der Schuld). Schuld, Verfolgung, Flucht in einer neuen Kombination. Verfolger und Flüchtender sind identisch. Und immer sind die Romanfiguren »Typen« von jener Art, wie wir sie aus dem Reich der Legenden und der Parabel kennen.

Siegfried Lenz schrieb dann ein so völlig anderes Buch, diese schlechterdings meisterhaften Erzählungen aus der masurischen Heimat des Schriftstellers, aus dem Dorfe Suleyken, das »so zärtlich war«. Man hat dem Autor verübelt, die ostpreußischen Randgebiete seien hier nicht topographisch-soziologisch studiert, sondern ins Skurrile stilisiert, das Dorf Suleyken gebe es gar nicht. Was solls? Darin gerade liegt ja sein Reiz.

Wer Siegfried Lenz kennt: in diesen Geschichten hört er ihn zum ersten Male selber sprechen, diesen geborenen Geschichtenerzähler, ganz entkrampft, mit all seiner liebenswürdigen Melancholie, die von so viel Selbstironie begleitet wird, daß sie niemals sentimental werden kann.

Wer ernst genommen werden will, schreibt hierzulande nicht ungestraft vom zärtlichen Suleyken. Also schrieb Siegfried Lenz von anderem – zum Beispiel von Unterdrückung, Flucht, Verfolgung, Gleichgültigkeit, Schuld.

Er schrieb *Der Mann im Strom*, den Roman, der dokumentiert, daß aus dem Ostpreußen ein Wahl-Hamburger geworden war und der jetzt einmal deutlich zeigt, was der aufmerksame Lenz-Leser freilich schon wußte: den Gegenpol nämlich zu den quälenden Konstellationen von Flucht, Verfolgung und Schuld, die Diastole zur Systole in jener für Goethe »ewigen Formel des Lebens«. Man könnte diesen Gegenpol »Natur« nennen und bliebe damit in bekannten Bezügen. Mir erscheint »Natur« zu weit, und damit falsch. Der Gegenpol zu Flucht, Verfolgung und Schuld heißt für Siegfried Lenz: Wasser, Meer und Fische.

So konnte die Berührung mit jenem verwandten Gesicht jenseits des Atlantik, mit Ernest Hemingway, gar nicht ausbleiben. *Der junge Mann und das Meer* überschrieb ein weltgewandter Kritiker seine Betrachtungen eines Erzählbandes von Lenz, und »der Hemingway von Harvestehude« wurde bald zum geflügelten Wort, teils boshaft, teils schmeichelhaft gemeint.

Die Epoche der Erzählungen steht im Zeichen von Hemingway. Die Titelerzählung des ersten Bandes, *Jäger des Spotts*, ist deutlich erkennbar als Huldigung an den alten Mann und das Meer. Viele andere erscheinen stilistisch als Fingerübungen nach Hemingway. Aber es ging Lenz nie in erster Linie um den Stil – es ging um Themen, die Themen, seine Themen. Und das waren nicht Stierkampf, Urwald oder Bars (die Bars vernachlässigt Lenz geradezu, die Großstadt gibt ihm nichts her) – sondern: Babysitter (*Ein Haus aus lauter Liebe*), Industrie-Hierarchien (*Der große Wildenberg*) und »seelische Ratgeber« (so heißt die Geschichte).

Eine dieser Erzählungen aus dem Hemingway-Huldigungs-Band *Jäger des Spotts* wurde zum Roman. Sie heißt *Der Läufer* und als Roman, anspruchsvoller, *Brot und Spiele*. Alle alten Themen finden wir wieder – das eigenartig provinzielle Hamburg des Tauchers, Meer und Fische wie immer, den Verfolgten, der gleichzeitig Verfolger ist, den Gejagten, der sich selber jagt – auch er im Duell mit seinem eigenen Schatten: der Langstreckenläufer Bert, aus dem Kriegsgefangenenlager geflüchtet und dann immer auf der Flucht vor sich selber, bis er am Ende scheitert. Das Scheitern ist bei Lenz, der darin ganz einer der unseren ist, immer die wahrscheinlichste Art, zu einem Ende zu kommen.

Mit dem Erzählband *Das Feuerschiff*, vor allem mit der Titelerzählung, hatte Siegfried Lenz in dieser Art zu erzählen – sich Situationen auszudenken und symbolträchtige Geschichte werden zu lassen – einen von ihm nicht mehr zu übersteigenden Höhepunkt erreicht.

Zeit der Schuldlosen hatte eine solche Geschichte werden sollen. Aber die Geschichte wurde nie so geschrieben. Es genügte dem Autor nicht mehr, auf seinem Schachbrett zu ermitteln: wie verhalten sich irgendwelche (zu erdenkende) Personen unter schier unerträglichem Druck? Die Frage stellte sich einfach anders: wie verhalten sich ganz bestimmte Menschen?

Also mußten bestimmte Menschen erfunden, gefunden werden. Als Form bot sich das Hörspiel an, da dort ein »Absatzmarkt« gesichert war. Und dieser Schritt zum Hörspiel war hier auf einmal richtig, weil er notwendig war. Ja, der Erfolg hat's gezeigt, es war sogar möglich, diesen Schritt bis auf die Bühne weiterzuführen: von der Konstruktion (Habichte) zur Romanfigur (der Läufer Bert) zur Stimme (Hotelier, Bankmann, Ingenieur in *Zeit der Schuldlosen*) zur bühnenreifen Persönlichkeit (vor allem Konsul und Student in dem genannten Stück).

Dadurch, daß sein Autor gezwungen worden war, glaubhafte, bühnenfähige Charaktere zu schaffen, gewann nun der fünfte Roman von Siegfried Lenz viel »Leben«, hinter dem die Konstruktion kaum mehr durchscheint. Wer diesen Roman *Stadtgespräch* (1963) auf eine Kurzformel bringen wollte, könnte ihn *Mutmaßungen über die Zeit der Schuldlosen* nennen. Das heißt: es geht um das gleiche Thema wie in dem Bühnenstück. Diesmal stehen jedoch nicht die Geiseln im Mittelpunkt, sondern die Widerstandskämpfer. Hätte ihr Anführer, Daniel, sich stellen sollen, um dadurch den Geiseln das Leben zu retten? Darum geht es. Und es wird abgehandelt in einer vorsichtig wägenden, immer wieder auch manches zurücknehmenden, anderes in Frage stellenden Form der Aussage, wie sie zum erstenmal in der deutschen Literatur Uwe Johnson in seinem Roman *Mutmaßungen über Jakob* so vorgeführt hat. Daß wir es dabei mit einer durchaus eigenen schriftstellerischen Leistung zu tun haben, unterliegt keinem Zweifel.

Noch immer haben die Menschen im Werk von Siegfried Lenz etwas für eine bestimmte Spezies sehr Typisches, werden geradezu bedroht vom »Typischen«. Noch immer sind daher die Gedankenspiele, die Konstruktionen zu erkennen – etwa daran, daß vieles, was Lenz schreibt, schnell und scheinbar ganz unvermittelt, einen Drall nach dem Symbolischen, dem Legendären, dem Parabelhaften hin gewinnt. Und das ist nicht immer ein Gewinn.

Aber die Spannweite eines Autors, die von den ergötzlichen masurischen Geschichten über einen nach allen Regeln der Kunst gebauten Roman bis zum technisch unvollkommenen und dennoch so über alle Erwartungen eindrucksvollen Bühnenstück reicht, ist selbst innerhalb einer Literatur, die an technischen Talenten wahrhaftig keinen Mangel leidet, ungewöhnlich. Wo diese Spannweite, bei Siegfried Lenz ähnlich wie bei Heinrich Böll, einem moralischen Engagement höchsten Ranges dient, haben kritische Einschränkungen zurückzutreten und das letzte Wort dem Respekt und der Bewunderung zu überlassen: Siegfried Lenz ist ein großer deutscher Schriftsteller.

Johann Lachinger

Siegfried Lenz – 1970

Geschichten aus dieser Zeit heißt der Untertitel eines der Erzählbände von Siegfried Lenz. Das ist nicht mißzuverstehen als Programm einer Reportage- oder Dokumentationsliteratur. Wohl lassen fast alle Romane und Erzählungen dieses Autors und teilweise auch seine Dramen und Hörspiele mehr oder minder deutlich konkrete historische Konturen dieser Zeit erkennen, die Lenz (Jahrgang 1926) wie seine Generationsgenossen im Zeichen von Totalitarismus, Krieg, Nachkriegszeit und wirtschaftlichem Aufstieg erlebt hat; doch ist in seinem Werk weithin nur ein indirekter Reflex davon abzulesen. Die historischen Fakten und Milieus – soweit er sie hereinspielen läßt – sind nicht mehr und nicht weniger als die problemgeladene stoffliche Substanz, an der sich die spirituelle Situation des »Zeitgenossen« kristallisiert.

»Diese Zeit«: das ist für den Autor und in seinem Werk primär die Erfahrung der fundamentalen Unfreiheit, des Eingeschlossenseins in die absolute Bedingtheit des Daseins. »Wir sind alle Gefangene, jeder lebt in seinem Gefängnis: der eine mit, der andere ohne Wächter«, heißt es in dem Roman *Stadtgespräch* (S. 193). Der Mensch erlebt sich im Werke Lenz' nun nicht bloß als Gefangener äußeren Terrors in der Gestalt des Gehetzten in einem totalitären Regime, sondern weitaus häufiger als Gefangener seiner selbst und seiner begrenzten Möglichkeiten im engen Netz der Wirklichkeit. In vielen Fällen sind die Grenzen durch das Erlebnis eigenen Versagens und persönlicher Schuld gegenüber objektiven moralischen Anforderungen markiert, in ebenso großem Maße aber ist es der Zwang der Verhältnisse, die Konfrontation mit unausweichlichen, ans Sinnlose grenzenden Alternativen oder den verwirrenden Paradoxien des Lebens, die den Menschen seine Grenzen fühlen lassen. So zeigt Lenz seine »Helden« meist auf dem Prüfstand extremer Situationen, er beobachtet und beschreibt ihr Verhalten und demonstriert schließlich, wie sie an der äußeren Gewalt oder an den eigenen Grenzen scheitern. Die Zerreißproben, denen der Autor seine Hauptfiguren aussetzt, rechtfertigt er mit einer Überlegung, die er dem Konsul im Bühnenstück *Zeit der Schuldlosen* in den Mund legt: »Man sollte die Menschen nicht danach beurteilen, was ihnen möglich ist, sondern danach, was ihnen unmöglich ist. Dann erst erhält man ein zutreffendes Bild« (S. 33). Die Situation des Determiniertseins, der Gefährdung und des Ausgesetztseins beantworten die Menschen im Werk Lenz' mit verbissenem Kampf, um sich schließlich hoffnungslos oder voll resignierter Selbstironie in das über sie Verhängte zu fügen. Diese negative Konzeption des Menschenbildes wird nur durch einige positive Züge gemildert: wenn dem Menschen in seiner Machtlosigkeit auch keine entscheidenden Waffen gegen die endgültige Bedrohung zur Verfügung stehen, so kann er der Ungunst der Verhältnisse doch entscheidende Werte entgegensetzen, nämlich seine unerbittliche Konsequenz – auch im Scheitern, seine Liebe und sein Mitgefühl.

Die Zahl der Werke, in denen Lenz vom Thema des aussichtslosen Kampfes des Individuums mit dem Unverfügbaren absieht, ist gering. Die Figuren von *So zärtlich war Suleyken* beispielsweise sind von vornherein nicht auf die ernste Auseinandersetzung mit den Grenzen der eigenen Möglichkeiten angelegt, ihr Glück liegt denn auch in der heilsamen und vergnügten Bescheidung innerhalb ihrer unproblematisch erlebten, kleinen Welt. Ähnliches gilt, wenn auch in modifizierter Form, von dem erfolgreichen Schwarzhändler Lehmann in *Lehmanns Erzählungen*.

Glaubte Lenz zunächst, von der Erzähltechnik Thomas Manns und aus den Themen Dostojewskijs lernen zu können, so wurden diese Vorbilder für sein Schaffen letzten Endes doch kaum maßgeblich. Um so kräftiger indes war der Impuls, den er von den amerikanischen Autoren Faulkner und Hemingway empfing. In den Erzählungen Hemingways fand Lenz nicht nur sein eigenes thematisches Grundkonzept vorbildlich verwirklicht, er entdeckte darin auch die Art und Weise, wie er seinen Erfahrungen Ausdruck verleihen könne: »Ich wußte durchaus, wovon ich erzählen wollte, doch mir fehlte – neben manchem anderen – die Perspektive, und ich fand sie bei Ernest Hemingway. Ich fand sie vor allem in seinen Geschichten, die für mich, zum Teil auch heute noch, den Ausdruck einer musterhaften Spannung darstellen: es ist der Antagonismus zwischen Traum und Vergeblichkeit, zwischen Sehnsucht und Erfahrung, zwischen Auflehnung und demütigender Niederlage«[1]. Die Begegnung mit den Erzählungen Hemingways wurde also für Lenz zum künstlerischen Erweckungserlebnis. Wiewohl er die Technik seines Meisters als die ihm gemäße erkannte, und so häufig er sie auch erfolgreich anwenden konnte, mußte er doch entdecken, daß sie nicht für alle Themen, die ihm Überlegung und Erfahrung lieferten, zu brauchen war, vor allem dort nicht, wo es um die engagierte Auseinandersetzung mit konkreten Erscheinungen seines Milieus ging. So schlug er, anfangs zögernd, zuletzt entschieden, einen eigenen Weg ein.

Lenz stellt sich als Schriftsteller nicht außerhalb seiner Umwelt, ebensowenig aber identifiziert er sich mit einer der gängigen Weltanschauungen oder Ideologien, die ihm seine Zeit anbietet. Wie viele andere Schriftsteller seiner Generation sucht er vielmehr unabhängig von jeder einschränkenden Bindung die Wahrheit über sich selbst und über die Situation seiner Zeitgenossen zu ermitteln, und wie die meisten von ihnen verbindet auch Lenz diese Zielsetzung mit der Pflicht zum Engagement. Geradezu programmatisch äußerte er seine Ansichten über Auftrag und Aufgabe des Schriftstellers in der Rede anläßlich der Verleihung des Literaturpreises der Stadt Bremen am 26. Januar 1962[2]: »Mein Anspruch an den Schriftsteller besteht nicht darin, daß er, verschont von der Welt, mit einer Schere schöne Dinge aus Silberpapier schneidet; vielmehr hoffe ich, daß er mit dem Mittel der Sprache den Augenblicken unserer Verzweiflung und den Augenblicken eines schwierigen Glücks Widerhall verschafft. In unserer Welt wird auch der Künstler zum Mitwisser – zum Mitwisser von Rechtlosigkeit, von Hunger, von Verfolgung und riskanten Träumen –, und darum fällt es mir schwer, einzusehen, warum ausgerechnet er den ›Luxus der Unschuld‹ für sich fordern sollte.«[3] Solidarität, »Mitwissen« und die Kundgabe verstehenden Mitfühlens mit den Opfern einer harten Realität verbürgen Lenz eine bessere Wirkungsmöglichkeit als massive Anklage und herausfordernde Auflehnung. So sind auch seine Romane und Erzählungen Dokumente eines nur verhaltenen Protests; ihre Anklage besteht in der Aufdeckung und unverhüllten Darstellung des bestehenden Übels.

Seit 1951 publizierte Lenz in rascher Folge fünf Bände Erzählungen, die er zum Teil aus seinen früheren Veröffentlichungen in Zeitungen und Zeitschriften sammelte, [sieben] Romane, eine Reihe von Hörspielen und drei Dramen. Von Anfang an steht in seinem Werk das Thema, die Idee, im Vordergrund. Figuren und Handlung sind der modellgerechten Darstellung und Diskussion des Gedankens angepaßt und untergeordnet. Diese Tendenz ist bereits in seinem ersten Roman *Es waren Habichte in der Luft* (1951) zu erkennen. Hier wie in dem nächsten Roman *Duell mit dem Schatten* (1953) unterstreichen grelle dramatische Szenen und eine recht offenkundige, vordergründige Symbolik die Bedeutsamkeit der Fragestellungen. Hat der Oberst in Afrika das Duell mit dem Schatten seiner alten Schuld verloren, so wird der Taucher Hinrichs, die Hauptfigur von *Der Mann im Strom* (1957), auf Grund seines vorgeschrittenen Alters zu einem Opfer der unmenschlichen Bedingungen des modernen Arbeitsmarktes. Der vergebliche Versuch des alternden Mannes, sich mit gefälschten Dokumenten den Arbeitsplatz zu sichern, wird in dem gedämpften, alle turbulente Heftigkeit vermeidenden Ton wiedergegeben, der fortan für das Erzählwerk Lenz' charakteristisch bleibt. Das Motiv des Alterns nimmt Lenz in anderem Zusammenhang nochmals auf, wenn er in dem Roman *Brot und Spiele* (1959) zeigt, wie der Langstreckenläufer Bert Buchner, der seine besten Jahre schon hinter sich hat, von seinem skrupellosen Ehrgeiz in den physischen und moralischen Zusammenbruch gehetzt wird. In *Stadtgespräch* (1963) scheitert der Held an der mißgünstigen Fama der Bevölkerung, die nach Kriegsende aus dem aufrechten Widerstandskämpfer einen durchtriebenen Feigling macht. Als Gegenstück dazu ist Lenz' Roman *Deutschstunde* (1968) anzusehen, in dem gezeigt wird, wie ein subalterner Polizeibeamter – als Inkarnation deutschen Pflichtbewußtseins dargestellt – die unmenschliche Ordnung des NS-Regimes selbst gegen die eigenen Kinder und den befreundeten Künstler rigoros durchsetzt. – Die Romane weisen in ihrer Entwicklungslinie eine thematische Profilierung und in stilistischer wie erzähltechnischer Hinsicht eine fortschreitende Verfeinerung auf. So ist bemerkenswert, daß Lenz in *Brot und Spiele*, in *Stadtge-*

spräch und in *Deutschstunde* eine Romanfigur zum Erzähler macht. Mit der Verlagerung der Erzählerrolle vom objektiv berichtenden, unbeteiligten »Chronisten« auf einen Mitbeteiligten und Augenzeugen der Geschichte vollzieht Lenz einen konsequenten Schritt, der seiner Auffassung von der totalen Verstrickung des Menschen in die gegebenen Verhältnisse entspricht.

Parallel mit dem Romanschaffen entfaltete Lenz eine ergiebige Tätigkeit als Erzähler von kleineren Prosageschichten. Die zwanzig *Masurischen Geschichten*, die er in dem Bändchen *So zärtlich war Suleyken* (1955) veröffentlicht hat, nehmen sich wie ein heiteres Intermezzo inmitten des ernsten, bisweilen düsteren Genres seines übrigen Erzählwerks aus. Als Rückblick in die noch ungebrochene Welt seiner Kindheit sind ihm diese »Geschichten ... zwinkernde Liebeserklärungen« an sein Land, »eine aufgeräumte Huldigung an die Leute von Masuren« (S. 170). Die weiteren Erzählungsbände, die Lenz in unterschiedlichen Abständen publizierte, wie die Sammlung *Jäger des Spotts* (1958), mit *Ein Haus aus lauter Liebe*, *Der große Wildenberg*, *Mein verdrossenes Gesicht* u. a., enthalten Erzählungen, die man zum größten Teil exemplarische »Geschichten aus dieser Zeit« (so der Untertitel des Bandes) nennen könnte.

Die Titelerzählung der Sammlung *Das Feuerschiff* (1960), die das Thema der gewaltlosen Verteidigung der Ordnung und darüber hinaus die politische Frage um die Funktionsfähigkeit dieser Ordnung bei Bedrohung ihrer Schlüsselpositionen behandelt, steht mit ihrer umfangreichen Entfaltung des Problems und dem breiten Figurenpanorama Lenz' Romanen nahe. Ihr folgen in dem Band neun weitere Erzählungen, darunter *Der Anfang von etwas*, *Silvester-Unfall* und *Der Amüsierdoktor*. In *Der Spielverderber* sind vierzehn Geschichten aus den Jahren 1958 bis 1964 zusammengetragen, von denen *Nachzahlung*, die Titelgeschichte und *Der sechste Geburtstag* hervorgehoben seien. Die Sammelbände berichten, ohne eine bestimmte thematische Einheit zu beanspruchen, z. T. in satirisch-bitterem Ton von Menschen, die mit Zwangslagen, Unglück, heiklen oder bestenfalls paradoxen Situationen konfrontiert werden. Wie der humorvolle Zyklus der Masurengeschichten fallen auch *Lehmanns Erzählungen* (1964) wegen der heiter-satirischen Art, in der Lenz darin den Tagen des schwarzen

Marktes nachtrauert, aus dem Umkreis des Düsteren heraus. Betont satirisch sind auch die kurzen Charakterstudien in *Leute von Hamburg* (1968) gehalten, in denen Lenz Typen seiner geschäftstüchtigen Wahlheimat karikaturistisch abbildet. – Verglichen mit den verhältnismäßig einfachen Geschichten und ihren eindeutigen Lösungen in der Frühzeit gewinnen die Erzählungen der jüngeren Periode, etwa in *Das Feuerschiff* oder *Der Spielverderber*, zunehmend an Vieldeutigkeit und Verrätselung. Das paradoxe Kuriosum ist in ihnen zum Vexierbild des Schicksals geworden (*Der Anfang von etwas*, *Silvester-Unfall*, *Der sechste Geburtstag* u. a.).

Über das Hörspiel kam Lenz zum Drama. Nach dem ersten gedruckten Hörspiel, *Das schönste Fest der Welt* (1953), einer Satire auf die dekadente Gesellschaft der oberen Zehntausend, wandte sich der Autor auch auf diesem Gebiet dem Themenbereich seiner Romane und Erzählungen zu. *Zeit der Schuldlosen – Zeit der Schuldigen* (1961) – als Drama 1962 unter dem Titel *Zeit der Schuldlosen* veröffentlicht – diskutiert das Thema von Terror und Schuld anhand einer Situation, in der es gilt, zwischen Selbstopfer und Schuld zu wählen. Wie sehr die Problematik von Macht und Schuld Lenz' Denken beschäftigt, beweist auch die bittere Komödie *Das Gesicht* (1964) mit ihrem Fazit, daß jeder Mensch der Versuchung zum Mißbrauch der Macht ausgeliefert ist. Das Schauspiel *Die Augenbinde* (1970) – wie die übrigen Stücke als politische Parabel konzipiert – veranschaulicht abermals mögliche Verhaltensweisen im Bereich totalitärer Macht.

Lenz' Dramen leben wie seine Romane von der intensiven Diskussion und anschaulichen Demonstration des Verhaltens bestimmter Menschen in klar umrissenen, unverrückbaren Grenzsituationen. Der Umstand, daß diese Situationen variiert und sublimiert werden, tut dieser Tatsache keinen Abbruch. Im Hinblick darauf, daß Lenz diese seine Grundidee und das Schema ihrer Darlegung in den Romanen und Bühnenwerken beinahe stereotyp beibehalten hat, kann man von einer gewissen thematischen und formalen Unbeweglichkeit sprechen. Nur die Hörspiele *Die Enttäuschung* (1966) und *Das Labyrinth* (1967) und der Dialog *Nicht alle Förster sind froh* (1969) weisen durch ihren grotesken und auch märchenhaft chiffrierten Charakter aus diesem fixierten Kreis hinaus.

In dem Band *Beziehungen. Ansichten und Bekenntnisse zur Literatur* (1970) sammelte Lenz eine Reihe von Aufsätzen, die »›bei Gelegenheit‹ einer Erfahrung, einer Lektüre, eines Gesprächs oder nach einer Aufforderung, Stellung zu nehmen« (S. 299) entstanden und zwischen 1955 und 1969 in Zeitschriften, Anthologien und Selbstdarstellungen erschienen waren. Sie behandeln höchst disparate Gegenstände: im ersten Teil (*Bekenntnisse*) biographische und schriftstellerische Selbstbesinnung, Erinnerungen an eindrucksvolle Landschaften und z. T. etwas abstrakte Schreibübungen zu erkenntnistheoretischen und moralischen Problemen; im zweiten Teil (*Ansichten*) enthält der Band Besprechungen von Werken ausländischer Autoren wie Hamsun, Faulkner, Sherwood Anderson, Melville u. a. und z. T. kritische Aufsätze zu zeitgenössischen deutschen Schriftstellern wie Ernst Jünger, Heinrich Böll und Marie Luise Kaschnitz. Als bemerkenswert hervorzuheben ist der Versuch eigener poetologischer Standortbestimmung in *Mein Vorbild Hemingway. Modell oder Provokation* (1966) und *Gnadengesuch für die Geschichte* (1966). Was die Rezensionen der oft auch weniger bekannten ausländischen Literatur betrifft, hat sich Lenz, wie es scheint, vor allem mit thematisch seinen eigenen Werken verwandten Erscheinungen auseinandergesetzt und die Leistungen hinsichtlich der formalen und gehaltlichen Bewältigung der ihm vertrauten Probleme geprüft und gewürdigt. Dies gilt für die Arbeiten über Hamsun, Faulkner und Melville und zeigt sich in anderen Fällen auch schon in der Titelgebung: *Die Freiheit der Unfreien. Über B. A. Botkin: »Die Stimme des Negers«; Zwang der Modelle. Zu Wright Morris: »Unterwegs nach Lone Tree«; Die Chancen der Frist. Über Carson McCullers: »Uhr ohne Zeiger«; Gefängnis aus Spiegeln. Über Nabokovs Erzähltechnik.* Auch in der sozialkritischen Durchleuchtung von *Heinrich Bölls Personal* und in dem Echo auf Marie Luise Kaschnitz' düstere Geschichten in *Ferngespräche* ist das Bewußtsein der thematischen Affinität zu Eigenem unverkennbar.

Lenz bedient sich für die Explikation seiner Themen der herkömmlichen literarischen Formen. Er verhehlt nicht, daß er damit bewußt auf avantgardistische Experimente verzichtet. Ihm erscheinen dagegen vor allem die konventionellen Weisen des Erzählens nach wie vor leistungsfähig genug, Probleme und Erfahrungen seiner Zeit adäquat zu artikulieren. In seiner Rechtfertigung *Gnadengesuch für die Geschichte*[4] wehrt er sich dagegen, daß »die Geschichte« zugunsten eines neuen Stils der »schmucklosen Verzagtheit und der unerschrockenen Registrierung« aufgelöst werden müsse, »damit die Literatur ihre Chance im ›Laboratorium des Berichtens‹« (S. 127) finde. Das Erzählen von Geschichten betrachtet Lenz vielmehr als »zierliche Nötigungen der Wirklichkeit, Farbe zu bekennen«, als »Versuche, die Wirklichkeit da zu verstehen, wo sie nichts preisgeben möchte« (S. 128), wenn auch feststehe, daß durch Geschichten »nichts zu entscheiden ist« (S. 130). Da Lenz von den Möglichkeiten, die im Erfinden von Fabeln angelegt sind, überzeugt ist – »planvoller Eingriff oder die plötzliche Bedeutung, die entsteht, wenn isolierte Wahrnehmungen in einen Zusammenhang geraten« (ebd.) sind Beispiele dafür –, hält er an den bewährten Modellen des Erzählens fest. So entbehren die Romane ebensowenig eines organisierten, überschaubaren Handlungsgefüges wie seine Erzählungen, Dramen und Hörspiele. Dennoch gewinnen diese geläufigen Medien bei Lenz eine für ihn charakteristische Note: in gewisser Weise spiegelt sich die skizzierte Thematik in der formalen Gestaltung wider, denn der erzählerische Spielraum der Romane und Erzählungen bleibt begrenzt. Thematisch liegt den Romanen eine feste, immer wieder verwendete Formel zugrunde: der »Held« gerät in Widerspruch mit sich selbst oder der Umwelt und scheitert schließlich nach erfolglosem Kampf physisch oder moralisch an der Unmöglichkeit, den Widerspruch aus eigener Kraft zu überwinden. Gemäß dieser Formel beschreitet der »Held« einen *circulus vitiosus*, ob er nun versucht, dem Terror der Diktatur, seiner eigenen Schuld oder den widrigen Verhältnissen seiner Umwelt zu entkommen. Lenz beschränkt sich im wesentlichen auf die Darstellung dieser Zirkellinie. Anstatt umfängliche Lebensläufe mit all den Irr- und Seitenwegen nachzuzeichnen, gibt er die knappe Krisengeschichte wieder und führt diese in einer Reihe von episodisch-szenenhaft aufgebauten Handlungsstufen ihrem dramatisch zugespitzten Schluß und Wendepunkt zu. Die frühen Stadien und notwendigen Vorstufen zu dieser Krise sind in den frühen Romanen nur fragmentarisch, später immer ausführlicher in die Schlußphase hineinverarbeitet, am konsequentesten in *Brot und Spiele*, wo innerhalb der

Reportage des Zehntausend-Meter-Laufs die ganze Geschichte der Karriere des »Helden« eingeschaltet wird. Allerdings erhalten die ausgedehnten Rückblendungen von da an eine besondere Funktion: in den Romanen *Brot und Spiele*, *Stadtgespräch* und *Deutschstunde* läuft die Handlung auf zwei zeitlich und handlungsmäßig verschiedenen Erzählebenen ab, wobei das vergangene Geschehen durch das Medium des erinnernden Erzählers gebrochen wird und so seiner faktischen Eindeutigkeit und Fixierbarkeit beraubt erscheint. Auf diese Weise wirft Lenz die im zeitgenössischen Roman so oft diskutierte Frage nach der Möglichkeit unverfälschter Darstellung der Wirklichkeit und dahinter die Frage nach dem Wesen der Wirklichkeit selbst auf. Dasselbe Problem thematisiert Lenz überdies durch die Einführung einer zweiten erzählerischen Perspektive. Was der mitbeteiligte Erzähler am Schluß des Romans *Stadtgespräch* seinem »Helden« empfiehlt, nämlich nun seinerseits von dem »erhöhten Platz« alles aufzunehmen, »was das Gedächtnis anbietet«, und so die »Wahrheit« von seiner Sicht aus zu »entwerfen« (S. 317), also das Prinzip der Darstellung aus verschiedenen Perspektiven, wird in *Deutschstunde* im Hinblick auf den »Helden« ansatzweise durchgeführt. Neben dem Bild, das sich aus der Selbstdarstellung des »Helden« ergibt, wird die Hauptfigur auch durch die wissenschaftlichen Beobachtungen des Psychologen Mackenroth charakterisiert. Das Ergebnis dieser »doppelten Buchführung«, die Divergenz der beiden Charakterbilder, gibt auf die Frage der genuinen Erfaßbarkeit der Realität eine negative Antwort. Lenz verleiht damit erzähltechnischen Maßnahmen eine eminent gehaltliche Funktion.

Unbeschadet der Tatsache, daß Lenz als erste selbständige Buchveröffentlichung einen Roman vorlegte, läßt schon die Kompositionstechnik der Romane darauf schließen, daß der Autor eine starke Affinität zu Formen der Kurzprosa besitzt. Mit seinen fünf Bänden Erzählungen hat er das nachdrücklich unter Beweis gestellt. Dieses Genre bot sich ihm für die Darstellung von enger begrenzten Lebenskonflikten in dem intimen Rahmen des Familien- und Berufslebens an. Es geht darin nicht wie in den Romanen um aufsehenerregende Fälle, die sich in aller Öffentlichkeit abspielen, sondern um Begebenheiten und Zufälle des privaten Lebens, in denen sich die harte Wirklichkeit ebenso schmerzlich wie unerbittlich kundgibt. So sehr sich die Geschichten untereinander hinsichtlich der Stoffe und Motive unterscheiden, so sehr ähneln sie einander in der Art und Weise, wie die Fabel angelegt und durchgeführt ist. Lenz beschwört das dialektische Wechsel- und Widerspiel des Schicksals, das den Geschichten zugrundegelegt ist, fast regelmäßig nach demselben Schema. Es ist das Schema der paradoxen Erwartungsenttäuschung: entweder tritt gerade das ein, was nach Kräften zu vermeiden war, oder umgekehrt – das erwartungsvoll Angestrebte bleibt aus. Immer wieder muß der Held erfahren, wie er als Getäuschter und Verlierer auf sich selbst zurückgeworfen ist. Diesem Konzept entspricht auch das dialektische Spannungsverhältnis zwischen Titel und auflösender Pointe. Die im Titel ausgesprochene These, der als Vorausdeutung ein bestimmter Spannungsgrad innewohnt, wird durch den Verlauf der Geschichte widerlegt und erscheint am Ende radikal in ihr Gegenteil verkehrt. So entpuppt sich zum Beispiel die im Titel als freundlich und gutartig vorgestellte Hauptfigur von *Lukas, sanftmütiger Knecht* am Schluß als brandschatzender Rebellenführer; der als unzugänglicher Direktor eines Industrieunternehmens eingeführte Wildenberg in *Der große Wildenberg* erscheint als hilfsbedürftige Repräsentationsfigur, *Der seelische Ratgeber* selbst des Rates am meisten bedürftig usw. Der grotesk-ironische Effekt, der sich aus einer solchen Umkehrung der Verhältnisse ergibt, steht in den zeitkritischen Erzählungen im Dienst der Satire, im übrigen aber bildet er einen spannungsreichen Kontrast zu dem grausamen und oft sinnlos anmutenden Geschehen, das für so viele von Lenz' Erzählungen charakteristisch ist. Ähnlich wie die Romane sind auch die Erzählungen auf einen definitiven, schicksalshaften Wendepunkt hin komponiert. Dieser wird vom ersten Satz an zielstrebig angesteuert. Um den Vorgang, in den sich der Leser voraussetzungslos hineinversetzt sieht, rasch voranzutreiben, verzichtet der Autor auf die weitläufige Schilderung des Milieus zugunsten der anschaulichen Bezeichnung konkreter Einzelheiten. Auch der für die Orientierung des Lesers wichtige Anfang und frühere Verlauf wird, wenn überhaupt, nur andeutungsweise nachgetragen. So bleibt die Erzählung, die meist selbst ein verwirrendes Paradoxon enthält, auch in ihrem Verlauf bis zu ihrem auflösenden Schluß weitgehend verrätselt und undurchsichtig. – Den auf ein Problem hin zentrierten Erzählungen stehen die unproblematischen, gutmütigen Anekdoten um die Bürger von Suleyken gegenüber. Der unbeschwerte Plauderton läßt ganz deutlich den humorvoll-verschlagenen Erzähler vernehmen, der es versteht, seine Zuhörer mit grotesken Lügengeschichten bis zur witzigen Pointe zu fesseln.

Das Drama *Zeit der Schuldlosen*, die Komödie *Das Gesicht* und das Schauspiel *Die Augenbinde* rollen die Problematik der Unfreiheit des einzelnen am radikalsten auf. In allen drei Stücken bestimmen nicht die Charaktere den Verlauf des Geschehens, sondern diese erscheinen umgekehrt von der Situation determiniert. »In beiden Fällen«, sagt Lenz über die Schauspiele *Zeit der Schuldlosen* und *Das Gesicht*, »geraten Zeitgenossen in eine extreme Lage. Hier wie dort werden unter moralischem und biographischem Druck Proben für die Standfestigkeit gegeben ... Was alles kann man aus uns machen: das ist in beiden Stücken die Frage«[5]. Die so fixierte Problemstellung hat zur Folge, daß sich die Dramatik der Aktion gewissermaßen in eine Dramatik der »Re-aktion« umwandelt insofern, als der an sich passive Held durch die Situation gezwungen wird, seinen Charakter zu offenbaren. Diese Enthüllung des Charakters erfolgt in *Zeit der Schuldlosen* vornehmlich durch die aufdeckende Reflexion und Diskussion, während in *Das Gesicht* ein größeres Maß an äußerer Handlung vonnöten ist, um das typische Verhalten des »Helden« zu demonstrieren. Auch in dem Drama *Die Augenbinde* macht Lenz die Zwangslage zum untrüglichen Prüfstein moralischer Widerstandskraft. Kennzeichnend für alle Stücke ist die parabelhafte Anlage. Sie äußert sich in der berechnet abstrahierenden Reduktion des dramatischen Spielraums auf typische Situationen, die auf seiten der Figuren je typische Verhaltensweisen zur Folge haben. Ein ähnliches Bauprinzip weisen auch einige Hörspiele auf. Das Konzept, das dem Hörspiel *Zeit der Schuldlosen – Zeit der Schuldigen* zugrunde liegt, hatte Lenz schon an seinem heiter-satirischen Erstling *Das schönste Fest der Welt* erprobt, wo sich die Harmlosigkeit der Revolutionäre und die eitle und bestürzende Dummheit der zu dem »Fest« repräsentativ versammelten Hautevolee in einer Gipfelszene gleichzeitig offenbart. Die »Szenen« sind als illustrierende und vorbereitende Stufen auf diesen Kulminationspunkt hin ausgerichtet. Die späteren Hörspiele wie *Haussuchung*, *Die Enttäuschung* oder *Das La byrinth* weichen thematisch wie formal von dem festen Schema ab. Erscheinen die Dramen und frühen Hörspiele durch die realistische, wenn auch konstruiert anmutende Ausnahmesituation gekennzeichnet, so entfernen sich die jüngsten Hörwerke mit ihrer eigenwilligen Mischung von real-konkreten und irreal-symbolischen Elementen eindeutig aus dem Bereich der erfahrbaren Wirklichkeit. *Die Enttäuschung* mit dem eingeschalteten Bühnenstück gleichen Namens und *Das Labyrinth* weisen in ihrer chiffrierten Parabelhaftigkeit in die Sphäre des Surrealen und Absurden, wie es aus dem Werk Becketts und Ionescos geläufig ist. Ob sich damit eine entscheidende Wendung im Schaffen Lenz' angekündigt hat, bleibt noch offen.

Die knappe innere Form der Werke, die mit der ihren Themen immanenten Dramatik der adäquateste Ausdruck für die dargestellte Grundsituation ist, läßt sich bis in die letzten Einheiten von Sprache und Syntax hinein verfolgen. An der Technik Hemingways geschult, hält sich Lenz einerseits bewußt an die sachliche Bezeichnung der Realität, andererseits aber verleiht er durch die Wahl gefühlsbetonter Attribute und Verben, vor allem aber mit emotional akzentuierten Metaphern und Vergleichen dem Erzählten einen persönlich gefärbten Grundton. Auch dort, wo der Erzähler aus der Geschichte zurücktritt, ist diese Verquickung von Sachlichkeit und Verbindlichkeit festzustellen. Eine Beschreibung des Hafengeländes in *Der Mann im Strom* mag dies illustrieren: »Überall lagen Teile von Schiffen, der Kiel eines Frachters, Schrauben, Ankerketten und Bodenplatten, herausgeschnittene Stücke von Bordwänden: die Reste meermuscheliger Erinnerung, der traurige Nachlaß eines schwimmenden Traums. Hart neben dem Wasser lag ein altes Unterseeboot, ... drei Männer knieten in der Mitte des dunklen Rumpfes ... Es sah aus, als ob sie auf einem großen, erlegten Tier knieten« (S. 111 f.). Lenz' Erzählsprache hat gerade mit den zuletzt erschienenen Geschichten (*Der Spielverderber* und später folgenden wie zum Beispiel *Das Fernglas*) eine erstaunliche Variationsbreite erreicht. Die ulkigen Provinzialismen in dem schwankhaften *Suleyken* ausgenommen, hatte er sich früher streng an den hochsprachlichen Prosastil gehalten. Indes gewinnen seine jüngsten Geschichten gerade durch das Einfließen salopp-umgangssprachlicher Elemente ein ihrem Milieu angepaßtes, eigenes Kolorit. Dazu ein Zitat aus *Das Fernglas*[6]: »Der junge Zöllner fährt auf dem Hauptweg durchs Gehölz, das in der Saison ein richtiger Saustall ist. Wenn die Sommergäste nicht am Strand rumlungern, kommen sie hier herauf, um sich zu lagern und so weiter. Wo die lagern, da kann man gleich die Städtische Müllabfuhr hinschicken. Eine Schar von Gören, der zwei Nonnen mit weißen Hauben voransegeln, kommt ihm entgegen« (S. 146 f.). Auch sonst ist in den jüngeren Erzählungen, etwa von *Das Feuerschiff* an, eine auffallende sprachliche Differenzierung wahrzunehmen. Das bewußt Symbolische erscheint zugunsten einer noch exakteren Detailschilderung zurückgedrängt, der Vorgang und die Beschreibung des Milieus werden in zunehmendem Maße syntaktisch komprimiert. Kurze Sätze, Satzreihen und parataktisch gefügte Satzverkürzungen tragen in raschem Tempo die nötige Information vor, die Hypotaxe steht zumeist im Dienste der reihenden Nebenordnung. Im *Fernglas* ist die syntaktische Raffung bis zur äußersten Konsequenz durchgeführt. Hier wird die Beschreibung zur lakonisch knappen Aufzählung. Stilistisch äußert sich diese Verknappung in einer Art Staccato-Rhythmus: »Sie gehen ins Büro. Alex hat Aufsicht. Gott sei Dank soll der alte Hund bald einen Tritt bekommen und in Pension geschickt werden. Das Büro ist ein langgestreckter Raum mit niedriger Decke; ein schwarzer Kanonenofen steht rum, ein Besucherstuhl, zwei Hocker, an der Wand haben sie eine Spindreihe aufgehängt. Alex raucht nicht, trinkt und hustet nicht. Er redet vorsichtig« (S. 143).

Lenz' Erzähltechnik unterlag im Laufe der Entwicklung einem nicht unwesentlichen Wandel. Für die frühen Romane, in denen der Erzähler noch anonym bleibt, ist das Vorhandensein eines persönlichen Mediums sowohl anhand der eingestreuten sentenzartigen Reflexionen, als auch in dem Eindringen poetisch ergriffener Ausdrucksweise in die rein beschreibende Sachdarstellung nachzuweisen. An manchen Stellen drängt sich der Erzähler geradezu auf, so, wenn die sachliche Beschreibung in erlebnishafte Darstellung umschlägt. In *Duell mit dem Schatten* zum Beispiel steigert sich die Schilderung der Wüste zum lyrisch-hymnischen Ausbruch: »Der Himmel war still, verstört; die verstörte Ruhe, die man mitunter in der Wüste vorfindet. Lautlose Verwesung. Raum, randvoll mit Nacht, Raum, randvoll mit Einsamkeit, mit

Verzicht, mit Aufgabe: Raum der Räume: Wüste« (S. 47). Solcher Poesie, die in ihrer Unvermitteltheit oft auch unmotiviert wirkt, entsprechen in gewisser Weise auch die markanten Dingsymbole und die symbolgeladenen Szenen in den frühen Romanen. So erscheint die Auswahl der beschriebenen Gegenstände nicht selten in einem allzu betont symbolischen Bezug zum Thema der Geschichte, die ausgeprägte Tier- und Landschaftssymbolik akzentuieren die Bedeutung des Geschehens noch in besonderem Maße. Andererseits ist aber schon in den Werken der ersten Periode – und später immer deutlicher – Lenz' Vorliebe für das charakterisierende Detail zu erkennen. Die Detailbeschreibung erlangt dabei häufig insofern eine gewisse Symbolkraft, als durch die überscharfe Wiedergabe isolierter Einzelheiten der beschriebene Gegenstand aus der Sphäre des Vertrauten ins Unheimliche gerückt wird. Dieses Kniffes bedient sich Lenz nicht selten, um die Atmosphäre des Unbehaglichen und Bedrückenden hervorzurufen, die ihrerseits symbolisch ist für das Geschehen. Eine Passage aus *Silvester-Unfall* mag dies verdeutlichen: »Das Licht der Lampe schnitt einen Halbbogen aus ihrem Körper heraus, erhellte eine Hälfte des knolligen, kartoffelartigen Gesichts, des schlaffen Halses; das Licht fiel auf die linke Seite ihres formlosen Körpers, auf die lose im Schoß ruhenden Hände und weiter hinab auf die Füße, die in altmodischen, kaum getragenen Schuhen steckten« (*F.*, S. 215). Mit derselben Technik der Entfremdung, mit der Lenz in vielen Geschichten die herbe und düstere Atmosphäre schafft, zerstört er sie auch, wenn er in den entscheidenden Phasen, in denen das Schreckliche geschieht, den Effekt der Erschütterung durch groteske Komik aufhebt. In *Habichte* und *Duell mit dem Schatten* wird diese Komik so überdeutlich ausgespielt, daß es darüber beinahe zum Stilbruch kommt. In den späteren Werken weicht jedoch dieser groteske Zug einer gedämpften, schmerzlichen Ironie, die im Laufe der Entwicklung zusammen mit der untergründigen »Betroffenheit« des nun meistens als selbständige Figur auftretenden Erzählers mehr und mehr die Erzählhaltung bestimmt.

Die Erfahrung der Unfreiheit und des Ausgeliefertseins, die ihm seine Zeit so nachhaltig aufdrängte, gestaltete Lenz – zunächst Hemingway verpflichtet – in einer spezifischen Form ihrer Konsequenz, nämlich in der des Scheiterns und Verlierens. Ausschlaggebend für diese Thematik wurde das Erlebnis des Sturzes der Mächtigen am Ende der nationalsozialistischen Ära. Das historische Faktum des Zusammenbruchs im Jahre 1945 blieb jedoch meist nur erlebnismäßiger Anstoß; in *Stadtgespräch* und *Deutschstunde* ist es wohl dargestellt, sonst aber hob Lenz das Thema von seinem spezifischen historischen Hintergrund ab, um es als ein Grundphänomen menschlicher Existenz in den verschiedensten Spielarten sichtbar zu machen: »im Verlauf einer unaufhörlichen Selbstbefragung versuchte ich mir Klarheit über einen Menschen zu verschaffen, der ›fällt‹, abstürzt, verliert. Mein Interesse gehörte vor allem dem Augenblick des Falls«[7].

Konflikt und Scheitern ergeben sich im Werk Lenz' einerseits aus dem Gegensatz von subjektiver Überzeugung und dem Zwang einer andersgearteten umweltlichen Realität, andererseits als zwingende Konsequenz persönlichen Versagens und eigener Schuld, aber auch einfach als die Folge fataler Verkettungen widriger Umstände, die für den »Helden« nicht kalkulierbar sind. Der Konflikt mit feindlichen Umweltverhältnissen, den der auf sich selbst gestellte Einzelmensch auszutragen hat, äußert sich in *Habichte* als Gegensatz von individuellem Freiheitsstreben und totalitärer staatlicher Macht. Für den Lehrer Stenka, der nicht gewillt ist, seine Prinzipien aufzugeben, endet die Konfrontation mit dem Tod auf der Flucht. Der perfekt funktionierende Machtapparat des Systems läßt keinen Spielraum. Angesichts seiner Omnipräsenz werden die geschickten Manöver und Winkelzüge, mit denen der Lehrer zunächst unterzutauchen versucht und dann auf der Flucht seine Freiheit zu gewinnen hofft, zu wirkungslosen Leerlaufaktionen. Mit der Frage nach der Chance der Freiheit in einem geschlossenen Gesellschaftssystem beschäftigt sich Lenz in der dramatischen Parabel *Die Augenbinde*. Bezeichnenderweise demonstriert Lenz Anfälligkeit und Widerstandsvermögen freier Menschen gegenüber den Ansprüchen totalitärer Macht an einem Team von Wissenschaftlern. Das Phänomen der Blindheit der Einwohner eines Eingeborenendorfes, das die Forscher zunächst noch wissenschaftlich zu objektivieren versuchen, wird diesen zum Schicksal. Die von den Blinden eingeschlossenen Expeditionsteilnehmer zwingt man zur Entscheidung. Sie haben die Wahl zwischen »Freiheit« durch Angleichung – die Annahme der Blindheit mit dem Tragen der

Augenbinde – und totaler Isolierung. Eine dritte Möglichkeit gibt es nicht, da jeder Ausbruchsversuch mit gewaltsamer Blendung geahndet wird. Das Drama zeigt am Beispiel der Betroffenen ein Spektrum von typischen Reaktionsweisen; dieses reicht von feiger Anpassung und kraftloser Selbstaufgabe über heroischen Widerstand bis zu standhafter, opferwilliger Weigerung. Wenn zuletzt der »Bürgermeister« der blinden Gemeinde als Sehender entlarvt wird, weist das Drama nicht nur auf ein Prinzip autoritärer Machtausübung hin, sondern – angedeutet in der Lossagung des nun aufgeklärten Mircea von seinem Vater – auch auf die Möglichkeit ihrer Überwindung. Die Hauptfigur des Nordlandromans *Stadtgespräch*, der Widerstandskämpfer Daniel, unterliegt nicht dem Terror, dem er während der deutschen Besetzung ausgeliefert ist; ihm wird vielmehr das »Stadtgespräch« nach Kriegsende zum Verhängnis, das aus dem Heros des Widerstandes einen gewissenlosen Schurken macht. Das Opfer der 44 Geiseln, die fallen mußten, weil sich Daniel um der Idee des Widerstandes willen nicht gestellt hatte, erscheint nach dem Zusammenbruch der Gewaltherrschaft als sinnlos. Was in den Tagen des Krieges als moralische Notwendigkeit gebilligt wurde, haben Geschichte und Volksmeinung in Unrecht umgemünzt. Dem Ausgestoßenen bleibt als – freilich problematische – Möglichkeit der Rechtfertigung die nachträgliche Aufzeichnung des vergangenen Geschehens. Die Gegenüberstellung von subjektiver moralischer Rechtsüberzeugung mit einer ihr zuwiderlaufenden Wirklichkeit erscheint in *Das Feuerschiff* am konsequentesten durchgeführt. Kapitän Freytag wird das Opfer grausamer Gewalttäter, als er ihnen mit seinem überzeugten Pflichtbewußtsein gegenübertritt. Er stellt sich der Wirklichkeit und wird von ihr vernichtet. Der Lehrer Stenka in *Habichte* hingegen will sich der aussichtslosen Konfrontation mit ihr durch die Flucht entziehen. Auch der Taucher Hinrichs in *Der Mann im Strom* greift zu einer List, um der Bedrohung zu entgehen: er macht sich in den Dokumenten um einige Jahre jünger und erhält so die lebensnotwendige Arbeitsstelle. Hier zeigt sich, wie der »Held«, der überleben will, durch die Umstände zu schuldhaftem Handeln gezwungen wird. Das Thema des zwangsläufigen Schuldigwerdens diskutiert Lenz am eindringlichsten in *Zeit der Schuldlosen*, wo er an einem Modell zeigt, wie der Mensch, will er in einer rechtlosen Welt nicht Opfer werden, Schuld auf sich nehmen muß – »reine Schuldlosigkeit ist ein Vorzug der Toten. Wer es für nötig hält, leben zu bleiben, hat keine andere Wahl als schuldig zu werden« (S. 73). Bruno Deutz, die Hauptfigur von *Das Gesicht*, unterliegt einer Täuschung, wenn er glaubt, mit der Insekten-Taktik des »Sich-tot-stellens« durchzukommen. Seine Überlegung: »je kleiner man uns macht, desto dauerhafter werden wir. Und bleiben sauber dabei« (S. 10), wird an der Realität zuschanden. Als Double des autoritären Präsidenten aus der Unscheinbarkeit des Privatdaseins gezerrt, entwickelt er sich selbst zum skrupellosen Tyrannen, bis der Präsident dem allzu Selbstherrlichen Zügel anlegt und ihn wieder zum willfährigen Sklaven macht. Die persönliche Schuld erwächst hier nicht eigentlich aus dem Dilemma der Zwangslage als vielmehr aus dem Charakter des »Helden«, aus seiner latenten Anlage zum Tyrannen. »Es zeigt sich, daß sein ›natürlichster‹ Beruf das Herrschen ist, was er schon dadurch beweist, daß er die elementare Spielregel der Großtiere beherzigt, nämlich einander an Grausamkeit zu übertreffen«[8]. In *Brot und Spiele* hatte Lenz eine ähnliche Situation der Probe geschaffen, um die Standfestigkeit eines Charakters zu prüfen. Der Sportler Bert Buchner zeigt sich der Versuchung nicht gewachsen: dem Applaus der Massen verfallen, opfert er alle menschlichen Rücksichten seinem Geltungstrieb. Er bezahlt aber dann auch seinen maßlosen Ehrgeiz mit der Schmach der endgültigen Niederlage und dem sozialen Abstieg. Krise und Zusammenbruch ergeben sich auch in *Duell mit dem Schatten* als Folge menschlicher Unzulänglichkeit. Der Oberst, der »nicht Geburt und Tod, sondern Geburt und Rechenschaft« (S. 12) als die Angelpunkte im Leben ansieht, wird vom Schatten seiner Schuld an die Stätte seiner Kriegsverbrechen in der Libyschen Wüste zurückgetrieben, wo er, von seiner Tochter vergeblich Rechtfertigung heischend, einsam zugrunde geht. Dem Unmenschlichen und Feigen wird das Zeichen der Rechtfertigung – die Liebe – nicht gewährt.

Das Motiv der Liebe erscheint in fast allen Romanen und Hörspielen von Lenz als das ideelle Gegengewicht zu den Motiven des aussichtslosen Kampfes, der Niederlage und der Schuld. Die selbstlose Hilfsbereitschaft des jungen Erkki in *Habichte*, Kuddl Sommers aufopfernde Freundschaft mit dem Taucher Hinrichs und

Petras Liebe zu Daniel vermögen zwar den äußeren Absturz der Betroffenen nicht abzuwenden, die Liebe bewährt sich aber letztlich als Möglichkeit, die brutale Sinnwidrigkeit einer vernichtenden Welt wenigstens in einem Punkt aufzuheben.

Auch der Roman *Deutschstunde* behandelt als Zentralthema das Problem von Zwang und Unfreiheit. Der Titel läßt eine Schulgeschichte vermuten. Was im Roman erzählt wird, entpuppt sich aber als scharf konturiertes Lehr- und Schulbeispiel deutschen Verhaltens während der nationalsozialistischen Ära und darüber hinaus als eine freilich überzeichnete Charakterstudie über deutsches Wesen und somit als eine »Deutschstunde« im übertragenen Sinn.

Das Spannungsfeld der vom 21jährigen Siggi Jepsen im Rahmen einer Strafarbeit erzählten Vergangenheitshandlung entfaltet sich zwischen dem Polizeiposten Jens Ole Jepsen, dem Maler Max Ludwig Nansen und dem in der Mitte figurierenden Sohn des Polizisten und Freund des Malers Siggi Jepsen im Zusammenhang mit dem Malverbot, das die Behörden des NS-Staates über Nansen verhängt haben. Wie der Polizist im Auftrag der staatlichen Obrigkeit das über seinen Freund Nansen ausgesprochene Malverbot unnachsichtig überwacht, so beflissen bemüht sich sein Sohn Siggi um die Rettung der bedrohten Kunstwerke. Doch als der fanatische Vater auch nach dem Zusammenbruch des Regimes fortfährt, Nansens Bilder zu vernichten, schlägt Siggis Eifer in Besessenheit um: in seinem Wahn nimmt er Nansens Gemälde an sich, selbst als für sie keine Gefahr mehr besteht, und wird so in den Augen der Umwelt zum Kunsträuber. Beide, Vater und Sohn, verfallen ins sinnlose Extrem: die blinde, unkritische Pflichthörigkeit des Polizeipostens, die sich selbst über die Rücksichten von Familie und Freundschaft hinwegsetzt, artet in eine krankhafte Fixierung aus, und diese hat wiederum krankhaftes Zwangsverhalten auf der Gegenseite zur Folge. Die Ironie besteht darin, daß der Falsche bestraft wird: Siggi Jepsen muß in einer Anstalt für Schwererziehbare eine Strafe verbüßen. Was Lenz in diesem Roman attackiert, ist das Handeln unter Berufung auf die Verantwortlichkeit der Vorgesetzten, der bequeme Verzicht auf eigene Gewissensentscheidung unter dem Vorwand der Vorschrift. Der Ausspruch Jens Ole Jepsens: »Wer seine Pflicht tut, der braucht sich keine Sorgen zu machen« (S. 127) ist für die Haltung des Polizeibeamten bezeichnend. Der kritiklosen Identifizierung mit den Vorschriften steht die künstlerische Ungebundenheit gegenüber, die »persönliche Ordnung«, die sich der Künstler selbst geschaffen hat. Im totalitären Staat ist diese individuelle Lebensform freilich ständig in Gefahr. Nansen steht unter dem Diktat äußeren Terrors und fällt ihm beinahe zum Opfer. Nur das Ende der NS-Herrschaft rettet ihn vor der Verurteilung. Damit erscheint der Maler als Parallelfigur einer ganzen Reihe von Hauptgestalten im Lenzschen Oeuvre. Aber auch Siggi Jepsen und sein Vater, der Polizeiposten, fallen aus diesem Schema nicht heraus. Sie verkörpern andere Spielarten der Unfreiheit, der sie unterworfen sind, und damit dokumentiert sich die thematische Geschlossenheit des epischen und dramatischen Werks von Siegfried Lenz auf höchst eindrucksvolle Weise.

Lenz' Erzählungen stehen zunächst auch thematisch unter dem Einfluß Hemingways. Meist beschreibt er in seinen Geschichten, wie Menschen, von der trügerischen Wirklichkeit getäuscht, unversehens in eine Falle geraten und dabei einbüßen, was sie in harter Anstrengung erarbeitet oder unter riskanten Opfern und mit Ausdauer angestrebt hatten. Wie Hemingway illustriert Lenz das undurchschaubare Walten eines grausamen Schicksals vornehmlich am harten Leben einfacher Menschen. Fischer, Jäger, Bauern, Zöllner, Kahnführer usw. repräsentieren die Erfolglosen und Betrogenen. Ihr Unglück ergibt sich zumeist bei dem Versuch, die jeweilige Situation zu ihren Gunsten zu verändern. Wie sehr Lenz seinem Vorbild verpflichtet war, zeigt die Erzählung *Jäger des Spotts*. Mit ihr variiert er das Geschehen von *Der alte Mann und das Meer*, wenn darin Atoq, dem »schlechtesten Jäger von Gumber-Land«, die unter größten Gefahren errungene Beute von Eisbären entrissen wird. Der entscheidende Erfolg, der seinen Namen ein für allemal aus den »Spottliedern« (*J.*, S. 151) der Dorfbewohner getilgt hätte, bleibt dem Jäger versagt, die Niederlage festigt im Gegenteil den Ruf seiner Unfähigkeit. Die Geschichte, in der es Hemingway hauptsächlich auf die Selbstbestätigung ihres Helden ankommt, entwickelt Lenz aus einem vorwiegend sozialen Motiv. Auch in der Erzählung *Drüben auf den Inseln* erwächst das verhängnisvolle Geschehen aus dem Versuch eines sozial Ausgesperrten, sich durch eine Bravourleistung die Zugehörigkeit und damit die Rechte der ihn ausschließenden Gemeinschaft zu verschaffen: der fremde Arbeiter geht bei der waghalsigen Ausfahrt auf die stürmische See, mit der er seinen Anspruch auf die von ihm geliebte Tochter eines einheimischen Fischers legitimieren will, elend zugrunde. Diese Figuren gehören in die lange Reihe der Lenzschen »Helden«, die vergeblich versuchen, ihren Willen gegen eine feindliche Wirklichkeit durchzusetzen. Ob sie sich um soziale Anerkennung bemühen oder – wie in *Das Wrack*, der Parallelgeschichte zu Hemingways *Nach dem Sturm* – ihre materielle Lage zu verbessern suchen, ob sie auf gerechtfertigten Ansprüchen bestehen (*Der Beweis*) oder ihren Besitz verteidigen wollen (*Die Festung*), sie ziehen immer den kürzeren und verlieren dazu oft noch einen hohen Einsatz.

Mit den zeitkritischen Erzählungen begann Lenz' Distanzierung von Hemingway. In diesen Geschichten, die als Karikaturen bestehender Verhältnisse ihren Effekt nicht so sehr aus der polemischen Aggression als aus der Komik des Zerrbildes und der spitzen Ironie der Darstellung beziehen, nimmt Lenz das nach außen intakt scheinende Wirtschafts- und Gesellschaftsgefüge der Bundesrepublik kritisch unter die Lupe. Er deckt die inneren Widersprüche des Systems auf, indem er zeigt, wieviel menschliches Elend, wieviel Verlogenheit, Intoleranz und lächerliche Unzulänglichkeit sich hinter der Fassade der Prosperität und der bürgerlichen Wohlanständigkeit verbirgt. Das Versagen der reibungslos funktionierenden Arbeits- und Geschäftswelt wird besonders an den Randexistenzen der betriebsamen Industriegesellschaft sichtbar. Als solche gelten Außenseiter wie Joseph Wollina, der »Spielverderber«, der wegen seines genialen Gedächtnisses als unbequemer Wissender und wegen der schonungslosen Härte, mit der er sich seines Wissens bedient, buchstäblich an den Rand, nämlich an den Stadtrand Hamburgs, manövriert wird, aber auch der »große Wildenberg«, den man paradoxerweise an die Spitze des Unternehmens »abgeschoben« hat, wo er als einflußlose Repräsentationsfigur vereinsamt. Sein kurioses Gegenstück ist der Stellungslose, dessen »verdrossenes Gesicht« eine geschäftstüchtige Reklame für ihre Zwecke zu nutzen weiß. Die skrupellosen, selbst vor Heuchelei nicht zurückschreckenden Praktiken der modernen Werbung hatte Lenz schon im *Mann im Strom* aufs Korn genommen; mit der Figur des »Amüsierdoktors«, des »Spezialisten für die Aufheiterung der wesentlichen Kunden« (*F.*, S. 230), bringt er ihre lächerlichen Auswüchse zum Vorschein. Derlei grotesken Mißbildungen geht Lenz bis in den privaten Bereich des arrivierten Bürgers nach, wie die Erzählung *Ein Haus aus lauter Liebe* beweist, in der er, ähnlich wie im Hörspiel *Haussuchung*, das Idyll einer sich seriös gebenden großbürgerlichen Industriellenfamilie als verlogenen Schein decouvriert.

Nicht nur die ironisch-kritische Abrechnung mit den Verzerrungserscheinungen der Zeit hatte Lenz aus dem Bannkreis Hemingways geführt. Eindeutiger noch manifestiert sich die Kehrtwendung in den Geschichten, in denen Lenz statt der für Hemingway typischen Thematik von Absturz und Niederlage, statt der »Momente gewaltsamer Erprobung« »... die Zeit zwischen und nach den Niederlagen, ... die Vorspiele und Nachspiele zu den Sekunden der Prüfung«[9] ins Blickfeld rückt. Zwischenbereiche, Ansatzpunkte neuer Entwicklungen, Räume offener Entscheidungen werden nun fixiert, aber auch krisenhafte Augenblicke, in denen sich bevorstehendes Unglück mit beklemmender Deutlichkeit präfiguriert. Bringt die Erzählung *Vorgeschichte* ganz entgegen ihrem Titel das greuliche Nachspiel einer unaufgeklärt im Dunkel bleibenden Schuld, eben der Vorgeschichte, so eignet der Geschichte *Der Anfang von etwas* der Charakter der in eine unbestimmte Zukunft weisenden Ausgangssituation. Als Gegenstück zu Hemingways *Das Ende von Etwas* erzählt Lenz hier nur den »Anfang«, die Voraussetzungen für ein in seinem weiteren Verlauf noch offenes Geschehen: der Wachmann eines Feuerschiffs erhält die Möglichkeit, seinem Leben eine neue Richtung zu geben, als er sich zu den Opfern einer Schiffskatastrophe gerechnet sieht. Ob sich diese Situation für ihn als Chance oder Falle erweisen wird, bleibt ungewiß, wenn es auch nicht an subtilen Vorausdeutungen fehlt, die für sein künftiges Schicksal wenig Gutes verheißen. Zwischenphasen, allerdings mit dem klaren Blick auf ein negatives Ende, beleuchtet Lenz auch in *Silvester-Unfall* und *Der sechste Geburtstag*. Nicht ohne makabre Ironie wird hier geschildert, wie sich diese Familienfeste im Wissen um den nahen Tod des Vaters in *Silvester-Unfall* und des Kindes in *Der sechste Ge-*

burtstag in unheimlich bedrückende Nervenproben verkehren. Die Paradoxie der Situation, in der sich das Fest in eine Szene voll Angst und Unruhe verwandelt, findet ihre Entsprechung in der Gegenüberstellung der gelassenen Ruhe der für ihr Schicksal Gereiften und der ängstlichen Zerfahrenheit ihrer Angehörigen.

Den eigenen Standort als Erzähler gewann Siegfried Lenz also aus der bewußten Antithese zu Hemingway. Diese Tatsache wurde selbst von Kritikern, die auf den Einfluß Hemingways im Werke Lenz' hingewiesen haben, bisher nicht beachtet.

Die zeitgenössische Kritik rechnet Siegfried Lenz zu den gemäßigten Modernen in der deutschen Gegenwartsliteratur. Lenz' Zurückhaltung gegenüber dem lautstarken Protest, seine Abneigung gegen das formale Experiment und die schlichte Unaufdringlichkeit seiner Diktion lassen eine solche Klassifikation gerechtfertigt erscheinen, solange sie nicht abwertend gemeint ist. Lenz ist in mehrfacher Hinsicht als Sonderfall anzusehen. Reich-Ranicki[10] stellt ihn zwar in eine Reihe mit Grass, Walser, Enzensberger und Rühmkorf, markiert jedoch, die »gütige ... redliche Konzilianz«, die gelassene Mitwisserschaft und den »besinnlichen Zweifel« des Autors dem rebellischen Protest seiner Generationsgefährten gegenüberstellend, seine Außenseiterposition. Als Ausnahmefall bestätigt sich Lenz obendrein mit seiner Art des Erzählens, wenn er sich trotz der modischen Skepsis gegenüber dem Erfinden handfester Fabeln nicht scheut, die Konflikte in den ungebrochenen Vorgang konventioneller Geschichten einzukleiden. Dies wird von der Kritik zumeist wohlwollend vermerkt: wie Reich-Ranicki Lenz einen »Erzähler im klassischen Sinne« heißt[11], so spricht auch Krüger, ebenfalls die Sonderstellung betonend, von Lenz als einem Autor, »der in unserer spürbar manieristisch ... gewordenen Gegenwartsliteratur noch wirklich erzählen« könne: »Er hat noch den Mut und die Sprache zur Story« (*Prospekt*, S. 7). Just kommt in seiner Analyse der Romane[12], in denen er »die Durchsetzung des Epischen mit Anekdotischem« und »das Getragensein des Anekdotischen von Epischem« feststellt, zu dem Schluß, »daß Lenz in spannungsreichem ... Sinne ein Autor der Mitte und des Ausgleichs ist«. Russ[13] wieder schätzt an dem »Meister der traditionellen Kunst« das raffinierte Umgehen mit der Erzählerrolle ebenso wie die »Vorliebe für die Pointe«, den scharfen Blick für das Detail und die Neigung zu dessen symbolischer Überhöhung. Er erkennt jedoch in der jüngsten Entwicklung des Erzählers, vor allem in dem dialogisch angelegten Roman *Stadtgespräch*, »Anzeichen dafür, daß Lenz nun durch seine Fragestellungen auch in einem höheren Grade zu technischen Experimenten geführt werden könnte«. Mit Experimenten – freilich in ganz anderem Sinne – vergleicht Lehnert [s. Bibliographie, S. 271] die Problem- und Fragestellungen der Dramen und Romane Lenz'. Für ihn gewinnen die Erprobungssituationen dieser an Camus' *La Peste* und Sartres *Huis Clos* gemahnenden Modellfälle die Beweiskraft naturwissenschaftlicher Experimente und damit die Gültigkeit allgemeiner Gleichnisse. Daß allerdings solche künstlich geschaffenen Versuchsbedingungen für die künstlerische Qualität nicht immer von Vorteil sind, hat Leonhardt kritisch dargelegt[14].

Anmerkungen

1 *Beziehungen*, S. 53 f. (*Mein Vorbild Hemingway. Modell oder Provokation*).
2 Gedruckt in *Beziehungen*, S. 278–286 (*Der Künstler als Mitwisser. Eine Rede in Bremen.*).
3 Ebd., S. 282.
4 *Beziehungen*, S. 127–131.
5 *Das Gesicht*, S. 91.
6 In *Die zehn Gebote. Exemplarische Erzählungen*, herausg. Jens Rehn, Reinbek bei Hamburg, Rowohlt, 1967, S. 139–160.
7 *Beziehungen*, S. 53 (*Mein Vorbild Hemingway. Modell oder Provokation*).
8 *Das Gesicht*, S. 91.
9 *Beziehungen*, S. 59 (*Mein Vorbild Hemingway. Modell oder Provokation*).
10 Oben, S. 215 ff.
11 Oben, S. 221.
12 Klaus Günther Just, *Siegfried Lenz als Erzähler*, *Wirkendes Wort*, 16 (1966), S. 112–124; auch *Prospekt*, S. 20–40. Vgl. jetzt Justs Aufsatz *Die Romane von Siegfried Lenz*, oben, S. 29 ff.
13 Oben, S. 45–61, *passim*.
14 Oben, besonders S. 232.

Bibliographie

(1) Das Werk

Romane (sämtlich bei Hoffmann und Campe, Hamburg):

Es waren Habichte in der Luft, 1951
- Übersetzung ins Slowenische: Laibach, Mladinska Knjiga, 1972

Duell mit dem Schatten, 1953
Der Mann im Strom, 1957
- Übersetzungen
  ins Niederländische: Amsterdam, Wereldbibliotheek, 1965
  ins Tschechische: Prag, Státní Nakladatelství, 1965
  ins Polnische: Warschau, Państwowy Instytut Wydawniczy, 1967

Brot und Spiele, 1959
- Übersetzungen
  ins Slowakische: Preßburg, Vydavatelstvo Sport, 1966
  ins Bulgarische: Sofia, Medicina I Fizkultura, 1973

Stadtgespräch, 1963
- Übersetzungen
  ins Amerikanische: New York, Hill and Wang, 1965
  ins Französische: Paris, Flammarion, 1965
  ins Polnische: Warschau, Czytelnik, 1965
  ins Ungarische: Budapest, Európa, 1965
  ins Slowakische: Preßburg, Slovenské Vydavatelstvo, 1966
  ins Tschechische: Prag, Naše Vojsko, 1966

Deutschstunde, 1968
- Übersetzungen
  ins Norwegische: Oslo, Aschehoug, 1969
  ins Dänische: Kopenhagen, Gyldendal, 1970
  ins Niederländische: Amsterdam, Meulenhoff, 1970
  ins Schwedische: Stockholm, Norstedt, 1970
  ins Slowenische: Laibach, Mladinska Knjiga, 1970
  ins Amerikanische: New York, Hill and Wang, 1971
  ins Englische: London, Macdonald, 1971
  ins Französische: Paris, Laffont, 1971

ins Japanische: Tokio, Shinchosha, 1971
ins Polnische: Warschau, Czytelnik, 1971
ins Bulgarische: Plowdiw, Christo G. Danov, 1972
ins Rumänische: Bukarest, Editura Univers, 1972
ins Ungarische: Budapest, Magvetö Kiadó, 1972
ins Italienische: Mailand, Mondadori, 1973
ins Slowakische: Preßburg, Slovensky Spisovatel, 1973
ins Finnische: Jyväskylä, Gummerus, in Vorbereitung
ins Spanische: Barcelona, Caralt, in Vorbereitung
ins Tschechische: Prag, Odeon, in Vorbereitung

Das Vorbild, 1973
– Übersetzungen
ins Amerikanische: New York, Hill and Wang, in Vorbereitung
ins Norwegische: Oslo, Aschehoug, in Vorbereitung

Erzählbände (sämtlich bei Hoffmann und Campe, Hamburg):

So zärtlich war Suleyken. Masurische Geschichten, 1955
– Übersetzung ins Slowenische: Laibach, Mladinska Knjiga, 1973

Jäger des Spotts. Geschichten aus dieser Zeit, 1958
enthält:
Lukas, sanftmütiger Knecht (1953)
Das Wrack (1952)
Ein Haus aus lauter Liebe (1952)
Die Festung (1954)
Der Läufer (1951)
Der große Wildenberg (1954)
Drüben auf den Inseln (1954)
Der seelische Ratgeber (1956)
Jäger des Spotts (1950)
Die Flut ist pünktlich (1953)
Mein verdrossenes Gesicht (1950)
Nur auf Sardinien (1953)
Die Nacht im Hotel (1949)

Das Feuerschiff, 1960
enthält:
Das Feuerschiff (1959–1960)
– Übersetzungen
ins Niederländische: Rotterdam, Donker, 1961
ins Amerikanische: New York, Hill and Wang, 1962
ins Dänische: Kopenhagen, Borgen, 1962
ins Englische: London, Heinemann, 1962
ins Norwegische: Oslo, Det Beste, 1968.
Ein Freund der Regierung (1959)
Der Anfang von etwas (1958)
Lieblingsspeise der Hyänen (1958)

Der längere Arm (1959)
Der Sohn des Diktators (1960)
Silvester-Unfall (1958)
Der Amüsierdoktor (1960)
Risiko für Weihnachtsmänner (1958)
Stimmungen der See (1957)

Lehmanns Erzählungen oder So schön war mein Markt. Aus den Bekenntnissen eines Schwarzhändlers, 1964

Der Spielverderber, 1965

– Übersetzung ins Niederländische: Amsterdam, Wereldbibliotheek, 1966 enthält:
Nachzahlung (1964)
Der Verzicht (1960)
Vorgeschichte (1961)
Der Spielverderber (1962)
Der sechste Geburtstag (1964)
Küste im Fernglas (1958)
Die Glücksfamilie des Monats (1964)
Der Gleichgültige (1961)
Der Beweis (1964)
Ball der Wohltäter (1959)
Schwierige Trauer (1960)
Ihre Schwester (1964)
Das Schlüsselwort (1964)
Die Lampen der Eskimos (1959)

Gesammelte Erzählungen. Mit einem Nachwort von Colin Russ, 1970

Bühnenstücke:

Zeit der Schuldlosen. Uraufführung 1961; Druck (Köln, Kiepenheuer und Witsch) 1962. Die frühere (Hörspiel-)Fassung erschien 1961 im Hans Bredow-Institut, Hamburg, als *Zeit der Schuldlosen. Zeit der Schuldigen*

Das Gesicht. Uraufführung 1964; Druck (Hamburg, Hoffmann und Campe) 1964

Die Augenbinde. Uraufführung 1970; Druck (Reinbek bei Hamburg, Rowohlt Taschenbuchverlag) 1970, zusammen mit *Nicht alle Förster sind froh. Ein Dialog.* Uraufführung 1973

Hörspielsammelband:

Haussuchung. Mit einem Nachwort von Heinz Schwitzke, Hamburg, Hoffmann und Campe, 1967 enthält:
Das schönste Fest der Welt
Die Enttäuschung

Das Labyrinth
Haussuchung

Essaysammelband:

Beziehungen. Ansichten und Bekenntnisse zur Literatur, Hamburg, Hoffmann und Campe, 1970
enthält:
Ich zum Beispiel. Kennzeichen eines Jahrgangs (1966)
Warnung vor dem Talent (1968)
Der Sitzplatz eines Autors (1965)
Mein Vorbild Hemingway. Modell oder Provokation (1966)
Schwierigkeiten beim Schreiben der Wahrheit (1964)
Das Doppelgesicht der Gleichgültigkeit (1961)
Der unspaltbare Nachtkern (1964)
Der Lagermensch (1955)
Kassandra im Zeugenstand (1959)
Die zweite Natur (1958)
Eine Lieblingslandschaft (1966)
Gelegenheit zum Staunen (1963)
Lächeln und Geographie. Über den masurischen Humor (1965)
Enge als Vorzug. Zu einer Geschichte der dänischen Literatur (1965)
Gnadengesuch für die Geschichte (1966)
Hochmütige Vagabondage. Zum 100. Geburtstag von Knut Hamsun (1959)
Ein Buch – beim Wort genommen (1969)
Gepäckerleichterung. Ernst Jünger zum 70. Geburtstag (1965)
Faulkners Gedächtnis (1963)
Feier der Wildnis. Faulkners »Der große Wald« (1964)
In Faulkners Welt. Augenschein am Mississippi (1962)
Ungenaue Wanderschaft. Über Sherwood Andersons Hauptwerke in vier Bänden (1964)
Hervorragend mißglückt. Zu Herman Melvilles: »Pierre« (1965)
Spielarten der Ermutigung. Zu einem Briefwechsel zwischen Lawrence Durrell und Henry Miller (1967)
Ein beispielhafter Irrtum. Zu Bernard Malamud: »Ein neues Leben« (1965)
Die Freiheit der Unfreien. Über B. A. Botkin: »Die Stimme des Negers« (1964)
Zwang der Modelle. Zu Wright Morris: »Unterwegs nach Lone Tree« (1963)
Die Chancen der Frist. Über Carson McCullers: »Uhr ohne Zeiger« (1963)
Gefängnis aus Spiegeln. Über Nabokovs Erzähltechnik (1967)
Heinrich Bölls Personal (1968)
Eignung zum Opfer. Über Marie Luise Kaschnitz' Erzählungen »Ferngespräche« (1967)

Schroffe Wahrheit der Aktion. Zu André Malraux' »Anti-Memoiren« (1968)
Der Angst einen Namen. Über Miguel Angel Asturias (1967)
Bizeps und Regel. Über »Der Sport aller Völker und Zeiten« (1960)
Vorturner der Nation. Friedrich Ludwig Jahn: ein Jubiläum in moll (1961)
Ansteckende Gefühle. Tolstoj und die Krise der Kunst (1961)
Elegische Bilanz. Zu Czeslaw Milosz: »West und Östliches Gelände« (1962)
Die Deutschen, die Polen und die Literatur (1965)
Der Künstler als Mitwisser. Eine Rede in Bremen (1962)
Interview mit Marcel Reich-Ranicki (1969)

Andere Buchveröffentlichungen:

Der einsame Jäger, Erzählband, Gütersloh, Rufer, 1955
Das Kabinett der Konterbande, Hamburg, Hoffmann und Campe, 1956
Wippchens charmante Scharmützel, erträumt von Julius Stettenheim, in Erinnerung gebracht von Siegfried Lenz und Egon Schramm. Satiren, Hamburg, Hoffmann und Campe, 1960
Mit Dieter Seelmann: *Flug über Land und Meer. Nordsee – Schleswig-Holstein – Ostsee*, Braunschweig, Westermann, 1967
Leute von Hamburg, Hamburg, Hoffmann und Campe, 1968
So war das mit dem Zirkus. Fünf Geschichten aus Suleyken. Mit vielen farbigen Bildern von Klaus Warwas, Hamburg, Hoffmann und Campe, 1971
Der Leseteufel. Mit 8 Original-Holzschnitten von Archibald Bajorat, Calw, Privatdruck, 1971
Verlorenes Land – Gewonnene Nachbarschaft. Die Ostpolitik der Bundesregierung, Kiel, Wählerinitiative Nord, 1971
Die Herrschaftssprache der CDU, Kiel, Wählerinitiative Nord, 1971

Veröffentlichungen in Zeitungen, Zeitschriften und Sammelbänden (in Auswahl):

(a) Geschichten und Erzählungen

Phantasie in Kisten, Die Welt, 4. November 1948
Drei Männer und ein Augenblick, Niederdeutsche Zeitung, 31. März 1949 (unter dem Namen S. Lindau)
Pointe auf Kreppsohlen, Die Welt, 12. Mai 1949
Die Einen oder die Andern, Die Welt, 27. Juli 1949
Frau am Fluß, Die Welt, 15. August 1949
Unterwegs nach Delphi, Die Welt, 7. September 1949
Albanisches Abenteuer, Die Welt, 21. September 1949
Die tödliche Phantasie, Die Welt, 7. November 1949

Da half kein Rufen, Aachener Volkszeitung, 6. April 1950
Eine Sekunde der Welt, Die Welt, 16. Mai 1950
Erinnerung im Schlauchboot, Aachener Volkszeitung, 9. Dezember 1950
Cagliostro irrte sich, Die Welt am Sonntag, 10. Dezember 1950
Jugend aus dem Kanister, Frankfurter Allgemeine Zeitung, 10. April 1951
Der Fremde, Frankfurter Allgemeine Zeitung, 15. Juni 1951
Licht im Stall, Der Tagesspiegel, 11. November 1951
Der Ball der Saboteure, Neue Zeitung, 28. Januar 1952
So leicht fängt man keine Katze, Frankfurter Allgemeine Zeitung, 19. Juni 1952
Einmal schafft es jeder, Frankfurter Allgemeine Zeitung, 16. Mai 1953
Vogeltausch, Hamburger Abendblatt, 30. Juli 1953
Der zerbrochene Elefant, Der Tagesspiegel, 25. August 1953
Lotte soll nicht sterben, Das Ostpreußenblatt, 24. und 31. Oktober 1953
Aber die Prämie hat er, Die Welt, 12. Dezember 1953
Die Ferne ist nah genug, Sonntagsblatt, 23. und 30. August 1954
Versäum nicht den Termin zur Freude und *Das Wunder von Striegeldorf*, in *Sie werden schmunzeln. Heitere Erzählungen und Kurzgeschichten*, Hamburg, Agentur des Rauhen Hauses, 1957, S. 143–148, 195–203
Großonkelchen Matuschitz ging wahrhaftig als Eisbär, Die Welt, 2. März 1957
Der große Gral, Sonntagsblatt, 9. Februar 1958
Der Wanderweg, Sonntagsblatt, 4. Mai 1958
So hatte Molz es nicht gemeint, Die Welt, 6. Dezember 1958
Die Dicke der Haut, in *Deutsche Erzähler der Gegenwart*, herausg. Willi Fehse, Stuttgart, Reclam, 1959, S. 201–205
Etappen eines Fiaskos, Sonntagsblatt, 5. Februar 1961
Ein Männerspaß, Die Zeit, 11. August 1961
Aufs Frühjahr ist Verlaß, Der Kranich, herausg. Bernt von Heiseler, 4 (1962), S. 98–104
Der Hafen ist voller Geheimnis, Westermanns Monatshefte, 103 (1962), 1, S. 6–13
Schicksale eines Geheimfonds, Sonntagsblatt, 14. Januar 1962
Der Staatsbesuch, Sonntagsblatt, 17. März 1963
Geschichten vom Lande (*Ein Bein für alle Tage*, *Hausschlachtung*, *Ein sehr empfindlicher Hund*, *Ursachen eines Streitfalls*, *Hintergründe einer Hochzeit*, *Das unterbrochene Schweigen*), Westermanns Monatshefte, 105 (1964), S. 5–12, 51–55
Die Breite der Wune, Der Tagesspiegel, 25. Dezember 1964
Osterspaziergang mot., in *Alle diese Straßen. Geschichten und Berichte*, herausg. Wolfgang Weyrauch, München, List, 1965, S. 207–211
Die Augenbinde, Die Zeit, 7. Januar 1966
Die Schmerzen sind zumutbar, Die Zeit, 22. Juli 1966

Das Fernglas, in *Die zehn Gebote. Exemplarische Erzählungen*, herausg. Jens Rehn, Reinbek bei Hamburg, Rowohlt, 1967, S. 139–160

Die Strafe, in *Die Väter. Berichte und Geschichten*, herausg. Peter Härtling, Frankfurt a. M., Fischer, 1968, S. 171–177

Ein Grenzfall, Deutsches Allgemeines Sonntagsblatt, 26. Januar / 2. und 9. Februar 1969

Das Examen, Deutsches Allgemeines Sonntagsblatt, 24. und 31. August 1969

Einstein überquert die Elbe bei Hamburg, Die Zeit, 7. November 1969

Die Mannschaft, Christ und Welt, 21. November 1969

Barackenfeier, in *Das Jahr '45. Dichtung Bericht Protokoll deutscher Autoren*, Gütersloh, Bertelsmann, 1970, S. 261–264 (früher unter dem Titel *Kohle kam vom Güterzug, der Braten war getauscht*, Die Welt, 24. Dezember 1959)

(b) Essays, Berichte usw.

Dynamit in schmiegsamer Sprache. Kleine Notizen über einen Lieblingsdichter – zum 75. Geburtstag von Thomas Mann, Die Welt, 3. Juni 1950

Die Hand an der Wurzel, Das Ostpreußenblatt, 12. Dezember 1953 (über Herder)

Ostpreußen – Profil einer Landschaft, Hamburger Anzeiger, 23. Januar 1954

Den meisten Ruhm schleppt er vom Meer nach Hause, Die Welt, 28. Oktober 1954 (zu Hemingways Nobelpreis)

Galerie des Unsichtbaren. Der Mensch im neuen Weltbild – Versuch eines Resümees, Hamburger Anzeiger, 30. Oktober 1954

Die Liquidierung des Mitleids, Sonntagsblatt, 24. April 1955

Bei Godickes und Gieses, Adamikstraße 15. »Wenn ich an die erste Zeit danach denke, als wir beide die Backsteine zählten ...«, Die Welt, 7. Mai 1955

Der Held in der Mauser. Über den Gestaltwandel des Heros ..., Sonntagsblatt, 5. Juni 1955

Die Kunst, einen Fisch zu fangen. Meditationen über das Angeln, Sonntagsblatt, 4. September 1955

Die Gesichter des Todes, Schweizer Wochen Zeitung, 1. November 1956

Abschied von der Landschaft?, Sonntagsblatt, 9. Juni 1957

Jede Stunde hat ihre Gesichter, Sonntagsblatt, 22. September 1957

Der graue und der goldene Luxus, Sonntagsblatt, 20. Oktober 1957

»Um den Nullpunkt kommt niemand herum«. Rudolf Alexander Schröder zum 80. Geburtstag, Sonntagsblatt, 26. Januar 1958

Porträt einer Schutzgöttin [Hammonia von Hamburg], Die Zeit, 3. April 1958

Die Höhlen des Labsals, Sonntagsblatt, 25. Mai 1958 (über spanische Kneipen)

Unter der Insektenglocke, Sonntagsblatt, 7. September 1958; *Der lange Abschied*, Sonntagsblatt, 26. Oktober, 2. und 9. November 1958; *Unter Dampf gesetzt*, Sonntagsblatt, 1. Februar 1959 (finnische Reiseeindrücke)

ENTWEDER – ODER *ist nicht genug*, Die Welt, 30. Oktober 1958 (über falsche Alternativen)

Die Zeit kam – kam die Zeit? Biogramm eines Tito-Partisanen, Sonntagsblatt, 23. November 1958

Verblüffung auf den Düppeler Schanzen, Die Welt, 6. Dezember 1959 (aus einem dänischen Inseltagebuch)

Der Mensch auf dem Meeresboden, Sonntagsblatt, 19. und 26. Juni 1960

Entstehungsgeschichte eines Sportromans, Stadion, Sommer 1960 (zu *Brot und Spiele*)

Die Politik der Entmutigung, in *Die Alternative oder Brauchen wir eine neue Regierung?*, herausg. Martin Walser, Reinbek bei Hamburg, Rowohlt, 1961, S. 131–136

Vorwort zu *Leben ohne Literatur?*, herausg. Rudolf Walter Leonhardt, Starnberg, Keller, 1961, S. 5–7

Mein erstes Theaterstück. Wie »Zeit der Schuldlosen« entstand, Die Zeit, 22. September 1961

Ernest Hemingway 21. Juli 1899 – 2. Juli 1961, Die Welt, 30. Dezember 1961

Autobiographische Skizze, in *Stimmungen der See. Erzählungen*, Stuttgart, Reclam, 1962, S. 76–78 (auch in *Siegfried Lenz. Ein Prospekt*, Hamburg, Hoffmann und Campe, 1966, S. 11–14)

Am Widerhaken hängt das Glück. Ein Plädoyer für den Königssport der Geduld, in *Weltbetrachtung 10 Uhr abends*, herausg. Joachim Schickel, Hamburg, Hoffmann und Campe, 1962, S. 143–164

Mit Campe schlampampen, Beheim-Blätter, 2 (1962), 4, S. 11–13

Vor dem Gericht der Natur. Ein Gespräch mit Wilhelm Lehmann, Die Zeit, 4. Mai 1962

Sonntag eines Ranchers, Sonntagsblatt, 3. und 10. November 1963

Im Netz der Nachbarschaft. Aus einem dänischen Inseltagebuch, Eckart-Jahrbuch 1963/1964, 1963, S. 188–202

Zu meiner Komödie »Das Gesicht«, Die Volksbühne. Blätter der Hamburger Volksbühne, 15 (1964), 2, S. 22 f.

Schreiben als Selbstbefragung, in *Besondere Kennzeichen. Selbstporträts zeitgenössischer Autoren*, herausg. Karl Ude, München, List, 1964, S. 134–137

Genugtuungen sind selten (Szenarium zu einem dramatischen Porträt), in *Plädoyer für eine neue Regierung oder Keine Alternative*, herausg. H. W. Richter, Hamburg, Rowohlt, 1965, S. 50–55 (über Helmut Schmidt)

Die allerletzte Reise oder Schlachthof für Schiffe, in *Tuchfühlung. Neue deutsche Prosa*, herausg. Peter Jokostra, Hamburg, Hoffmann und Campe, 1965, S. 219–225

Die Schärfe der Kufen, in *Atlas, zusammengestellt von deutschen Autoren*, Berlin, Wagenbach, 1965, S. 19–26 (Eis-Segeln auf dem Lyck-See)
Was ist ein Leser?, Die Weltwoche, 17. September 1965
Ganz unwirkliche Leute. Über Vladimir Nabokovs »Frühling in Fialta«, Der Spiegel, 25. April 1966
Alsen, mein Alsen, Die Zeit, 14. Oktober 1966
Der Schriftsteller darf heute nicht mehr schweigen. Brennende Probleme unserer Gesellschaft, Hamburger Abendblatt, 29./30. Oktober 1966
Das Gelächter des Kukkaburra. Reisenotizen, Die Zeit, 6. Dezember 1968 (Australien)
Vorwort zu *Abiturientenreden gehalten in der Bundesrepublik*, herausg. Martin Meier-Siem, Hamburg, Hoffmann und Campe, 1969, S. 9–10
Unsere Chance: Veränderung – Rede über den Zweifel, Dafür, 1. Mai 1969
Der Wettlauf der Ungleichen oder: über Chancen und Aufgaben der Literatur im wissenschaftlichen Zeitalter, in *Baumeister einer brüderlichen Welt Siegfried Lenz. Dokumente einer Ehrung*, Hamburg, Bauhütten, 1970, S. 30–39; auch in Die Zeit, 15. Mai 1970
Nachdenken über Warschau, Die Zeit, 18. Dezember 1970 (zur Unterzeichnung des Vertrags mit Polen)
Der Wind hat freien Zutritt, Merian, 24 (1971), 1, S. 94–96
Sokrates in Kiel, Vorwort zu Jochen Steffen, *Kuddl Schnööfs achtersinnige Gedankens und Meinungens von die sozeale Revolutschon und annere wichtige Sachens*, Hamburg, Hoffmann und Campe, 1972, S. 7–12
Zum Geleit, Vorwort zu *Der unbequeme Präsident*, herausg. Joachim Braun, Karlsruhe, Müller, 1972, S. 1–5
Beitrag zu *Dieser Mann Brandt. Gedanken über einen Politiker von 35 Wissenschaftlern, Künstlern und Schriftstellern*, herausg. Dagobert Lindlau, München, Kindler, 1972, S. 135–137
Essay in *Wir und Dostojewskij*, herausg. Manés Sperber, Hamburg, Hoffmann und Campe, 1972, S. 73–85
Unruhe, National-Zeitung, Basel, 24. Mai 1972
Böll oder Die Kunst, Anstoß zu nehmen, Westfälische Rundschau, Jahreswende 1972/1973
Nachwort zu Dagfinn Grönoset *Anna*, Hamburg, Hoffmann und Campe, 1973, S. 149–156
Ich und meine Straße, Deutsches Allgemeines Sonntagsblatt, 4. und 11. März 1973

(2) *Sekundärliteratur in Auswahl*

Arbeiten, die in diesen Band aufgenommen wurden, sind durch ein Sternchen gekennzeichnet. Ein zweites Sternchen weist darauf hin, daß der jeweilige Beitrag nur gekürzt oder auszugsweise wiederabgedruckt werden konnte.

Herbert Ahl, *Ein männliches Talent. Siegfried Lenz*, in *Literarische Portraits*, München/Wien, Langen Müller, 1962, S. 36–43

Wolfgang Beutin, *»Deutschstunde« von Siegfried Lenz. Eine Kritik. Mit einem Anhang: Vorschule der Schriftstellerei*, Hamburg, Hartmut Lüdke, 1970

François Bondy, *Gericht über die Schuldlosen. Oder: »Die Szene wird zum Tribunal«*, Der Monat, 14 (1961/1962), 161, S. 53–57

Ilse M. de Brugger, *La función del recuerdo en »Clase de Alemán« de Siegfried Lenz*, Boletín de Estudios Germánicos, 8 (1970), S. 191–213

Nicole Casanova, *Siegfried Lenz. Distances et contacts*, Allemagne d'aujourd'hui, 32, März/April 1972, S. 32–48

Corinna Cramon, *Lenz für den roten Jochen. Interview mit Siegfried Lenz*, Münchner Abendzeitung, 24. April 1971

Theo Elm, *Siegfried Lenz – Deutschstunde. Engagement und Realismus im Gegenwartsroman*, München, Fink, 1973; unter anderem Titel als Diss., Erlangen, 1972 (s. oben, S. 204)

K(enneth) J. Eltis, *A Study of the Novels of Siegfried Lenz*, Diss., Macquarie University, Sydney, 1972

Christian Ferber, Nachwort zu Siegfried Lenz, *Das schönste Fest der Welt*, Hamburg, Hans Bredow-Institut, 1956, S. 38–40

Anneliese de Haas, *Deutschstunde als Fernsehfilm. Informationen und Eindrücke*, Hamburg, Hoffmann und Campe, 1971

Willy Haas, *Märchen aus Masurenland*, Welt am Sonntag, 18. Dezember 1955

Geno Hartlaub, *König Midas, der Geschichtenerzähler und der Märchenfischer – Gespräch mit Siegfried Lenz*, Sonntagsblatt, 25. Dezember 1966

Ralph Peter Vander Heide, *Welterfahrung und Weltbewältigung bei Siegfried Lenz*, Diss., University of Utah, 1968

Walter Jens, *Das Hintergründige bei Siegfried Lenz*, Die Zeit, 16. Dezember 1960 (zum Erzählband *Das Feuerschiff*)

Werner Jentsch, *Der Erzähler Siegfried Lenz*, Eckart-Jahrbuch 1965 bis 1966, 1965, S. 312–314

** Ders., *Konflikte. Theologische Grundfragen im Werke von Siegfried Lenz*, Zeitwende, 37 (1966), S. 174–185, 247–259, 316–323

Klaus Günther Just: *Siegfried Lenz als Erzähler*, Wirkendes Wort, 16 (1966), 2, S. 112–124; auch in *Siegfried Lenz. Ein Prospekt*, Hamburg, Hoffmann und Campe, 1966, S. 20–40

Sumner Kirshner, *From the Gulf Stream into the Main Stream. Siegfried Lenz and Hemingway*, Research Studies, 35, 1967, S. 141 bis 147

Horst Krüger, *Siegfried Lenz – angesagt von Horst Krüger*, in *Siegfried Lenz. Ein Prospekt*, Hamburg, Hoffmann und Campe, 1966, S. 5–10

* Johann Lachinger, *Siegfried Lenz*, in *Deutsche Literatur seit 1945 in Einzeldarstellungen*, herausg. Dietrich Weber, zweite, überarbeitete und erweiterte Auflage, Stuttgart, Kröner, 1970, S. 457–483

Herbert Lehnert, *Die Form des Experiments als Gleichnis. Einiges über Siegfried Lenz*, Frankfurter Hefte, 18 (1963), 7, S. 474–482

* Rudolf Walter Leonhardt, *Siegfried Lenz*, in *Schriftsteller der Gegenwart*, herausg. Klaus Nonnenmann, Olten/Freiburg im Breisgau, Walter, 1963, S. 214–221

Ders., *Der verläßliche Erzähler Siegfried Lenz*, Die Zeit, 15. Oktober 1965 (zum *Sechsten Geburtstag*)

Edgar Neis, *Erläuterungen zu Siegfried Lenz' Das Feuerschiff. Lukas, sanftmütiger Knecht. Stimmungen der See. Jäger des Spotts. Der Läufer. Drüben auf den Inseln. Nur auf Sardinien*, Hollfeld/Obfr., Bange, 1971

Robert H. Paslick, *Narrowing the Distance: Siegfried Lenz's »Deutschstunde«*, The German Quarterly, 46 (1973), 2, S. 210–218

Ernst Pawel, *The German Lesson*, The New York Times Book Review, 9. April 1972

* Dietrich Peinert, *Siegfried Lenz »Deutschstunde«. Eine Einführung in den Roman*, Der Deutschunterricht, 23 (1971), 1, S. 36–58

Ulrich R. R. Plüddemann, *Romane von Siegfried Lenz 1951–1960*, Diss., Stellenbosch, 1972

* Marcel Reich-Ranicki, *Siegfried Lenz, der gelassene Mitwisser*, in *Deutsche Literatur in West und Ost. Prosa seit 1945*, München, Piper, 1963, S. 169–184

Ekkehart Rudolph (Herausg.), *Protokoll zur Person. Autoren über sich und ihr Werk*, München, List, 1971, S. 95–105 (Interview mit Siegfried Lenz)

* Colin Russ, *The Short Stories of Siegfried Lenz*, German Life and Letters, 19 (1965/1966), 4, S. 241–251; übersetzt unter dem Titel *Die Geschichten von Siegfried Lenz*, in *Siegfried Lenz. Ein Prospekt*, Hamburg, Hoffmann und Campe, 1966, S. 41–59

Ders., Vorwort zu Siegfried Lenz, *Das Wrack and Other Stories*, London, Heinemann Educational Books, 1967, S. 1–9

Ders., Nachwort zu Siegfried Lenz, *Gesammelte Erzählungen*, Hamburg, Hoffmann und Campe, 1970, S. 621–632

Ders., *Siegfried Lenz*, in *Deutsche Dichter der Gegenwart*, herausg. Benno von Wiese, Berlin, Erich Schmidt, 1973, S. 545–559

Ders., *The Macabre Festival: A consideration of six stories by Siegfried Lenz*, in *Deutung und Bedeutung*, Festschrift für K.-W. Maurer, Den Haag, Mouton, 1973

** Albert R. Schmitt: *Schuld im Werke von Siegfried Lenz: Betrachtungen zu einem zeitgemäßen Thema*, in *Festschrift für D. W. Schumann zum 70. Geburtstag. Mit Beiträgen von Schülern, Freunden und Kollegen*, herausg. Albert R. Schmitt, München, Delp, 1970, S. 369–382

Adolf Schweckendiek, *Fünf moderne Satiren im Deutschunterricht*, Der Deutschunterricht, 18 (1966), 3, S. 39–50 (zu *Lieblingsspeise der Hyänen*)

* Heinz Schwitzke, Nachwort zu Siegfried Lenz *Haussuchung. Hörspiele*, Hamburg, Hoffmann und Campe, 1967, S. 205–213

Friedrich Sieburg, *Der junge Mann und das Meer*, Frankfurter Allgemeine Zeitung, 14. Juni 1958 (zum Erzählband *Jäger des Spotts*)

Bernhard Sowinski, *Gruppenarbeit auf der Unterstufe, dargelegt am Beispiel von Siegfried Lenz' »Zirkus in Suleyken«*, Der Deutschunterricht, 21 (1969), 6, S. 38–44

Gudrun Uhlig, *Autor, Werk und Kritik. Inhaltsangaben, Kritiken und Textproben für den Literaturunterricht, Band 3: Wolfgang Koeppen, Siegfried Lenz*, München, Hueber, 1972

Albrecht Weber, *Lehrergestalten und Schule im Werke von Siegfried Lenz*, Pädagogische Welt, 22 (1968), 6, S. 325–331; 7, S. 389–393

Ders. u. a., *Siegfried Lenz, Deutschstunde*, München, Oldenbourg, 1971

** Hans Werner Weber, *Siegfried Lenz. Mensch, Gesellschaft und Natur. Ein thematischer Überblick*, Diss., Princeton, 1970

Werner Weber, *Siegfried Lenz: »Deutschstunde«*, in *Forderungen. Bemerkungen und Aufsätze zur Literatur*, Zürich/Stuttgart, Artemis, 1970, S. 172–178

Werner Zimmermann, *Siegfried Lenz, »Nachzahlung« (1965)*, in *Deutsche Prosadichtungen unseres Jahrhunderts. Interpretationen für Lehrende und Lernende*, Band 2, Düsseldorf, Schwann, 1. Auflage der Neufassung, 1969, S. 318–327

(Ein Arbeitskreis), *Interpretationen zu Siegfried Lenz*, München, Oldenbourg, 1969